Un imprévisible *bad boy*

Une nuit interdite

JOSS WOOD

Un imprévisible *bad boy*

Traduction française de
ROSA BACHIR

PASSIONS

HARLEQUIN

Collection : PASSIONS

Titre original :
SECRETS OF A BAD REPUTATION

HARPERCOLLINS FRANCE
83-85, boulevard Vincent-Auriol, 75646 PARIS CEDEX 13
Service Lectrices — Tél. : 01 45 82 47 47 - www.harlequin.fr
ISBN 978-2-2804-7552-5 — ISSN 1950-2761

Composé et édité par HarperCollins France.
Imprimé en août 2022 par CPI Black Print (Barcelone)
en utilisant 100% d'électricité renouvelable.
Dépôt légal : septembre 2022.

FSC www.fsc.org
MIXTE
Papier issu de sources responsables
FSC® C159065

Pour limiter l'empreinte environnementale de ses livres, HarperCollins France s'engage à n'utiliser que du papier fabriqué à partir de bois provenant de forêts gérées durablement et de manière responsable.

Prologue

James
Jour de Noël

James Ryder-White déplia soigneusement l'élégant papier doré et découvrit, comme il s'y attendait, une boîte de velours rouge. Un autre Noël, une autre paire de boutons de manchettes griffés offerte par Penelope…

Son épouse ne faisait guère preuve d'originalité en matière de présents. Mais il était mal placé pour la critiquer : il lui avait offert un pull en cachemire noir et un autre charme en or massif à ajouter à son bracelet déjà chargé. James savait qu'elle était aussi ravie du cadeau de son mari que lui du sien.

Ils étaient mariés depuis trop longtemps, se connaissaient trop bien, et ni l'un ni l'autre ne faisait d'efforts désormais. Mais en avaient-ils jamais fait ?

Il regarda par la fenêtre et soupira en voyant le grésil marteler les immenses vitres. Des nuages bas obscurcissaient la vue à couper le souffle sur Dead Man's Cove. James adorait Portland, petite ville du Maine pittoresque et animée, mais c'était ici, sur cette côte escarpée, qu'il avait grandi. Penelope et lui occupaient l'aile droite de Ryder's Rest, l'immense manoir du père de James. La demeure, située sur l'île Cousins, à vingt kilomètres au nord de Portland, était composée de sept chambres – toutes donnaient sur la baie – et dotée de piscines chauffées, de plusieurs terrasses et d'un garage assez grand pour contenir dix voitures.

La propriété était également pourvue d'une jetée en pierre et d'une plage privée de près de trois cents mètres de long.

James adorait la maison et le domaine. En revanche, il appréciait moins le propriétaire des lieux.

Il recula dans son fauteuil et ferma les yeux un instant, en se demandant à quoi sa vie aurait ressemblé s'il n'avait pas épousé Pen, trente ans plus tôt.

Quelle aurait été son existence s'il avait eu le courage de défier son père, de tenter sa chance ailleurs, de tracer sa propre route ? Il passa une main sur son visage, chassant ces pensées stériles. Il avait été témoin de la cruauté de son père, envers ses rivaux commerciaux et envers les membres de sa propre famille. Défier Callum n'avait donc jamais été une option.

Et puis, James appréciait l'argent et le statut liés à son nom. Il avait toujours été un bon petit soldat. Grâce à son obéissance, ses comptes bancaires étaient bien remplis. Supporter Callum lui avait permis d'acheter des biens immobiliers, des voitures de luxe et d'ouvrir des trusts pour ses enfants.

Ses filles contrôlaient désormais l'argent dont il leur avait fait don, et, à sa connaissance, la fortune de Kinga et de Tinsley était intacte.

Kinga, jolie blonde aux yeux noisette, s'asseyant sur le bras du fauteuil occupé par son père, interrompit le fil de ses pensées. James posa la main sur son dos. Chaque fois que les regrets l'assaillaient, il se rappelait que, sans Pen, il n'aurait pas eu ses deux adorables filles.

Son union était loin d'être un mariage d'amour, mais ses deux enfants valaient tous les sacrifices.

— Papa, tu es bien mélancolique pour un matin de Noël.

— Je vais bien, ma chérie.

Il le supposait, en tout cas. Son mariage fonctionnait, ses enfants étaient en bonne santé et avaient une belle carrière. Il aurait aimé dire qu'elles étaient heureuses, mais Kinga était marquée par une tragédie qui avait changé sa vie dix ans plus tôt, et Tinsley avait toujours du mal à accepter son divorce.

Le bonheur : un concept vague, et aussi difficile à capturer que la brume du matin.

Près de l'âtre, Callum, le père de James, attendait avec une pointe d'impatience que la famille lui accorde son attention. Callum avait près de quatre-vingts ans mais il était en forme et il avait une santé de fer, mentalement et physiquement.

Le patriarche posa ses yeux bleus perçants sur James et pencha la tête. James s'éclaircit la voix et, aussitôt, Tinsley et Penelope se turent. Callum avait pour habitude d'émettre de nouvelles idées ou des ordres chaque fois que la famille était réunie.

Même le jour de Noël. La réputation et les affaires des Ryder-White avaient toujours été ses plus grandes priorités.

— Comme vous l'avez remarqué, je n'ai encore offert de cadeau à personne cette année, déclara-t-il de sa voix grave et puissante.

Il joignit ses mains derrière le dos. Seigneur, voilà qu'il allait leur resservir son sermon. Combien de fois James l'avait-il entendu ? Cent fois ? Deux cents fois ? Plus ? Probablement.

— Comme vous le savez, le premier membre de la famille Ryder était William Ryder, arrivé dans le Maine lors de la troisième colonisation de la région. C'était l'un des premiers propriétaires de ce domaine. Il a épousé la richissime Lottie White, et nous sommes leurs descendants directs. Je me suis documenté sur la généalogie et je veux mieux connaître nos racines familiales.

Encore cette obsession. Leur arbre généalogique s'étalait sur trois cents ans et leur lignée, dont il connaissait le nom de tous les membres, était un insigne que Callum portait avec fierté. Qu'y avait-il de plus à découvrir ?

— Apparemment, il est désormais possible de déterminer où nos ancêtres résidaient, et je veux savoir, poursuivit Callum. Aucun d'entre vous n'a manifesté d'intérêt pour notre lignée et vous m'avez tous beaucoup déçu. Pour susciter votre intérêt, mon cadeau de Noël pour chacun de vous est un test ADN, qui vous permettra de mieux comprendre votre ascendance.

Callum sortit des tubes à essai d'une enveloppe en kraft. James accepta le tube que Callum lui tendit.

— Passez simplement l'écouvillon à l'intérieur de votre bouche puis remettez-le dans le tube. Écrivez votre nom sur l'étiquette, ordonna Callum, distribuant les autres éprouvettes à Pen, Kinga et Tinsley. Je nous ai enregistrés sur le site WhoAreYou.com.

Callum dévissa son tube et en sortit un long coton-tige.

— J'enverrai nos échantillons la semaine prochaine et, dans quelques jours, nous aurons une image complète de nos origines.

Après avoir prélevé de la salive dans sa bouche, Callum ajouta, l'air satisfait :

— La technologie est incroyable. WhoAreYou est la plus grande société et la plus populaire à proposer ce service. Certains de mes cousins éloignés sont déjà inscrits, donc le site devrait leur proposer une correspondance. J'ai demandé à être informé s'il y a des correspondances d'ADN avec moi ou avec l'un d'entre vous. C'est un très bon moyen de combler les quelques blancs dans notre arbre généalogique.

James eut l'impression que la pièce bougeait. Il fixa le tube à essai, l'esprit en ébullition. Comment échapper à ce piège ?

— Ce n'est pas difficile, asséna Callum, s'adressant à James et à Penelope. Quel est le problème ?

— Il n'y a pas de problème, Callum, mentit James.

Il n'avait jamais été autorisé à l'appeler papa.

Il observa sa femme, remarquant l'irritation dans ses yeux. Elle s'agita sur sa chaise et décocha à son beau-père un regard noir.

Lorsque tous eurent effectué les prélèvements, Callum remit les tubes dans l'enveloppe.

— À présent, parlons affaires, décréta-t-il.

Les liens du sang et les affaires. Voilà tout ce qui comptait pour Callum.

— James, est-ce que tu en sais plus sur le propriétaire du bloc d'actions ? Où en es-tu dans tes recherches ?

James serra les dents. Au cours des trois dernières décennies, Callum était devenu de plus en plus obsédé par les vingt-cinq pour cent d'actions de Ryder International qui n'étaient pas sous son contrôle. Il était plus décidé que jamais à racheter ces actions. Mais pour cela, il fallait découvrir qui les détenait.

— C'est toujours en cours.

— Eh bien, mets les bouchées doubles, lâcha Callum. Passons aux célébrations du centenaire de Ryder

International. Le bal de charité donnera le coup d'envoi d'une année de festivités.

Le bal était une réception à 100 000 dollars la place, limitée à deux mille personnes très riches, parmi lesquelles des princes et des personnalités politiques.

— Les filles, je m'attendais à ce que vous ayez déjà trouvé un chanteur.

Kinga et Tinsley dirigeaient ensemble le service des relations publiques de Ryder et fournissaient un excellent travail. Leur talent était indéniable, mais Callum l'oubliait régulièrement et le reconnaissait rarement.

— L'artiste que j'avais engagé a annulé tous ses concerts pour les six prochains mois, pour raisons médicales, répondit Kinga. Je suis toujours à la recherche d'un remplaçant.

— Eh bien, je veux quelqu'un d'un peu controversé, quelqu'un qui attirera l'attention et qui fera – comment dit-on, déjà ? – le *buzz*.

James sentit Kinga se raidir à côté de lui.

— Des suggestions, Callum ? questionna-t-elle, le sourcil arqué.

— Griff O'Hare.

Kinga échangea un regard horrifié avec Tinsley. James comprenait leur réaction. Même lui avait entendu parler de Griff O'Hare, chanteur et acteur aussi réputé pour son talent que pour ses nombreux écarts de conduite.

Kinga ferma les yeux et secoua la tête.

— Joyeux Noël à moi-même, marmonna-t-elle.

- 1 -

Assise sur une banquette du bar vedette de Ryder International, dans le célèbre hôtel Forrester-Grantham de Manhattan, Kinga Ryder-White pianotait impatiemment contre son verre et scrutait d'un air renfrogné le cadran de sa montre Piaget.

Griff O'Hare était extrêmement en retard, mais Kinga n'était pas surprise.

Franchement, où Callum avait-il la tête ? Pourquoi vouloir engager quelqu'un d'aussi peu recommandable pour l'un des événements les plus attendus de la décennie ? Il n'arrivait jamais rien de bon quand son grand-père se mêlait des relations publiques.

Hier, lorsqu'elle avait été convoquée dans le bureau de Callum, celui-ci était en train de regarder une vidéo YouTube sur son écran plat, ce qui était déjà étonnant. Kinga avait été encore plus surprise de voir Griff O'Hare à l'image, vêtu d'un jean troué et d'un T-shirt rouge, et assis devant un piano.

Elle ne pouvait le nier, il avait du talent. Et il était très séduisant.

— Je ne veux pas l'engager, Callum.

Ignorant ses paroles, son grand-père avait appuyé sur la touche « lecture », et la voix chaleureuse d'O'Hare avait empli le bureau, profonde, sombre et magique. Kinga avait reconnu l'air et avait été quelque peu impressionnée que le *bad boy* du rock puisse livrer une version honorable de *Nessun dorma*.

À la fin de la vidéo, elle avait lancé :

— Je n'ai jamais dit qu'il ne savait pas chanter. J'ai dit que je ne voulais pas le voir chanter lors du bal.

— C'est moi qui décide, avait rétorqué Callum, lançant la télécommande sur son bureau.

Évidemment. Dans le monde de Callum, une femme ne pouvait pas prendre une décision sans qu'il y ait un homme pour la valider. Kinga avait eu envie de hurler. Callum et elle avaient une relation conflictuelle : il n'appréciait pas son impertinence et son manque de déférence, et elle détestait son manque de considération pour Tinsley, son père et elle.

Elle adorait son travail, elle appréciait ses collègues… mais elle ne supportait pas son patron.

Callum avait désigné l'écran d'un signe de tête.

— Cette vidéo a récolté plus de soixante-cinq millions de vues en un mois. Le monde de la musique se demande quand O'Hare remontera sur scène.

Kinga avait vérifié le nombre de vues puis avait lu en diagonale les commentaires. Et elle avait commencé à comprendre. Griff O'Hare était peu fiable, mais c'était un artiste au talent flamboyant, qui s'était fait rare ces deux dernières années. Et le public réclamait son retour.

Callum Ryder-White voulait être vu comme celui qui avait ramené O'Hare sous les projecteurs. Il voulait toujours tout ce qui était nouveau, rutilant, chic et cher.

Il était, après tout, le patriarche de la famille Ryder-White, et se considérait comme l'un des rois de la côte Est. Et les rois voulaient parfois des choses étranges.

Argh.

Non, engager l'instable O'Hare était bien trop risqué.

— Ça m'ennuie que son premier concert après une longue absence ait lieu pendant mon bal, avait-elle objecté.

— *Mon* bal, avait rectifié Callum. C'est ma compagnie, mon bal, c'est donc à moi de décider. Je veux que tu le rencontres et que tu obtiennes son accord. Sinon, trouve-toi un autre travail. Maintenant, laisse-moi.

Consciente qu'il était inutile de discuter, Kinga avait quitté la pièce. Mais elle n'avait pu s'empêcher de se demander si son grand-père était sérieux ou s'il jouait simplement avec ses nerfs. Callum aimait manipuler son monde. Quoi qu'il mijote, Kinga n'avait aucune intention de mettre en péril l'événement qu'*elle* avait soigneusement préparé.

Depuis ce rendez-vous avec Callum, elle avait effectué des recherches et était parvenue à la conclusion que Griff O'Hare, élu homme le plus sexy du monde quelques années plus tôt, était un véritable mufle.

Pire, un mufle doublé d'un mauvais garçon.

Elle décida d'attendre encore trente minutes. Si O'Hare ne se montrait pas, elle s'en irait. Elle n'avait pas de temps à perdre avec les superstars qui pensaient être un cadeau du ciel.

Elle aimait New York, mais c'était à Portland, sa petite ville fière, plus propre et bien plus charmante, qu'elle se sentait chez elle. Et elle devait y retourner.

Sur le point de partir, elle sentit l'atmosphère dans le bar changer. Des murmures enthousiastes s'élevèrent, et Kinga supposa que son rendez-vous de 16 h 30 avait daigné la rejoindre. Levant la tête, elle vit Griff O'Hare offrir son célèbre sourire en coin à une serveuse ravie. La plupart des clients de ce bar luxueux portaient des costumes de créateur et des chaussures à 1 000 dollars – cheveux soigneusement coiffés, cravates nouées avec précision et barbes bien taillées. O'Hare bafouait le code vestimentaire avec son jean déchiré au genou, ses bottes de motard, son bomber de cuir et son casque noir calé sous le bras. Ses cheveux châtains naturellement striés de mèches blondes étaient un peu trop longs et décoiffés, et une épaisse barbe couvrait sa mâchoire carrée.

Il émanait de lui une désinvolture palpable.

Pour être franche, il lui faisait de l'effet. Mais ce n'était qu'une histoire de biologie. Comme la plupart des femmes, elle était programmée par l'évolution pour choisir comme partenaire potentiel l'homme le plus musclé, le plus fort et le plus masculin.

Néanmoins, en tant que célibataire endurcie, Kinga recherchait davantage qu'un beau visage et un corps musclé. Il y avait d'autres traits plus importants chez un homme : la fidélité, l'intelligence, une solide conscience professionnelle.

De toute façon, rien de tout cela ne comptait puisqu'elle ne croyait plus en l'amour. Elle ignorait si elle y avait cru un jour. Et quand bien même ce serait le cas aujourd'hui, elle ne risquerait plus jamais de perdre un être qu'elle aimait.

Elle était déjà passée par là, et pour rien au monde elle ne voudrait revivre pareille épreuve.

O'Hare tendit son casque et sa veste à la serveuse émerveillée. Kinga remarqua la façon dont son T-shirt bleu marine soulignait son large torse et ses biceps massifs.

À en juger par son assurance et son air séducteur, cet homme ne pourrait que leur apporter des ennuis.

Le bal de Kinga serait chic et élégant ; il lui fallait un chanteur qui reflète ces qualités. Donc, Griff O'Hare ne ferait pas l'affaire. Elle devait simplement aller au bout de ce rendez-vous et convaincre Callum de choisir un autre artiste.

O'Hare observa la salle, repéra Kinga sur sa banquette, et leurs regards se croisèrent. Une douce chaleur se propagea en elle et se concentra au creux de son bas-ventre. Ses tétons se tendirent et elle réprima un soupir.

D'accord, elle était attirée par cet homme. Mais uniquement sur un plan physique.

Elle l'étudia de plus près. Il regarda à nouveau autour de lui, s'attendant sans doute à ce que la personne avec qui il avait rendez-vous se manifeste. Kinga décida que cela ne ferait pas de mal à ce mufle de patienter quelques minutes. Elle s'adossa à la banquette, curieuse de voir comment il allait réagir. Lorsqu'il lança un autre coup d'œil dans la salle, il semblait agacé.

Bienvenue dans mon monde, O'Hare.

Kinga s'amusait beaucoup. Quand il croisa à nouveau son regard, elle éprouva la même bouffée d'attirance. Une sensation plutôt malvenue.

Et lorsqu'il avança vers elle sans la quitter des yeux, elle retint son souffle. S'arrêtant devant la table de Kinga, il glissa les mains dans les poches de son jean, et Kinga respira son parfum frais, viril et enivrant.

Reste concentrée, Ryder-White. Ce n'est qu'un homme, et ce n'est qu'un rendez-vous.

C'était comme dire que l'ouragan Sandy n'était qu'un orage.

— Incroyable, dit-il.

Kinga fut interloquée.

— Je vous demande pardon ?

— Vos yeux ont la couleur d'un bon vieux whisky.

— Et c'est le cas depuis ma naissance, répondit-elle malicieusement, en s'intimant de ne pas rougir.

Il s'agit d'un rendez-vous professionnel, Kinga ! Alors sois professionnelle.

Il afficha un sourire nonchalant, sensuel, et elle sentit son ventre faire un saut périlleux.

— J'ai rendez-vous avec un client potentiel mais si je ne le trouve pas, puis-je vous offrir un verre ?

Il lui sourit puis parut légèrement décontenancé quand elle se cala contre la banquette de cuir et le toisa, le sourcil arqué.

Après trente secondes de silence, elle désigna le siège face à elle.

— Non, O'Hare, vous ne pouvez pas m'offrir un verre. Mais vous pouvez vous asseoir. Je suis Kinga Ryder-White, et vous êtes très en retard.

Mince. Kinga Ryder-White était de très mauvaise humeur, apparemment.

Ce n'était pas la réaction qu'il suscitait d'habitude, songea Griff, amusé. Étant une prétendue idole depuis l'adolescence, il trouvait le ton acerbe de cette jeune femme tout à fait rafraîchissant.

Il s'assit face à son interlocutrice, détaillant son visage, son port de tête élégant, sa silhouette élancée. Elle semblait mesurer un mètre soixante-quinze ou un mètre quatre-vingts, ce qui était grand pour une femme. Mais avec son mètre quatre-vingt-quinze, il la dépassait sans doute d'une tête.

Elle était vêtue d'une tenue stricte et ennuyeuse : chemise masculine, pantalon noir et bottines à talons aiguilles. Son maquillage, si toutefois elle en portait, était léger et donnait à son teint un aspect parfait.

Lorsqu'elle leva les yeux vers lui, il se rendit compte qu'il n'avait pas affaire à une jeune femme naïve ou inexpérimentée. Cette créature était non seulement sexy mais aussi intelligente, déterminée, et très méfiante.

— Je pensais avoir rendez-vous avec Callum Ryder-White, dit-il.

— Mon grand-père m'a donné pour instruction de vous rencontrer. Je m'occupe des relations publiques et c'est moi qui prends les décisions concernant les festivités du centenaire de Ryder.

Bon sang, même ce soupçon de raucité dans sa voix était sexy.

— Enchanté, trésor.

À en juger par l'éclair qui jaillit dans le regard ambre de la jeune femme, le mot « trésor » ne lui avait pas plu. Elle passa la main dans ses cheveux blonds et courts. Il fallait une certaine assurance pour assumer une coupe aussi courte. Mais ses pommettes hautes, son nez droit et ses yeux de chat étaient mis en valeur par sa coiffure.

— Vous pouvez m'appeler Kinga ou mademoiselle Ryder-White, mais laissez tomber le « trésor », *trésor*.

Parce qu'il préférait toujours l'insolence à la servilité, Griff sourit.

— Je n'ai pas d'objections à ce que vous m'appeliez « trésor », mais puisque nous devons être professionnels, vous pouvez m'appeler Griff, dit-il d'une voix légèrement enrouée.

Que lui arrivait-il ? Pourquoi réagissait-il ainsi ?

Il avait rencontré des princesses, des mannequins, des actrices de premier plan et des beautés de séries B – il avait couché avec un bon nombre d'entre elles –, et aucune n'avait réussi à lui faire perdre ses moyens. Pourtant, cette femme y parvenait.

Et il n'arrivait pas à comprendre pourquoi.

— Aimeriez-vous boire un café ou un soda ? demanda Kinga d'un ton brusque et professionnel.

Consultant sa montre, il constata qu'il était presque 17 heures et décida qu'il avait besoin d'un verre. Il examina la collection de whiskies derrière le bar.

— Un whisky single malt. Vieux, de préférence.

— Il s'agit d'un rendez-vous professionnel. Café, eau ou soda ? demanda Kinga entre ses dents.

Bon sang, l'agacer était amusant. Il aimait la façon dont elle le regardait, avec des yeux pleins de dédain. Pour la première fois depuis… eh bien, très longtemps, Griff avait envie de conquérir une femme.

Sans quitter des yeux son joli minois, il leva la main et, comme prévu, une serveuse se dirigea aussitôt vers leur table. Griff commanda un verre de Macallan Royal Marriage, sec, et demanda à Kinga si elle voulait boire la même chose.

À sa grande surprise, elle hocha la tête tout en soutenant son regard. D'instinct, il comprit qu'il s'agissait d'un combat pour avoir le contrôle sur cette conversation. Une bataille qu'il voulait remporter.

Tout comme elle.

Kinga arborait un air impassible. Sa capacité à ignorer leur attirance l'intriguait. Il avait remarqué sa réaction immédiate. Mais elle l'avait masquée, faisant comme si elle ne s'était jamais produite.

Intéressant.

À quand remontait la dernière fois qu'il avait dû faire des efforts pour impressionner une femme ? Quinze ans ? Vingt ? Était-ce déjà arrivé ?

Kinga Ryder-White était la femme la plus étonnante – et peut-être la plus exaspérante – qu'il ait jamais rencontrée.

Ils restèrent là, muets, aucun d'eux ne voulant détourner

le regard, jusqu'à ce que la serveuse apporte leurs boissons. Griff avait raison, le liquide ambre avait la même couleur que les yeux de Kinga. Elle prit une gorgée de whisky puis reposa délicatement son verre.

— Prêt à parler affaires ? demanda-t-elle. Votre agent est venu avec vous ? Ou votre manager ?

— Non, répondit Griff brusquement.

Après la trahison de Finn, il prenait son temps pour choisir la personne qui le représenterait. Le concert pour les Ryder-White était une offre que Griff pouvait négocier lui-même, d'autant plus qu'il n'avait pas encore décidé si son retour sur le devant de la scène serait permanent ou non.

— Pourquoi n'avez-vous pas signé avec quelqu'un d'autre après la mort de Finn Barclay ? questionna-t-elle.

Griff soupira. Il détestait parler de Finn. Jusqu'à présent, personne ne savait que, si Finn était mort dans un accident de voiture, c'était parce qu'il avait roulé à grande vitesse pour aller trouver Griff dans son ranch. Griff venait de lui annoncer la fin de leur longue relation de travail. La trahison de Finn lui avait appris que la seule personne sur laquelle il pouvait se reposer entièrement était lui-même.

Écœuré par la façon dont sa collaboration avec son manager s'était terminée, Griff n'était pas sûr de pouvoir refaire confiance à quelqu'un un jour. Cela expliquait aussi pourquoi il avait arrêté les rendez-vous galants.

— Alors ? demanda Kinga avec une pointe d'impatience.

Quelque chose donnait envie à Griff de lui raconter l'histoire entre Finn et Sian. Cette impulsion le contrariait. Il ne se confiait jamais à personne, alors pourquoi voulait-il dévoiler son âme à cette créature arrogante, directe, et sexy en diable ?

— Ça ne vous regarde pas, lâcha-t-il avec irritation.

— Eh bien, les agents sont le pare-feu entre l'artiste et le client, dit-elle avec un sourire mi-tendre, mi-sournois. C'est bien plus facile d'être franche avec un agent qu'avec l'artiste.

Il esquissa un sourire.

— Je suis un grand garçon. Je peux encaisser les critiques.

Kinga hocha la tête. Joignant les mains, elle le scruta droit dans les yeux.

— Mon grand-père, Callum, pense que vous seriez parfait pour donner un concert lors du bal de Ryder International. Il aime l'idée d'être celui qui relancera votre carrière.

Il envisagea de dire à Kinga que le bal de Ryder n'était qu'un contrat d'un soir, et qu'il avait d'autres propositions. Il n'était pas désespéré, bon sang. Il n'avait pas *besoin* de donner ce concert ou de revenir sur scène.

Il pourrait très bien se contenter de vendre ses chansons à d'autres artistes, mais chanter, jouer la comédie et divertir les gens était son métier. À l'âge de sept ans, sa jumelle Sian et lui avaient décroché leur premier rôle dans une sitcom extrêmement populaire. À dix-huit ans, ils avaient joué dans la comédie musicale *Peter et moi*. Le succès avait été tel qu'ils étaient devenus des stars internationales. La bande originale avait été certifiée quadruple disque de platine.

Durant la décennie suivante, Griff avait enchaîné les projets, et il avait adoré avoir le monde à ses pieds. Mais ensuite, son univers s'était fracturé. Les médias avaient essayé de comprendre pourquoi un artiste passionné et facile à vivre s'était transformé en un monstre avide de publicité.

Griff reposa la cheville sur son genou.

— Donc, vous pensez que je ne conviens pas pour cet événement ? Pour quelle raison ?

— Vous ne collez pas avec l'image de mon bal, et vous n'êtes pas celui que je veux voir chanter devant la plupart de nos amis, de nos clients et de nos collègues. Ils ont certaines attentes en matière de divertissement. Vous avez une réputation sulfureuse et vous n'avez pas chanté depuis un moment.

Eh bien, lui qui avait demandé une explication, il était servi.

Kinga n'avait pas baissé les yeux, et il appréciait sa combativité.

— Je vais être honnête avec vous, monsieur O'Hare. Selon moi, vous embaucher serait une erreur, et je compte pousser mon grand-père à changer d'avis.

Callum semblait décidé à l'engager, aussi Griff haussa-t-il les épaules, conscient que sa désinvolture exaspérerait Kinga. Il comprenait qu'elle ne souhaite pas prendre de risques. À sa place, lui aussi hésiterait à engager un musicien tel que lui. Il saccageait les chambres d'hôtel, collectionnait les aventures, enchaînait les excès de vitesse avec sa Ducati surpuissante, touchait à la drogue. Et puis, il avait eu trois enfants avec trois femmes différentes – de fausses informations, que beaucoup de gens pensaient vraies.

L'essentiel de son comportement de mauvais garçon était une mascarade, une manipulation des médias soigneusement élaborée. L'équation était simple : s'il défrayait la chronique, les médias se concentraient sur lui et ignoraient Sian, ce qui permettait à sa sœur de mener une vie plus tranquille.

Et parce qu'il faisait toujours les choses à fond, il avait dépassé ses propres attentes.

Étonnamment, se comporter comme une star rebelle et imprudente prenait beaucoup de temps et d'énergie. Et Griff en avait assez d'être dépeint comme un vaurien. Il était prêt à ouvrir un nouveau chapitre de sa vie. Chanter lors du bal l'aiderait peut-être à changer son image. À regagner un peu de respect.

— Vous ne protestez pas ? s'étonna Kinga, manifestement agacée qu'il mette autant de temps à répondre.

Griff avait envie de lui avouer que tous ses écarts de conduite n'étaient que de la comédie, un spectacle bien rodé, mais c'était un secret qu'il emporterait dans la tombe. Seuls sa famille et ses deux meilleurs amis, Stan et Ava Maxwell, savaient qu'il avait passé ces dernières années à protéger sa jumelle. S'il était démasqué, les médias essaieraient de découvrir ce que Sian tentait de cacher. Et s'ils produisaient des articles sur Sian et sur ses difficultés, ce serait terrible.

La presse avait totalement oublié Sian, Dieu merci. Et Griff pouvait enfin mettre en scène son propre retour.

— Non.

— Vous êtes un artiste talentueux, monsieur O'Hare, et vous avez la voix d'un ange.

Un éloge bien tiède.

— Merci.

— Ce ne sont pas mes mots. J'ai lu ça quelque part, glissa-t-elle avec un haussement d'épaules. La musique, ce n'est pas ma tasse de thé. Je ne sais pas chanter ni battre la mesure.

— Tout le monde peut battre la mesure et chanter un couplet, protesta-t-il.

— Je suis une handicapée de la musique, assura Kinga

avec un revers de la main. Quoi qu'il en soit, ce n'est pas la question. Mon métier, c'est la communication, et vous engager ne serait pas une bonne idée pour Ryder International. Hélas pour moi, mon grand-père pense que vous êtes l'homme de la situation.

L'attitude désinvolte de Kinga n'aurait pas dû le blesser, puisqu'il avait entendu bien pire au fil des années. Pourtant, elle avait réussi à faire une brèche dans son armure.

— Comme je le disais, mon grand-père pense que toute publicité est bonne à prendre, et qu'un mauvais article dans la presse vaut mieux que pas d'article du tout. Je ne partage pas sa façon de voir. Selon moi, une association entre Ryder et vous n'est pas dans notre intérêt.

Un autre uppercut. À la fin de cette conversation, il allait ressembler à un vieux punching-ball.

— Pourquoi votre grand-père a-t-il pensé à moi ?

C'était la question qui le taraudait depuis qu'il avait reçu un mail pour lui proposer de chanter au bal de Ryder International.

Griff ignorait comment Callum Ryder-White avait obtenu son adresse électronique privée, et comment il savait que Griff envisageait un retour. Il n'avait évoqué cette idée qu'avec quelques personnes du métier. Callum avait sans doute un réseau impressionnant et les poches bien pleines pour avoir accès à ce type d'informations. Griff ignorait s'il devait être contrarié ou ravi.

Chanter lors d'un événement intime – un bal pour deux mille personnes était pour lui un petit concert – serait une bonne manière de revenir en douceur. En plus de reprendre la scène, il écrivait à nouveau des chansons et envisageait de sortir un nouvel album. Mais toutes ces décisions avaient des conséquences, notamment une attention médiatique accrue.

Reprendre le travail signifierait aussi s'éloigner de Sian et de son fils pendant des mois.

— Mon grand-père adore Vinnie D'Angelo. Le célèbre chanteur d'opéra.

Une précision inutile, puisque Griff savait qui était Vinnie. Il l'avait rencontré plusieurs fois et l'appréciait sincèrement. C'était l'une des raisons pour lesquelles il avait fait une reprise de *Nessun dorma*, l'air préféré de Vinnie, pour son quatre-vingtième anniversaire. L'autre raison était que le morceau, tiré de l'opéra *Turandot*, représentait un défi sur le plan vocal et instrumental.

— Il a vu la vidéo que vous avez récemment publiée et il n'a pas été déçu, expliqua Kinga.

Une sacrée litote.

— La plupart des gens ont trouvé que j'étais fantastique, souligna-t-il.

— Mon grand-père a des critères plus élevés que la plupart des gens, répliqua-t-elle avec un petit sourire Quoi qu'il en soit, il sait que vos fans se désespèrent de vous voir revenir, et il a pensé que votre présence au bal serait un formidable coup publicitaire.

— Mais vous n'êtes pas de son avis.

Elle ouvrit de grands yeux, essayant de prendre un air innocent sans y parvenir.

— Qu'est-ce qui vous fait dire ça ?

Il s'efforça de réprimer un sourire.

— Trésor, vous avez un énorme problème, car votre grand-père m'a déjà envoyé le contrat.

Elle fit de son mieux pour masquer sa stupéfaction. Et elle se reprit rapidement, l'irritation dans son regard laissant place à la détermination.

— Mais je ne signe jamais rien et je n'accepte jamais un projet sans avoir rencontré les gens avec qui je vais travailler. Je préférerais engager un chanteur moins charismatique mais plus fiable, asséna-t-elle d'un ton froid.

Il devinait ce qu'elle n'avait pas dit… *Un chanteur moins égoïste, moins puéril, moins incontrôlable.*

Ces non-dits lui firent l'effet d'une gifle, et il dut faire un grand effort pour rester courtois. Il n'était pas du genre à dévoiler son âme, pourtant, une fois de plus, il éprouva l'envie de s'expliquer. De révéler que la personne que Kinga voyait n'était pas celle qu'il était. Il voulait lui avouer que son numéro de *bad boy* n'était que cela, un numéro, et qu'il en avait plus qu'assez d'être vu comme un homme à problèmes. Tout ce qu'il souhaitait, c'était écrire de la musique, chanter, être à nouveau lui-même.

Pourquoi vouloir se confier à elle, et pourquoi maintenant ? Cette jeune femme était guindée, hautaine et directe, mais Griff avait le sentiment qu'elle était la seule capable de lui soutirer ses secrets.

Malgré son attirance pour elle, Griff savait qu'il devrait se lever et s'en aller. Ou plutôt, s'enfuir. Il trouverait un autre moyen de mettre en scène son retour. Il savait d'instinct que cette femme était dangereuse, pour son cœur et pour son esprit.

D'un autre côté, il avait aussi besoin de ce concert, non pas pour l'argent – il en avait gagné assez pour dix vies – mais parce que la musique était sa passion.

Il avait sacrifié sa réputation, sa musique et sa carrière pour sa sœur et le fils de celle-ci. Maintenant que Sian allait mieux, il était prêt à revenir. Chanter au bal de charité de Ryder International était une bonne opportunité.

Mais il n'était plus sûr d'avoir la main, hélas.

Non pas parce que Kinga faisait la difficile et qu'elle n'était pas enthousiaste à l'idée de l'engager, mais parce que…

Mince.

Il passa la main sur son visage.

… Parce que quelque chose chez cette femme résonnait en lui. Elle était une mélodie pour laquelle il devrait écrire des paroles. Une chanson dans son subconscient. Un instrument nouveau qu'il devait maîtriser. Une partition à annoter.

Bon sang. Il était dans de beaux draps.

- 2 -

Les poings serrés, Kinga dévisagea Griff O'Hare, stupéfiée.

Elle avait dû mal entendre. Il était impossible qu'il ait déjà eu une offre puisqu'elle avait expliqué à son grand-père qu'engager Griff était une très mauvaise idée. Callum avait la tête dure, mais il n'était pas stupide…

Cette vieille tête de mule avait-elle pu faire une chose pareille ? Conclure le marché sans elle ? La piéger ? Callum aurait-il pu la mettre dans une situation aussi intenable ? Oui, évidemment.

Bon sang, que faire à présent ?

Et pourquoi son cœur battait-il à coups triplés et ses parties féminines vibraient-elles chaque fois qu'elle croisait le regard de Griff ?

Certes, c'était un homme très séduisant. Elle aimait ses cheveux en bataille, sa mâchoire carrée recouverte par une barbe de trois jours, son nez droit, la petite cicatrice sur sa pommette. Elle savait qu'il avait de délicieuses fossettes, mais bien qu'il ait souri plusieurs fois, elle ne les avait pas encore vues.

Il possédait un corps splendide : de larges épaules, des pectoraux puissants, une taille fine et des bras massifs qui étiraient le tissu de son T-shirt de marque. Mais c'étaient ses yeux qui la fascinaient le plus. Kinga pourrait se perdre dans leurs profondeurs vert foncé, qui lui rappelaient la couleur de forêts de sapins en hiver. Rehaussés de sourcils bruns et bordés de cils épais, ils semblaient receler mille secrets. L'apparente décontraction de Griff poussait les gens à croire qu'il était un homme insouciant, un mauvais garçon impénitent, mais son regard reflétait une intelligence aiguisée.

Kinga s'intima de se ressaisir et s'avisa que peu importait qui était O'Hare. Il n'était pas l'homme qu'il fallait pour *son* bal, voilà tout.

La présence d'O'Hare au bal attirerait l'attention des médias et mettrait en lumière le bal de charité, certainement. Callum pourrait clamer qu'il était le visionnaire qui avait offert à O'Hare une seconde chance, *si* Griff se tenait bien et qu'il livrait une performance correcte.

S'il échouait, Callum reprocherait à Kinga de l'avoir engagé. Ce serait elle qui serait en première ligne. Liens familiaux ou non, Callum pensait à lui-même avant tout.

Kinga desserra le poing. Engager Griff était risqué. Or, prendre des risques pouvait conduire à des drames. Elle était bien placée pour le savoir.

— Corrigez-moi si je me trompe. Vous n'avez pas encore signé le contrat, n'est-ce pas ? demanda-t-elle d'une voix un peu tremblante.

— Non, mais je vais sans doute le faire. C'est un événement chic, et les fonds récoltés seront reversés à des œuvres de bienfaisance. Ce sera bon pour mon image.

— Vous faites don de votre cachet ? s'enquit-elle.

Peut-être pourrait-elle trouver quelques aspects positifs dans cette histoire…

Il sourit, dévoilant sa dentition parfaite.

— Non, Ryder International me paie pour chanter.

— Merveilleux, marmonna-t-elle.

Crétin.

Elle croisa les bras, les nerfs à vif.

— Mon grand-père va changer d'avis.

— Vous savez que ça n'arrivera pas, mais libre à vous d'espérer. Oh ! et bonne chance pour expliquer à la presse pourquoi vous avez retiré votre offre.

Kinga releva vivement la tête.

— Qu'est-ce que vous entendez par là ?

— Si vous compliquez les choses, j'enverrai un communiqué de presse aux grands médias, pour leur dire que je suis ravi d'annoncer mon grand retour, qui prendra la forme d'un concert à votre bal.

— Vous ne pouvez pas faire cela sans ma permission !

Griff se pencha vers elle et la transperça du regard.

— Comprenez bien, mademoiselle Ryder-White. Je n'ai pas besoin de votre fichue permission pour faire ou dire quoi que ce soit. J'ai reçu une offre du P-DG de votre entreprise, avec un contrat. Je vais accepter cette offre. C'est ma carrière, pas la vôtre.

— Mais c'est mon bal, bon sang ! Et je suis presque sûre que vous ne souhaitez pas collaborer avec moi.

— Si vous devenez trop pénible, je vais demander à Callum de vous remplacer. Il a évoqué votre mauvais caractère, et il a mentionné que je préférerais peut-être travailler avec votre sœur.

Tinsley était douce, gentille, calme. N'était-ce pas stupide que Kinga se sente blessée d'entendre les mots de Callum dans la bouche de Griff ? Elle baissa les yeux, espérant qu'il n'avait pas remarqué son expression.

— Regardez-moi, Kinga.

Elle releva les yeux à contrecœur.

— Je suis votre divertissement principal, autant s'y faire. Callum m'a choisi et, d'après ce que j'ai lu, il obtient en général ce qu'il veut.

Griff avait raison, hélas. Et une fois que Callum avait pris une décision, il y avait peu d'espoir pour qu'il revienne dessus. De plus, comme sa collection rare de manuscrits enluminés, la bague qui avait appartenu à Marie-Antoinette ou sa Jaguar de 1953, Griff était un objet de plus à collectionner, à utiliser puis à oublier. Callum serait acclamé pour avoir convaincu Griff de reprendre sa carrière, et il apprécierait ce frisson momentané. Peu importait que ce contrat ne soit pas dans l'intérêt de Ryder International. Ce serait à d'autres personnes, comme elle, de gérer les répercussions potentielles.

Puisque Griff avait reçu une offre de Callum, Kinga était obligée de traiter avec le chanteur. Elle devait changer de tactique, et trouver un moyen de faire de son retour une publicité positive pour Ryder International afin de protéger la compagnie, son travail, et sa personne.

Il lui faudrait imaginer une tout autre campagne publicitaire. La première étape, à l'évidence, était de s'assurer que Griff ne ferait rien de stupide entre maintenant et le jour de la Saint-Valentin.

Elle riva son regard au sien, espérant avoir l'air déterminé.

— Je vais vous faire une proposition.

— Intéressant, répondit-il d'un ton traînant.

Donc, elle ne l'intimidait pas du tout. *Génial.*

— Je ne vais pas me battre avec Callum et, croyez-moi, je pourrais. Cela prendrait du temps, mais il finirait par m'écouter.

C'était faux, mais O'Hare n'avait pas besoin de le savoir.

— Nous pouvons aisément nous permettre de rompre votre contrat et vous dédommager pour le désagrément. Quant à la mauvaise publicité que cela générerait, je pense que beaucoup de gens comprendraient pourquoi nous avons préféré ne pas prendre de risques avec vous.

Kinga crut voir un éclair de douleur sur le visage de Griff, mais il disparut si vite qu'elle ne put en être certaine. En tout cas, elle avait maintenant toute son attention, et c'était tout ce qui importait. Elle allait imposer ses conditions tant qu'elle avait la main. Elle soupçonnait qu'elle ne la garderait pas longtemps.

— Je contrôle la publicité, *toute* la publicité, y compris la façon dont nous allons présenter l'histoire de votre retour.

Griff voulut répondre mais Kinga ne lui en laissa pas le temps.

— Vous n'avez plus de manager et, selon mes sources dans le métier, vous n'avez pas d'attaché de presse non plus. Considérez que mes services sont un bonus.

— Je suis parfaitement capable de gérer mes relations avec la presse, déclara-t-il d'une voix dangereusement douce.

Kinga émit un son incrédule.

— Non, c'est faux. Et puisque votre retour coïncide avec mon bal, c'est moi qui vais contrôler cette narration.

Elle enfonça l'index dans son avant-bras et ignora le frisson électrique qui la parcourut. Son attirance incontrôlable était fichtrement inopportune.

— Tout ce que vous avez à faire, c'est vous comporter correctement. Et parce que je ne vous fais pas confiance, vous allez vous installer à Portland, dans le Maine, où je vis et où le siège de Ryder International se trouve, afin que je puisse garder un œil sur vous.

— Non, rétorqua Griff. Si je viens à Portland, ce sera parce que je *veux* y être et non parce que vous avez émis un décret royal.

Kinga fut interloquée. Griff savait-il que la presse locale les surnommait, Tinsley et elle, les princesses de Portland, ou son commentaire désinvolte était-il une simple coïncidence ?

— Je vous veux à Portland, c'est là-bas que notre entreprise est installée et que les Ryder-White vivent depuis des générations, insista-t-elle.

Elle fut momentanément distraite par la lueur d'intérêt dans son regard. Bon sang, il était vraiment irrésistible. Que ferait-il si elle posait les lèvres sur les siennes ? La chaleur qui faisait rage entre eux se transformerait-elle en un tourbillon de feu ?

Elle soupçonnait que oui. Les flammes entre eux étaient déjà hautes comme le ciel, et si Griff O'Hare était n'importe qui d'autre que, eh bien, *lui*, elle pourrait être tentée de céder à son attirance. De suggérer qu'ils prennent une chambre…

La pensée la choqua.

Elle n'était pas spontanée. Elle n'agissait jamais sur un coup de tête. Son comportement impulsif au réveillon du nouvel an, dix ans plus tôt, avait conduit à une tragédie. Depuis, elle analysait tout, considérait toutes les options, étudiait les résultats et les conséquences possibles en long et en large. Ensuite, seulement, elle passait à l'action.

— Je veux que vous vous installiez à Portland, répéta-t-elle.

— Hors de question.

Le sourire insolent de Griff la ramena à la réalité.

— Ne vous laissez pas abattre, trésor, railla-t-il d'un ton traînant. Je comprends que vous soyez une femme de tête, mais tout le monde ne vous obéit pas au doigt et à l'œil. Peut-être suis-je là pour vous le rappeler.

Elle ne l'admettrait jamais devant lui, ni devant quiconque, mais elle savait qu'il avait raison.

Elle se força à afficher un sourire.

— Je pense que cela se passerait mieux si nous travaillions ensemble, alors j'apprécierais beaucoup votre présence à Portland, monsieur O'Hare.

Là où elle pourrait le surveiller.

Cela l'ennuyait d'admettre qu'elle avait perdu cette première bataille. Il y en aurait d'autres, à n'en pas douter, mais pour l'heure, elle devait battre en retraite. Prenant sa tablette et son sac, elle se leva et fut surprise que Griff en fasse autant. Étonnamment, cet homme avait de bonnes manières.

— Je dois partir, sinon je vais manquer mon avion, dit-elle, sortant de son sac fourre-tout une carte de visite qu'elle lui donna.

Griff la rangea dans la poche arrière de son jean.

— Je vais régler l'addition. Je vous laisse retourner à ce que vous savez faire de mieux.

— C'est-à-dire ? demanda Griff, l'air amusé.

— Draguer des jeunes femmes au hasard dans les bars.

Griff baissa la tête, et Kinga crut qu'il allait l'embrasser. Il fallait qu'elle recule, mais ses pieds refusaient de coopérer. Elle voulait qu'il l'embrasse, se rendit-elle compte ; elle avait envie de goûter sa saveur, et savoir si son corps était aussi musclé qu'elle le pensait.

Bonté divine, ce n'était pas bon signe.

Au lieu de l'embrasser, Griff effleura de son souffle chaud sa joue et son oreille.

— Que ce soit clair, je n'essayais pas de draguer une femme au hasard. J'essayais de *vous* draguer. À bientôt, trésor.

Kinga le regarda s'éloigner, réprimant l'envie de lui lancer son verre de cristal à la tête.

Peut-être devrait-elle commander un autre verre. Elle en avait bien besoin.

Légèrement ébranlé, Griff traversa le hall, son casque sous le bras. Observant les lieux autour de lui, il se rendit compte qu'au lieu de se diriger vers la sortie, il s'était aventuré à l'intérieur de l'hôtel, dans un espace de réception doté de canapés confortables et d'un piano…

Un Fazioli Aria ? Incroyable.

Griff traversa aussitôt l'espace pour se diriger vers l'instrument. Il regarda les doigts élégants de la musicienne danser sur les touches. Elle était jeune et jolie, mais toute l'attention de Griff était concentrée sur le piano, l'un des plus luxueux et des plus onéreux du monde. Il était un fou de guitares Gibson, néanmoins il avait pris des cours de piano et il savait se débrouiller avec un clavier.

La jolie rousse ouvrit de grands yeux lorsqu'elle le reconnut. Elle ne fit pas de fausse note et ne s'arrêta pas, se contentant de hausser un sourcil et d'esquisser un sourire.

— Griff O'Hare. Vous savez jouer du piano ?

Griff hocha la tête.

— La guitare est mon premier amour, mais j'ai passé des heures à massacrer Mozart et Bach.

Elle se mit à jouer *Moon River* d'Henry Mancini, et son sourire devint séducteur.

— N'hésitez pas à vous joindre à moi…

Griff jeta un coup d'œil circulaire. S'il acceptait son invitation, cela attirerait plus d'attention qu'il n'en voulait.

— Merci, ça ira. C'est un superbe instrument.

— Ils en ont un autre dans la salle de bal.

— Deux Faziolis ?

— Les propriétaires de l'hôtel n'ont pas regardé à la dépense. Je m'appelle Alice, au fait. Est-ce que vous séjournez ici ?

— Non, je suis venu pour un rendez-vous.

En son for intérieur, il grimaça devant la lueur séductrice dans ses yeux. Il savait ce qui viendrait ensuite.

Trois, deux, un…

— Cela vous dirait d'en avoir un avec moi ? Je termine dans dix minutes.

Gagné.

— Merci, mais je ne peux pas, dit-il, passant la main sur l'instrument. J'ai été ravi de vous connaître, Alice.

Conscient que les regards le suivaient lorsqu'il traversa le hall, il réprima l'envie de retourner dans le bar Ryder International pour s'engager dans une conversation non professionnelle avec Kinga Ryder-White.

Une conversation du style *je-me-demande-quel-goût-ont-vos-lèvres* et *j'ai-très-envie-de-vous-voir-nue*. Mais ses airs froids et sérieux lui indiquaient qu'il avait très peu de chances de la séduire.

De toute façon, il ferait mieux de consacrer toute son énergie à son futur concert, se dit-il. Il sortit de l'hôtel et se dirigea vers sa Ducati garée à quelques dizaines de mètres.

Chaussant une paire de lunettes et une casquette de base-ball qu'il avait rangées dans la poche intérieure de sa veste, il se faufila entre les touristes et les New Yorkais, encore plongé dans ses pensées.

Des pensées qui, comme souvent, concernaient sa sœur jumelle. Cela faisait presque dix ans que les médecins avaient diagnostiqué la schizophrénie de Sian, pourtant, Griff avait l'impression que c'était hier. Juste après la nouvelle, et parce qu'elle voulait arrêter sa carrière, Sian s'était retirée dans le ranch de Griff, dans le Kentucky, où il élevait des chevaux. Son soudain retrait de la vie publique avait suscité beaucoup de rumeurs.

Après plusieurs ragots particulièrement insultants,

Griff et son manager, Finn, étaient parvenus à la même conclusion : il fallait trouver un moyen pour que la presse se désintéresse de Sian. Griff avait lancé l'idée de se transformer en *bad boy*, et Finn l'avait approuvée. Le manager avait fortement conseillé à Griff de se lancer dans une tournée « mouvementée », nécessaire, selon lui, pour coller avec sa nouvelle image. Griff n'avait pas voulu s'éloigner de Sian pendant plusieurs mois, mais Finn avait promis de veiller sur elle. Pendant que Griff était sur les routes, la relation père-fille entre Finn et Sian s'était muée en liaison. Et Sian s'était trouvée enceinte.

Griff avait encore du mal à croire que l'homme que Sian et lui avaient considéré comme leur second père – leurs parents étaient morts quand ils avaient une vingtaine d'années – ait pu coucher avec elle. D'autant plus que Finn savait à quel point Sian était vulnérable.

L'ordure.

Sian ne voyait pas les choses ainsi. Elle affirmait s'être engagée dans cette relation volontairement, et en pleine connaissance de cause. Mais Griff, très protecteur envers sa sœur, ne pouvait s'empêcher de penser que Finn avait profité de la situation. Leur manager savait que Sian avait besoin d'être réconfortée, d'être à nouveau la jeune femme séduisante et normale qu'elle était avant le diagnostic.

Quoi qu'il en soit, Griff avait réussi à éloigner la presse de Sian. Personne ne savait qu'elle avait un trouble mental, qu'elle était mère, et que le père de son fils était Finn. Si c'était à refaire, Griff agirait de la même manière.

Elle était sa jumelle, et il ferait n'importe quoi pour elle.

Arrivant devant sa moto, il retira sa casquette et enfila son casque. À présent bien protégé des regards, il enfourcha la Ducati et s'inséra dans la circulation.

Il était prêt à tout pour protéger Sian et Sam, et il ne les considérerait jamais comme un fardeau.

Néanmoins, il était fatigué d'être dépeint comme un vaurien en quête d'attention.

Autrefois, il était respecté en tant qu'artiste, et il voulait désespérément redorer son blason. Le moment était venu, selon lui. Sian était stable et les gens du métier l'avaient oubliée. Sam était un enfant épanoui. Griff avait trente-cinq ans et il avait maintenant envie d'être plus discret. Ce bal chic et élégant donnerait le ton pour la suite de sa carrière.

Il pourrait se produire à ce concert, étudier les réactions, et ensuite, décider du chemin à suivre.

Point positif, il travaillerait avec la très sexy Kinga Ryder-White, au long corps élancé, aux cheveux blonds et courts, et aux yeux ambre impertinents.

Pour l'instant, le bal de Ryder International se révélait être une excellente opportunité.

Penelope

Par les fenêtres de leur salon privé, Penelope regarda James remonter le sentier de la plage, les cheveux au vent et les joues rosies par le froid. Quelle que soit la météo, il emportait sa tasse de café dehors et passait du temps à contempler la mer.

Son mari avait ses petites habitudes, pensa Penelope. Un trait qu'elle appréciait. Contrairement à elle, James était un livre ouvert.

Penelope se servit une seconde tasse de café et ouvrit son journal en peau de crocodile afin de vérifier son emploi du temps pour la journée. Cours de Pilates à 11 heures, déjeuner avec des amies à 13 heures et rendez-vous avec le P-DG de la Fondation Ryder à 16 heures pour discuter des nombreuses demandes de financement que la fondation recevait. Il était toujours difficile de hiérarchiser les besoins quand tant de gens réclamaient leur aide…

Pen espérait pouvoir se concentrer suffisamment pour apporter une contribution utile à la conversation.

Depuis ce stupide test ADN, ses pensées s'éparpillaient et sa capacité de concentration était réduite. Sa tasse à la main, elle retourna vers la fenêtre et observa la crique tout en songeant aux choix qu'elle avait faits dans sa vie.

Et aux conséquences de ces choix.

Avec le temps, elle avait appris à vivre avec la culpabilité et le sentiment de vide, et elle avait élevé ses deux filles du mieux qu'elle pouvait. La cinquantaine bien avancée, Pen avait cru que le passé était loin derrière elle et que son secret était à l'abri.

Le « cadeau » de Callum, un test ADN, avait fait voler cette croyance en éclats.

Penelope entendit James entrer dans la pièce et se retourna vers lui. Ses cheveux blonds étaient décoiffés, et il avait l'air fatigué et tendu. Non, rectifia-t-elle, James était toujours tendu. Travailler pour son père exigeant et peu reconnaissant était d'une difficulté incommensurable. Il ressemblait à son oncle, songea-t-elle, le cœur serré.

— Bonjour, Pen.

Elle lui rendit son salut feutré. Lorsqu'ils s'étaient mariés, ils n'étaient pas amoureux ; leur union était, dans une certaine mesure, un mariage arrangé. Les parents de Penelope étaient amis avec les Ryder-White, qui l'avaient considérée comme une épouse convenable, riche, instruite, et digne de rejoindre le clan Ryder-White. Callum n'avait vu en elle qu'une jeune fille de vingt ans, bien élevée, innocente, qui avait passé, comme beaucoup de ses amies, une année à l'étranger.

Pourtant, malgré l'immense secret qu'elle lui cachait, James et elle avaient fait fonctionner leur mariage, en devenant amis, puis amants, et enfin parents.

Ils avaient élevé deux magnifiques filles, et si James avait eu une liaison, ou plusieurs, il avait été discret. Elle n'était pas sentimentale en ce qui concernait son mariage. Elle s'était attendue à ce que son époux prenne une maîtresse. Après tout, c'était ce que les hommes – y compris son propre père – faisaient.

Son union était stable. James et elle étaient riches, populaires, respectés… presque célèbres. Elle ne voulait pas que les choses changent, ni que les secrets de sa vie avant James soient révélés.

— Ça va, Pen ? demanda-t-il.

Elle s'apprêta à répondre que tout allait bien, mais lorsqu'elle vit son air inquiet, elle secoua la tête.

— Pas vraiment. Et toi ?

En guise de réponse, James haussa les épaules. Pen soupira, consciente que James n'était pas du genre à faire des vagues. Sa nature douce et son aversion pour les conflits expliquaient pourquoi Callum le traitait comme un serviteur. Le beau-père de Pen était un tyran et, comme tous les tyrans, il respectait uniquement les gens qui lui tenaient tête.

— Fatigué, c'est tout.

Elle savait bien qu'il mentait.

— J'ai l'impression d'être sur un tapis de course sans possibilité d'en descendre, avoua-t-il.

Lorsqu'elle l'observa, elle fut frappée par l'émotion dans son regard. Travailler pour Callum l'avait usé, et parfois, elle souhaitait désespérément qu'ils puissent s'enfuir et prendre un nouveau départ.

Malheureusement, certaines choses vous suivaient où que vous alliez.

James regarda par la fenêtre, la mâchoire serrée. Avec ses épais cheveux blonds striés d'argent, ses yeux bleus et son corps musclé, son mari était encore un homme splendide. Elle avait de la chance d'être son épouse et de profiter du style de vie luxueux qu'il pouvait lui offrir, d'être respectée et même, de temps en temps, honorée.

Cela pourrait changer…

Non, cela *allait* changer. Mieux valait être préparée.

Une fois par mois, Callum organisait une réunion familiale autour de la table deux fois centenaire de la salle à manger. Après avoir discuté de Ryder International et des affaires des Ryder-White, tout le monde se rendait dans la salle de réception de Callum pour boire un sherry, pendant que l'employée de maison préparait la table pour un dîner à quatre plats. Le repas était suivi d'un verre de porto et, pour ceux qui le souhaitaient, d'une partie de cartes ou de billard.

La présence de chaque membre de la famille était obligatoire. Étant très occupées, Kinga et Tinsley pestaient en songeant au temps précieux qu'elles gâchaient. Entre elles, elles se moquaient de tout ce cinéma.

Néanmoins, parce qu'il valait mieux ne pas faire de vagues dans cette famille, Kinga serra les dents, but son verre de sherry écœurant et suivit Tinsley dans la salle à manger, où tout le monde discuterait affaires pendant le dîner.

Tinsley regarda autour d'elle et, voyant que son grand-père, à l'autre bout de la table, était occupé à se servir un whisky, elle donna un coup de coude à Kinga.

— Tu me sembles bien nerveuse, Kingaroo. Qu'est-ce qui te tracasse ?

— Mille et une choses, marmonna Kinga en ouvrant l'étui de son iPad.

Pour commencer, elle n'arrêtait pas de penser à Griff O'Hare. Il jaillissait dans son esprit à tout moment, et ensuite, elle passait plusieurs minutes à se remémorer la couleur de ses yeux, ses épaules carrées, la façon dont son jean moulait son postérieur musclé…

Bon sang, elle était en train de perdre la tête.

— Qui a eu cette idée stupide de fêter le centenaire de Ryder International pendant toute une année ? lâcha-t-elle, irritée.

Son père s'arrêta près d'elle et déposa un baiser sur sa tête.

— C'est toi, ma chérie.

Kinga fit la moue.

— En dehors de celle d'engager O'Hare comme chanteur pour le bal, c'était l'idée la plus stupide du monde, maugréa-t-elle.

Tinsley lui adressa un regard de compassion et fit un geste du menton. Kinga tourna la tête et vit Callum approcher de sa chaise, à la tête de la table. Il avait troqué sa veste de costume contre une veste de smoking rouge bordeaux à col noir. Il s'assit, ouvrit son dossier de cuir et prit son stylo à plume Montblanc, dont il n'existait que six exemplaires dans le monde. Le papier blanc sur lequel il prenait des notes était fabriqué à la main, et son verre était en cristal de Bohême. Callum se considérait comme un aristocrate, et rien n'était trop beau pour lui.

Griff était agaçant, bien sûr, mais au moins, il n'était

pas prétentieux. Bon sang, pourquoi pensait-elle encore à lui ?

Callum s'éclaircit la voix et posa ses yeux bleu pâle sur James.

— Pourquoi n'as-tu fait aucun progrès pour déterminer qui détient le groupe d'actions qui ne sont pas sous mon contrôle ?

James fit à son père la même réponse que chaque fois.

— Callum, les actions sont détenues par un fonds fiduciaire. Le nom des bénéficiaires est confidentiel. Tout ce que nous pouvons faire, et nous l'avons déjà fait, c'est envoyer des lettres aux avocats de l'administrateur en espérant qu'il réponde. S'ils ne le font pas, nous sommes dans une impasse.

Callum émit un long grondement.

— Pourquoi diable Benjamin a-t-il laissé ces actions à une personne extérieure à la famille ?

Peut-être parce que toi, Callum, tu as perdu ton sang-froid quand il t'a annoncé qu'il aimait un homme.

Le karma, comme Kinga l'avait appris, ne manquait jamais de vous retrouver.

— Cela pourrait nous aider, si tu engageais un détective pour enquêter sur la vie de Benjamin au moment où il a cédé ces actions ! tonna Callum.

— Nous l'avons déjà fait, répondit James, et la seule personne qui était proche de Ben à cette époque était l'homme avec lequel il a vécu brièvement, celui qu'il voulait épouser.

Devant l'air écœuré de son père, James secoua la tête. Contrairement à Callum, les parents de Kinga étaient tolérants et ouverts.

— J'ai demandé au détective de fouiller dans sa vie, mais Carlo menait l'existence simple d'un homme de la classe moyenne. S'il avait eu accès à la fortune de Benjamin, il aurait au moins remboursé son prêt immobilier. Or il n'en a rien fait. L'enquêteur n'a trouvé aucun indice portant à croire que Carlo contrôle ces actions. Nous ignorons toujours qui les détient.

— Peut-on changer de sujet, s'il vous plaît ? demanda Penelope.

Kinga fut surprise par le ton sec de sa mère.

— Maman ? Ça va ?

— Nous n'arrêtons pas de ressasser le sujet ! Les actions sont hors d'atteinte. Il est peut-être temps de l'accepter !

Callum toisa sa belle-fille.

— Si j'acceptais simplement ce qu'on me dit, je ne posséderais pas une multinationale de 10 milliards de dollars, Penelope. Vous ne porteriez pas du Chanel, ni un diamant de cinq carats, et vous ne conduiriez pas la toute dernière BMW.

Penelope pressa les doigts sur ses paupières.

— Oui, je comprends, Callum. Désolée.

Cesse de t'excuser, maman ! Tu n'as rien fait de mal.

Kinga secoua la tête. Elle vit la lueur de satisfaction dans les yeux de son grand-père et son petit sourire narquois.

Callum adorait remettre les gens à leur place ; il prenait plaisir à les rabaisser, en particulier les femmes. Alors pourquoi Kinga travaillait-elle encore pour lui ? Pourquoi ne pouvait-elle pas simplement quitter la compagnie ?

Elle soupira. Parce que, bien qu'elle n'apprécie pas son grand-père, elle adorait son travail, exigeant et passionnant. Et parce qu'elle pensait pouvoir, peut-être, protéger en partie son père de la colère de Callum.

— Callum, je t'ai envoyé une copie du contrat signé par Griff O'Hare, dit-elle, voulant faire avancer la discussion.

Bon sang, même le fait de prononcer le nom de cet

homme lui faisait de l'effet. Quel était le problème chez elle ?

Callum lui décocha un regard courroucé.

— J'ai vu, oui. Et je me réjouis de la publicité que l'annonce de son retour a générée.

Elle aussi… pour l'instant.

— Mais si les journalistes passaient un peu plus de temps à parler du bal et de la Fondation Ryder, et un peu moins des exploits de Griff O'Hare, je leur en serais reconnaissante, fit-elle remarquer.

— Tant qu'ils me présentent comme celui qui a persuadé O'Hare de sortir de sa retraite, je n'ai pas de problème avec les journaux, répondit Callum.

Évidemment. Mais quand O'Hare ferait des siennes, Callum jetterait Kinga dans la fosse aux lions médiatique. Bien qu'il affirme en public que sa famille était tout pour lui, son grand-père se faisait toujours passer en premier.

— J'ai quelques idées sur les chansons que je veux entendre O'Hare chanter, déclara Callum.

Kinga ravala un grondement. Griff et elle avaient échangé une bonne douzaine de mails. Chacun se battait pour avoir le contrôle sur la liste des chansons. Griff ayant menacé de rompre leur accord, Kinga avait cédé.

À présent, Callum, qui n'avait manifestement pas lu le contrat, voulait s'en mêler.

— Tu ne peux pas les choisir, Callum. Griff ne tolérera aucune interférence sur la partie créative de sa prestation, expliqua Kinga.

L'air choqué de son grand-père la réjouit. Avec Griff, Callum avait peut-être trouvé quelqu'un d'aussi obstiné que lui. La pensée l'amusa. Et l'excita.

Pour être franche, tout chez O'Hare l'excitait.

— Ce n'est pas acceptable, tonna-t-il. C'est à moi de décider.

— Non, pas cette fois, rétorqua Kinga. Si tu interviens, il rompra le contrat et nous n'aurons plus de chanteur.

— Qui a rédigé ce maudit contrat ? s'écria Callum, le visage rouge de colère.

Kinga s'adossa à sa chaise et sourit.

— C'est toi, Callum. Je t'ai envoyé un mémo détaillant mes préoccupations, et le contrôle de la liste de titres en faisait partie. J'ai été surprise que tu aies signé le contrat sans aucune modification.

— J'ai… quoi… comment…, fulmina Callum.

Tinsley donna un petit coup dans la cheville de Kinga, qui cessa de sourire. Provoquer un ours n'était jamais malin.

— As-tu reçu les résultats du test ADN, Callum ? demanda Tinsley, changeant de sujet à son tour.

Kinga lui adressa un sourire reconnaissant.

— Cette famille semble oublier que j'ai un programme à suivre, répliqua Callum. Mais, pour répondre à ta question, non. Le laboratoire m'a envoyé un mail pour m'informer qu'il y avait eu un problème et que les résultats arriveraient avec du retard.

— Tous ? demanda James d'un ton sceptique.

Kinga aussi était surprise. Elle pouvait comprendre qu'il y ait un problème avec l'un des échantillons. Mais cinq ?

— Nous allons devoir prélever notre salive à nouveau ? questionna James.

— Je vous l'aurais dit, si tel était le cas.

Le ton sec de Callum fit grimacer Kinga, et elle prit plusieurs inspirations pour se calmer.

Ce dîner allait être long, et la soirée, plus longue encore.

- 3 -

Deux semaines s'étaient écoulées depuis la série de mails que Kinga et Griff s'étaient échangés, et dans lesquels ils se disputaient au sujet de la liste de chansons et de la communication autour du bal. Bien que Kinga ait cherché à le joindre par mail, par SMS et par téléphone, elle n'avait aucune nouvelle de Griff depuis dix jours.

Il fallait qu'elle lui parle. Ils devaient discuter du bal, des communiqués de presse, des interviews…

Elle aimerait également savoir si l'intérêt sexuel qu'elle avait vu dans ses yeux était le fruit de son imagination.

Elle ne cessait de penser à lui, de se demander ce qu'il faisait, avec qui il se trouvait…

Kinga secoua la tête, surprise par la jalousie qui la tenaillait. Elle n'avait rencontré cet homme qu'une fois – une seule ! – et pourtant, elle se comportait comme une idiote.

Dieu savait ce qui arriverait si elle passait plus de temps avec lui.

Assise dans son canapé confortable, Kinga retira son ordinateur portable de son giron pour le poser sur la table basse. Elle hissa les pieds sur l'assise et noua les bras autour de ses genoux, son regard dérivant invariablement vers le cadre argenté posé sur le manteau de la cheminée.

Le cliché avait été pris quelques jours avant la mort de Jas. Elles avaient passé le week-end à skier au mont

Saddleback et avaient demandé à un charmant moniteur de ski de les prendre en photo. Elles avaient le nez rosi par le froid, les yeux pétillants, et leur sourire audacieux semblait dire qu'elles étaient jeunes, belles et invincibles.

Jasmine était un rayon de soleil. Elle était capable de sympathiser avec n'importe qui et, après une journée à la station de ski, elle connaissait déjà une douzaine de personnes par leur prénom. C'était une éternelle optimiste, une amoureuse de la vie, un esprit libre. Fille d'un influent sénateur et de son épouse charismatique, Jasmine était une jeune fille sûre d'elle et pleine d'énergie. Kinga et elle s'étaient rencontrées au jardin d'enfants, avaient immédiatement sympathisé et, toutes deux fréquentant la même école privée, elles avaient forgé une amitié indéfectible.

Jas avait fait sortir Kinga de sa coquille, lui permettant d'avoir une vie sociale malgré sa timidité.

Son amie l'avait rendue plus courageuse et plus audacieuse.

Et puis, Jas était morte…

Kinga aurait aimé se souvenir d'elle sans repenser aux terribles événements qui s'étaient produits dix ans plus tôt. Mais c'était impossible.

« Tout va bien, Kingaroo, je me débrouillerai. »

Kinga soupira en entendant la voix de Jas dans sa tête. Hélas, tout était allé de travers.

Les souvenirs étaient aussi vivaces aujourd'hui qu'autrefois. Kinga se rappelait encore la peur dans la voix de la mère de Jas lorsque celle-ci avait téléphoné le lendemain de la fête. Elle avait demandé si Jas avait dormi chez les Ryder-White car elle n'était pas rentrée la veille. Kinga s'était précipitée chez les Garwood et avait hurlé aux policiers que Jas n'avait pas fait de fugue.

Assaillie par la peur, elle avait parcouru l'île de Cousins et affiché des avis de recherche un peu partout. Elle s'était arrêtée plusieurs fois pour pleurer et prier pour que Jas revienne rapidement.

Quelques jours plus tard, le corps de Jas avait été retrouvé, couvert de neige, dans un fossé le long de la route. La police avait établi qu'elle avait été renversée par une voiture, et le coupable n'avait jamais été identifié.

Le petit ami par intermittence de Jas, Mick Pritchard, avait dit à Kinga, et à tous ceux qui voulaient l'entendre, qu'elle était responsable de la mort de Jas.

Il avait raison.

Kinga prit son visage entre ses mains, regrettant désespérément de ne pas être restée à la soirée pour reconduire Jas chez elle comme elle l'avait promis. Au lieu de s'en aller avec un garçon qu'elle avait bien vite oublié, elle aurait pu fêter le passage à la nouvelle année avec sa meilleure amie.

Kinga prit son verre de vin, avalant ce qui en restait en une seule longue gorgée.

Elle était encore proche des parents de Jas, mais la disparition de leur fille les avait marqués. Son père, Seth, était toujours sénateur du Maine, mais c'était comme si la lumière en lui s'était éteinte. Quant à Viola, elle quittait rarement leur vaste propriété.

Jasmine manquait à Kinga, et les personnes aimantes et amusantes qu'étaient autrefois les parents de Jas lui manquaient aussi. Heureusement, ils ne lui avaient jamais reproché ce qui était arrivé ce soir-là.

Contrairement à Mick, qui l'attaquait sans relâche. Il l'avait apostrophée après l'enterrement. À chaque anniversaire de la mort de Jas, il lui envoyait un SMS, un message vocal ou un mail, parfois les trois, pour lui rappeler que Jas serait encore en vie si Kinga ne l'avait pas abandonnée. Et, invariablement, il lui envoyait un lien vers une vidéo de promotion de son entreprise.

« Quand j'avais vingt ans, j'ai perdu l'amour de ma vie, Jas Garwood, fille unique du sénateur Garwood, renversée par un chauffard qui a pris la fuite. Sa meilleure amie, Kinga Ryder-White, était censée la raccompagner chez elle après une soirée du nouvel an, mais elle ne l'a pas fait. Jas avait choisi de rentrer à pied, dans le brouillard et sous la pluie. Elle a été renversée par un chauffard. J'ai choisi de consacrer ma vie à aider les autres en leur fournissant des services de sécurité. »

Elle n'avait pas besoin que Mick lui rappelle ses erreurs. Elle vivait avec les conséquences de ses actes chaque jour. Elle avait non seulement perdu sa meilleure amie, mais elle était la raison pour laquelle les Garwood avaient perdu leur unique enfant.

La mort de Jasmine avait changé Kinga. Depuis la tragédie, elle ne se permettait jamais d'être imprudente, elle se faisait rarement de nouveaux amis et avait très peu de rendez-vous galants. Elle analysait chaque décision et réfléchissait toujours trop avant d'agir.

Qui plus est, elle s'était fait le serment de ne jamais aimer quelqu'un à ce point à nouveau.

Certes, elle chérissait ses parents et Tinsley, mais aimer sa famille était normal, non ? Aimer volontairement, ou tomber amoureuse, signifiait prendre le risque d'abandonner quelqu'un, de commettre une autre erreur. De souffrir.

Il était hors de question que cela se reproduise.

Consciente qu'il fallait qu'elle cesse de penser à Jas, Kinga se leva d'un bond et retourna le cadre vers le mur. Les souvenirs et les regrets étaient particulièrement vifs ce soir, et ne pas voir le visage souriant de Jas l'empêcherait peut-être de revivre mentalement cette terrible période.

Il fallait qu'elle pense à quelque chose d'autre, à quelqu'un d'autre.

Elle pourrait penser à Griff O'Hare…

Comme si tu ne pensais pas déjà à lui il y a dix minutes…

Agacée par sa petite voix intérieure, Kinga alla à la fenêtre et posa la main sur la vitre, observant le ciel. Il neigeait et une tempête était prévue.

Quand Griff finirait par se traîner jusqu'à Portland, comment allait-il composer avec leur climat ? Elle savait qu'il possédait une île au large de la Floride, un ranch dans le Kentucky, des maisons à Malibu et à Nashville, des appartements à Manhattan et à Londres, mais elle ignorait laquelle de ses propriétés était sa résidence principale.

Si elle le savait, elle irait le trouver et le ramènerait à Portland en le traînant par les cheveux, telle une femme des cavernes.

Il fallait qu'ils finalisent leur stratégie de communication, mais, pour être franche, il lui tardait de revoir ses yeux vert forêt, ses charmantes fossettes, de l'entendre dire son prénom de sa voix chaude et traînante. Apparemment, songea-t-elle en soupirant, elle était en train de tomber sous le charme d'un *bad boy.* Cela ne lui ressemblait pourtant pas.

Il ne se passerait rien entre eux, se dit-elle tandis qu'un grand SUV arrivait à l'angle de sa rue.

Elle se détourna de la fenêtre, s'avisant qu'elle ne se liait pas aux gens, qu'elle ne prenait pas de risques, qu'elle n'agissait pas de manière impulsive.

Ce n'était plus son genre.

Griff se gara devant un groupe de quatre immeubles de briques rouges sur Congress Street et coupa le moteur de sa Mercedes de location. Appuyant les bras sur le volant, il observa la bâtisse massive face à lui, remarquant les vitraux surmontant l'entrée, le toit en ardoise et les hautes cheminées.

Sur l'immeuble de droite, une enseigne discrète qui indiquait que la propriété était un hôtel de charme.

Les bâtiments étaient élégants et luxueux. Griff n'était pas surpris que la petite-fille de l'homme le plus riche de la ville vive ici. L'appartement était parfaitement situé, dans le quartier des arts, qui regorgeait de nombreux restaurants haut de gamme et de boutiques branchées, et qui était non loin du célèbre port de Portland.

D'après le peu que Griff avait vu lorsqu'il avait fait une promenade après son dîner, cette petite ville animée et sans prétention lui plaisait. Il appréciait le quartier d'Old Port, avec son architecture splendide et ses trottoirs pavés. Il n'avait jamais visité le Maine avant, mais il savait que son séjour ici ne serait pas désagréable.

Bien entendu, Kinga Ryder-White était pour lui l'une des principales attractions de la ville.

Après être sorti du véhicule, Griff prit sa veste sur le dossier du siège conducteur et l'enfila. Il tenta en vain de faire abstraction des grosses gouttes de pluie glacées qui lui martelaient le visage, les cheveux et les épaules. Il traversa la route en prenant soin d'éviter les flaques d'eau et monta les marches du perron pour s'abriter sous le portique de l'immeuble. Il n'y avait que trois appartements : K. Ryder-White et T. Ryder-White vivaient respectivement dans les appartements A et B, et aucun nom n'était rattaché à l'appartement C. Griff sonna chez Kinga.

— Oui ?

Ce n'était qu'un petit mot, cependant elle l'avait prononcé d'une voix apeurée. Il aurait dû la prévenir de sa venue, mais il n'était arrivé à Portland qu'en début de soirée. Après avoir dîné, il avait décidé qu'il ne pouvait pas attendre le lendemain pour voir Kinga. Elle occupait son esprit depuis leur première rencontre.

Aucune femme ne l'avait jamais obsédé ainsi.

— C'est Griff O'Hare.

— Mais qu'est-ce que vous faites ici ? Il est 23 heures passées, O'Hare, lâcha Kinga d'un ton peu amène.

La raucité de sa voix s'accentuait quand elle était agacée, et Griff trouvait cela charmant.

— Vous m'avez laissé au moins dix messages pour me demander de vous contacter. Donc, voilà, je vous contacte.

— Vous m'importunez, vous voulez dire.

Griff gloussa. Il adorait son sens de la repartie.

— Apparemment, il y a beaucoup de choses dont nous devons discuter, trésor. Il fait un froid de canard et…

Kinga l'interrompit pour marmonner quelque chose d'inintelligible, mais il devina que c'était peu flatteur pour lui. Puis la porte s'ouvrit avec un clic.

Griff entra dans un charmant hall dominé par un lustre ancien. L'espace en forme de U, menant à trois portes de bois identiques, était décoré par un petit citronnier et un banc de bois aux coussins blancs et noirs.

Il s'apprêta à frapper à la porte de Kinga mais elle l'ouvrit avant qu'il en ait eu le temps. Elle portait un pyjama en flanelle, au motif à carreaux blanc et menthe, ainsi que d'épaisses chaussettes. Ses cheveux étaient décoiffés et son visage dépourvu de maquillage.

Pourtant, il la trouvait renversante.

— Il est tard, O'Hare. Allez-vous-en, nous nous verrons demain.

Griff regarda sa montre et haussa les épaules.

— Vous ne dormiez pas, fit-il remarquer.

Elle était peut-être en tenue de nuit, mais elle ne semblait pas du tout fatiguée.

Une autre porte s'ouvrit derrière lui. Griff se retourna et vit une splendide jeune femme aux longs cheveux noirs et raides, à la peau laiteuse et aux yeux bleu marine. Elle était sexy en diable, pourtant elle ne lui faisait aucun effet. Contrairement à la beauté aux yeux couleur miel et à la langue bien pendue qui le fusillait du regard.

— Griff O'Hare, je vous présente ma sœur, Tinsley.

Tinsley, habillée d'un jean et d'un pull irlandais, s'appuya contre le cadre de sa porte.

— Bonsoir. Il est affreusement tard, monsieur O'Hare, dit-elle froidement.

Griff observa les sœurs tour à tour puis haussa les épaules.

— Sur la côte Ouest, on ne commence la soirée qu'à cette heure-ci.

— Et on se lève à midi, répliqua Kinga. Certains ont de vrais emplois qui commencent tôt le matin.

Elle n'avait aucune idée du temps et des efforts nécessaires pour arriver au niveau de succès que Griff avait atteint. Se lever tôt, faire du sport, apprendre son texte, être en tournage, répéter ses chansons ou les enregistrer : quand on travaillait quatorze à seize heures par jour, il ne restait plus que les fins de soirée pour voir du monde.

Une fois encore, il éprouva le besoin de se défendre. Avant Kinga, cela ne lui était pas arrivé depuis bien longtemps. Et cela se produirait encore, il n'en doutait pas.

Il reporta son regard sur Kinga, qui observait Tinsley.

Les deux sœurs semblaient avoir une conversation silencieuse.

Les vibrations qui émanaient d'elles lui donnaient l'impression qu'il avait dépassé les bornes. Il recula d'un pas et haussa les mains.

— Vous avez raison, il est tard, concéda-t-il. Nous pouvons nous voir demain matin.

Il se retourna vers Tinsley, comptant lui dire qu'il avait été ravi de faire sa connaissance, et vit son expression choquée lorsque Kinga déclara :

— Venez, Griff. Vous pouvez entrer.

— Tu veux que je me joigne à vous, que je vous prépare du café ? demanda Tinsley à sa sœur.

Kinga sourit.

— Non, ça ira. Merci, Tins.

À nouveau, Tinsley ouvrit de grands yeux. Tous ces non-dits… Griff n'aimait pas ça.

Il avait bien envie de demander une explication. Mais, se rappelant qu'il détestait que les gens lui posent des questions personnelles, il ravala sa curiosité.

Après avoir salué Tinsley d'un hochement de tête, il entra dans l'appartement de Kinga, qui ferma la porte derrière lui. Elle observa les quatre verrous comme si elle hésitait à les fermer. Quatre ? N'était-ce pas un peu excessif ?

Une pensée perturbante lui traversa l'esprit.

— Est-ce que vous avez peur de moi ? demanda-t-il.

Elle se retourna lentement vers lui, et pencha la tête, songeuse. Griff retint son souffle. Si elle était un tant soit peu mal à l'aise, il s'en irait.

Un soupçon d'hésitation suffirait.

Elle afficha un doux sourire, mais il savait qu'il ne lui était pas destiné.

— Non, je n'ai pas peur, dit-elle d'un ton amusé. Vous m'agacez, vous m'irritez, mais, bizarrement, vous ne me faites pas peur.

Bien. Tant mieux.

Kinga émit un petit rire en passant devant lui. Il respira son parfum, une fragrance légère, subtile, sensuelle. Ce n'était pas celle d'une eau de toilette... peut-être celle de son gel douche ? Ou de son shampooing ?

Déconcerté, il la suivit dans l'espace de vie ouvert, composé de la cuisine, de la salle à manger et du salon. Sur la droite, un escalier menait à l'étage supérieur. Les murs étaient couverts d'œuvres d'art abstraites qui invitaient à la réflexion. Des canapés ornés de coussins colorés étaient situés près de la baie vitrée, et sous la table basse en verre, Griff remarqua le tapis persan qui recouvrait le parquet de bois.

Sur le manteau de la cheminée, une coupelle de verre emplie de roses était posée à côté d'un cadre argenté, tourné vers le mur. Étrange...

Griff émit un sifflement admiratif.

— Cet endroit est fantastique !

Kinga se dirigea vers la cuisine et sortit d'un placard deux grands verres à vin.

— Merci. Mon père s'y connaît en immobilier, et il a déniché cet immeuble qu'il a transformé en trois appartements. Comme vous l'avez remarqué, Tinsley vit en face, et il y a un troisième logement, plus petit. Nous avons racheté l'immeuble à mon père il y a quelques années.

— Je suppose que vous louez le troisième appartement ? avança Griff, retirant sa veste et la posant sur le dossier d'un canapé.

Kinga versa du vin dans les verres.

— L'hôtel voisin nous le loue de temps en temps, pour les familles ou les groupes. Il est entièrement meublé.

Griff accepta le verre qu'elle lui apporta, et quand ses doigts fins effleurèrent la main de Kinga, un courant électrique remonta le long de son bras. À en juger par la façon dont elle écarquilla les yeux, elle avait eu la même sensation.

Cette attirance réciproque était une bonne chose. Mais c'était aussi un inconvénient, puisqu'ils commençaient une relation de travail.

S'engager dans une relation physique serait bien plus amusant. Et plus satisfaisant.

Kinga posa son verre sur la table basse et jeta un regard vers l'escalier.

— Pourriez-vous m'accorder quelques minutes ? J'aimerais passer une tenue moins décontractée.

— Ne vous dérangez pas pour moi, dit-il, s'asseyant sur le canapé moelleux.

Il appuya la cheville sur son genou et goûta le breuvage. Les saveurs étaient complexes. Comme pour les immeubles et la décoration, Kinga avait un excellent goût en matière de vin.

— Délicieux. Qu'est-ce que je bois ?

Après un instant d'hésitation, elle s'assit face à lui et porta le verre à ses lèvres. Elle huma le vin, en but une gorgée puis soupira.

— C'est un Vieux Château Certan, 2005.

— Il me rappelle le Petrus de la même année.

Kinga sourit.

— Il est censé lui ressembler. Mon père est un passionné d'œnologie, il possède une caisse de Petrus. Il refuse de gâcher cet excellent cru pour Tinsley et moi car, apparemment, nos palais ne sont pas assez sophistiqués. Alors il nous trouve d'autres bons vins de valeur plus raisonnables.

Kinga croisa les jambes et appuya le menton dans sa main.

— Vous êtes un connaisseur ?

On lui avait dit plusieurs fois qu'il possédait l'une des plus belles caves du pays, et, comme pour le whisky, il aimait les grands millésimes. Mais il ne buvait jamais plus d'un verre ou deux. Boire trop et trop souvent était comme s'aventurer sur une pente glissante. Il préférait éviter la chute.

— J'aime le vin, répondit-il avec un haussement d'épaules.

Kinga prit une autre gorgée puis le transperça du regard.

— Pourquoi cette visite, O'Hare ?

Il ne pouvait pas lui avouer qu'elle était constamment dans ses pensées, que chaque fois qu'il avait lu un mail ou un SMS d'elle, ou qu'il avait écouté ses messages vocaux de plus en plus furieux, il avait réprimé l'envie de tout abandonner pour venir la rejoindre. Qu'aucune autre femme ne lui avait pris autant d'énergie mentale, et que, quand il l'avait vue tout à l'heure, dans son adorable pyjama, il avait eu l'impression de respirer enfin depuis leur dernière rencontre. Qu'attendre jusqu'à demain matin pour la revoir lui avait paru au-dessus de ses forces…

Il passa la main dans ses cheveux mouillés et avala une bonne dose de vin. Il ignorait ce qui lui arrivait, mais il devait reprendre le contrôle sur ses pensées. Il n'était pas à la recherche d'une partenaire, d'une petite amie, ou même d'une amante d'un soir. Le sexe avec Kinga serait sûrement fantastique, mais il compliquerait la situation.

— Vous m'avez dit que vous souhaitiez me voir, finit-il par répondre, l'air impassible.

— Notre conversation aurait pu attendre jusqu'à demain matin.

Griff n'arrivait pas à détacher le regard de ses jolis yeux ambre, et son cœur battait à coups redoublés. Qu'y avait-il de si unique chez cette jeune femme ? Lorsqu'il était avec elle, il avait les nerfs à vif, la bouche sèche, et, oui, il se tendait de désir. Elle n'était pas la plus belle créature qu'il ait jamais vue. Pourtant, il se surprenait à penser constamment à elle, à se demander ce qui la faisait sourire, ce qui la faisait soupirer.

Il sirota son vin, se cala sur le canapé et appuya la tête contre le dossier. L'appartement était chaleureux, l'hôtesse était séduisante, et il avait un bon verre de vin rouge à la main. Chez lui, dans le Kentucky, tout était en ordre. Son neveu, Sam, était joyeux comme à son habitude. Sa sœur, Sian, était stable, et Eloise, l'ancienne fille au pair devenue le bras droit de Griff, s'occupait bien d'eux.

Il pouvait donc se détendre. Juste un peu.

— Parlez-moi du bal, suggéra-t-il.

Elle remonta les jambes sur le canapé et glissa les pieds sous son fessier. Son regard s'était éclairé à la mention du bal. À l'évidence, ce projet comptait beaucoup pour elle.

— Il aura lieu dans six semaines, le 14 février, comme vous le savez.

— Si vous prévoyez un thème rouge et blanc avec des cœurs partout, sachez que cela me donnera la nausée.

— Je vous en prie, j'ai meilleur goût que cela ! fit-elle, amusée. L'allusion à la Saint-Valentin sera très subtile. Des chocolats belges en forme de cœur sur la table. Un sac de cadeaux contenant du champagne, du caviar, des produits de bain de luxe et de la lingerie. Un pendentif en forme de cœur de chez Tiffany. Un stylo plaqué or pour écrire des petits mots d'amour.

Des petits mots d'amour ? Les gens en rédigeaient encore ?

— Des bons d'achat pour des escapades romantiques, des tapis en cachemire faits main, des écharpes et des sacs à main de créateurs.

Eh bien, tout cela était très onéreux.

— Comme ces cadeaux qu'on offre aux nominés pour les Oscars ?

Elle hocha la tête.

— C'est la même société qui s'occupe des deux événements, mais parce qu'il y aura beaucoup de monde à notre gala, ils nous accordent un tarif légèrement inférieur. Nos sponsors veulent que nos invités utilisent et achètent leurs produits, alors ils acceptent de faire des dons en conséquence. Une publication Instagram, un tweet, et ils récupèrent leur investissement initial. Vous savez comment ça marche.

Oui, en effet. On l'avait généreusement rémunéré pour représenter des marques, et les sociétés étaient toujours ravies de l'augmentation des chiffres de vente.

— J'ai lu quelque part que les profits du bal seraient reversés à des œuvres caritatives.

— Je confirme. Nous avons des sponsors, toutefois il y a d'énormes coûts, évidemment. La nourriture, les boissons et le chanteur étant les trois postes les plus onéreux.

Elle le transperça du regard.

— Vous êtes affreusement cher, O'Hare.

Griff ne prit pas la peine de lui dire qu'il avait facturé à Ryder International un tarif plus bas que d'habitude, justement parce que les profits de la soirée iraient à des œuvres de bienfaisance. Si Kinga essayait de le faire culpabiliser sur le montant de son cachet, elle pouvait s'épargner cette peine. Il avait travaillé très dur pendant plus de vingt-cinq ans pour exiger de tels tarifs.

— Nous espérons récolter 100 millions pour notre fondation.

C'était un montant impressionnant. Griff n'était pas en reste lorsqu'il s'agissait de faire des dons. En toute discrétion, il offrait des sommes considérables à des causes en lesquelles il croyait, parmi lesquelles la lutte contre le réchauffement climatique et la promotion de l'alphabétisation. Mais ce gala élevait la philanthropie à un tout autre niveau. Cela lui donnait envie de faire mieux.

Kinga se pencha pour poser son verre sur la table basse, et, sous le col de son haut de pyjama, Griff eut un aperçu de ses seins, petits mais splendides.

Bon sang, il la désirait tant…

— Le nom Ryder est associé au luxe, à l'élégance, à la classe, énonça-t-elle. Nos bars sont situés dans les hôtels les plus chers et les plus sélects du monde. Nous organisons un bal chaque année mais celui-ci, parce qu'il marque le centenaire de Ryder International, doit être particulièrement réussi. Voilà pourquoi je me suis tant opposée à votre présence. C'est plus fort que moi, j'ai peur que vous gâchiez notre dur labeur et notre réputation en faisant quelque chose de stupide, O'Hare.

On disait de lui qu'il était égoïste, irresponsable, incontrôlable et indélicat, et il s'était entraîné à laisser les insultes glisser sur lui. Pourtant, les mots de Kinga le blessaient, plus qu'ils ne l'auraient dû.

S'il s'expliquait, comprendrait-elle pourquoi il avait agi ainsi ? Comprendrait-elle qu'il éprouvait le besoin de protéger sa sœur jumelle ? Et n'était-ce pas stupide de se poser des questions, puisqu'il ne pouvait révéler la vérité ni à Kinga ni à personne ?

— Je ne tolérerai pas que vous, ou quiconque, mettiez mon événement en péril, ajouta-t-elle.

Il soupira.

— Vous me croiriez si je vous disais que je n'ai aucune intention de faire quoi que ce soit de la sorte ?

Kinga soutint son regard et, l'espace d'un battement de cœur, Griff crut qu'elle allait répondre par l'affirmative. Mais elle secoua la tête.

— Je pense que vous essaieriez, mais vous êtes impulsif, obstiné, et je ne crois pas que vous songiez aux conséquences de vos actes, alors, non, je ne vous croirais pas.

Il avait toujours su qu'un jour, il paierait un prix pour ses mensonges. Voilà, le moment était arrivé.

Kinga reprit son verre et termina son vin.

— Alors, où séjournez-vous à Portland ?

Ce changement de sujet était bienvenu.

— J'ai réservé une chambre au Portland Harbor.

— Je connais bien cet hôtel. Vous allez y rester jusqu'au bal ? Vous serez sûrement assiégé par la presse et vous n'aurez pas un moment de répit, souligna-t-elle.

Une situation normale, songea Griff.

Kinga fronça le nez.

— Mais je suppose que c'est le cas partout où vous allez.

Hélas, oui.

— Alors, vous allez rester dans le coin jusqu'à la deuxième semaine de février ? demanda-t-elle, pensive.

— Je repars demain, après notre rendez-vous.

Il fallait qu'il retourne dans son ranch du Kentucky, où il élevait des étalons. Eloise allait prendre quatre jours de congé, et Griff devait être présent pour Sam. Sian était une bonne mère pour son fils, mais son état requérait une paire d'yeux et de mains en plus. Griff ne voyait pas d'inconvénient à prendre la relève d'Eloise. Il adorait passer du temps avec sa sœur et avec Sam.

— Mais j'ai besoin que vous soyez à Portland jusqu'au concert, objecta-t-elle.

Certes, il pouvait tolérer son côté autoritaire, qui l'amusait. Mais maintenant, elle devenait dictatoriale. Or, Griff ne laissait personne l'amener là où il ne voulait pas aller.

— Non.

— Je vous demande pardon ?

Il sourit.

— Oh ! désolé, je me suis mal exprimé. Non, je ne peux pas, *princesse.*

En son for intérieur, il reconnaissait que s'installer temporairement à Portland était logique. Il devait être sur place pour donner son avis sur les décisions de Kinga. Et puis, ses musiciens préférés seraient bien plus enclins à venir répéter à Portland plutôt que dans son ranch. Cependant, Sam et Sian étaient sa priorité, et il ne pouvait pas laisser Eloise tout gérer seule pendant quatre semaines d'affilée.

Griff observa Kinga, amusé par son air contrarié.

— Si vous devez chanter à *mon* bal, j'ai besoin que vous soyez sur place.

— Non, vous voulez me surveiller.

Kinga ne prit pas la peine de nier, et Griff apprécia son honnêteté.

Il se leva brusquement et contourna la table basse pour se rapprocher d'elle. Posant le bras sur le canapé, il se pencha pour contempler son joli minois.

Elle leva le menton pour le dévisager. Elle faisait beaucoup d'efforts pour masquer son attirance pour lui. Mais

Griff avait assez d'expérience avec les femmes – trop, sans doute – pour savoir qu'il la troublait. De plus, il avait remarqué sa peau rougie, les tétons dressés sous son haut de pyjama, son regard assombri. Elle enfonça les ongles sur le canapé et prit plusieurs inspirations tremblantes.

Mais elle ne baissa pas les yeux.

— Ou peut-être souhaitez-vous que je sois près de vous parce que je vous attire follement, murmura-t-il, son regard se posant sur la bouche sensuelle et pulpeuse de Kinga.

— Dans vos rêves !

— Si nous testions ma théorie, afin de savoir qui a raison ? suggéra Griff, laissant ses lèvres planer au-dessus des siennes.

— Je…

Il scruta son expression, pour s'assurer qu'il ne s'était pas trompé – il ne s'imposait à personne, en aucun cas –, mais avant qu'il puisse poser la bouche sur celle de Kinga, celle-ci le surprit en le saisissant par son pull pour l'attirer vers elle. Elle arqua le dos, leurs bouches s'unirent et…

Boum ! Le monde de Griff implosa.

Manifestement, elle était très attirée par lui. Peut-être autant que lui par elle.

Embrasser Kinga compliquait la situation, mais c'était plus fort que lui. Il rêvait de ce baiser depuis le premier jour. Mais les complications viendraient plus tard. Pour l'heure, il voulait prendre tout ce que Kinga était prête à lui offrir.

Appuyant le genou sur le canapé, il lui inclina la tête en arrière. Pour la pousser à s'ouvrir à lui, il suivit le tracé de ses lèvres avec sa langue. Pendant ce temps, Kinga passa les mains sur les épaules de Griff, laissa échapper un soupir et entrouvrit la bouche. Alors, il glissa la langue dans le minuscule espace entre ses lèvres et attendit sa réaction. À sa grande surprise, elle l'accueillit volontiers et mêla sa langue à la sienne, dans une danse sensuelle et ardente.

Elle était délicieuse, impertinente et épicée, farouche et fougueuse, et il pourrait l'embrasser pendant des heures, des jours. Il souleva le haut de son pyjama pour sentir la peau de Kinga sous sa main. Elle était douce, soyeuse, parfumée… magnifique. Lorsque les doigts de Griff effleurèrent les côtes de Kinga, celle-ci émit un petit rire contre les lèvres de son partenaire. Griff comprit qu'elle était chatouilleuse. D'un geste plus ferme, il explora sa taille fine, son ventre plat puis sa hanche et son postérieur moulés dans la flanelle.

Il avait très envie de lui retirer son haut, pour goûter ses tétons qu'il devinait charmants. Mais, songeant aux quatre verrous et à l'inquiétude de Tinsley, il décida de ne pas aller plus loin. Kinga lui avait uniquement donné la permission de l'embrasser ; la suite, ce serait à elle seule d'en décider.

Comme si elle avait entendu ses pensées, Kinga se raidit et détacha ses lèvres, repoussant son torse pour remettre de l'espace entre eux. Trop d'espace…

Bien que peu de gens le sachent, Griff était un gentleman. Alors, il se leva et mit les mains dans les poches arrière de son jean. Son érection était visible, mais il se dit que Kinga était adulte et qu'elle comprendrait qu'il s'agissait d'une conséquence naturelle après ce baiser brûlant.

Oui, après une abstinence de deux ans, il était raide de désir. Il avait très envie de l'assouvir. Mais l'expression tendue de Kinga était un signe d'alerte. Voilà pourquoi Griff battit en retraite.

Elle enroula les bras autour de ses genoux repliés et le scruta intensément. Avec ses joues rosies et ses lèvres enflées, elle était d'une beauté époustouflante…

Il la désirait…

Et d'un autre côté, il ne voulait *pas* être attiré par elle.

Il se balança sur ses talons et regarda autour de lui pour oublier un instant cette femme splendide aux yeux ensorcelants, et pour lutter contre le besoin de l'embrasser à nouveau.

Le lourd cadre argenté face au mur attira son attention. Pourquoi avoir une photo si ce n'était pas pour l'exposer ? Qui inspirait à Kinga des sentiments si perturbants qu'elle ne pouvait pas regarder son image ?

Et pourquoi était-il si fasciné par tout ce qui la concernait ?

Oui, il ferait mieux de s'en aller. *Tout de suite*. La situation devenait incontrôlable.

Mais ils n'avaient pas encore fini de parler affaires.

— Cela vous dirait de vous joindre à moi pour le petit déjeuner à mon hôtel ? demanda-t-il. Vers 8 heures ?

Kinga essayait de remettre son cerveau en marche, manifestement. Puis le brouillard dans ses yeux se dissipa et elle secoua la tête.

— Vous serez entouré de curieux et nous ne pourrons pas finir une phrase. Venez plutôt à mon bureau. Je vous enverrai l'adresse si vous me promettez de lire mon SMS.

— J'ai lu tous les messages que vous m'avez envoyés, trésor. J'ai simplement cessé de répondre quand vous avez commencé à vous répéter.

— Vous n'avez réagi à aucun de mes récents messages !

Il grimaça, songeant qu'il avait oublié de le faire. Il en avait eu l'intention, mais il avait été accaparé par Sian et par Sam. Et puis, il avait dû s'occuper d'une jument souffrant de coliques. Pendant le peu de temps qui lui était resté, il avait travaillé sur sa liste de chansons pour le bal.

Ne voulant pas entrer dans un nouveau conflit, il déposa un baiser sur son nez.

— Il faut vous reposer, trésor. Je vous verrai demain matin.

— Ne soyez pas en retard. J'ai une journée chargée et je ne peux pas me permettre de vous attendre.

Kinga se massa le front, un geste qui trahissait son anxiété, s'avisa-t-il. Il lui adressa un sourire rassurant.

— Détendez-vous, Kinga, tout va bien.

Elle releva vivement les yeux vers lui. Elle pâlit et sembla se recroqueviller.

— Ne dites pas ça !

« Tout va bien » ? Pourquoi cette phrase suscitait-elle une telle réaction ? Il était évident que ces mots la perturbaient, car il avait entendu la peine dans sa voix.

— Je vous demande pardon ?

Kinga se leva et s'enlaça la taille.

— Oubliez ça, je suis juste fatiguée. J'ai eu une très longue journée.

Il ne la croyait pas une seconde. Mais il décida de ne pas insister et se dirigea vers la porte. Après quelques pas, il s'arrêta.

— Je sais que vous ne me faites pas confiance, Kinga, mais je ne vous laisserai pas tomber, je vous le promets.

Ce que Kinga ignorait, c'était qu'il faisait rarement des promesses. En revanche, il les tenait toujours.

Elle l'observa, l'air sceptique. Et Griff comprit qu'il faudrait bien plus que des mots pour la convaincre.

Et il fut stupéfait de mesurer à quel point il voulait gagner la confiance de Kinga.

- 4 -

Griff observa son reflet sur la paroi de l'ascenseur et retira une peluche sur sa veste couleur sable. Afin d'être pris au sérieux par l'austère Kinga, il portait un jean brut et un pull sous sa veste.

Des vêtements élégants ne suffiraient pas à convaincre Kinga de lui faire confiance… Ou plutôt à la persuader qu'il était le chanteur qu'il lui fallait, rectifia-t-il. Malgré leur baiser fougueux hier soir, une relation professionnelle était le seul type de relation qu'il pourrait avoir avec elle. Il savait qu'elle n'était pas du style à collectionner les aventures sans lendemain, or il ne recherchait rien de permanent ni de complexe.

Et puis, il n'était pas un petit ami idéal. Il avait un travail très prenant, une mauvaise réputation, et il consacrait beaucoup de temps à sa famille.

De plus, Kinga et lui travaillaient ensemble. Elle pouvait faire en sorte que son retour sur scène soit un succès retentissant, ou un échec cuisant qui mettrait fin à sa carrière.

Il y avait plus important que sa bouche pulpeuse sur la sienne, que son corps parfait sous ses mains…

Mais quand il l'embrassait, qu'il la touchait, ou qu'il posait simplement les yeux sur elle, il avait tendance à oublier ce point essentiel.

Ce n'était pas l'envie qui lui manquait, mais pour l'instant, il ne ferait pas de folie. Aujourd'hui, il montrerait à Kinga qu'il pouvait être professionnel. Ils parleraient de la publicité que générerait le bal, et de l'effervescence que son retour sur scène créerait inévitablement.

Il ne songerait pas à sa saveur épicée, à sa peau douce...

Les portes de l'ascenseur s'ouvrirent au moment où son téléphone vibra. Sortant de la cabine, il sortit l'appareil de la poche de sa veste et regarda l'écran. Il sourit, sincèrement heureux de voir le visage de sa demi-sœur aînée.

Jan était née lorsque leur mère avait dix-sept ans, et parce qu'elle avait treize ans de plus et qu'elle était déjà étudiante lorsque Sian et lui avaient commencé leur carrière, la presse n'avait pas connaissance de son existence. Jan et son mari comptaient parmi les rares personnes qui connaissaient l'état de Sian, et qui savaient jusqu'à quelles extrémités Griff était allé pour la protéger des médias.

— J'ai un rendez-vous professionnel dans une minute, Jan. Je peux te rappeler quand j'aurai terminé ?

— Je ne serai pas longue, promit-elle.

Elle expliqua que son mari, leurs enfants et elle voulaient emmener Sam et Sian en vacances quelques jours, et qu'Eloise les rejoindrait après son long week-end.

L'époux de Jan, Pete, un riche P-DG, louerait un jet privé pour assurer une totale discrétion.

— Où est-ce que vous allez ? demanda Griff, bien qu'il pense connaître la réponse.

Avec sa bénédiction, Jan et Pete avaient fait construire une immense demeure à l'autre bout de l'île qu'il avait achetée deux ans plus tôt, à deux milles marins de Key Largo. Leur maison éclipsait maintenant le modeste bungalow dans lequel il séjournait habituellement.

C'était leur second foyer, et le couple passait de plus en plus de temps dans les îles Keys. Parce qu'ils scolarisaient à domicile leurs enfants, qu'ils avaient eus sur le tard, Griff avait le sentiment que, bientôt, cette maison deviendrait leur résidence principale. Et cela ne lui posait aucun problème.

— Nous prolongerons peut-être notre séjour. Sam et Sian peuvent rester aussi longtemps qu'ils le souhaitent. Tu sais que mes filles adorent Sam, ajouta Jan.

Les filles de Jan, de sept et cinq ans, considéraient davantage Sam comme leur petit frère que comme leur cousin.

Griff n'en doutait pas, Jan et son mari s'occuperaient bien de Sian et de Sam pendant l'absence d'Eloise. Et celle-ci serait heureuse de les rejoindre après ses congés. Elle adorait l'île.

Griff pouvait donc rester à Portland…

Il donna son feu vert à Jan, l'informa qu'il paierait la note pour le jet privé puis raccrocha. Il se sentait un peu coupable de ressentir du soulagement à l'idée d'avoir la possibilité de rester dans le Maine. Il venait d'obtenir un peu de liberté, un peu de temps pour lui, et il n'avait aucune intention de les gaspiller.

Il avait maintenant l'opportunité de travailler sans hâte sur sa liste de chansons, de commencer à répéter, de rencontrer les musiciens qu'il souhaitait engager pour former son groupe.

Et d'apprendre à connaître un peu mieux l'Irascible Princesse de Portland…

Il venait de surgir de derrière un pilier dans le parking souterrain.

En train d'ouvrir la portière de sa voiture, Kinga poussa

un cri et plaqua la main contre sa poitrine, rassemblant tout son courage pour affronter Mick Pritchard.

— Mick, fit-elle, s'appuyant contre la voiture en espérant qu'il ne remarque pas que ses jambes tremblaient.

Elle était terrifiée.

Tu n'as plus dix-huit ans, Kinga, et il n'osera pas te frapper cette fois.

Pas dans le parking souterrain de Ryder International, truffé de caméras.

— Qu'est-ce que tu fais ici ? lâcha-t-elle.

— Il faut qu'on discute.

— Je croyais que tu préférais les mails et les SMS sournois, rétorqua-t-elle, sa colère chassant un peu de sa peur.

Mick fourra les mains dans les poches de son manteau de luxe. Elle savait qu'il gagnait très bien sa vie. Mais cela ne l'impressionnait guère, et elle avait perdu tout respect pour ce garçon avec lequel elle avait grandi depuis qu'il l'avait molestée après l'enterrement de Jas. Elle ne lui avait jamais pardonné son comportement.

Non seulement il lui avait reproché la mort de Jas mais, en l'agressant physiquement, il avait détruit sa capacité à faire confiance aux hommes et aux gens en général.

— Je voulais t'annoncer que je me lance en politique. Je vais me présenter pour le poste de maire de Portland. Je compte faire une campagne axée sur la loi et l'ordre, la sécurité de notre ville, ce genre de choses. Je tiendrai une grande conférence de presse le mois prochain pour annoncer la nouvelle.

Seigneur, pourquoi la vie la punissait-elle ainsi ?

— Et tu me demandes ma permission ? s'enquit-elle, sarcastique.

Mick ricana.

— Pas du tout. Je veux que tu m'organises un rendez-vous avec le père de Jas, afin que je puisse lui faire part de mes intentions. Il refuse de prendre mes appels ou de me rencontrer.

Mick devait être désespéré s'il en était réduit à passer par elle.

Kinga plissa les yeux et croisa les bras.

— C'est peut-être parce que tu t'es servi de la mort de sa fille dans les vidéos promotionnelles de ton entreprise. Pourquoi veux-tu le voir ?

Il ne répondit pas.

Une pensée jaillit dans l'esprit de Kinga.

— Oh ! mon Dieu ! Tu veux qu'il soutienne ta candidature ! s'exclama-t-elle.

Mick se contenta de hausser les épaules.

— C'est la politique, Kinga.

— C'est *malsain*, Mick ! Tu as passé des années à exploiter la mort tragique de Jas, et maintenant tu voudrais que son père passe l'éponge ? Espèce d'ordure ! s'écria-t-elle, au comble de la fureur. Non, je ne transmettrai pas ton message, mais je l'avertirai à ton sujet ! Peut-être que Seth fera campagne contre toi !

Mick la saisit par le bras et enfonça les doigts dans sa peau.

— Fais attention, Kinga.

Refusant de montrer sa peur, elle se dégagea vivement.

— Ne t'avise plus jamais de me toucher, Pritchard ! Je ne suis plus la jeune fille anéantie que j'étais autrefois.

Il se rembrunit. Elle connaissait cette expression. Elle l'avait déjà vue, une seconde avant qu'il la frappe.

— Tout ce qui se passe dans ce parking est filmé et enregistré, Pritchard, et si tu me frappes encore, cette fois je n'hésiterai pas à porter plainte.

Il serra le poing, et Kinga retint son souffle. Elle savait qu'il luttait pour reprendre le contrôle de lui-même. Après une minute, il desserra les doigts.

— Laisse les Garwood tranquilles, Mick. Et fiche-moi la paix.

— Ton opinion m'importe peu depuis que je sais que Jas est morte à cause de toi, asséna-t-il froidement.

Il était inutile de protester. Après tout, Mick disait la vérité.

Consciente qu'elle était sur le point d'éclater en sanglots ou de s'effondrer, elle se retourna vivement et ouvrit sa portière à la volée. Elle se glissa sur son siège, verrouilla aussitôt le véhicule, puis démarra et regarda Mick dans son rétroviseur tandis qu'elle quittait le parking.

Une demi-heure plus tard, épuisée et ébranlée, Kinga se gara sur l'une des trois places réservées devant son immeuble et maudit la météo. Elle avait encore laissé son parapluie au bureau. Des gouttes de pluie mêlées à des flocons de neige tombaient contre son pare-brise. Elle observa la distance entre sa voiture et l'entrée de l'immeuble, se demandant si elle aurait l'énergie de marcher jusque-là.

Elle s'était efforcée de repousser une crise de panique depuis qu'elle avait quitté le parking souterrain, et maintenant qu'elle était enfin chez elle, elle sentait les doigts glacés de l'angoisse remonter jusqu'à sa gorge et l'étrangler. Elle savait bien qu'elle était en sécurité, que Mick ne lui ferait plus de mal, pourtant – et bien qu'une décennie se soit écoulée – elle entendait encore le bruit affreux de la main de Mick heurtant sa pommette, elle revoyait la fureur sur son visage. L'écume au coin de ses lèvres, la colère dans ses yeux…

« Espèce d'idiote ! Tu l'as laissée mourir. Elle était tout pour moi ! J'avais des projets, bon sang ! »

Kinga appuya la tête sur le volant. Son rythme cardiaque s'accélérait et sa gorge était de plus en plus nouée. Ce n'était vraiment pas le moment de faire une crise de panique dans sa voiture, par l'une des plus froides soirées de l'année.

Son objectif premier était d'entrer dans son immeuble, mais la porte lui paraissait à des kilomètres. Marcher ces quelques pas était une tâche impossible. Elle devrait sortir de ce véhicule, mais le sentiment de terreur et de fin imminente l'empêchait d'ouvrir la portière.

Kinga tourna la tête et vit son téléphone sur le siège passager. Elle passa le doigt sur l'écran et vit que la dernière personne qu'elle avait appelée était Griff, quinze minutes plus tôt… Elle lui avait posé une question sur la conférence de presse prévue demain, mais elle n'arrivait pas à se souvenir de leurs propos. Sa mémoire était toujours défaillante quand elle avait l'impression de mourir.

Tinsley était en voyage, et ses parents mettraient plus d'une demi-heure pour arriver.

Elle avait besoin de quelqu'un maintenant, et, étrangement, il lui semblait naturel d'appeler Griff.

Il répondit presque aussitôt.

— Vous voulez bien arrêter de m'embêter, princesse ? J'ai fait un million de conférences de presse avant celle-ci.

Kinga avala sa salive, tenta de parler puis déglutit encore.

— Kinga ? poursuivit Griff d'une voix aiguisée. Que se passe-t-il ?

— Pouvez-vous venir ? demanda-t-elle d'une voix faible. Chez moi ?

— Je viens tout de suite. Vous avez besoin d'aide ? J'appelle les secours ?

— Non, je vais bien. Je dois juste être avec quelqu'un.

Pour atteindre la porte de mon appartement.

Quand il arriverait, il comprendrait qu'elle n'était pas la femme forte et maîtresse d'elle-même qu'il la croyait être. Elle se réprimanda pour avoir pris la décision impulsive de lui téléphoner. Mais où avait-elle eu la tête ? Griff et elle avaient une relation de travail. Il n'était pas un ami.

— Ne vous en faites pas, ça ira. Je vais me débrouiller.

Mais il faisait noir, et elle ignorait si elle parviendrait à rentrer seule. Jas était morte dans le noir, non loin de chez elle. À cette pensée, Kinga sentit la tête lui tourner…

— Je viens, trancha Griff d'un ton rude.

Les minutes qui s'écoulèrent lui parurent des années. Kinga serrait le volant de toutes ses forces. Elle avait de plus en plus de mal à respirer et sa voiture semblait rétrécir. Un bruit bref et sec contre sa portière la fit sursauter, et elle vit une forme indistincte derrière la vitre. Elle hurla et, affolée, chercha le bouton de verrouillage de la voiture, oubliant que celle-ci était déjà fermée.

— Bon sang, Kinga ! C'est moi, Griff !

Elle essaya de voir à travers la vitre mouillée de pluie. Il lui fallut vingt secondes, peut-être plus, pour reconnaître son visage. Ses cheveux étaient trempés, ses yeux verts teintés d'inquiétude, et sa bouche sensuelle était pincée.

Il tambourina contre la vitre.

— Ouvrez cette fichue portière, Kinga !

Enfin, elle déverrouilla la voiture et Griff ouvrit la portière à la volée. L'air frais qui s'engouffra dans l'habitacle la fit haleter.

Griff déboucla sa ceinture puis prit le visage de Kinga

entre ses mains chaudes. Elle plongea le regard dans le sien, respirant toujours avec difficulté.

— Qu'est-ce qui vous arrive ?

— Crise de panique, murmura-t-elle.

— D'accord, faites ce que je vous dis. Inspirez, comptez jusqu'à quatre, puis expirez.

Kinga écouta ses instructions et se raccrocha à ses yeux comme à une bouée.

— Maintenant, expirez lentement. Je suis là, trésor, je vous protège. Pour l'instant, tout ce que vous avez à faire, c'est inspirer et expirer.

Son regard était plein de compassion et sa voix était apaisante.

— Vous n'inspirez pas assez fort, trésor. Recommençons. Inspirez, retenez votre souffle pendant quatre secondes puis expirez lentement, de manière régulière.

Kinga se concentra sur ses paroles et ferma les yeux en inspirant. Elle retint son souffle avant de le relâcher, de manière aussi régulière qu'elle le put. Il lui fallut trois ou quatre tentatives avant que son rythme cardiaque ralentisse et que l'étau autour de sa poitrine se desserre. Elle posa la main sur l'épaule de Griff et perçut sa chaleur à travers sa veste de cuir. La glace dans ses veines se mit à fondre doucement…

Quelques minutes passèrent et, enfin, Kinga eut l'impression de respirer correctement. Tandis que l'oxygène atteignait son cerveau, elle commença à remarquer certains détails. La voiture de Griff était garée sur la place de Tinsley, portière ouverte et plafonnier allumé. Manifestement, Griff était sorti en trombe de son véhicule pour venir à sa rescousse.

Il s'accroupit pour être à sa hauteur. La neige tombait sur lui.

— Ça va mieux, Kinga ? Votre poitrine et votre gorge sont débloquées ?

— Oui.

Elle frissonna lorsque le vent fouetta ses jambes et agita ses cheveux.

— Vous devez être frigorifié, souligna-t-elle.

Il se releva.

— J'ai déjà eu plus chaud. Allons vous mettre à l'abri, trésor.

Le mot affectueux sonnait bien sur ses lèvres, comme s'il y était à sa place. Kinga regarda la main puissante et hâlée qu'il lui tendit et plaça sa paume dans celle de Griff pour sortir de la voiture. Consciente que ses genoux étaient toujours en coton après une crise de panique, elle s'accrocha à lui pour éviter de tomber face contre terre sur le trottoir enneigé.

Une vague de fatigue écrasante allait bientôt s'abattre sur elle, et Kinga espérait être dans son appartement quand celle-ci surgirait.

Griff se pencha à l'intérieur de la voiture, empoigna son sac à main et retira la clé du contact. Puis il ferma la portière derrière lui.

— Je reviendrai m'occuper de ma voiture et récupérer votre ordinateur portable, annonça Griff, glissant un bras autour de la taille de Kinga. Où sont vos clés ?

— Dans la poche de mon manteau.

Elle s'appuya contre lui et poussa un petit cri quand il la porta dans ses bras.

— Griff, je suis capable de marcher !

— Je n'en doute pas. Mais je suis gelé et j'aimerais rentrer avant de me transformer en glaçon.

Griff traversa la petite bande de pelouse et monta rapidement les marches du perron. Elle lui communiqua le code d'entrée, qu'il tapa sur le clavier, puis il poussa le battant d'un coup d'épaule. Deux foulées plus tard, il était devant son appartement et, la tenant en équilibre sur son genou relevé, il fouilla avec sa main libre dans la poche du manteau de Kinga et trouva ses clés.

Il ouvrit la porte et, enfin, ils pénétrèrent dans l'appartement. Kinga respira l'air chaud et le parfum subtil des fleurs fraîches et de la cire pour meubles. C'était son refuge, son sanctuaire. Elle se détendit immédiatement. Ici, personne ne pourrait lui faire de mal.

La vague d'épuisement déferla sur elle.

Kinga jeta un coup d'œil vers sa porte encore ouverte, et sa panique se réveilla. Le visage furieux de Mick jaillit dans son esprit, mais elle se dit qu'il ne serait pas assez stupide pour la suivre jusqu'ici. D'ailleurs, pour l'instant, elle avait un garde du corps très musclé et rien qu'à elle. Elle reposa la tête contre les pectoraux mouillés de Griff et soupira.

Elle le sentit poser les lèvres sur ses cheveux avant qu'il la repose au sol. Il la fit doucement asseoir sur le canapé le plus proche et s'agenouilla devant elle, l'air préoccupé.

— Ça va mieux ? Voulez-vous que je vous prépare un thé, ou autre chose ?

Il s'essuya la nuque. Kinga se rendit compte qu'il était plus trempé qu'elle ne l'avait cru. Son jean était foncé par la pluie, ses cheveux étaient mouillés et ses lèvres légèrement bleuies.

— Vous devriez retirer vos vêtements humides, suggéra-t-elle d'une petite voix.

Il esquissa un sourire.

— Un prétexte pour me voir nu, trésor ?

Elle sourit à son tour.

— J'essaie de vous épargner une hypothermie, O'Hare.

Elle bâilla et mit la main devant sa bouche.

— L'épuisement succède souvent à une crise de panique extrême, dit-il. Allons vous mettre au lit.

Kinga aurait aimé trouver une réponse drôle et pleine d'esprit, mais elle n'avait pas la force mentale nécessaire pour réfléchir. Elle voulait simplement dormir. Seulement, la porte était ouverte et n'importe qui pourrait entrer...

— Pourriez-vous fermer la porte à clé quand vous partirez ? demanda-t-elle, maudissant le tremblement dans sa voix.

Elle ne put s'empêcher d'ajouter :

— Pourriez-vous vérifier deux fois que je suis bien enfermée ?

Griff se rembrunit.

— À un moment ou à un autre, il faudra que nous parlions de ce qui vous a tant effrayée, Kinga.

Puis son expression s'adoucit et Kinga remarqua que son regard était aussi chaleureux que sa main contre sa joue était froide.

— Vous dormiriez mieux si je restais ici ? s'enquit-il.

Elle voulut décliner son offre, répondre qu'elle était une femme indépendante, qu'elle pouvait s'en sortir seule. Mais son comportement ce soir prouvait le contraire, et, oui, elle dormirait mieux en sachant que Griff était à portée de voix.

Pourquoi était-elle si à l'aise avec lui ?

— Kinga, voulez-vous que je reste ?

Il valait mieux mentir et lui demander de s'en aller, mais elle était trop exténuée pour faire cet effort.

— Oui, s'il vous plaît.

Elle gérerait les retombées de sa décision impulsive demain matin. Car, elle le savait, chaque acte avait des conséquences.

Le lendemain, après avoir dormi dans la chambre d'amis de Kinga, Griff utilisa la machine à expresso, ayant bien besoin d'une dose de caféine. Emportant sa tasse dans le salon, il décida de satisfaire sa curiosité et saisit le cadre argenté que Kinga avait retourné vers le mur.

Il contenait une photo tout à fait ordinaire de Kinga, bien plus jeune, avec de longs cheveux tressés, et d'une jeune fille brune. Toutes deux portaient des bonnets et arboraient un grand sourire, et rien dans ce cliché n'expliquait pourquoi Kinga ne pouvait pas le regarder.

Griff était maintenant plus curieux que jamais.

Ce qui n'était pas bon signe.

Lorsqu'il entendit des pas dans l'escalier, il reposa le cadre et alla ouvrir les rideaux. La pluie et la neige avaient cessé mais les nuages étaient bas, comme s'ils hésitaient à déverser plus d'eau sur la terre déjà détrempée.

— Bonjour, Griff.

Griff se retourna vers Kinga. Elle portait un jean noir et un pull en cachemire noir sous une veste en pied-de-poule, associés à une paire de baskets branchées noires et blanches. Il soupira en voyant son expression qui semblait dire : « Pas de questions », mais ne parvint pas à chasser de son esprit l'image de son visage blême et terrifié de la veille. La voir si vulnérable hier l'avait ébranlé.

Qu'est-ce qui avait pu provoquer une crise de panique chez cette femme forte et autoritaire ? Une fois de plus, il se demanda ce que Kinga cachait derrière sa belle assurance.

— Vous avez l'air en meilleure forme, commenta-t-il.

Elle lui offrit un sourire placide.

— J'aurais difficilement pu avoir plus mauvaise mine qu'hier.

Griff l'observa se préparer une tasse de café, attendant

une explication dont il savait qu'elle ne viendrait pas. Croisant les chevilles, il s'appuya contre la cuisinière haut de gamme.

Après lui avoir laissé quelques minutes de répit pour qu'elle puisse boire son café, il reprit la parole.

— Cela vous arrive souvent d'avoir des crises de panique ?

Elle lui lança un regard acéré et marmonna un juron, ce qui le fit sourire. Apparemment, elle avait cru échapper à ses questions. Elle en était pour ses frais.

— Eh bien, je…

Elle passa la main dans ses cheveux et fronça le nez. Après un instant, elle reprit :

— Je n'en avais pas fait depuis plusieurs années, Dieu merci.

Elle sirota son café, tenant la tasse des deux mains.

— Qu'est-ce qui les déclenche ? Est-ce un événement précis ou une anxiété générale ?

La première fois qu'il avait vu Sian faire une crise de panique, ils avaient huit ans. Cela s'était produit juste avant le tournage d'une séquence pour une émission de Noël. Sian s'était évanouie, et les producteurs avaient changé l'ordre de passage pour les faire passer plus tard dans le programme. Après avoir pris un calmant, Sian avait été capable de chanter.

Avec le recul, Griff maudissait Finn et leurs parents pour les avoir poussés à être constamment sous les projecteurs. Lui avait pu composer avec la pression, mais Sian, bien meilleure musicienne, chanteuse et actrice que lui, n'aimait pas la lumière. Son plus grand rêve était alors d'être une enfant comme les autres, et de mener une vie normale.

Griff haussa un sourcil pour rappeler à Kinga qu'elle n'avait pas répondu à sa question.

— Il faut nous préparer, esquiva-t-elle. Votre conférence de presse a lieu dans une heure. Vous devez vous changer. Et vous raser.

Il passa la main sur sa barbe naissante.

— Et, s'il vous plaît, choisissez une belle tenue, ajouta-t-elle.

Pas de doute, la princesse était de retour. Griff était à la fois triste et soulagé. Bien qu'un vieux jean et un T-shirt lui paraissent très bien, il avait prévu de porter une tenue similaire à celle de la veille, sérieuse et ennuyeuse.

— Êtes-vous nerveux ? demanda Kinga.

Non, pas particulièrement. Et, comme il le lui avait dit, il avait donné des tas de conférences de presse dans sa vie.

Mais aucune n'avait été aussi importante…

Il répondit d'un haussement d'épaules.

Il était officiellement sur le point d'annoncer son grand retour. C'était un événement et, puisqu'il s'agissait de *sa* vie et de *sa* carrière, Griff s'attendait à recevoir un déluge de questions pièges.

Heureusement, Sian était dans les îles Keys, bien loin des médias. Ceux-ci essaieraient d'obtenir une réaction de sa part après la conférence de presse. Et, comme toujours, ils ne la trouveraient pas. Personne ne savait que Griff possédait l'île sur laquelle elle séjournait, puisque le titre de propriété était détenu par une société anonyme. Les journalistes ne pourraient pas non plus établir son lien de parenté avec Jan, qui portait un nom de jeune fille et un nom d'épouse différents du leur. De plus, Jan était mariée à un P-DG fortuné qui protégeait coûte que coûte leur vie privée.

Sian et Sam ne seraient pas entraînés dans le cirque médiatique. C'était tout ce qui comptait pour Griff.

— Ils vont poser beaucoup de questions impolies et intrusives. Ne leur répondez pas et passez à la question suivante, dit-elle, un peu inquiète.

Elle consulta sa montre.

— Nous avons quinze minutes devant nous, alors nous pouvons faire un entraînement.

— Un quoi ? demanda-t-il, retournant vers la machine à expresso.

Il lui faudrait cinq litres de café pour se sentir opérationnel.

— Pourquoi avez-vous divorcé de votre première épouse au bout de quatre mois ?

La question était directe, et Kinga semblait sincèrement curieuse d'entendre sa réponse.

— Parce que j'avais vingt et un ans et que je croyais être amoureux. Greta ne m'aimait pas, elle avait simplement besoin de se marier pour prolonger son visa de travail.

Il était lui-même surpris d'avoir dévoilé la version non édulcorée.

Manifestement, Kinga avait un don pour lui faire dire la vérité.

— Mauvaise réponse. Dites-leur plutôt que vous refusez de parler de votre vie privée.

— Je ne leur répondais pas, je satisfaisais votre curiosité.

— Je ne suis pas curieuse.

Griff se retourna vers elle et haussa les sourcils, sceptique. Elle rougit légèrement, signe qu'elle avait menti.

— Alors, son visa a été prolongé et elle a demandé le divorce ?

Griff porta sa tasse à ses lèvres pour cacher son sourire.

— C'est à peu près ça.

Son ex-femme était maintenant l'une des actrices les mieux payées du pays, elle était mariée et heureuse, et, tout comme lui, elle détestait que l'on fasse référence à leur mariage éclair. Il lui avait pardonné depuis longtemps, conscient que c'étaient son ego et sa fierté qui avaient été blessés, et non son cœur.

Kinga prit une grande inspiration. Saisissant une cuillère à café, elle la plaça devant ses lèvres comme si c'était un micro.

— Stan Maxwell vous a-t-il pardonné, à Ava et à vous ? Regrettez-vous d'avoir embrassé la femme de votre meilleur ami dans un club new-yorkais ?

Comme tout le monde, Kinga avait cru à la comédie qu'Ava et lui avaient jouée. S'il y avait un scénario monté de toutes pièces qu'il regrettait particulièrement, c'était bien celui-là. Tout s'était passé très vite, car, à l'époque, un journaliste avait harcelé son attaché de presse pour obtenir une réaction aux rumeurs disant que Sian était dépressive et enceinte.

Il leur avait fallu trouver une histoire énorme pour contrer celle que le journaliste comptait publier et, désespéré, Griff avait demandé conseil à Stan et à Ava. Il leur avait expliqué que son personnage de mauvais garçon n'était qu'une façade, que Sian avait de sérieux troubles de santé mentale. Et qu'elle était enceinte de trois mois.

Ses deux meilleurs amis avaient aussitôt demandé comment ils pouvaient l'aider, et c'était Ava qui avait suggéré qu'ils envoient anonymement une information au journaliste afin qu'il les surprenne en train de s'embrasser. Le couple que formait Ava et Stan étant très solide, il pouvait supporter les rumeurs. Le journaliste avait eu son scoop, Sian avait été oubliée, et Griff était devenu, pour l'opinion publique, une ordure de première classe.

Il voulait désespérément expliquer à Kinga qu'il n'était pas le salaud déloyal et le briseur de ménage que la presse dépeignait.

Mais il ne le pouvait pas. Personne ne devait savoir…

— Ça suffit, trésor, suggéra-t-il calmement.

Kinga ricana, nullement intimidée.

— Ils vont vous questionner.

D'habitude, lorsqu'il prenait un ton ferme, les gens battaient immédiatement en retraite. Pas Kinga. Son courage lui plaisait. Ce qu'il aimait moins, c'était sa curiosité.

— Je peux me débrouiller avec la presse.

Comme elle allait protester, il ajouta :

— Vous ai-je bombardée de questions sur vos crises de panique ? Ai-je exigé de savoir qui est la jeune fille brune dans ce cadre photo ? Vous ai-je demandé pourquoi vous ne pouvez pas supporter de la regarder ?

Kinga fronça le nez, ce qu'elle avait tendance à faire quand elle n'avait pas de réponse ou de solution immédiate, nota-t-il.

Elle s'assit sur une chaise.

— Touché, concéda-t-elle. Je ne veux pas que vous soyez pris au dépourvu pendant la conférence, c'est tout.

Griff réprima un sourire. Kinga s'était bien rattrapée, et il admirait sa vivacité d'esprit. Toutefois, fatigué par cet interrogatoire – d'autant plus qu'il allait en subir un autre tout à l'heure –, Griff décida de lui proposer quelque chose pour lui faire oublier le travail.

Et sa crise de panique.

Contournant l'îlot de la cuisine pour la rejoindre, il saisit le bas de son pull et tira doucement sur l'étoffe pour la pousser à se lever. Une fois debout, elle avança inexorablement vers lui. Elle n'avait peut-être pas envie de travailler avec lui, mais il l'attirait, indéniablement.

Tout comme elle l'attirait.

— Qu'est-ce que vous faites ? demanda-t-elle quand il approcha la bouche de la sienne.

— J'en ai assez de débattre avec vous, et je préférerais vous embrasser. Pas vous ?

Quand elle hocha la tête, il lui donna un baiser léger, lui laissant le choix d'aller plus loin ou non. Elle seule savait si elle avait envie d'un baiser ferme et intense, ou doux et nonchalant. Elle posa les mains sur ses pectoraux et inclina la tête sur le côté. Avec sa langue, il suivit le tracé de ses lèvres. Elle les entrouvrit, l'invitant à approfondir leur baiser.

La pressant contre lui, Griff l'enlaça et la sentit s'alanguir comme si la tension quittait son corps. Il serait si facile de se laisser emporter, de céder à la passion… mais Griff savait que ce n'était pas ce dont ils avaient besoin pour le moment.

Bientôt, il l'espérait, elle serait nue et haletante entre ses bras, mais pas aujourd'hui. Elle était fatiguée, vulnérable, et aucun homme avec un tant soit peu d'honneur ne profiterait de la situation.

Or, malgré ce que les gens pensaient, il était un homme d'honneur.

Il recula à contrecœur, passant le pouce sur sa lèvre inférieure pulpeuse.

— Allons nous préparer, Kinga. Nous reprendrons cette conversation plus tard.

Elle fit un pas en arrière et remit son pull en place. Lorsqu'elle croisa son regard, ses yeux étaient teintés d'un mélange de détermination et d'agacement.

— Oui, c'est certain. Pour votre information, je n'ai

pas aimé la façon cavalière dont vous avez changé de sujet, O'Hare.

Il sourit.

— Et pour votre information, je veux toujours savoir pourquoi vous avez des crises de panique.

Elle s'apprêta à répondre puis sembla se raviser et garda le silence.

Il avait peut-être remporté un round, songea-t-il. Mais avec une femme aussi fascinante, énigmatique et sensuelle que Kinga, rien n'était moins sûr.

- 5 -

À la vérité…

Cela s'était passé aussi bien que possible.

Dans une petite pièce adjacente à la salle dans laquelle s'était tenue la conférence de presse, Kinga se laissa tomber sur une chaise et fixa le tapis sous ses pieds. Elle avait l'impression d'avoir mené un combat de sumo.

Assise à côté de Griff, elle avait répondu à quelques demandes concernant le bal et Ryder International, mais la plupart des questions avaient été adressées à Griff.

Et, bien qu'elle ait prévenu la presse que la vie privée de Griff était un sujet à ne pas aborder, il avait été bombardé de questions sur son passé.

« Pourquoi avez-vous divorcé de Greta au bout de quatre mois ? »

« Avez-vous commis d'autres excès de vitesse ? »

« Stan Maxwell a menacé de vous poursuivre en justice quand des photos de vous et de sa femme en train de vous embrasser sont apparues dans les médias. Avez-vous trouvé un accord hors des tribunaux, et combien avez-vous dû verser à votre ancien meilleur ami ? »

« Qui est votre petite amie actuelle, Griff ? L'avez-vous déjà trompée ? »

« Sian pense-t-elle reprendre sa carrière elle aussi ? Où est-elle ? Pourquoi ne la voit-on plus depuis des années ? »

Les questions impolies et intrusives s'étaient enchaînées

à toute vitesse. Étrangement, Kinga avait éprouvé l'envie de protéger Griff, une réaction stupide puisque celui-ci était la dernière personne au monde à avoir besoin de sa protection. Pendant toute la conférence, elle avait fait de son mieux pour garder un air neutre.

Il fallait le reconnaître, Griff avait abordé la situation avec aplomb et humour. Il avait ignoré les journalistes discourtois et répété plusieurs fois qu'il répondrait uniquement aux questions portant sur son retour, sur son futur concert pendant le bal de Ryder International et sur ses projets de carrière.

Ils étaient revenus à la charge, mais Griff avait bravé les regards noirs et était passé aux questions suivantes. Après une heure de supplice, Kinga avait décrété que la conférence de presse était terminée.

Si elle-même était épuisée, elle n'osait imaginer dans quel état se trouvait Griff.

À dire vrai, ces dernières vingt-quatre heures avaient été rudes. Elle se sentait toujours exténuée après une crise de panique, et elle avait dû consacrer un peu plus de temps à son maquillage pour masquer ses cernes. Ses pensées oscillaient entre Mick – elle avait reçu un SMS de lui ce matin, dans lequel il exigeait un rendez-vous – et Griff, qui s'était montré si gentil hier soir.

Il était rapidement venu à son secours, l'avait entourée de sa force et de son soutien et, à sa grande surprise, avait passé la nuit chez elle pour la rassurer. Et, comme il l'avait souligné, il ne l'avait pas bombardée de questions. Il avait respecté sa vie privée.

Elle n'avait pas fait de même avec lui.

Mais, à sa décharge, elle voulait désespérément comprendre pourquoi il agissait comme une superstar arrogante et trop gâtée.

Car elle commençait à soupçonner que Griff n'était pas le mauvais garçon qu'il semblait être.

Elle n'avait aucune preuve pour confirmer ses soupçons, mais elle avait le sentiment qu'il manquait des pièces au puzzle.

La porte s'ouvrit derrière elle. Kinga se retourna et vit Griff apparaître. L'air détendu, il entra dans la pièce, suivi de… *Bonté divine*, Stan Maxwell ! C'était le chanteur de l'une des groupes de rock les plus célèbres, Milestone. Il était accompagné de son épouse, l'ex-mannequin Ava Brandon, aujourd'hui actrice. Ava portait un jean moulant, des Doc Martens et une veste de créateur à 20 000 dollars. Stan, comme toujours, était tout de noir vêtu. Il était habillé d'un jean et d'un pull à col V.

Kinga se leva lentement, son regard passant de Griff à Stan puis à Ava, avant de revenir sur Griff. Pourquoi étaient-ils ici, tous les trois ? N'étaient-ils pas censés se détester ? Elle tenta de trouver une explication à l'affection manifeste qu'ils se portaient mutuellement. Stan avait la main sur l'épaule de Griff, et le sourire d'Ava était teinté d'inquiétude.

Le trio n'avait pas remarqué sa présence. Griff étreignit Ava puis glissa le bras autour de sa taille.

— Je n'arrive pas à croire que vous soyez venus ! s'exclama-t-il. C'est une excellente surprise, mais, je vous en prie, dites-moi que personne ne vous a repérés !

— Nous avons réussi à tromper les paparazzis, rassure-toi, répondit Stan. Nous avons assisté à la conférence de presse dans la limousine, et ensuite, nous sommes entrés ici par une porte de service.

— Mais qu'est-ce que vous faites ici ? demanda Griff.

Ava s'écarta de Griff pour prendre la main de son mari.

— Tu ne croyais tout de même pas que nous allions

te laisser affronter cette foule sans nous ? rétorqua-t-elle. Il fallait que nous soyons là pour te soutenir moralement, même si c'était en coulisses.

Kinga les dévisagea. Elle avait du mal à croire que les personnes impliquées dans le plus grand scandale que Griff ait créé soient à Portland, dans cette pièce.

— Nous avons fait croire que nous allions dans notre chalet à Vail, alors ceux qui veulent nous trouver nous chercheront là-bas. Pour être franc, depuis notre mariage et ton retrait de la vie publique, l'attention de la presse a considérablement diminué, expliqua Stan.

— Merci d'être là, dit Griff. Je vous suis infiniment reconnaissant, et j'apprécie vraiment tout ce que vous avez fait…

— Bonjour ! Vous devez être Kinga, lança Ava d'une voix forte.

Elle avait interrompu Griff. Était-elle impolie ou avait-elle voulu empêcher Griff de divulguer des informations ?

Ce dernier fit volte-face et ouvrit de grands yeux lorsqu'il vit Kinga. Elle décela une pointe de peur dans ses yeux verts avant qu'il se reprenne.

— Je vous croyais partie, Kinga, dit-il, passant la main sur sa nuque. Vous ne deviez pas retourner dans votre bureau ?

— Je voulais prendre quelques minutes pour décompresser.

Elle adressa un sourire à Stan et à Ava.

— Je suis Kinga Ryder-White. Je gère les relations publiques et la communication de Ryder International.

Stan lui serra la main puis présenta son épouse. Kinga se retint de poser les questions qui lui brûlaient les lèvres. Pourquoi Griff et lui étaient-ils encore amis si Griff avait embrassé Ava dans un club new-yorkais et qu'il avait été photographié en train de quitter leur appartement le lendemain matin ? Stan avait menacé de porter plainte contre Griff. S'agissait-il d'une sorte de ménage à trois ? Pourquoi Kinga avait-elle l'impression qu'il lui manquait des informations capitales ?

Elle tenta de prendre un air neutre. Du moins, aussi neutre que possible en présence de deux musiciens immensément célèbres et d'une actrice aussi connue pour son engagement contre le réchauffement climatique que pour son corps splendide.

Griff fit signe à tous de s'asseoir.

— Je suis content que vous soyez là, dit-il à ses amis.

Il prit place à côté de Kinga sur un petit canapé, sa cuisse touchant la sienne.

— Qu'avez-vous pensé de la conférence de presse ? demanda-t-il au couple.

Ava regarda Stan avant de répondre.

— L'annonce de ton retour est une bombe, et tous les journaux vont reprendre la nouvelle. Mais il y a le revers de la médaille : ils vont déterrer le passé.

Kinga observa le profil de Griff et remarqua qu'il avait la mâchoire serrée.

— Pour ce que ça vaut, intervint-elle, je vous ai trouvé fantastique. Vous avez été tout à fait professionnel, et vous avez accueilli les questions avec humour et élégance.

Griff sourit.

— Merci. Ça fait très longtemps que je fais cela, Kinga.

Puis il s'adressa à ses amis.

— Kinga a passé toute la semaine à redouter cette conférence de presse. Elle était convaincue que j'allais sortir de mes gonds et lui faire honte ainsi qu'à Ryder International.

— Je n'ai pas dit ça ! protesta Kinga avec véhémence.

— Vous l'avez pensé.

Il y avait une émotion dans sa voix qu'elle ne parvint pas à identifier. Griff n'était tout de même pas blessé par son manque de foi en lui ? Non, elle était en train de s'imaginer des choses.

Ava consulta sa montre.

— La voiture sera bientôt là, annonça-t-elle. Griff, quels sont tes projets aujourd'hui ? Stan et moi avons rendez-vous à Manhattan tout à l'heure, et nous sommes invités chez Frodo ce soir. Geraint veut nous faire goûter son nouveau menu. Nous passerons par une porte de service pour rejoindre la salle à manger privée. Tu veux te joindre à nous ?

Kinga avait grandi dans un milieu aisé et jouissait d'une certaine notoriété à Portland, mais ces personnes étaient d'une classe à part. Frodo était un restaurant de Manhattan triplement étoilé au Michelin, et Geraint Du Pont en était le chef avant-gardiste acclamé. Les gens normaux devaient attendre dix-huit mois et contracter un prêt personnel pour déguster ses créations.

Griff interrogea Kinga du regard.

— Qu'en dites-vous ?

— Je suis invitée ? s'étonna-t-elle.

— Bien sûr, répondit Ava chaleureusement. Mais nous devons partir bientôt si nous voulons être à l'heure pour notre rendez-vous. Le Gulfstream nous attend à l'aéroport.

Griff observait Kinga, attendant sa réponse. L'offre était très tentante, mais elle ne pouvait pas simplement prendre sa journée pour se divertir avec ces trois stars. Elle avait un bal à organiser et une liste de choses à faire plus longue que le bras.

— Euh, merci, mais je ne peux vraiment pas.

Le sourire d'Ava refléta sa déception.

— C'est dommage, je me réjouissais de pouvoir vous connaître mieux.

Pourquoi ? Kinga tenta de comprendre la situation. Griff avait eu une aventure d'un soir avec la femme de son meilleur ami. Et pourtant, ce dernier et Ava étaient là, faisant comme si les paparazzis n'avaient pas surpris Griff et Ava en train de s'embrasser. Peut-être avaient-ils oublié cette histoire ?

— Kinga se demande ce qui se passe, commenta Ava en se levant.

— Je l'avoue, je suis un peu décontenancée, avoua Kinga.

Griff l'observa, l'air impassible.

— Je suis désolé que vous ne puissiez pas vous joindre à nous, dit-il. Je pense que vous auriez apprécié la cuisine de Geraint.

Elle n'en doutait pas.

— Rapportez-moi une pizza de chez Lombardi et une part de cheese-cake de chez Junior, plaisanta-t-elle.

— Je vous dis à demain, trésor, lança-t-il.

Le cœur de Kinga fondait comme un glaçon sous un chalumeau chaque fois qu'il l'appelait « trésor » de sa voix rauque et sexy.

— Amusez-vous bien, répondit-elle.

Ava s'avança vers elle. Saisissant ses mains, elle l'embrassa sur la joue et lui murmura à l'oreille :

— Il y a toujours une histoire derrière l'histoire, ma belle. La vérité n'est jamais simple, et elle se trouve rarement dans la presse à scandale.

Puis elle la relâcha et sourit.

— J'espère que nous aurons l'occasion de nous revoir, conclut-elle.

Se tournant vers son mari, elle tendit une main qu'il saisit.

— New York, chéri ? demanda-t-elle.

— J'irais n'importe où avec toi, assura Stan. Mais franchement, Kinga a raison. Une pizza Lombardi et un cheese-cake new-yorkais, c'est bien mieux que les créations microscopiques de Geraint.

— Monstre, plaisanta Ava.

Griff serra brièvement la main de Kinga quand il passa devant elle.

— À plus tard, Kinga.

Elle hocha la tête et les regarda partir, encore décontenancée par la scène à laquelle elle venait d'assister.

Décidément, elle n'était pas près de résoudre l'énigme Griff O'Hare.

Cet après-midi-là, Kinga prit part à une réunion décidée à la hâte entre les cadres dirigeants de Ryder International, dans la salle de réunion privée de Callum. Ils évoquèrent les chiffres trimestriels et l'expansion de Ryder en Chine et au Japon, mais l'essentiel de l'attention – celle de Callum en particulier – était portée sur le bal à venir et sur les autres célébrations du centenaire de la compagnie.

Kinga était surtout enthousiasmée par le nouveau projet de Tinsley : un concours de cocktails. Les bars Ryder International, aux États-Unis et à l'étranger, employaient des mixologues pour servir à la fois des cocktails classiques et des créations originales à leurs clients. Les mixologues pouvaient participer à la compétition seuls ou en équipe, et devaient créer quatre cocktails inspirés par quatre événements différents de ces cent dernières années. Il y aurait des vainqueurs régionaux, nationaux et internationaux.

À la demande de Tinsley et de Kinga, Callum avait augmenté leur budget pour les célébrations de 20 millions supplémentaires. Une hausse surprenante et bienvenue étant donné que le cachet de Griff était astronomique. Personne d'autre qu'elle n'avait de problème avec Griff, et personne ne craignait qu'il fasse des siennes et gâche l'événement qui lancerait les festivités.

Elle-même s'inquiétait de moins en moins…

Repensant à cette journée intense et trépidante, Kinga s'assit dans son canapé et se répéta une fois de plus que peu importait que sa perception de Griff change. Le monde le considérait comme un *bad boy* vaniteux et égocentrique, et c'était l'image avec laquelle elle devait travailler.

Bien qu'elle ait à présent davantage confiance en Griff, il était indéniable qu'il avait annulé quelques concerts à la dernière minute par le passé.

Et s'il recommençait ?

Elle voulait le croire quand il affirmait qu'il ne l'abandonnerait pas, mais comment le pourrait-elle ? Le meilleur indicateur de l'avenir était le passé, par conséquent…

Elle devait protéger son bal. Elle ne pouvait pas se permettre de se relâcher.

Ce qui signifiait qu'il lui fallait un plan de secours.

Si elle en avait eu un pour reconduire Jas chez elle, son amie serait encore en vie.

Chassant ces sombres pensées, Kinga parcourut les noms des artistes auxquels elle faisait appel régulièrement. Dès qu'elle aurait la liste de chansons de Griff, elle engagerait un autre chanteur comme doublure, prêt à le remplacer s'il y avait le moindre souci.

Cette tendance à trop planifier les choses ne concernait pas seulement Griff ; Kinga avait des plans d'urgence pour *tout*. Elle avait divisé le service traiteur entre trois entreprises différentes – si l'une avait un problème, les deux autres pourraient compenser. Elle avait engagé plus de barmans que nécessaire pour assurer le meilleur service. Si quelques-uns manquaient à l'appel, la bonne tenue de la soirée ne serait pas compromise. De plus, elle avait un second fleuriste prêt à intervenir en cas d'imprévu et, sur le plan personnel, elle avait choisi trois robes de soirée au cas où elle renverserait du vin ou de la nourriture sur l'une d'elles.

Ce bal était présenté comme l'un des événements de la décennie. Elle ne laisserait rien ni personne le gâcher.

Kinga entendit le bip annonçant l'arrivée d'un SMS et s'empressa de prendre son téléphone. Elle fut soulagée de constater que ce n'était pas un autre message vocal de Mick. Il avait présenté de brèves et apparemment sincères excuses pour son comportement dans le parking souterrain et la pressait à nouveau d'intervenir en sa faveur auprès du sénateur Seth Garwood. Fait intéressant, il lui avait aussi demandé si elle comptait dévoiler son accès de colère à la presse – elle supposait qu'il parlait du coup de poing qu'il lui avait asséné dix ans plus tôt. Il lui avait rappelé que, si elle évoquait l'agression, ce serait parole contre parole.

Non, elle n'allait rien dire. Elle n'avait aucunement besoin que les médias s'intéressent à elle pour autre chose que pour le bal. Et puis, elle n'avait jamais parlé de cet épisode à personne. Tinsley et ses parents seraient furieux s'ils apprenaient ce qui s'était passé.

Parler aujourd'hui n'apporterait rien de bon. Mais cela, Mick n'avait pas besoin de le savoir.

Autre nouvelle de la journée : Callum n'avait pas encore reçu les résultats des tests ADN, et cela le contrariait. Le grand-père de Kinga avait du sang bleu dans les veines, et il était obsédé par l'arbre généalogique des Ryder-White. Il était impatient de découvrir d'autres liens avec les familles fondatrices de l'Amérique.

Étonnamment, son père et sa mère s'intéressaient beaucoup aux résultats de ces tests. Pourquoi ce revirement ?

S'ils commençaient à parler de l'importance de leur ascendance, eux aussi, Kinga ignorait si elle pourrait le supporter. Ni Tinsley ni elle ne se souciaient de savoir si M. X était arrivé durant la deuxième ou la troisième colonisation, ou quelle aïeule avait épousé quel aïeul. Cela remontait à des siècles, et l'obsession de son grand-père pour la lignée des Ryder-White alors qu'il y avait tant à faire en ce moment était stupide, selon elle.

Elle était plus occupée que les autres membres de sa famille, et, pour ne rien arranger, Mick Pritchard et Griff O'Hare lui compliquaient la vie, pour des raisons très différentes.

Kinga songea à Griff. Il était un mystère, et elle n'aimait guère les énigmes. Elle appréciait les hommes francs et conciliants. Choisir ce type d'hommes était une mesure de protection : elle n'avait aucun risque de tomber amoureuse d'un homme qu'elle pourrait dominer.

Elle n'aimait pas le changement, les risques et les dangers, or Griff était tout cela enveloppé dans un joli emballage.

Ses baisers mettaient son âme en feu et lui faisaient perdre le contrôle.

Après ce qui était arrivé à Jas, garder le contrôle était primordial. Kinga ne prendrait plus jamais le risque d'aimer et de perdre un être cher.

Comme l'avait été sa meilleure amie, Griff était un être charismatique. Kinga devait rester sur ses gardes avec lui.

Son attirance pour Griff, pour la liberté sauvage qu'elle sentait en lui, était dangereuse. Si elle baissait la garde, elle pourrait commettre une erreur aux conséquences dramatiques.

Des conséquences sur son bal, sur sa réputation, et, si elle n'était pas prudente, sur son cœur.

Alors, fini les baisers et les caresses. Fini d'imaginer Griff en tenue d'Adam.

Étouffant un bâillement, elle ferma son ordinateur portable. Il était plus de minuit, et elle ferait mieux d'aller se coucher, car une longue journée l'attendait demain. Depuis qu'O'Hare envahissait ses rêves érotiques, elle avait du mal à trouver le sommeil.

Kinga posa son ordinateur sur la table basse, éteignit la lampe et se leva. Elle alla s'assurer que les quatre verrous de sa porte étaient bien enclenchés, ne pouvant pas dormir sans cette vérification. Alors qu'elle allait monter les marches de l'escalier, elle entendit frapper à sa porte. Le cœur battant, elle se figea. Qui pouvait bien lui rendre visite à minuit et demie ?

Après un autre coup, Kinga entendit Griff l'appeler d'une voix douce. Elle se pencha, posa les mains sur ses cuisses et inspira profondément, en essayant de contenir sa peur. Peut-être aurait-elle dû poursuivre sa psychothérapie plus longtemps.

Prenant une autre inspiration et intimant à son cœur de se calmer, elle regarda par le judas. Même déformé, Griff était séduisant. Elle entrouvrit la porte et respira aussitôt les divines odeurs d'ail, de fromage fondu, d'herbes aromatiques et de tomate fraîche.

Griff tenait une boîte à pizza dans une main et une boîte à gâteau dans l'autre. Toutes deux portaient le logo de célèbres restaurants new-yorkais.

Il avait pris en compte sa demande et fait l'effort d'y répondre.

Cet homme ne cessait de la surprendre.

Elle ouvrit grand la porte et prit le temps d'examiner son visiteur. Il avait posé son manteau et son écharpe sur le banc de bois dans le hall. Il portait un jean délavé et une chemise bleu clair. Son gilet brun foncé était associé à une veste couleur crème et à des chaussures de cuir Oxford.

Il était renversant, et aussi alléchant que la pizza qu'il avait apportée.

Elle se focalisa sur son visage et fut troublée par son petit sourire désormais familier.

— Vous m'avez trouvé de la pizza et un cheese-cake, murmura-t-elle.

Elle tendit la main vers la boîte, mesurant soudain à quel point elle avait faim.

— Merci. C'est gentil… Donnez.

Griff lui décocha un autre sourire, qui révéla ses charmantes fossettes, et, après quelque résistance, il la laissa lui prendre le carton des mains. Kinga se dirigea vers le salon et, d'un geste expert, souleva le couvercle, prit une part de pizza et la plia en deux. Elle mordit dedans avant même d'avoir atteint la pièce.

S'asseyant en tailleur sur la table basse – elle ne voulait pas que la pizza approche de ses coussins de soie –, elle ferma les yeux quand les saveurs intenses explosèrent sur ses papilles. Elle avait l'impression d'être au paradis.

Elle entendit Griff verrouiller la porte. Puis il vint s'asseoir sur le canapé face à elle. Il posa le cheese-cake sur la table et tenta de lui prendre la boîte de pizza des mains.

— Vous avez dîné chez Frodo. Vous ne devriez pas avoir faim, fit-elle valoir.

— Les portions de Geraint sont minuscules, et bien qu'elles soient époustouflantes, elles étaient à peine suffisantes pour nourrir une mouche en surpoids.

Il tira à nouveau sur la boîte.

— Ayez pitié, Ryder-White, mon estomac gronde.

Kinga céda, et Griff se servit. Comme elle, il plia une part en deux et en mangea la moitié en une seule bouchée. Durant les minutes suivantes, Kinga et Griff dégustèrent une bonne partie de la pizza, ne brisant le silence que pour murmurer leur approbation.

Il restait deux parts quand Kinga s'essuya les mains avec une serviette en papier. Elle tenait à garder un peu de place pour le dessert. Griff, grand et robuste, n'avait pas ce problème. Elle s'appuya sur les mains et déplia les jambes, calant ses genoux entre ceux de Griff. Rassasiée et légèrement fatiguée, elle promena les yeux sur lui, remarquant son cou puissant, sa barbe naissante, son regard intense. Il avait une petite tache de sauce tomate sur sa belle chemise bleu pâle, nota-t-elle. Elle passa l'index dessus pour l'essuyer.

Mais la tache était sèche.

Elle se redressa en plissant les paupières.

— Ce n'était pas la première pizza que vous avez mangée ce soir, n'est-ce pas, O'Hare ?

— Je ne vois pas de quoi vous parlez.

L'air innocent de Griff ne la trompait pas une seconde.

— Laissez-moi deviner. Pendant que vous étiez chez Frodo, Stan et vous avez envoyé un coursier chez Lombardi pour commander quelques pizzas. Vous en avez mangé une dans l'avion. Ou dans le taxi que vous avez pris à l'aéroport.

— Je suis démasqué, dit-il en souriant.

— Et ensuite, vous avez dévoré la moitié de ma pizza ! s'exclama-t-elle en s'efforçant de ne pas sourire. Mufle !

Griff termina sa part puis haussa les épaules et sourit.

— Au moins, vous avez eu une pizza entière. J'étais tenté de la commencer avant d'arriver ici.

— Heureusement que vous vous êtes abstenu.

— J'aurais pu ne rien vous apporter du tout.

En effet. L'avait-elle remercié correctement ? Elle se pencha et déposa un bref baiser sur ses lèvres.

— Merci pour la pizza, dit-elle doucement. C'était très gentil à vous de penser à moi.

— Même si j'en ai mangé la plus grande partie ? demanda-t-il d'une voix plus rauque qu'à l'accoutumée.

— Oui, répondit-elle, effleurant sa barbe naissante. Mais le cheese-cake est à moi.

Griff captura sa main et, avec une extrême douceur, embrassa le bout de ses doigts.

— Je parie que j'arriverai à vous convaincre de partager.

— Je parie que non.

C'était, après tout, un cheese-cake de chez Junior. Elle n'avait peut-être pas réussi à manger une pizza entière, mais elle pourrait engloutir tout un cheese-cake sans aucun problème. C'était son superpouvoir.

Le regard de Griff s'intensifia, prenant une teinte vert foncé qui rappela à Kinga les forêts du Maine après la pluie. Elle sentit sa gorge se nouer et ses tétons se durcir. Elle devinait que Griff imaginait une façon très peu conventionnelle de déguster le dessert.

À sa grande surprise, elle se rendit compte qu'elle n'avait aucune objection à mêler dessert et plaisir charnel…

Certes, elle avait mille raisons de ne pas coucher avec Griff, mais aucune ne lui venait à l'esprit à cet instant.

Les pulsations entre ses jambes devaient être apaisées ; sa peau réclamait les caresses de Griff. Sa bouche avait besoin de la sienne, maintenant, et sa main la démangeait de retirer les vêtements de Griff pour découvrir son corps viril et musclé.

Même son esprit, d'habitude si pragmatique, était silencieux.

Il se pencha vers elle et posa les mains sur ses cuisses.

— Dites-moi à quoi vous pensez, Kinga.

— Je pense que vous aimeriez étaler le cheese-cake sur moi et le lécher, murmura-t-elle, surprise par la raucité sensuelle de sa propre voix.

— Vous avez raison. J'ai eu des pensées inconvenantes depuis que je suis monté dans l'avion.

Machinalement, elle ouvrit la boîte du cheese-cake et, du bout de l'index, prit un peu de garniture et la lécha lentement. Griff suivit du regard ses moindres gestes, et elle arrêta son attention sur son entrejambe, où son sexe en érection tendait son jean.

— À mon tour, dit Griff.

Prenant un peu de cheese-cake, il l'étala au creux du cou de Kinga et prit son temps pour le lécher. Kinga haleta et frissonna. Ce n'était qu'un baiser dans le cou, et elle ne devrait pas être aussi excitée…

Pourtant, elle l'était. Et elle n'avait aucune intention de s'arrêter là…

Griff prit un morceau de gâteau, le glissa dans sa bouche, puis embrassa Kinga avec assurance. Mille bombes gustatives explosèrent en même temps.

Tandis que leurs langues dansaient et se battaient en duel, Kinga entreprit de lui retirer ses vêtements, bien trop nombreux. Elle baissa sa veste sur ses épaules, défit les boutons de son gilet et ôta les deux vêtements, qu'elle fit voler au sol. Sous la fine chemise de coton de Griff, elle perçut la chaleur de sa peau et, ne voulant pas perdre de temps avec les boutons, elle la lui passa par-dessus la tête, offrant à ses yeux et à ses lèvres son torse magnifiquement ferme, hâlé et musclé. Elle recula un peu et observa la toison légère qui descendait sur son ventre plat pour disparaître sous la taille de son jean.

Griff avait glissé les mains sous le pull de Kinga et explorait avec assurance ses seins et son ventre. Bien qu'elle adore ses caresses, elle était pour l'instant occupée à suivre la courbe de l'épaule de Griff avec sa langue, à étaler du cheese-cake sur son téton et le lécher, à le sentir s'agiter et frissonner.

Cet homme dominateur, si séduisant et sensuel, était totalement à sa merci. Cela lui procurait un sentiment de puissance.

Elle n'avait jamais été une meneuse en matière de sexe, et elle laissait rarement ses rendez-vous galants aller si loin, mais, avec Griff, elle se sentait en sécurité et… libre. Libre de l'explorer, de commander. Il avait suffisamment confiance en sa masculinité pour lui permettre de prendre les rênes…

Elle se leva, repoussa la table basse et posa la boîte du cheese-cake sur le sol afin qu'elle soit plus facile d'accès. S'agenouillant entre ses jambes, elle posa une main sur son torse afin qu'il se penche en arrière. Il l'observa à travers son regard brumeux tandis qu'elle débouclait sa ceinture et déboutonnait son jean.

— Tu fais tout le travail, chérie, murmura-t-il, prenant sa joue en coupe.

Kinga lui offrit un sourire impertinent avant d'enrouler les doigts autour de sa verge durcie.

— Est-ce que j'ai l'air de me plaindre ? répliqua-t-elle.

— Non, dit-il, hissant les hanches pour mieux sentir sa main. J'aime ce que tu me fais, Kinga.

Kinga écarta la barrière que constituait son caleçon de coton. Penchant la tête, elle souffla sur son sexe. Puis elle mit un peu de cheese-cake sur son doigt et l'appliqua sur le centre de son pénis.

— J'espère que tu vas nettoyer tout cela avec ta langue, marmonna-t-il.

Elle l'observa une seconde. Les tendons de son cou étaient visibles, et il pantelait.

Oui, c'était elle qui avait le contrôle. Et cela lui plaisait. Mais elle ne l'avait jamais exercé de cette manière. Jusqu'à maintenant, les fellations ne faisaient pas partie de ses pratiques. C'était une chose très intime, bien plus que le sexe classique, et elle n'avait jamais été suffisamment à l'aise auparavant pour s'y adonner…

Griff, splendide et sensuel, la poussait à agir différemment. Plus tard, lorsque son esprit serait pleinement opérationnel, elle réfléchirait à ce que cela signifiait. Et ellc chercherait un moyen de se protéger. Mais pour l'heure, tout ce qu'elle voulait, c'était goûter la saveur de Griff. Lentement, elle lécha la garniture, surprise par la fermeté de son érection.

Refermant la main autour de son sexe, elle passa la langue sur sa couronne avant de l'accueillir dans sa bouche.

— Ça suffit, arrête, marmonna Griff en se levant brusquement.

Il l'aida à se relever, lui retira son pantalon de yoga et lui ordonna d'ôter son pull.

Tentant de retrouver ses repères, elle observa Griff, incertaine. Fini les plaisanteries. Griff était maintenant un homme déterminé. Avec un peu de chance, sa mission la ferait crier de plaisir.

Puis le regard de Griff s'adoucit. Il posa les mains sur les hanches de Kinga, ses pouces dessinant des motifs sur sa peau.

— Est-ce que tu en as envie, Kinga ? Tu as envie de moi ? Car, si tu veux arrêter, c'est le bon moment.

Voulait-elle arrêter là ? *Non.*

Devrait-elle arrêter là ? *Oui, certainement.*

Mais elle savait qu'elle n'écouterait pas la raison. Car elle voulait savoir à quoi ressemblait une nuit de sexe avec Griff. Si elle renonçait maintenant, elle le regretterait éternellement.

Griff avait sans doute lu sa réponse sur son visage car il afficha un sourire sensuel.

— Bien, parce que nous n'avons pas fini le cheese-cake.

— Non, en effet, dit-elle.

Il reprit un air sérieux.

— Ça veut dire que je peux te faire l'amour ?

Cette fois, elle n'hésita pas. En guise de réponse, elle hocha la tête et lui donna un baiser bref.

— Oui. Faisons un plan à trois… toi, moi et le cheese-cake.

Son rire fit naître une douce chaleur en elle, et elle poussa un soupir quand il dégrafa son soutien-gorge et écarta doucement les bonnets. Lorsqu'il posa sa bouche chaude sur son téton, elle sentit sa température grimper en flèche. Saisissant la nuque de Griff, elle arqua le dos tandis qu'il lui donnait du plaisir.

Il releva la tête, l'air contrit.

— J'ai très envie de toi, Kinga, mais je n'ai pas de préservatifs. Tu en as ?

— Non.

La déception se peignit sur son visage.

Elle ne pouvait pas supporter l'idée qu'ils s'arrêtent maintenant. Elle avait besoin de faire l'amour avec lui.

— Mais si tu me promets que tu es en bonne santé, cela me suffira. Je prends la pilule.

Il posa la main contre son cœur.

— Je suis en parfaite santé, je te le promets.

Elle déglutit, soudain gênée, et répondit par un hochement de tête.

Sans plus attendre, Griff prit possession de sa bouche tout en retirant son jean et son caleçon. Il glissa les mains entre les jambes de Kinga, effleurant du pouce son point le plus sensible. Il lui souleva une jambe, taquina ses replis avec son sexe avant de s'insérer en elle.

Elle haleta, captivée par son regard. Jamais aucun homme ne l'avait contemplée ainsi… avec ce mélange de chaleur, d'émerveillement, de plaisir et de satisfaction.

Être l'objet d'une fascination si intense la fit frissonner.

Elle perçut la tension de Griff, l'entendit gronder, puis il la fit asseoir sur le dossier du canapé et saisit ses jambes. Aussitôt, elle les enroula autour de sa taille et se cambra. D'un seul coup de reins, il la propulsa sur les cimes du plaisir, et elle s'atomisa dans un feu d'artifice de sensations.

Elle entendit le cri qu'il poussa et le sentit trembler entre ses bras quand il atteignit la jouissance à son tour.

Ces ébats époustouflants, spectaculaires et impulsifs pourraient, si elle n'y prenait garde, secouer les fondations de son monde.

Et menacer la vie stable qu'elle s'était construite au prix de tant d'efforts.

Griff O'Hare pourrait bien la transformer profondément, mais elle ne pouvait pas le laisser faire. Comme elle l'avait compris tout à l'heure, il était le risque et le danger personnifiés.

Nouant les mains autour du cou de Griff, elle pria pour trouver un moyen de se protéger.

- 6 -

Penelope

Penelope observa sa bague de fiançailles, un diamant de six carats entouré d'émeraudes anciennes de Ceylan, que le clan Ryder-White transmettait à l'épouse du fils aîné depuis des générations. Elle était la cinquième Ryder-White à porter ce joyau magnifique et irremplaçable.

Comme beaucoup de choses dans sa vie, cette bague suscitait en elle des sentiments ambivalents. Penelope aimait se dire que la bague était rare et hors de prix, mais elle détestait l'idée que le bijou représente l'une des stupides traditions des Ryder-White et qu'il ne revienne jamais à l'une de ses filles. Son beau-père lui avait bien fait comprendre que cette bague était un prêt et non un don. Maudit Callum.

Penelope se força à se maintenir très droite, les mains jointes sur la nappe en vinyle bon marché. À son arrivée dans ce restaurant, elle avait refusé une tasse de café et demandé de l'eau avant de repousser le menu d'un doigt parfaitement manucuré.

C'était une évidence, elle n'était pas dans son environnement habituel. Si elle était venue ici, c'était parce que cette entrevue requérait de la discrétion. Personne ne s'attendait à ce que Penelope Ryder-White, femme mondaine et grande habituée des galas de bienfaisance, fréquente ce relais routier animé et légèrement crasseux situé à l'extérieur de la ville.

Elle retira ses lunettes de luxe et les replia soigneusement. Elle patientait déjà depuis cinq minutes, et son contact n'était toujours pas là. Penelope avait horreur des retards. Elle attendrait précisément cinq minutes supplémentaires, puis elle s'en irait. Elle trouverait un autre détective privé, une personne capable, à tout le moins, d'être ponctuelle.

Trouver un enquêteur n'était guère difficile ; en dénicher un qui puisse lui apporter des résultats rapidement était plus délicat. Callum était de plus en plus pénible. Les choses étaient en train de changer, elle avait donc besoin d'informations pour anticiper les ennuis et se prémunir.

Une tasse de café à la main, une femme corpulente d'un certain âge s'assit sur la banquette face à elle et remonta ses lunettes bon marché sur ses cheveux teints en rouge.

Penelope arqua les sourcils, agacée.

— Excusez-moi, cette place est prise.

— Madame Ryder-White, dit l'autre femme d'un air amusé, je suis KJ Holden.

KJ Holden, l'un des meilleurs détectives de la ville ? Penelope en doutait.

Avec un soupir irrité, KJ souleva son postérieur et prit un fin portefeuille dans la poche arrière de son pantalon. Elle en sortit une carte de visite qu'elle fit glisser sur la table. Selon ce qui y était inscrit, cette femme était détective privée et agente de cautionnement.

Manifestement, Penelope l'avait jugée un peu trop hâtivement.

— Cela doit vous arriver souvent, dit-elle.

C'était le mieux qu'elle pouvait faire en matière d'excuses.

Les gens riches et influents n'avaient pas pour habitude de demander pardon à tout bout de champ.

— En temps normal, les gens sont plus polis, répliqua KJ avec un sourire factice.

Cette femme avait du tempérament, songea Penelope. Cela lui plaisait. Ses filles aussi avaient du caractère, et elle se réjouissait qu'elles soient des femmes fortes et indépendantes. Comme Callum, elle éprouvait du dédain pour les pacifistes et les lèche-bottes. Son mari était, hélas, les deux.

— Je ne pourrai pas vous aider si vous ne m'expliquez pas le problème, madame Ryder-White.

Penelope replaça ses cheveux derrière ses oreilles.

— J'ai entendu dire que vous étiez douée pour retrouver les gens disparus.

— En effet, répondit KJ.

À en juger par le ton de sa voix, la détective ne se vantait pas. Elle confirmait simplement un fait.

— Avez-vous déjà travaillé sur le dossier Jas Garwood ? demanda Penelope.

La mort de Jas avait transformé Kinga en une jeune femme rigide et angoissée.

— Non, je suis spécialisée dans la recherche de personnes disparues, pas dans les affaires d'homicides. Mais je connais l'enquêteur qui travaille sur cette affaire classée. Il n'y a aucune piste sur le conducteur du véhicule. Tout a été passé au peigne fin, et je ne crois pas qu'il reste quelque chose à trouver.

KJ pencha la tête et l'observa.

— Votre fille était sa meilleure amie, n'est-ce pas ?

— Oui, depuis leur enfance. Jas a pratiquement grandi chez nous, et les Garwood considèrent Kinga comme leur seconde fille.

— Je suis vraiment navrée, déclara KJ.

Elle s'adossa à la banquette et dévisagea Penelope. En apparence, elle ressemblait à une mère au foyer débordée, mais son regard indiquait qu'elle avait vu beaucoup de choses dans sa vie. Penelope avait maintenant bon espoir que KJ réussisse sa mission.

— Que puis-je faire pour vous, madame Ryder-White ?

Penelope se mordilla la lèvre, hésitant à répondre. Allait-elle ouvrir la boîte de Pandore ? Le fait d'engager une enquêtrice privée allait-il améliorer les choses, ou les aggraver ?

Quoi qu'il en soit, vivre dans l'incertitude la rendait folle.

— Madame…

— Donnez-moi une minute, l'interrompit sèchement Penelope.

Elle avait besoin d'un peu de temps pour réfléchir.

Depuis une éternité, elle attendait un signe du fils qu'elle avait confié à l'adoption, il y avait plus de trente ans. Lorsqu'il avait atteint l'âge de dix-huit ans, elle avait pensé recevoir un coup de fil de sa part, une demande d'explication, des questions sur l'identité de son père. Elle attendait toujours…

Elle craignait aussi que sa scandaleuse liaison soit révélée.

Son amant et elle s'étaient rencontrés dans les Hamptons. Tous deux étaient à l'époque des invités dans une maison en bord de mer. Penelope avait été intriguée et flattée par l'attention que cet homme bien plus âgé lui avait portée. Son amant était extrêmement séduisant et drôle. Étant une jeune fille timide et surprotégée par ses parents, elle s'était facilement laissé charmer. Malheureusement, après la fin de leur séjour, il ne lui avait plus donné de nouvelles. Penelope ne s'était jamais sentie aussi seule et apeurée de toute sa vie. Comme les Ryder-White, sa famille faisait partie de l'aristocratie de la côte Est. Les filles de son milieu social ne se retrouvaient pas enceintes. Il fallait préserver les apparences.

Trente ans plus tard, cela n'avait pas changé. Les apparences demeuraient essentielles.

Rassemblant tout son courage, elle avait annoncé à ses parents qu'elle était enceinte et avait eu l'intelligence de taire l'identité du père. Comme elle l'avait prévu, ils avaient supposé qu'elle avait eu une liaison avec le jardinier ou un autre employé, quelqu'un de bien inférieur dans l'échelle sociale. Elle n'avait pas pris la peine de les détromper.

Après avoir cessé de hurler, ses parents étaient passés à l'action.

Ils avaient acheté des billets pour l'Angleterre et loué un appartement à Londres. Bouleversée et dévastée, elle les avait laissés contacter l'agence d'adoption Knightsbridge. Ses parents avaient souhaité une adoption définitive. Penelope avait refusé de signer le moindre document tant qu'elle n'avait pas eu l'assurance que son fils pourrait, s'il le souhaitait, la contacter à l'âge adulte. Elle avait vécu dans l'anticipation – et la terreur – de recevoir un appel, une lettre, un mail… quelque chose.

Elle n'avait rien reçu.

Son enfant aurait trente-cinq ans dans moins d'un mois.

Dix-huit mois après avoir quitté Londres, elle avait revu son amant par hasard. Pendant une discussion houleuse, elle lui avait appris qu'elle avait fait adopter leur fils. Jamais elle n'avait vu une telle fureur chez un homme. Il avait exigé qu'elle lui révèle où se trouvait le bébé. Elle avait tenté d'expliquer que l'adoption était définitive, qu'il n'avait aucune chance de récupérer cet enfant mais, étant un homme riche et influent, il avait refusé d'accepter la situation. Elle avait seulement pu lui communiquer le nom de l'agence d'adoption à Londres.

C'était la dernière fois qu'elle l'avait vu, et elle ignorait quelles mesures il avait prises pour retrouver leur enfant. Ne pas savoir avait failli la rendre folle.

Pourquoi son fils n'avait-il pas cherché à la joindre ? N'était-il pas curieux de connaître les circonstances de sa naissance ? Savait-il qu'elle était sa mère et évitait-il délibérément de la contacter ? Avait-il choisi de ne pas enquêter sur son histoire ? Si oui, pour quelle raison ?

Elle ne pouvait plus vivre dans l'incertitude. Il fallait qu'elle retrouve son enfant, et, pour cela, elle avait besoin d'un détective privé qui pourrait faire des recherches sur son fils. Était-il du genre à vouloir exploiter son lien avec la célèbre famille dont il était issu ? Si tel était le cas, Penelope devait prévoir les possibles répercussions.

Elle ne s'était jamais demandé si son fils avait un bon train de vie et s'il avait reçu une bonne éducation, car l'agence d'adoption ne traitait qu'avec des clients fortunés. Elle s'était efforcée de ne pas se demander s'il était heureux et aimé. Elle espérait que la réponse était oui, mais puisqu'elle ne pouvait rien faire pour modifier le passé, elle repoussait toujours ces pensées angoissantes. À quoi bon s'inquiéter pour quelque chose qu'elle ne pouvait pas changer ?

En revanche, elle s'interrogeait sur lui. Était-il marié, avait-il des enfants ? Était-elle *grand-mère* ? Que faisait-il dans la vie ? Était-il en bonne santé ? Ressemblait-il à son père ou à elle ?

Penelope se massa le front et roula des épaules. Ces questions, comme un million d'autres, étaient stériles. À moins que son fils n'entre en contact avec elle – et, à chaque année qui passait, cette éventualité s'éloignait davantage –, elle n'aurait jamais de réponses.

Mais Penelope pensait aux conséquences éventuelles. Elle croyait aux vertus des plans de secours. Et, oui, si elle parvenait à faire en sorte que sa réputation demeure intacte et que ses secrets restent bien gardés, ce serait une immense victoire.

— J'ai besoin que vous retrouviez un enfant que j'ai confié à l'adoption il y a longtemps, dit-elle, tendant une feuille à KJ.

Elle ignora l'air surpris de la détective. Oui, elle avait eu un bébé quand elle était adolescente. Elle n'était ni la première, ni la dernière.

— C'était une adoption fermée, alors je n'ai aucune information sur lui.

KJ parcourut le document. Quand elle reporta son regard sur Penelope, elle paraissait sceptique.

— Ce sera difficile puisque l'agence d'adoption est à Londres. Pour quand voulez-vous mon rapport ?

— Pour hier.

— Évidemment, répondit KJ avec un grand soupir.

— J'ai écrit tout ce que je sais à son sujet et sur les circonstances de sa naissance. Ne prenez pas la peine de me téléphoner pour avoir plus d'informations, il n'y en a pas d'autres.

Elle pianota sur la table.

— Trouvez-le et je vous paierai le triple de votre tarif, avec une prime supplémentaire, ajouta-t-elle.

KJ relut les brèves indications notées sur la feuille de papier.

— Êtes-vous sûre de vouloir retourner cette pierre, madame Ryder-White ?

— Je ne serais pas là dans le cas contraire.

— Je mets un point d'honneur à rappeler à mes clients que la vérité ne les libère pas toujours.

Mais les secrets pouvaient aussi tuer à petit feu, songea Penelope avant de mettre un terme à cette entrevue.

Kinga suivit le directeur du Portland Studio dans un long couloir et le remercia quand il ouvrit la porte d'un vaste studio et lui fit signe d'entrer. Une fois dans l'immense espace, Kinga regarda vers la scène, où des musiciens s'affairaient et des techniciens installaient des équipements.

Ne voyant pas Griff, elle jeta un coup d'œil circulaire, observant la piste en bois devant la scène destinée aux danseurs, éclairée par la lumière naturelle des grandes fenêtres. Elle finit par repérer Griff au fond de la salle, assis sur un canapé, un bloc-notes sur les genoux et une paire de lunettes à monture métallique sur le nez.

Elle s'appuya contre le mur, prenant un instant pour étudier l'homme avec qui elle avait couché une semaine plus tôt. Elle ne l'avait pas revu depuis qu'il avait quitté son appartement au petit matin, après leur nuit de passion. Il avait déposé un baiser sur son front avant de sortir du lit, sans lui donner aucune explication.

Griff avait quitté Portland le jour même, et, ce matin, elle avait reçu un message l'informant de son retour. Elle porta la main à son cœur, à la fois excitée et anxieuse. Pendant l'absence de Griff – elle ignorait où il était allé et refusait de lui poser la question –, ils avaient échangé de nombreux messages professionnels. Si elle le pouvait, elle continuerait à communiquer avec lui par SMS jusqu'au bal. C'était bien plus facile.

Plus sûr.

S'ils gardaient leurs distances, elle pourrait faire comme s'il était un artiste parmi d'autres – l'un des nombreux artistes avec lesquels elle avait travaillé au fil des ans – et non un homme qui avait fait trembler son univers sensuel.

Si seulement elle pouvait oublier son corps splendide... Elle n'avait pas connu de vraie nuit de sommeil depuis que Griff avait partagé son lit. Bien qu'elle ait lavé ses draps et ses serviettes, elle sentait encore son eau de toilette dans son appartement. Dans ses rêves, Griff lui faisait l'amour. Malheureusement, son subconscient la tirait toujours de son sommeil juste avant l'orgasme. Elle se réveillait excitée, épuisée et profondément frustrée.

Mais cela, elle ne l'avouerait jamais à Griff.

Cet homme était plein de contradictions, songea-t-elle, heureuse de pouvoir l'observer sans être vue. Il avait le charisme d'une star et l'attitude d'un mâle dominant. Il était charmant et drôle, mais, sous la surface, elle sentait que les eaux étaient sombres et agitées. Kinga avait l'impression que Griff avait un passé complexe, qu'il y avait en lui des profondeurs inexplorées, des sentiments et des pensées inexprimés.

Il y avait Griff O'Hare, le musicien rebelle au talent prodigieux, et il y avait le vrai Griff, secret, passionné et si... réel. Elle pouvait ignorer l'artiste, mais l'homme derrière la star la fascinait.

Comme beaucoup de gens, Kinga voulait comprendre pourquoi Griff agissait comme un mauvais garçon, et pourquoi il avait abandonné la musique et la scène pour aller hiberner dans son ranch ces deux dernières années. Elle aimerait en savoir plus sur sa famille, dont il ne parlait jamais. Avait-il déjà songé à changer de métier ? Menait-il l'existence dont il avait rêvé ?

Et elle ?

Bonne question. Kinga fixa le bout de ses cuissardes à talons aiguilles. Callum les avait engagées, Tinsley et elle, chez Ryder International ; pourtant, malgré leurs diplômes et leurs années d'expérience, Kinga savait que ni elle ni sa sœur ne seraient jamais promues P-DG. Ni leur père, malheureusement.

Kinga adorait son père, mais James était trop gentil pour prendre les décisions difficiles qu'un P-DG de multinationale devait assumer. Quand on atteignait un tel niveau de responsabilité, il fallait être concentré, impassible, férocement intelligent et, dans une certaine mesure, impitoyable.

Son père était intelligent mais émotif, et, contrairement à Callum, il n'avait pas une once de cruauté en lui.

Lorsque Kinga avait terminé ses études, elle avait mené une rude campagne afin de convaincre son grand-père de la considérer comme son successeur potentiel, mais il ne l'avait pas prise au sérieux et s'était même moqué de ses ambitions. Elle était une femme, et, en tant que telle, elle n'avait pas assez de testostérone pour occuper ce poste, avait-il rétorqué. Bien que son ego et sa fierté en aient pris un coup, Kinga avait pris conscience qu'elle ne voulait pas de la responsabilité et de la pression inhérentes à la fonction de P-DG.

Elle n'avait aucune envie de se transformer en bourreau de travail, ni de faire passer les profits avant les relations humaines. Elle ne voulait pas devenir froide, indifférente et sans âme.

En d'autres mots, elle ne voulait pas être comme Callum.

Sentant son téléphone vibrer dans sa poche, elle jeta un coup d'œil à l'écran. C'était un appel de sa sœur.

— Bonjour, Tins.

— Pourquoi as-tu soutenu la décision de Callum

de choisir l'entreprise de Cody Gallant pour cocréer et organiser le concours de cocktails ? lâcha Tinsley de but en blanc.

— Parce que son devis était très compétitif. Il a de l'expérience dans l'événementiel international, il fait un travail fantastique, et il ne nous a jamais fait faux bond.

Tinsley garda le silence.

— De plus, ajouta Kinga, nous le connaissons depuis toujours, et nous lui faisons confiance.

— *Tu* lui fais confiance, marmonna Tinsley.

Kinga secoua la tête. Depuis toujours, Tinsley et Cody s'entendaient comme chien et chat, mais depuis que Tinsley avait divorcé du frère cadet de Cody, JT, leur animosité était montée d'un cran. Avant leur mariage, Tinsley et JT avaient été en couple au lycée et à l'université ; les Ryder-White et les Gallant étaient des amis proches et des partenaires en affaires. Kinga avait cru que JT et Tinsley resteraient en couple très longtemps.

Elle s'était trompée. À présent, Tinsley était à nouveau célibataire. Elle qui avait supplié JT de fonder une famille avait eu le cœur brisé lorsqu'elle avait appris qu'il allait avoir un enfant avec sa nouvelle épouse.

Le mariage de Tinsley était bel et bien terminé, et elle n'évoquait jamais JT, qui vivait aujourd'hui à Hong Kong. En revanche, elle ne cessait de se disputer avec Cody. Kinga se demandait si sa sœur passait sa peine et sa colère sur Cody. Mais elle n'avait pas le courage de lui poser la question. Elle aimerait simplement que Cody et Tinsley cessent de se chamailler ou, au moins, qu'ils la laissent en dehors de leurs histoires.

— Les contrats sont signés, et tu supervises le concours, alors tu vas devoir travailler avec lui, rappela-t-elle.

— Je n'en ai pas envie, protesta Tinsley.

Kinga avait l'impression d'entendre la petite fille boudeuse que sa sœur avait été autrefois.

— Prends sur toi, chérie, conclut-elle avant de raccrocher.

Rangeant son téléphone dans son fourre-tout, elle constata que Griff l'observait, un sourire sensuel accroché aux lèvres.

Elle marcha vers lui, notant le désir dans ses yeux. Elle était vêtue d'une robe pull grise à col roulé, qui s'arrêtait à quelques centimètres au-dessus de ses cuissardes. Griff semblait fasciné par l'espace entre l'ourlet de sa robe et ses bottes.

— Bonjour, dit-il, se levant pour la saluer.

À sa grande surprise, il l'embrassa sur la tempe.

— Comment vas-tu, Kinga ? Tu as l'air fatigué.

Il semblait sincèrement inquiet pour elle.

— Je suis fatiguée, en effet, répondit-elle avec franchise.

— Tu travailles trop ? demanda-t-il, lui faisant signe de s'asseoir à côté de lui sur le canapé de cuir.

Elle ne pouvait pas lui avouer que l'essentiel de sa fatigue était dû à ses rêves érotiques. Sans réagir à sa question, elle s'assit et croisa les jambes.

— Je vois que tu as formé un groupe, commenta-t-elle, désignant les musiciens sur la scène.

Griff prit place à côté d'elle et appuya les avant-bras sur ses cuisses.

— Oui, la plupart des musiciens avec lesquels j'aime travailler étaient disponibles, Dieu merci. Je ne connais pas les choristes, mais elles ont de l'expérience.

Kinga regarda le bloc-notes sur la table.

— Tu écris à nouveau des chansons ? demanda-t-elle.

— Oui. J'envisage de sortir un album.

Elle pivota sur le canapé pour lui faire face.

— C'est fantastique !

— Ça le serait si j'étais sûr que mes chansons étaient bonnes.

C'était étrange d'entendre de l'incertitude dans la voix de Griff, d'habitude si sûr de lui.

— Je suis certaine qu'elles sont géniales, Griff. Ton dernier album a été certifié disque de platine.

— Cela remonte à loin. Et j'avais un coauteur. Cette fois, je suis seul.

— Je ne peux imaginer à quel point ce doit être difficile de présenter tes créations au monde. Je suppose que c'est comme avoir un bébé, poster sa photo sur les réseaux sociaux et demander aux gens de faire des commentaires pour savoir s'il est laid ou non.

Griff la dévisagea longuement. Son air surpris se mua en expression amusée.

— C'est exactement ça. Je n'aurais pas pu mieux dire.

Il retira ses lunettes et les glissa dans la poche de sa chemise. Il portait un jean délavé et des baskets branchées. Ses cheveux étaient en bataille, sans doute parce qu'il avait passé la matinée à y plonger les mains.

— Comment se passent les répétitions ? s'enquit-elle.

— Bien, dans l'ensemble. Je suis un peu rouillé, avoua-t-il. Ça devrait aller mieux maintenant que j'ai fini la liste des chansons.

— Mon grand-père l'approuvera-t-il ?

Elle savait que Callum avait des idées très arrêtées sur le genre de chansons qu'il voulait entendre.

— J'ai choisi des classiques, comme pour le dernier concert que j'ai donné à Londres. Mais j'ai ajouté quelques chansons modernes pour satisfaire les invités les plus jeunes.

— Il faut que je te prévienne, Callum compte assister à certaines de tes répétitions.

— C'est hors de question. Personne n'est autorisé à entrer dans mon studio de répétition, sauf les musiciens, les danseurs et les techniciens.

— Pourtant, je suis là.

— Pas pour longtemps, dit-il en souriant. Je suis sur le point de te chasser car la session commence dans cinq minutes.

Kinga fit la moue et battit des cils.

— Juste quelques chansons. S'il te plaît ? Je me ferai toute petite.

Griff plissa les yeux.

— Mmm. Une seule chanson, ensuite tu t'en vas.

Kinga rebondit sur le canapé, ravie. Mais, puisqu'il ne leur restait que cinq minutes, il fallait qu'ils parlent affaires, maintenant. Elle sortit sa tablette de son sac et l'alluma.

— Juste quelques points rapides, dit-elle. Je t'ai programmé une interview dans une émission matinale très populaire la semaine prochaine, pour parler de ton retour sur scène et du bal.

À en juger par l'expression de Griff, il préférerait être conduit à l'abattoir.

— C'est l'aspect de mon travail que j'aime le moins.

— Les interviews sont un mal nécessaire. Alors, quelles questions sont interdites ? Les mêmes qu'avec la presse ?

Griff se frotta la mâchoire.

— Oui, même chose que la dernière fois. Je ne veux répondre à aucune question sur Sian.

Sian, sa jumelle, et son ancienne partenaire de scène. Kinga ne savait rien de plus sur elle qu'une personne lambda, à son grand regret.

— Et je refuse de parler de mon manager ou de sa

mort, et de commenter les rumeurs sur une supposée dispute entre nous. Ils essaient souvent de m'amener sur ce terrain.

Kinga entendit la dévastation dans sa voix, remarqua la fureur dans son regard. Comme beaucoup de gens, elle se demandait pourquoi il refusait d'évoquer l'homme qu'il avait considéré autrefois comme un second père, un mentor et un ami.

— D'accord, Griff.

— Pas de questions sur mes anciennes petites amies, sur mes frasques, ou sur cette soirée à Phuket.

— Que s'est-il passé à Phuket ? Je n'ai rien lu à ce sujet.

Il sourit.

— Ah, alors tu as lu des articles sur moi ?

Elle lui décocha un sourire froid.

— Je connais les informations de base, O'Hare. Je n'ai pas fouillé dans ta vie.

— Menteuse.

— Mufle, marmonna-t-elle.

Elle plongea son regard dans celui de Griff et fut troublée par le désir qui y brûlait. Elle porta la main à son cœur, lui intimant en silence de ralentir. Certes, Griff et elle avaient fait l'amour, mais elle était une femme moderne. Une unique nuit de passion ne suffisait pas à faire une relation ; Kinga n'était même pas sûre que Griff veuille répéter l'expérience.

Ce n'était qu'une brève aventure…

— J'ai beaucoup pensé à toi, lança-t-il en lui prenant la main.

— Tu n'as pas à me mentir, O'Hare. Je sais exactement ce que cette nuit représentait.

— Et qu'est-ce que c'était ? demanda-t-il d'une voix étonnamment douce.

Elle haussa les épaules, espérant paraître détachée.

— Une nuit enfiévrée, une parenthèse, une histoire d'un soir.

— C'était intense, et inattendu. Et depuis, je n'arrête pas de penser à toi.

Non, elle n'y croyait pas une seconde. Elle était légèrement déçue que Griff la traite comme une groupie stupide et non comme une femme intelligente et indépendante. Contrairement à une admiratrice, elle n'allait pas fondre juste parce qu'il prenait une voix sensuelle et qu'il la couvait du regard.

Elle n'était pas romantique ou impulsive. Elle avait perdu sa naïveté à dix-huit ans, lorsque son monde s'était écroulé. Elle préférait de loin voir les choses comme elles étaient et non comme elle voulait qu'elles soient.

— Tu ne me crois pas, lâcha Griff d'une voix basse et intense.

Kinga entendit un riff de guitare et un roulement de batterie. Les musiciens se mettaient en place.

— Il faut que tu y ailles, Griff. Ils t'attendent.

— C'est moi qui paie leurs salaires. Ils peuvent patienter jusqu'à ce que je sois prêt, gronda-t-il. Écoute, je ne t'ai pas téléphoné parce que je n'étais pas chez moi. J'avais… un problème à régler.

Avait-il été appelé par une femme, une maîtresse de longue date ou une partenaire d'un soir ? Avait-il reçu une meilleure offre pour faire son grand retour ? Allait-il faire faux bond à Ryder International ? Ou avait-il commis un nouvel écart dont la presse n'avait pas encore connaissance ?

Ça suffit, Kinga. Tu réagis de manière excessive et tu réfléchis trop.

Elle leva les mains.

— Griff, tout va bien. Je ne m'attendais pas à ce que tu me téléphones. Je sais qu'en dehors de cette unique nuit, nous avons une relation professionnelle.

— Excepté que je veux une autre nuit, et, si possible, une troisième.

Elle le dévisagea. Avait-elle bien entendu ?

— Pardon ? fit-elle.

Il se pencha vers elle et lui murmura à l'oreille :

— J'aimerais beaucoup partager ton lit à nouveau, Kinga. Y a-t-il une chance pour que cela arrive ?

Elle recula pour le regarder. Elle avait sincèrement cru qu'elle n'était qu'une femme de plus sur sa longue liste de conquêtes, et qu'il avait tourné la page. Pourquoi elle ?

Elle avait très envie d'envoyer la prudence aux orties et de hocher la tête vigoureusement, mais sa fierté, et une bonne dose de méfiance, l'en empêchaient.

Elle allait lui répondre qu'elle allait réfléchir à sa question quand son téléphone sonna. Très reconnaissante de cette interruption, elle fut surprise de voir un numéro peu familier s'afficher sur l'écran et accepta l'appel.

— C'est Edward, l'assistant du sénateur Garwood. Patientez, s'il vous plaît, je vous le passe.

Kinga savait que le père de Jas était à Washington en ce moment. Pourquoi lui téléphonait-il ? À peine s'était-elle posé la question que la réponse surgit dans son esprit.

Mick Pritchard…

— Kinga, c'est Seth.

— Oncle Seth. Je suis contente de vous entendre. Tout va bien ?

— Ce salaud est de retour.

Seth employait rarement des mots vulgaires, et le fait qu'il décrive Mick de cette manière indiquait à quel point il était contrarié.

— Je sais. Il m'a appelée plusieurs fois et m'a piégée dans un parking. Il veut que vous souteniez sa candidature au poste de maire.

— Je préférerais m'enfoncer un bâton plein de fourmis rouges dans le derrière, fulmina-t-il.

La réponse était donc non, conclut-elle. Cela ne l'étonnait guère, bien sûr.

— Le problème, continua-t-il, c'est qu'il a réussi à pénétrer dans notre jardin et que Viola l'a laissé entrer dans la maison. Il lui a dit qu'il voulait lui parler de Jas, évoquer leurs souvenirs. Elle a un discours confus, mais il est manifeste qu'il l'a perturbée et qu'elle est en pleine crise.

Kinga devinait ce que Seth allait lui demander. Sensible et émotive, Viola avait toujours eu du mal à réguler ses émotions, même avant la mort de Jasmine. À présent, peu de gens pouvaient l'apaiser quand elle était agitée. Seth y parvenait, comme Kinga.

— Je vais aller la voir et essayer de la calmer, déclara-t-elle.

Elle entendit Seth pousser un soupir de soulagement.

— Merci, Kinga.

— Je pars maintenant. Voulez-vous que je vous appelle quand elle ira mieux ? demanda-t-elle, se levant et prenant son sac.

— Oui, s'il te plaît. Tu peux me joindre sur cette ligne.

Kinga l'imagina en train de faire les cent pas dans son bureau. Seth adorait son épouse, et elle lui manquait terriblement quand il était en session de travail au Sénat.

— Je le jure, si je mets la main sur cette ordure, je lui arrache les bras, lâcha-t-il.

Kinga raccrocha et se laissa retomber sur le canapé. Elle avait l'impression d'avoir reçu un coup de poing dans le ventre. Fixant ses mains, elle remarqua qu'elles tremblaient. Il fallait qu'elle se reprenne, pour pouvoir faire le trajet jusqu'à l'île Cousins. Viola avait besoin d'elle, et Kinga ne lui ferait pas défaut. Elle ne commettrait pas la même erreur qu'autrefois. Elle n'abandonnerait ni Viola ni Seth.

Hélas, une vague de panique menaçait de la submerger.

Kinga inspira profondément et vit une bouteille d'eau. Elle la saisit. Elle but longuement, puis inspira profondément, et reprit une gorgée. Déjà, elle se sentait un peu plus calme. Elle pourrait y arriver…

Se levant à nouveau, elle reprit son sac et le hissa sur son épaule. Tendant la bouteille d'eau à Griff, elle lui annonça qu'elle devait partir et se dirigea vers la sortie.

Tout était sa faute.

La peur devenait de plus en plus forte. Kinga ne voulait pas prendre le risque de faire une crise de panique pendant qu'elle conduisait. Par conséquent, elle devait faire venir un taxi.

Elle parcourut le répertoire de son téléphone et trouva le numéro de la compagnie qu'elle appelait en général. Elle commanda un taxi, mais quand l'opératrice lui demanda son adresse, elle ne put répondre.

Car elle ignorait où elle se trouvait…

Elle regarda Griff qui l'observait, l'air inquiet.

— Annule le taxi, je t'emmène, décréta-t-il.

— Tu ne peux pas. Tous ces gens sont là pour répéter. Tu as un programme à respecter !

— Comme je te l'ai dit, je suis le patron, et c'est moi qui paie les salaires.

Il se tourna vers la scène et fit signe au groupe que la session était annulée.

— Où dois-tu aller, chérie ? demanda-t-il doucement, lui prenant le téléphone pour le ranger dans son sac à main.

Elle songea à mentir mais n'en eut pas l'énergie.

— Je dois aller chez le sénateur Garwood, sur l'île Cousins. C'est à vingt minutes environ. Tu veux bien m'y conduire ?

- 7 -

Quelques heures plus tard, Griff suivit Kinga dans son appartement et referma la porte derrière lui. Elle retira son manteau et l'accrocha dans l'entrée. Il crut qu'elle allait lui demander de partir. Au lieu de quoi, elle enclencha les quatre verrous de la porte.

Elle était encore pâle, songea-t-il, mais pas autant que lorsqu'elle l'avait rejoint dans sa voiture après avoir passé quarante-cinq minutes dans la maison du sénateur Garwood. Il se balança sur ses talons, retenant les questions qui lui brûlaient les lèvres pour ne pas la perturber davantage.

Il n'était guère surpris que la princesse de Portland soit amie avec la famille la plus éminente du Maine, mais il ne comprenait pas pourquoi cette visite l'avait tant ébranlée.

Décidant de lui laisser un peu d'espace, Griff regarda les gouttes de pluie tomber contre les vitres et soupira. Jusqu'ici, il n'avait vu que deux types de temps à Portland : la neige et la pluie, toutes deux accompagnées de vent. L'appartement de Kinga était doté d'un chauffage central efficace, mais rien de tel qu'un bon feu pour remonter le moral. Griff se dirigea vers le foyer et saisit des bûches sur la pile de bois près de l'âtre.

Afin d'occuper Kinga et de lui changer les idées, il lui demanda de lui préparer une tasse de café. Quand elle vint lui apporter son expresso, des flammes crépitaient déjà dans le foyer.

Kinga tendit les mains vers le feu.

— Merci. Je ne me souviens même pas de la dernière fois que j'ai utilisé la cheminée.

Griff posa sa tasse sur la table puis prit Kinga dans ses bras. Avait-il le droit de lui poser les questions qui le taraudaient ? Alors qu'il ne lui avait même pas dit pourquoi il avait brutalement quitté Portland le lendemain de leur nuit torride ?

Personne hormis sa famille proche ne savait qu'à Key Largo, Sian avait décidé d'aller nager un matin. Cela n'aurait pas été un problème si, après sa baignade, elle avait pensé à faire demi-tour et à retourner vers la rive. Si Pete, peu après son réveil, ne l'avait pas aperçue depuis son balcon, Sian se serait trop éloignée.

Et elle serait morte.

Excellent nageur, Pete l'avait ramenée vers la plage. Jan avait immédiatement prévenu la psychiatre de Sian ainsi que Griff. Celui-ci avait fait un détour pour passer prendre le médecin, puis tous deux s'étaient rendus à Key Largo.

Après avoir passé plusieurs heures avec Sian, le Dr Warfield avait conclu que Sian avait eu un épisode de délire rare dû à sa schizophrénie. Son traitement avait été modifié, et lorsque Griff avait quitté l'île une semaine plus tard, Sian était plus gaie et plus bavarde. Sa maladie ressemblait à des montagnes russes, songea Griff pour la énième fois.

Jan et Pete ayant insisté pour que Sian, Sam et Eloise restent sur l'île avec eux, Griff avait engagé une infirmière psychiatrique pour surveiller Sian pendant toute la durée de son séjour.

Dieu merci, les médias ignoraient que Sian et Sam se trouvaient dans les îles Keys.

Entraînant Kinga dans le salon, il prit place sur l'un des canapés et la fit asseoir sur ses genoux. Elle se blottit contre lui. Attendant qu'elle prenne la parole, il lui caressa le dos.

Il ne la forcerait pas à parler. Il détestait subir des interrogatoires, et elle aussi, sans nul doute.

Songeant qu'elle serait bien plus à l'aise sans ses cuissardes, il les lui retira. Puis il posa les doigts sur sa cuisse, traçant de l'autre main des cercles dans le creux de son genou.

— Ça va mieux ? demanda-t-il.

— Oui, merci.

Griff se laissa bercer par les bruits du feu et du grésil. Appuyant la tête contre le dossier du canapé, il fredonna distraitement la mélodie d'une chanson sur laquelle il avait travaillé aujourd'hui.

— C'est joli, murmura-t-elle.

— Je croyais que tu n'aimais pas la musique, plaisanta-t-il.

— J'ai dit que je n'étais pas douée, mais ça ne m'empêche pas d'apprécier les belles mélodies.

Son ton hautain signifiait qu'elle se sentait un peu mieux, songea-t-il en souriant.

Enfin, il se décida à poser une question sensible.

— Tu peux me dire pourquoi tu t'es précipitée chez le sénateur Garwood en plein après-midi ?

Kinga se redressa vivement.

— Bon sang, j'ai gâché tes répétitions et je t'ai fait perdre beaucoup de temps ! Je suis vraiment navrée… Le groupe et la location du studio te coûtent sûrement très cher. Et, à cause de moi, tu as tout manqué.

Griff la reprit dans ses bras et déposa un baiser sur ses cheveux. Il était l'un des artistes les mieux payés du métier, et l'argent qu'il avait perdu n'était que de la petite monnaie, pour lui. Mais il ne le dirait pas à Kinga car il ne voulait pas passer pour un vantard.

— Tu étais perturbée et tu avais besoin de quelqu'un pour te conduire là-bas. Je suis désolé de ne pas avoir pu te déposer devant la porte, mais avec les journalistes qui traînaient près de la maison, je préférais ne pas prendre de risques.

Lorsqu'il avait approché des hautes grilles de la propriété, il avait vu un homme blond discuter avec plusieurs journalistes sur le trottoir. À en juger par le grondement de rage que Kinga avait poussé, elle connaissait cet homme, mais elle ne lui avait donné aucune information sur son identité ou sur la raison de sa présence. Se réjouissant que les reporters ne prêtent aucune attention à la circulation et que sa voiture soit dotée de vitres teintées, Griff était passé devant le groupe, s'était engagé dans une petite rue et avait suggéré que Kinga parcoure à pied la courte distance qui la séparait de la maison. Après lui avoir assuré qu'il passerait la prendre quand la voie serait libre, il avait passé les quarante-cinq minutes suivantes dans sa voiture, passant des appels et répondant à des mails pour tenter d'oublier sa curiosité grandissante.

Heureusement, les reporters étaient déjà partis lorsque Kinga était revenue, et il avait pu se garer devant la propriété.

— Merci d'avoir pris cette précaution. Et merci de m'avoir conduite chez les Garwood.

Elle s'écarta légèrement de lui et reposa le dos contre le bras du canapé. Lorsqu'elle plongea le regard dans celui de Griff, ce dernier fut ému par la peine qu'il vit dans ses yeux ambre.

— Eh bien…, commença-t-elle.

Mais elle semblait hésiter à poursuivre. Griff garda le silence, attendant simplement qu'elle soit prête à parler.

— Cette fille sur la photo, finit-elle par reprendre d'une voix tremblante, celle de la cheminée… c'est Jasmine, la fille du sénateur Garwood. C'était ma meilleure amie, depuis le jardin d'enfants. Tinsley et moi sommes proches à présent, mais nous l'étions moins quand nous étions petites. Quand elle avait seize ans, Tins est tombée amoureuse de son futur mari, JT. Ils étaient inséparables et elle n'avait pas beaucoup de temps à me consacrer. Mais Jas était toujours là pour moi. Elle était ma sœur de cœur, l'autre partie de moi. J'ignore si tu peux comprendre ça…

Il avait grandi sous les projecteurs, et Sian avait toujours été à ses côtés. Dans une certaine mesure, elle avait été sa seule amie. Alors, oui, il comprenait.

— J'ai une jumelle, je te rappelle.

— C'est vrai. Il y a dix ans, alors que Jas venait de rompre avec son petit ami, Mick Pritchard, pour la quatrième ou la cinquième fois de l'année, nous sommes allées à une fête pour le réveillon du nouvel an, non loin de chez Jas et de la maison de mes parents… du moins, de mon grand-père… Callum veut que tu viennes dîner vendredi, au fait.

Il fut surpris par cette digression.

— Tu seras présente ? demanda-t-il.

S'il pouvait tenir la main de Kinga sous la table, il pourrait envisager d'accepter l'invitation. Sinon, il était hors de question qu'il subisse une soirée avec le grand-père froid et austère de Kinga.

— Évidemment que je serai là ! Je ne vais tout de même pas te laisser affronter ma famille sans moi.

Il sourit, ne prenant pas la peine de préciser qu'il composait avec des gens difficiles, égocentriques et suffisants depuis toujours. Il déciderait plus tard s'il acceptait ou non l'invitation de Callum. Pour l'instant, il voulait connaître la suite de l'histoire.

— Tu me parlais de ton amie…

Kinga tourna la tête vers la fenêtre. Son air dévasté serra le cœur de Griff.

— Je lui avais dit que nous verrions l'arrivée de la nouvelle année ensemble, et je lui avais promis de la reconduire chez elle, mais un garçon qui me plaisait venait d'arriver à la fête. Il voulait que je parte avec lui, et Jas m'a encouragée à le suivre, puisqu'elle s'amusait avec nos nombreux autres amis présents ce soir-là. Je lui ai dit de me téléphoner si elle avait besoin que je la ramène, mais elle m'a répondu : « Tout va bien. »

La phrase qu'elle détestait tant. Griff déglutit, une vague d'appréhension montant en lui.

— Elle ne m'a pas téléphoné, alors j'ai supposé que l'un de nos amis l'avait déposée. Quelqu'un se souvient de l'avoir vue à la soirée vers 4 heures du matin. Nous savons maintenant qu'elle est rentrée seule et qu'elle était éméchée. C'était une nuit brumeuse, mais Jas connaissait bien la route. Elle adorait marcher la nuit et sa maison n'était qu'à cinq cents mètres. Ma maison était aussi à cinq cents mètres, mais dans la direction opposée. Elle était si près de chez elle, Griff…

— Mais elle n'est jamais arrivée.

— Au départ, nous avons cru qu'elle avait été enlevée, et nous avons placardé des avis de recherche partout. Seth – le sénateur Garwood – a engagé un détective privé.

Quelques jours plus tard, on a retrouvé son corps dans un fossé, recouvert de neige. Elle avait été renversée par une voiture. Le conducteur n'a jamais été identifié.

Pauvre enfant, songea-t-il, serrant le genou de Kinga. Elle essaya de poursuivre mais n'y parvint pas. Sa peine se lisait dans ses yeux et sur son visage.

Elle n'avait pas besoin de prononcer les mots, il les devinait. Elle s'en voulait. Elle se sentait responsable de la mort de son amie. Ce n'était pas logique mais, dans son esprit, elle avait laissé une amie à une soirée alors qu'elle lui avait promis de la reconduire chez elle. C'était donc sa faute si Jasmine n'était plus de ce monde.

Kinga n'était pas responsable, mais Griff savait que c'était une conclusion qu'elle devrait tirer elle-même, quand elle serait prête. Il lui faudrait peut-être une autre décennie pour y parvenir. Ou peut-être n'y arriverait-elle jamais.

Après quelques minutes de silence, il demanda :

— Et la visite précipitée chez le sénateur aujourd'hui ?

— C'est un peu long à expliquer.

Griff attendit qu'elle décide si, oui ou non, elle voulait lui raconter toute l'histoire. D'une certaine manière, c'était un test pour savoir si elle lui faisait confiance. Il voulait que ce soit le cas, se rendit-il compte. Il voulait qu'elle lui confie ses pensées, ses peurs, ses espoirs et ses rêves. Il voulait être celui avec qui elle se sentirait en sécurité.

Sa relation avec Kinga était bien plus complexe qu'il ne l'avait prévu…

Ce n'est pas prudent, O'Hare. Il était sur une pente glissante, et ses freins ne fonctionnaient pas.

Kinga joua avec l'ourlet de sa robe.

— Tout à l'heure, je t'ai dit que Jas avait un petit ami, Mick. C'était notre ami d'enfance, et, à une époque, lui et moi nous étions très proches. Je le considérais comme le frère que je n'ai jamais eu.

Elle releva sa robe d'un centimètre, puis d'un autre, révélant un peu plus de sa cuisse moulée dans un fin bas noir. Portait-elle un de ces porte-jarretelles si sexy ?

Griff se réprimanda. Ce n'était vraiment pas le moment d'avoir des pensées érotiques.

Reprends-toi, O'Hare.

— Jas et Mick ont commencé leur histoire lorsqu'ils avaient dix-sept ans, et ils ont rompu plusieurs fois, comme je l'ai dit. C'est pourquoi il n'était pas présent à la soirée.

Elle prit une profonde inspiration.

— Les premiers jours, quand nous pensions qu'elle avait été enlevée, Mick était totalement dévasté. Il pleurait, il se mettait à genoux pour prier… Il voulait désespérément la retrouver. Comme tu peux l'imaginer, les journaux se sont emparés de cette histoire. Seth est populaire, Viola est très belle, et Jas était brillante. C'était… un sujet digne d'intérêt.

Une adolescente belle et intelligente, fille d'un politicien célèbre et apprécié ? Cela avait sûrement attiré la presse nationale et internationale…

— Mick saisissait toutes les occasions de parler aux journalistes. Avec le recul, je me rends compte qu'il profitait de la situation. Deux jours après la disparition de Jas – on l'a retrouvée le troisième jour –, il a commencé à me faire des reproches et à dire à qui voulait l'entendre que tout était ma faute.

Quelle ordure !

Mais Griff ne comprenait toujours pas ce que tout cela avait à voir avec la visite de Kinga chez les Garwood cet après-midi.

Kinga se tendit, et Griff sut que la suite n'allait pas lui plaire.

— Après l'enterrement, alors que j'étais seule chez moi, Mick est venu me voir, et il a commencé à me hurler dessus, prétendant que j'avais détruit tous ses projets, qu'il comptait épouser Jas, qu'elle était son ticket gagnant. J'ignorais de quoi il parlait, et je me suis mise à crier aussi, car j'en avais assez de ses histoires. Je lui ai dit que Jas avait décidé de rompre pour de bon, et qu'elle était heureuse qu'il soit sorti de sa vie.

Elle hésita. Puis, d'une petite voix, elle avoua que Mick lui avait asséné un coup de poing sur la joue.

Il fallut à Griff quelques instants pour que la fureur noire qui l'aveuglait se dissipe.

— Pardon, mais… est-ce que tu viens de dire qu'il t'a frappée ?

— C'est ça. Il est très grand et robuste, et je me suis retrouvée au sol. J'avais affreusement mal.

Griff émit un long grondement.

— S'il te plaît, dis-moi où je peux trouver ce salaud pour pouvoir lui arracher les membres ?

— C'est l'homme blond qui était devant chez les Garwood et qui parlait aux journalistes.

Elle se pinça la lèvre inférieure tout en réfléchissant. Après un instant, elle déclara :

— Tout commence à s'expliquer.

En ce qui le concernait, il ne comprenait plus rien. Seule certitude : s'il se retrouvait seul avec Pritchard, l'un d'eux périrait, et ce ne serait pas Griff. Kinga était de haute taille mais fine, et le type qu'il avait vu tout à l'heure était très grand et corpulent. Il aurait pu briser la mâchoire de Kinga. Pire, elle aurait pu se fendre le crâne dans sa chute…

— Il possède une société de sécurité privée, avec des agences à Portland et à Boston. Sur son site Internet, il y a une vidéo de promotion dans laquelle il raconte pourquoi il s'est lancé dans cette activité. Il affirme que c'est pour aider les gens parce que, je cite, l'amour de sa vie a été tué par un chauffard qui a commis un délit de fuite. Dans la vidéo, il me nomme et m'accuse. Chaque année, pour l'anniversaire de la mort de Jas, il m'envoie des mails ou des SMS pour me faire des reproches.

Un cloporte doublé d'un geignard.

— J'ai réussi à l'ignorer la plupart du temps, mais maintenant, il va briguer un mandat de maire, et il veut que Seth le soutienne. Il est venu me surprendre dans un parking récemment, pour me dire que je lui étais redevable et exiger que j'organise un rendez-vous avec le sénateur.

Quoi ? Mais quelle…

— Maintenant, je me dis qu'il comptait se servir de Jas pour bénéficier de la popularité de Seth. Seth ne supporte plus Mick depuis que celui-ci a refusé de retirer la vidéo de son site. Mick est allé voir Viola aujourd'hui. Elle ne s'est jamais vraiment remise de la mort de sa fille et ne sort quasiment plus de chez elle. Elle m'a dit que Mick l'a forcée à le laisser entrer et qu'il a exigé de parler à Seth. Viola était affolée et désemparée, et il m'a fallu un moment pour la calmer.

— Ce type est stupide ?

— Je le pense. Mick a prévenu la presse, c'est pour cette raison que des journalistes étaient présents. Je parie qu'il leur a promis une annonce de son entrée en politique pour les appâter. Il leur a sans doute raconté qu'il allait voir Viola en tant que petit ami de Jas, pour le dixième anniversaire de sa mort. Les journalistes reprendront la nouvelle, ils adorent tout ce qui concerne Seth et Jas.

Griff saisit le menton de Kinga entre le pouce et l'index afin d'être sûr qu'elle le regarde dans les yeux.

— S'il t'approche encore, je veux que tu me préviennes, Kinga.

Elle haussa les épaules.

— C'est gentil de ta part, mais tu ne peux pas te permettre une confrontation avec Mick Pritchard. Ce serait un désastre pour notre communication. Je peux me débrouiller.

Griff tenait à être clair : si Pritchard s'attaquait à Kinga, il s'attaquait aussi à lui.

— Je veux savoir, décréta-t-il en détachant chaque mot.

— Soit, céda-t-elle.

Et, dans ce seul mot, il perçut toute sa fatigue et son émotion. Elle donnait l'impression d'être coriace, mais sa jolie fée aux yeux ambre était bien plus vulnérable qu'elle ne voulait le montrer. Envahi par une vague de tendresse – du moins, il supposait que c'était bien de la tendresse –, il l'enlaça et déposa un baiser sur ses cheveux. Aussi longtemps qu'il serait à Portland, il la protégerait.

Il caressa sa joue du bout des doigts.

— Je suis désolé que tu aies dû vivre cela, Kinga. Et je suis vraiment navré que tu aies perdu ton amie.

Kinga cligna des yeux pour refouler ses larmes.

— Elle me manque encore, Griff. Autant qu'il y a dix ans.

— Je sais ce que c'est que de perdre des êtres chers et de voir son monde bouleversé. Les émotions que suscite la mort ne sont jamais simples, et elles prennent différentes formes.

Kinga appuya le front contre celui de Griff.

— Je suis très heureuse que tu sois là. Merci d'être resté.

— C'est toujours un plaisir.

Et il le pensait. Il n'y avait aucun autre endroit où il voulait être à cet instant.

Reculant un peu, il l'observa et, fasciné, vit le chagrin laisser place au désir dans les yeux de Kinga. Portant son attention sur ses lèvres, il sentit une douce chaleur envahir ses veines.

Elle se mit à califourchon sur lui, voulut l'embrasser, mais il posa la main sur son épaule pour l'arrêter.

— Un problème ? s'étonna-t-elle.

Il fallait qu'il se comporte en gentleman. À son grand regret.

— J'ai envie de toi, Kinga, mais tu es encore bouleversée et vulnérable. Ce n'est peut-être pas le bon moment.

Kinga posa la main sur sa joue et caressa du pouce sa barbe naissante.

— C'est un très bon moment. J'ai besoin de toi, Griff, j'ai besoin de me sentir vivante et…

Aimée.

Le mot qui avait surgi dans son esprit la stupéfia. Jamais elle n'avait imaginé connaître l'amour, sous quelque forme que ce soit. L'amour était un concept, il n'existait pas vraiment. Contrairement à l'amitié, à l'attirance, au désir. Les gens se mettaient en couple pour diverses raisons. Dans le cas de ses parents, il s'était agi d'unir leur richesse et leur influence. L'amour n'était qu'un mythe.

— Tu en es sûre, Kinga ? demanda Griff, scrutant son expression.

— Tout à fait sûre.

Elle passa sa robe au-dessus de sa tête, offrant sa poitrine au regard appréciateur de Griff. Il posa les doigts sur son sein, sa main hâlée contrastant joliment avec la peau laiteuse de Kinga, et son soutien-gorge rose pâle. Il embrassa son téton à travers la dentelle tout en caressant ses fesses rondes. Une pensée jaillit dans son esprit : elle ne devrait pas éprouver de désir alors que Jas était morte. Mais Kinga savait que Jas serait la première à lui dire de cueillir le jour et de profiter de l'instant.

Et puis, Jas n'aurait jamais chassé un homme sexy et gentil de son lit.

— Je vais te donner du plaisir, Kinga.

Oui, s'il te plaît.

Griff lui demanda de s'allonger puis s'étendit sur elle, prenant son temps pour la contempler. Incapable de patienter plus longtemps, elle amena son visage vers le sien. Elle avait besoin qu'il l'embrasse, maintenant.

Tout en la couvrant de baisers, il dégrafa son soutien-gorge et le laissa tomber sur le sol. Puis il lui retira son collant, caressant ses jambes au passage. Sans cesser de l'embrasser et de la mordiller, il explora ses seins, son ventre, puis s'aventura jusqu'à son pubis. Kinga haleta quand il suçota son sein et qu'il glissa la main sous son slip pour accéder à ses replis chauds, moites et secrets.

— Débarrassons-nous de cette barrière, tu veux ? suggéra-t-il.

Incapable de parler, elle releva les hanches et sentit Griff lui ôter le sous-vêtement. Puis il s'inséra entre ses replis, trouvant aussitôt son clitoris et lui arrachant un gémissement d'excitation. Elle se frotta contre sa main pour lui enjoindre de continuer.

— Oui, c'est ça, chérie.

Il glissa un doigt en elle tout en taquinant du pouce

le centre de son plaisir, jusqu'à ce qu'elle gémisse et le supplie de la faire jouir.

Elle sentit un flot de plaisir la transporter. Et quand Griff se mit à mordiller son téton, elle sut que la vague était sur le point de s'écraser. Comme s'il avait senti qu'elle approchait de l'orgasme, Griff ralentit le rythme et lui murmura des compliments.

Il aurait pu lui parler en swahili ou en espagnol, elle ne s'en serait pas rendu compte. Elle était trop accaparée par ses baisers, par ses caresses, par son corps puissant pressé contre le sien.

La vague s'éleva à nouveau et Kinga se retrouva sur sa crête quand Griff aspira son clitoris gorgé de désir dans sa bouche. Elle se mit à sangloter, à supplier, et, quand il enfonça les doigts en elle, elle poussa un cri et fut emportée dans un tourbillon de plaisir brûlant et moite.

Lorsqu'elle revint sur la terre ferme et retrouva ses repères, elle serra Griff contre elle, encore secouée de petits sanglots.

— C'était le meilleur orgasme du monde, murmura-t-elle.

— Ce n'était que la première partie du spectacle, affirma-t-il, relevant la tête pour lui offrir un sourire.

— Je suis ravie d'avoir acheté un billet pour ce concert, taquina-t-elle. Mais les premières parties exceptionnelles mettent la pression sur le chanteur principal. Il va falloir que tu mettes le paquet, O'Hare.

— Pas de problème.

Et, en effet, Griff O'Hare lui offrit un spectacle époustouflant.

- 8 -

En ce samedi matin, Kinga était assise face à Griff dans le Gulfstream qui les emmenait à Manhattan. Griff avait mentionné récemment qu'il souhaitait voir la salle dans laquelle aurait lieu le bal et rencontrer les techniciens du son qu'elle avait engagés. Après avoir trouvé un créneau dans son emploi du temps très chargé, Kinga avait réservé le jet privé de la société pour se rendre à New York avec Griff.

Elle avait aussi réservé une suite dans le légendaire hôtel Forrester-Grantham. Ayant étudié à l'université de Columbia, elle tenait à montrer à Griff ses endroits préférés en ville.

Elle se réjouissait de pouvoir oublier les médias, les problèmes de famille et Mick pendant deux jours.

Elle s'étira tout en repensant au dîner chez Callum, la veille. Un vrai désastre. Ses parents, visiblement à cran, s'étaient à peine parlé durant toute la soirée. Et ils n'avaient presque pas échangé avec les autres convives.

Callum avait radoté à propos des résultats des tests ADN qui tardaient à arriver. Cody Gallant, ami de la famille, n'avait pas cessé d'échanger des piques avec Tinsley. Kinga ne s'était détendue que lorsque Griff s'était mis au piano et qu'il avait joué des classiques du jazz. Callum et James avaient fumé un cigare, Penelope avait pris un autre chardonnay, quant à Tinsley et Cody, ils s'étaient lancé des regards noirs, chacun à un bout de la pièce.

Kinga observa Griff, en train d'écrire sur un bloc-notes tout en fredonnant un air. Manifestement, il avait oublié sa présence. Elle croisa les jambes, se remémorant leur dîner. Il lui avait tenu la main sous la table, et lui avait assuré que le comportement de sa famille ne le perturbait pas. Lorsqu'elle s'était blottie sur le canapé pour l'écouter jouer du piano, elle s'était sentie détendue et heureuse. Griff O'Hare, star du rock et mauvais garçon, avait le pouvoir de l'apaiser et de lui remonter le moral. Qui l'aurait cru ?

Ces derniers jours, elle lui avait révélé des choses qu'elle n'avait jamais dites à quiconque. Personne d'autre ne savait que Mick l'avait frappée, qu'il lui envoyait des SMS et des messages vocaux horribles chaque année et qu'il lui reprochait encore la mort de Jas. Elle n'en avait même pas parlé à Tinsley. Tout ce que sa sœur savait, c'était que Kinga avait eu une mauvaise expérience avec un homme et que, depuis, elle était craintive face à des hommes qu'elle ne connaissait pas.

Alors, pourquoi s'était-elle confiée à Griff ?

Elle regarda les nuages par le hublot, regrettant de ne pas être dans les bras de Griff. Il cachait de nombreux secrets, et elle savait qu'elle tenait plus à lui qu'il ne tenait à elle.

Elle risquait de finir avec le cœur en miettes.

Qu'y avait-il chez lui qui la fascinait tant ? Il n'était pas le premier homme séduisant qu'elle ait rencontré. Était-ce son côté rebelle qui l'attirait ? Peut-être. Mais Kinga le soupçonnait de ne pas être aussi gâté et égocentrique que les médias le prétendaient.

Il était intelligent, plein d'humour, et doté d'un très

grand talent. Mais c'était sa capacité à être à la fois dominateur et gentil qui l'avait totalement charmée. Elle s'était attachée à lui comme elle ne s'était pas liée à quelqu'un depuis… Jas. Avoir une relation si forte avec lui la terrifiait. Si elle avait un peu de jugeote, elle fuirait maintenant, tant qu'elle le pouvait, tant que son cœur était raisonnablement intact. Son esprit trouvait que c'était une bonne idée, mais son corps réclamait d'autres nuits avec lui.

Quant à son cœur… Difficile de savoir ce que ce stupide organe voulait.

Kinga entendit Griff s'agiter sur son siège et croisa son regard. Il se leva et vint s'asseoir à côté d'elle. Sans crier gare, il déposa sur ses lèvres un baiser impatient. Puis il se cala dans son siège.

— Ça va ? demanda-t-il, posant la main sur le genou de Kinga.

— C'est moi qui devrais te poser cette question après le dîner sinistre d'hier soir.

— Est-ce que tes proches sont toujours aussi… coincés ?

— Ils ne sont pas réputés pour être chaleureux et avenants, mais, en temps normal, ils se tiennent mieux.

Elle posa la main sur celle de Griff.

— Depuis Noël, mes parents sont bizarres. Il se passe quelque chose.

— C'est-à-dire ?

Elle pouvait lui faire part de ses soupçons. Après tout, il connaissait ses plus grands secrets.

— Je me demande s'ils parlent enfin de divorce.

— Et ça ne te perturbe pas ? s'étonna-t-il.

Elle hissa une jambe sur celle de Griff.

— En fait, il m'arrive de souhaiter qu'ils se séparent. Leur union n'a jamais été un mariage d'amour. Ils ne se disputent pas, mais ils ne sont pas heureux. Cela dit, Callum n'approuverait pas, alors je doute qu'ils divorcent un jour. Papa recherche toujours l'approbation de son père.

— Parce qu'il est son héritier direct ?

— En partie. Mais je ne pense pas qu'il succède un jour à Callum. J'adore mon père, mais il n'est pas assez coriace pour être le P-DG d'une compagnie internationale pesant plusieurs milliards. Ma mère, en revanche, a le cuir solide, mais elle n'a pas les compétences pour le poste.

— Alors que toi, si.

— En effet. Mais je ne veux pas de cette fonction. J'aime mon travail. Le poste de P-DG requiert d'être disponible sept jours sur sept, vingt-quatre heures sur vingt-quatre. Je ne pense pas avoir le tempérament pour supporter ces contraintes.

— C'est compréhensible, dit-il en souriant.

Il saisit une bouteille d'eau et but une grande gorgée.

— Pourquoi ton père n'a-t-il pas quitté l'entreprise pour choisir une autre carrière ?

Dans le monde de Callum, c'était impossible. James était son fils, et sa place était chez Ryder International. Même s'il n'y était pas heureux. Aller à l'encontre des choix de Callum n'était pas envisageable.

Kinga lui prit la bouteille des mains et but un peu d'eau.

— Mon grand-père est un homme très dur. Soit on lui obéit, soit on coupe les ponts. Je vais te donner un exemple. Il avait un frère, Ben, qui avait quinze ans de moins que lui. D'après ce que j'ai cru comprendre, il y a toujours eu des rumeurs sur la sexualité de Ben. Callum ne pouvait pas accepter que son frère soit bisexuel ou homosexuel. À ses yeux, cela entachait la réputation de la famille.

Elle marqua un temps puis poursuivit :

— Callum et Ben dirigeaient Ryder ensemble à l'époque, et Callum n'arrêtait pas de harceler son frère afin qu'il se marie et qu'il ait un fils. Ben a fini par confirmer toutes les rumeurs et a annoncé à Callum qu'il était amoureux d'un homme. Callum ne l'a pas accepté, et il a essayé de chasser Benjamin de l'entreprise.

— C'est terrible.

Elle hocha la tête.

— Il y a eu un très gros conflit familial. Cela a dégradé la relation de mon père avec Callum, parce que papa a soutenu publiquement son oncle. Ben est décédé dans un accident de voiture avant le mariage de mes parents. Selon la police, il roulait trop vite et il a fait une embardée, peut-être parce qu'il n'était pas concentré, puisqu'il n'y a eu aucun autre véhicule impliqué dans l'accident. Je pense qu'au fond de lui, papa en veut à Callum d'avoir poussé Ben à bout. Et Callum n'a jamais pardonné à son fils de prendre le parti de Ben. Mon grand-père n'est même pas allé à l'enterrement de son frère.

— Sacrée histoire, commenta Griff.

— Comme tu dis. Mon grand-père est impitoyable, autoritaire, et très vieux jeu. Ne le prends pas mal, mais cela m'a surprise qu'il t'invite à dîner. D'habitude, Callum n'a pas beaucoup de temps à consacrer aux gens supposés dégénérés et dépravés.

Une expression étrange passa sur le visage de Griff.

— Peut-être qu'il n'a pas lu les journaux à scandale, avança-t-il.

Kinga émit un son incrédule.

— Mon grand-père est malin comme un singe. Je suis certaine qu'il a lu des articles sur toi. En tout cas, tu as survécu, et il n'a pas été particulièrement impoli avec toi. Je suis désolée que tu aies dû écouter toute l'histoire du clan Ryder-White. Bravo de ne pas t'être endormi.

— Pour ton information, je n'ai pas encore rencontré de parent ou de grand-parent que je n'ai pas réussi à charmer.

Elle lui tapota l'épaule.

— En plus d'être très séduisant, tu es aussi d'une incroyable modestie.

Le rire sexy de Griff était comme une caresse sur ses sens.

— Tu es très douée pour me remettre à ma place, Kinga.

— C'est difficile, mais je suis de taille, répondit-elle d'un ton léger.

Elle se verrait bien lui répliquer pendant des années encore.

Non, il ne fallait pas qu'elle ait ce genre de pensées. Mieux valait être comme ses parents, détachés et sans émotions. Ils ne nageaient pas dans le bonheur, mais ils étaient raisonnablement satisfaits. C'était déjà beaucoup, non ?

Demander davantage, c'était prendre le risque d'avoir le cœur brisé.

Kinga devait mettre un terme à sa liaison avec Griff, et le plus tôt serait le mieux. Peut-être Griff lui offrirait-il un moyen de sortir de sa vie sans trop de fracas.

— Pour changer de sujet, dit-il, tu as eu des nouvelles de l'autre ordure ?

— Mick ?

Hélas, oui. Il lui avait laissé un message sur son répondeur, dans lequel il disait regretter d'être allé chez Viola. Il souhaitait rencontrer Kinga pour apaiser les tensions. Il avait suggéré un dîner chez lui. À cette perspective, Kinga avait eu un haut-le-cœur.

Cette fureur dans le regard de Griff, était-ce le fruit de son imagination ? Elle décida de ne pas évoquer l'invitation à dîner.

— J'ai appris par une amie journaliste qu'il a envoyé des invitations à la presse pour une soirée cocktail, dit-elle. Selon ma source, il leur a promis une grande annonce, mais ses ambitions politiques sont un secret de polichinelle.

— Quand aura lieu cette soirée ?

— Le 2 février, je crois. Dans un restaurant chic de Portland. Mon amie pense que la plupart de ses collègues s'y rendront uniquement pour les petits-fours et l'open bar.

— Alors, il aura son quart d'heure de gloire ?

— Apparemment. Si cette soirée n'est pas un succès, il sera plus difficile pour lui de percer dans les médias et de montrer son visage au public.

Elle l'observa, soupçonneuse.

— Tu ne comptes pas t'incruster à sa soirée, dis-moi ?

Griff haussa un sourcil arrogant.

— Et lui offrir la couverture médiatique qu'il souhaite ? Sûrement pas. Cela dit, ça ne me dérangerait pas de le croiser dans une ruelle sombre et de lui planter mon poing dans la figure.

Ce n'était peut-être pas politiquement correct, mais elle trouvait délicieux d'avoir un homme fort dans son camp, prêt à se dresser entre le monde et elle.

Seulement…

Seulement Griff n'était dans sa vie que de manière temporaire. Elle ne pouvait pas se reposer sur lui.

Et puis, elle était une femme forte et indépendante, qui pouvait s'en sortir seule.

Ne t'avise pas de l'oublier, Ryder-White.

Griff observa le profil délicat de Kinga. Elle semblait à la fois vulnérable et détendue. Ce voyage à New York était une agréable surprise. Lorsqu'ils auraient fini de travailler, il comptait l'emmener dans un petit restaurant italien de Brooklyn, qui servait le meilleur risotto crevettes-citron qu'il ait jamais goûté. Et un tiramisu exceptionnel. Peut-être pourraient-ils emporter le dessert et faire un nouveau plan à trois…

Le précédent, avec le cheese-cake, avait été très divertissant.

Griff espérait passer inaperçu à New York. Avec un peu de chance, s'il prenait ses précautions habituelles, à savoir casquette et lunettes noires, personne ne le reconnaîtrait. Kinga avait réservé une suite dans un hôtel, mais il se demandait si c'était une sage décision. Les femmes de chambre et les garçons d'ascenseur étaient souvent des sources d'information pour les paparazzis.

Et si les médias apprenaient qu'il couchait avec Kinga Ryder-White, leur vie deviendrait intenable. Elle était la princesse de Portland, et lui, le *bad boy* préféré d'Hollywood. Ce ne serait pas la première fois que sa vie sentimentale serait disséquée pour satisfaire le public, mais Griff était sûr que Kinga n'apprécierait pas cette intrusion dans sa vie privée – pas plus que son père ou son grand-père.

Et les Ryder-White ne seraient pas ravis d'apprendre qu'elle mêlait travail et plaisir…

Kinga était bien différente des femmes qu'il avait

connues avant elle. Elle était brillante, indépendante, sophistiquée, mais pas insensible. Elle était même un peu trop vulnérable à son goût. Toutes ses précédentes conquêtes savaient qu'avec lui, il y avait toujours un risque que leur liaison fasse la une des journaux. Certaines avaient même espéré profiter de cette publicité pour devenir célèbres.

Pas Kinga. Elle était à part, de bien des façons. Elle était belle, mais elle n'était pas l'archétype de la blonde pulpeuse. Quand il la contemplait, son cœur battait à coups redoublés.

Non pas qu'il soit amoureux de Kinga Ryder-White. L'amour était un concept irréaliste et stupide. Mais elle le troublait comme aucune autre femme ne l'avait fait. Et cela le perturbait.

Griff entendit un bip annonçant l'arrivée d'un message sur son téléphone. C'était une vidéo de Sam sur la plage, en train de chasser les mouettes en poussant des cris joyeux. Les sons ayant éveillé la curiosité de Kinga, Griff tourna l'écran vers elle.

— C'est Sam, mon neveu.

Stupéfié d'avoir révélé une information aussi personnelle, il inclina aussitôt la tête vers le hublot, incapable de soutenir le regard de Kinga.

— *Sian a un enfant ?*

Il avait ouvert la porte de sa vie et avait laissé Kinga entrer à l'intérieur ; il ne pouvait pas la chasser maintenant. À tout le moins, il lui devait une explication.

— Oui, et je l'aide à l'élever depuis sa naissance. Sian vit dans mon ranch du Kentucky. Sam et moi sommes très proches.

Il passa la main dans ses cheveux, regrettant déjà sa confession.

— Il est très mignon, dit-elle.

— Il est tout pour moi.

Il était en train de dévoiler toute une partie de son existence à Kinga.

À cette pensée, une bouffée d'angoisse l'envahit.

Il venait de s'exposer. Pire, il avait parlé de sa famille à une femme qu'il connaissait à peine, et à qui il n'était pas sûr de pouvoir faire confiance. Non pas parce que Kinga n'était pas fiable, mais parce qu'il ne se fiait à personne en ce qui concernait Sian et Sam. Il n'avait jamais présenté une femme à sa famille ; cette pensée ne lui avait jamais effleuré l'esprit.

Sian et lui avaient eu quelques disputes à cause du côté surprotecteur de Griff – elle lui avait reproché plusieurs fois de l'étouffer. Mais, s'il agissait ainsi, ce n'était pas par manque de confiance ou de respect. Sian était sa jumelle, bon sang. La personne avec laquelle il avait partagé un utérus. Il se devait de veiller sur elle.

— Il te ressemble. Quel âge a-t-il ? demanda-t-elle.

Il vit d'autres questions dans ses yeux, y compris celle qu'elle n'osait pas poser…

Qui est le père de l'enfant de Sian ?

Il fixa le sol, se demandant s'il devait lui en dire plus. S'il lui communiquait d'autres informations et qu'elle les révélait sans le vouloir, l'intérêt des médias pour Sian serait ravivé. Et si le monde découvrait que Finn était le père de Sam, Internet serait en ébullition.

Sian serait traquée… Sa sœur n'était pas prête. Elle ne serait peut-être jamais assez forte pour supporter une telle pression.

Tout se résumait à une question de confiance. Et, en toute honnêteté, comment pourrait-il se fier à Kinga ? Elle lui plaisait, bien sûr. Son corps le fascinait et son esprit vif l'amusait. Mais il fallait être réaliste, il n'avait pas passé assez de temps avec elle pour pouvoir lui dévoiler ses secrets les plus explosifs.

— Tu ne me fais pas confiance, devina-t-elle.

Il releva la tête. Kinga avait pâli et semblait blessée.

— Ça n'a rien de personnel, Kinga. Je ne me fie à personne. Je n'aurais jamais dû te parler de Sam.

— Pourquoi l'as-tu fait ? demanda-t-elle calmement.

— Je n'en sais rien. C'est sorti tout seul.

La peine et la déception dans les jolis yeux de Kinga serrèrent le cœur de Griff. Bon sang, il n'avait pas voulu la blesser.

— J'ai beaucoup de mal à accorder ma confiance, Kinga.

— Je n'en doute pas. Je suis sûre que grandir dans un monde superficiel avec des gens tout aussi superficiels t'a rendu craintif et méfiant.

— Dans ce métier, tout le monde n'est pas comme tu le penses. J'ai rencontré des gens charmants, comme Stan et Ava.

— Mais la plupart des gens t'ont plutôt descendu en flammes au lieu de te soutenir.

Il ne pouvait pas le nier. Et c'était la personne en qui il avait le plus confiance, celle à qui il avait confié sa carrière et celle de Sian, qui leur avait fait le plus de mal.

Avant qu'il puisse répondre, elle reprit la parole.

— Et tu ignores si ta confession impulsive va t'exploser à la figure.

Oui. En effet.

— Je ne suis pas une groupie, Griff, et la célébrité ne m'impressionne pas. Je croyais que tu l'avais compris.

Elle enfonça l'index dans son épaule.

— J'ai couché avec l'homme, pas la star. Je ne t'apprécie même pas en tant que chanteur.

Eh bien, elle n'y allait pas de main morte. Mais il vit dans son regard qu'elle était sincère.

Néanmoins, il fallait qu'elle comprenne son point de vue.

— Si la presse découvrait que Sian a un fils, les conséquences pourraient être dévastatrices, Kinga, asséna-t-il froidement.

— Ton secret est en sécurité, Griff. Jamais je ne te trahirai.

Il savait qu'elle essaierait de tenir sa promesse. Mais cela ne signifiait pas qu'elle y arriverait.

— Si cela peut te rassurer, je ne suis pas impulsive. J'ai toujours un plan de secours, voire deux. Je réfléchis trop et je ne prends jamais, au grand jamais, de décisions hâtives. Alors le risque que je laisse échapper une information est minime.

— Je sais que j'ai l'air d'un mufle, mais…

Il se massa la nuque. Kinga posa la main sur son épaule.

— Je comprends, Griff, je t'assure. Moins j'en sais, moins tu t'inquiéteras. Mais…, ajouta-t-elle, étant donné tes problèmes de confiance et ta peur que je commette un impair, c'est peut-être le bon moment de parler de notre relation…

Il craignait qu'elle lui annonce la fin de leur histoire.

— Je ne peux pas continuer ainsi, Griff.

Il pencha la tête, lui demandant implicitement de s'expliquer.

— Tu me plais vraiment, avoua-t-elle. D'habitude, il me faut beaucoup de temps pour être à l'aise avec quelqu'un, encore plus longtemps quand il s'agit d'un homme. Et je n'ai jamais été aussi bien avec un partenaire que je le suis avec toi. Ça me fait peur, parce que je ne veux pas prendre le risque de tomber amoureuse. Je ne veux pas craindre de perdre à nouveau quelqu'un que j'aim… que j'apprécie. Je ne peux pas. Je ne *veux* pas.

Griff avait peine à croire qu'ils avaient cette conversation maintenant, à trente mille pieds d'altitude.

— Nous devrions cesser notre liaison, Griff, avant que cela devienne trop compliqué. Nous savons toi et moi que ça ne pourra jamais marcher entre nous.

Le savaient-ils vraiment ?

— Explique-moi…

Elle lui lança un regard incrédule. Après une courte hésitation, elle soupira et s'écarta de lui, mettant entre eux autant d'espace que possible.

Mince.

— Tu vis dans le Kentucky, et moi dans le Maine. En fait, je ne sais même pas laquelle de tes propriétés tu considères comme ton vrai foyer.

Il adorait ses maisons de Malibu et de Nashville, mais il appréciait aussi son ranch du Kentucky. Il aimait passer du temps à Key Largo… Où était son vrai foyer ? Il ne connaissait pas la réponse.

— Je suis une fille du Maine. Je veux rester à Portland. Mon emploi est ici, et ma famille aussi. Tu es impulsif, libre d'esprit, et moi… non. Je déteste l'idée que ma vie s'étale dans les journaux, tandis que, toi, tu es un personnage public. Ta place est sous les projecteurs.

Jusqu'à un certain point. Ces deux dernières années, il avait prouvé qu'il pouvait mener une vie discrète.

Il s'apprêta à protester, puis se ravisa.

— J'ai un bal à organiser et, après cela, j'aurai d'autres projets qui occuperont tout mon temps, poursuivit-elle. Je ne devrais pas avoir une liaison avec toi alors que j'organise la plus grande soirée de ma carrière. Ma concentration est mise à mal et je suis à deux doigts de faire un burn out. Je ne peux pas me permettre d'échouer, Griff. C'est un événement unique pour Ryder International. Tous les deux, nous devrions consacrer toute notre énergie à faire de ce bal un succès. Toi, parce que ton retour sera plus facile si tu réussis ton concert, et moi parce que je ne veux pas décevoir ma famille. Tu dois admettre que nous n'avons rien pour bâtir une relation, Griff. Pas d'amis communs, pas de ville commune. Et je ne sais même pas chanter !

Il se força à sourire.

— En effet, c'est rédhibitoire.

— Je suis sérieuse, Griff.

— Je sais.

Et elle avait raison, admit-il à contrecœur. Il ne restait que quelques semaines avant le bal, et il devait commencer sérieusement les répétitions. Kinga étant aussi très occupée, il aurait de la chance si elle lui accordait quelques instants volés. Or, il était bien trop égoïste et exigeant pour se contenter de miettes.

Mais s'il laissait cette femme extraordinaire sortir de sa vie, il le regretterait. Elle était la première femme avec laquelle il envisageait plus qu'une simple aventure… Avec elle, il imaginait une relation sérieuse, une vie à deux, un avenir. Il avait même envie de lui présenter sa famille.

Mais si elle voulait rompre, que pouvait-il faire d'autre que d'accepter sa décision ? Elle en savait déjà trop sur lui, et, s'ils continuaient de se voir, il finirait par tout lui raconter, et elle deviendrait la gardienne de tous ses secrets. Si elle le trahissait, elle détruirait sa vie mais aussi celle de Sian et de Sam. Griff n'était pas le seul concerné dans cette histoire…

Kinga voulait le quitter. Il n'avait jamais été abandonné par une femme…

Et ce n'était guère plaisant.

Mais elle avait raison. Ils devaient mettre fin à leur relation avant qu'elle devienne plus profonde, plus intense. Ce serait mieux ainsi.

— Si nous sommes séparés, quel est le programme ? questionna-t-il. Nous allons voir la salle de bal et, ensuite, nous rentrons directement à Portland ? En ce qui me concerne, je préférerais passer quelques jours à Manhattan.

Elle prit une grande inspiration. Griff remarqua qu'elle avait rougi.

— Eh bien, je me disais que nous pourrions nous séparer demain, murmura-t-elle. Du moins, si tu veux une nuit de plus avec moi…

Une vague de soulagement déferla sur lui. Tant pis pour le restaurant italien, il resterait au lit avec Kinga aussi longtemps que possible. Il avait des souvenirs à créer…

Posant la main contre la joue de Kinga, il déposa un doux baiser sur sa tempe. Durant ces prochaines vingt-quatre heures, il essaierait de graver son corps et son parfum dans sa mémoire.

— Au cas où j'oublierais de te le dire demain, j'ai adoré chaque seconde passée avec toi, Kinga.

Lorsqu'il recula un peu, il constata qu'elle avait le regard embué.

Elle couvrit la main de Griff de la sienne.

— Si nous nous étions rencontrés à un autre moment, à un autre endroit, si nous n'avions pas tous les deux une vie compliquée…

— Oui, enchérit-il. Si seulement…

Il réprima l'envie de lui donner un baiser. Car, s'il commençait à l'embrasser, il ne pourrait plus s'arrêter.

D'un autre côté, il ne fallait pas gâcher le temps qui leur restait.

— Est-ce qu'il y a une chambre dans cet avion ? demanda-t-il.

— Oui. Malheureusement, nous avons amorcé la descente et nous allons atterrir dans environ dix minutes.

Griff prit son visage en coupe et lui donna un baiser ardent. Comment pourrait-il la laisser partir ?

— L'hôtel d'abord, la salle de bal ensuite ? suggéra-t-il.

Kinga caressa sa mâchoire.

— Marché conclu, O'Hare. Et… Griff ?

— Oui ?

— Au cas où j'oublierais de te le dire, j'ai adoré le temps que j'ai passé avec toi, moi aussi.

Elle eut un petit rire forcé.

— Merci de m'avoir montré une autre façon de manger un cheese-cake, conclut-elle.

J'envisage un smoking noir pour mon concert du 14 février.

Kinga répondit :

Parfait.

Griff et elle communiquaient essentiellement par mail et par SMS à présent. Au cours de ces trois dernières semaines, il était arrivé qu'ils n'aient aucun contact pendant plusieurs jours d'affilée. Kinga organisait les événements destinés à promouvoir le bal, Griff y assistait, parvenant toujours à ramener la conversation sur le centenaire de Ryder International, sur le bal et sur la Fondation Ryder.

Sans jamais se départir de son calme, il charmait les intervieweurs et répétait inlassablement qu'il n'avait pas encore décidé quel chemin prendre pour la suite de sa carrière.

Un chemin sur lequel Kinga ne l'accompagnerait pas.

Un autre message surgit sur son téléphone.

J'ai une idée de tenue pour mes choristes : collants blancs et robes à sequins rouges ornées de grosses broches en forme de cœur.

Il la taquinait, évidemment. Elle répondit par une émoticône tirant la langue puis reporta son attention sur son ordinateur portable.

Installée dans le petit canapé de son bureau, elle ressentit une brûlure familière et saisit le flacon d'antiacide sur la table basse. Elle prit quatre comprimés, les mâcha et pria pour qu'ils fassent effet.

Ses brûlures d'estomac passeraient. Elle avait simplement besoin que le bal soit un succès, et, après le 14 février, tout rentrerait dans l'ordre. Elle comptait prendre deux semaines de vacances mais n'avait pas encore choisi de destination. Pour être franche, ce dont elle avait vraiment envie, c'était de rester chez elle et de dormir pendant une semaine.

Griff lui manquait.

Non, Griff lui manquait *terriblement*. Son regard intelligent, sa voix rauque, son esprit vif, son corps splendide… tout chez Griff lui plaisait. Ils se connaissaient à peine, mais elle savait qu'il avait le potentiel pour devenir quelqu'un d'important dans sa vie.

C'était déjà le cas.

À la vérité, elle pleurait une relation qui ne s'était jamais vraiment développée. Griff était l'homme qu'elle voulait à ses côtés, sans qui elle ne pouvait pas vivre, l'homme qu'elle aimait…

Oui, elle l'aimait.

Mais elle l'avait repoussé, parce qu'elle avait eu peur… Peur de l'aimer, peur de le perdre et de souffrir.

Et puisqu'il n'était pas amoureux d'elle, quel autre choix avait-elle ?

La porte de son bureau s'ouvrit, et Tinsley apparut. Kinga sourit quand sa sœur vint s'asseoir à côté d'elle et posa une main réconfortante sur son dos. Kinga appuya la tête contre la sienne.

— Il est tard, ma belle. Rentrons, suggéra Tinsley.

Kinga consulta sa montre. 21 heures, déjà ? Elle n'avait pas vu le temps passer. Et pourtant, elle n'avait guère avancé dans son travail.

Tinsley prit l'antiacide. Son regard bleu marine se teinta d'inquiétude.

— Ce flacon était plein ce matin, Kinga.

En effet. Kinga était presque sûre d'avoir un ulcère, mais elle n'avait pas le temps de consulter un médecin. Elle le ferait après le bal, assura-t-elle à Tinsley.

— Espérons que ton estomac ne se perfore pas d'ici là, marmonna sa sœur.

Cela tomberait vraiment mal si cela arrivait.

— Tu as reçu l'invitation pour la soirée cocktail de Mick ? demanda Tinsley.

Kinga grimaça.

— Oui.

Elle avait fini par lui raconter ce que Mick avait fait. Tinsley l'avait sermonnée, lui reprochant de garder les choses pour elle et d'être indépendante à l'excès.

— Tu vas y aller ? demanda-t-elle à Tinsley.

— Sûrement pas ! Et je dirai à tout le monde de faire comme moi. Maman, papa et Seth encouragent tous leurs amis à boycotter l'événement et la campagne. Étant donné que nous connaissons presque tout le monde, je doute que Mick ait beaucoup de soutien. Si seulement nous pouvions aussi convaincre la presse de ne pas couvrir la soirée…

— C'est une histoire liée à Jas, et elle fait vendre, fit valoir Kinga. Mais merci pour ce que tu fais.

Tinsley sourit, puis l'observa d'un air sérieux.

— Comment vas-tu, Kinga ?

Celle-ci voulut répondre qu'elle allait bien. Mais elle était fatiguée de mentir, d'essayer d'être forte. Tinsley était sa sœur, après tout. Sa meilleure amie.

— Je m'angoisse pour le bal, je travaille trop, mais surtout, Griff me manque.

Tinsley ne sembla guère ravie de l'entendre.

— Ce n'était pas sérieux entre nous, pourtant, ça avait l'air de l'être. Je dors peu. Souvent, je me réveille en pleine nuit et je me mets à regretter une relation qui n'a jamais existé. Je pleure quelqu'un qui n'a jamais été à moi.

Tinsley réfléchit un instant puis enroula le bras autour des épaules de Kinga.

— Cela t'aiderait si je te rappelais que c'est un mauvais garçon, un éternel adolescent ? Il a fait des tas de choses stupides, il est irresponsable et égoïste, et, s'il n'assure pas le spectacle pendant le bal, sa carrière sera finie.

— L'ennui, c'est qu'après notre première rencontre, je ne l'ai plus vu comme un mauvais garçon. Il n'a jamais été ainsi, avec moi. Parfois, je me dis qu'il joue les *bad boys* mais qu'il n'en est pas un.

— Vraiment ?

— Je ne peux pas expliquer pourquoi, mais je sais que ce personnage de rebelle, ce n'est pas lui.

Le vrai Griff était à la fois dur et tendre, dominateur et prévenant. Gentil, arrogant, fabuleux.

Et il lui manquait à chaque seconde.

Elle agita les mains devant elle pour sécher ses larmes.

— Changeons de sujet, Tinsley. Trouve quelque chose pour me distraire.

— D'accord.

Sa sœur se cala sur le canapé, croisa les bras et réfléchit.

— Voyons voir… Nos parents sont toujours aussi bizarres en ce moment. S'ils me parlent encore une fois du retard des tests ADN, je vais devenir folle. Et aujourd'hui, j'ai appris que Garrett Kaye serait présent au bal.

Garrett Kaye était un investisseur en capital-risque richissime. Il était le fils de l'assistante personnelle de Callum, Emma. La nouvelle remonta légèrement le moral de Kinga. Garrett était l'un des hommes les plus riches du pays, et, s'il jugeait le bal digne d'intérêt, cela voulait dire que Kinga avait réussi à en faire un événement à part…

— C'est une grande nouvelle, commenta-t-elle.

— Il viendra seul, alors nous le mettrons à la table des célibataires, avec notre amie Julia. Il y aura aussi Sutton Marchant, Cody et d'autres.

Sutton Marchant était un ancien trader reconverti en écrivain à succès. Kinga l'avait rencontré à Londres quelques années auparavant. Elle l'avait trouvé très séduisant. Mais pas autant que Griff.

Griff… Décidément, ses pensées revenaient toujours à l'homme qui avait mis son monde sens dessus dessous.

- 9 -

Vêtu d'un simple short de bain, Griff était étendu sur une chaise longue. Blotti contre lui, son neveu dormait à poings fermés. Sam était épuisé après avoir passé la journée sur la plage. Griff aurait bien besoin de faire une sieste, lui aussi.

Mais il savait que, dès qu'il fermerait les yeux, son cerveau serait en ébullition et l'empêcherait de trouver le sommeil. Seigneur, il était si fatigué…

Son groupe et lui avaient répété de manière intensive ces dernières semaines, et le spectacle était quasiment parfait. Ils avaient réorganisé la liste de chansons, ajoutant des titres et en supprimant d'autres. Conscient que, s'il restait à Portland, il irait supplier Kinga de reprendre leur relation, Griff avait dit à ses musiciens de prendre un long week-end et avait pris l'avion pour rejoindre les îles Keys.

Mais Kinga était toujours là, dans sa tête…

Il soupira. Même si elle acceptait de poursuivre leur liaison, il ne pourrait pas lui révéler la vérité sur son passé. Or, Kinga méritait un homme qui s'investisse pleinement, qui lui fasse confiance et qui l'aime suffisamment pour lui dévoiler ses plus sombres secrets.

Il ne pouvait pas être cet homme. Car il n'était pas le seul concerné par ces secrets…

Pour cesser de songer à son joli lutin aux yeux d'ambre,

Griff repensa aux sites d'information qu'il avait visités tout à l'heure. Les nouvelles de Portland portaient essentiellement sur son retour sur scène et sur le bal, mais quelques articles évoquaient un autre événement, la soirée cocktail de cette ordure de Pritchard. Les journalistes s'attendaient à ce que ce dernier annonce son entrée en politique. Comme si le monde avait besoin d'une pourriture de plus…

Griff espérait que Kinga allait bien, qu'elle n'était pas harcelée par ce vaurien. À cette pensée, il regretta d'avoir quitté Portland.

Il porta sa bouteille à ses lèvres et soupira. Remarquant le silence émaillé uniquement du bruit des vagues, des cris des mouettes et des ronflements de Sam, Griff regarda autour de lui et constata que quatre paires d'yeux l'observaient.

— Quoi ? fit-il, posant sa bouteille de bière vide sur une petite table à côté de lui.

Il contempla le sable blanc et les eaux claires, par-delà la rambarde du balcon. Quand Sam se réveillerait, Griff irait courir sur la plage. Ou alors, il s'exercerait dans la salle de gym dernier cri de Jan et Pete. Il avait déjà fait du sport ce matin, mais la montée d'endorphines n'était pas venue.

Il commençait à croire que son hormone du bonheur avait pour nom Kinga Ryder-White.

Bon sang, elle lui manquait ! Son sourire, son parfum, sa voix rocailleuse…

Il regrettait la fin d'une histoire qui n'avait jamais vraiment débuté.

— Idiot.

— Ça fait des années que je te le dis, ajouta Sian.

Griff comprit qu'il avait parlé à voix haute. Fantastique.

Maintenant qu'il avait ouvert une brèche, sa famille allait le bombarder de questions…

Trois, deux, un…

— Pourquoi es-tu si grincheux ? demanda Jan.

— Je ne t'ai jamais vu dans un état pareil, commenta Pete.

— Qu'est-ce qui est arrivé à Portland pour que tu sois si déprimé ? enchérit Sian.

Le nouveau traitement de Sian lui réussissait. Elle semblait interagir bien plus qu'auparavant avec la famille.

Sa jumelle était peut-être sur la voie de la stabilité… Bien sûr, elle traverserait des épisodes difficiles tout au long de sa vie, mais, si elle pouvait rester aussi positive qu'elle l'était maintenant, ce serait une grande victoire.

Griff, en revanche, était loin d'être optimiste.

Il ignorait quelle orientation donner à sa carrière. Mais, une chose était sûre, il ne se comporterait plus comme l'adolescent irresponsable que les gens le croyaient être. Que ce soit au cinéma, au théâtre ou dans la chanson, il n'accepterait plus de projets avec lesquels il n'était pas totalement en accord.

Il souhaitait créer des œuvres que les gens respecteraient, et qui laisseraient une trace. Il voulait être un homme qui méritait une femme comme Kinga, un homme dont elle pourrait être fière…

Pourtant, il savait que, quoi qu'il fasse, où qu'il aille, son passé le suivrait.

Il ferma les yeux et expira lentement.

Assise à côté de lui, Eloise lui tapota la main.

— Je te connais depuis que tu es enfant, Griff, et je ne t'ai jamais vu si triste. Pourquoi ne pas nous dire ce qui te tracasse ?

Certainement pas.

Il était le chef de famille. Il faisait en sorte que tout se passe au mieux, pour tout le monde. Il allait se reprendre, bientôt. D'ici là, il ferait semblant. Comme toujours.

— Je vais bien, Eloise. Il n'y a pas de problème.

— C'est faux ! chuchota Sian avec véhémence pour ne pas réveiller Sam. Toi et moi, il faut qu'on parle.

— Il n'y a rien à dire. Je vais *bien.*

— Sottises ! rétorqua-t-elle en se penchant vers lui.

Elle semblait déterminée. Et forte…

Il se sentit très fier de sa jumelle.

— Griff, cela fait un moment que je suis malade. J'ai accepté le fait que j'ai des troubles mentaux, et que j'en aurai toujours. Mais mon nouveau traitement m'aide beaucoup. Je ne me sens plus aussi déconnectée qu'avant. Il y a quelques années, je me fichais de vivre ou de mourir. Ce n'est plus le cas, et je vais faire tout mon possible pour ne plus revenir à mon ancien état. Aujourd'hui, j'ai l'impression d'être à nouveau moi-même.

Griff sourit.

— Je suis content que tu te sentes plus forte, Sian. Sam et toi êtes ma priorité, tu le sais.

— Je le sais. Mais nous ne sommes pas les seuls dans cette famille qui méritent d'être heureux. Toi aussi, tu as droit au bonheur.

Elle sourit quand Jan vint se percher sur le bras de son fauteuil, une marque de soutien.

Le bonheur… c'était une émotion si insaisissable… Griff l'avait presque touchée du doigt pendant ses nuits avec Kinga…

Pourquoi tout revenait-il toujours à elle ?

— Je tiens à être claire, Griff, affirma Sian. Je veux raconter au monde mon histoire, toute mon histoire.

Non. C'était hors de question.

Griff observa Jan et Pete, qui ne semblaient guère surpris par l'annonce de Sian. Apparemment, tous les trois en avaient déjà discuté.

— Non, protesta-t-il. Jamais de la vie.

— Je peux le faire avec ou sans ton accord, Griff.

Il fut si choqué par sa réponse qu'il se leva brusquement. Sam bascula sur le côté, et Griff le rattrapa avant qu'il se réveille, le reposant doucement sur les coussins.

Il se dirigea vers la rambarde et accepta volontiers la bière que Pete lui apporta.

— Je ne comprends pas pourquoi tu veux t'exposer, Sian, marmonna-t-il. Pourquoi voudrais-tu défaire des années de dur labeur ?

Le dur labeur qu'*il* avait effectué.

— Je veux dire la vérité, toute la vérité. Je veux nous libérer tous les deux. J'ai encore une voix, une voix qui porte, et je peux défendre les gens qui souffrent de troubles mentaux. Mais pour me servir de cette parole, pour apporter ma contribution, j'ai besoin d'être honnête. Je *dois* l'être. Et toi aussi… Le monde doit savoir que toutes tes frasques étaient destinées à faire diversion pour que la presse me fiche la paix. Autrefois, j'avais besoin de ton aide, mais ce n'est plus autant le cas à présent. Je suis plus forte, plus audacieuse. Si nous révélons la vérité, cela nous délestera d'un grand poids. Tu pourras redorer ton blason…

— Je me fiche de ce que les gens pensent de moi ! s'exclama-t-il.

Seule l'opinion de Kinga lui importait.

— La presse va se déchaîner, avertit-il. Tu seras traquée. Tu ne pourras plus faire un pas sans être harcelée par les paparazzis.

Griff n'arrivait pas à croire que Jan et Pete soutiennent le projet de Sian.

Sa jumelle haussa les épaules.

— Nous en avons déjà discuté. Le ranch est totalement sécurisé, tout comme cette île. J'ai parlé avec ma psychiatre, je compte être très prudente quand je m'aventurerai sur ce terrain inconnu. Je compte essentiellement travailler via les réseaux sociaux, et je ferai très attention à mes apparitions publiques. Sam sera toujours ma priorité. Son bien-être et sa sécurité passent avant tout. Tout ce que je ferai sera soigneusement validé par ma psychiatre et par mon service de sécurité.

— Tu as un service de sécurité ? s'étonna-t-il.

— Non, mais j'en aurai un.

Elle se leva et le rejoignit au bord du balcon.

— Je veux retrouver ma vie, Griff. J'en ai *besoin.*

— Ça, je peux l'entendre. Mais tu n'as pas à t'expliquer sur le passé. Fais un communiqué de presse dans lequel tu dis simplement que tu as eu des difficultés, et que tu comptes t'engager en faveur de la santé mentale.

— Non. Soit je fais les choses correctement, soit je ne les fais pas du tout.

Il retrouvait la Sian d'autrefois : fougueuse, déterminée, ferme dans ses décisions.

Il se tourna vers Jan et Pete.

— Je présume que vous avez eu le même débat avec elle ?

Jan acquiesça d'un signe de tête.

— Oui, de nombreuses fois.

— Je crains qu'il n'y ait que deux options, intervint Eloise. Soit nous la soutenons et nous restons à ses côtés, soit nous la regardons faire sans nous. Je vote pour la première solution.

Sian voulut intervenir, mais Griff la fit taire d'un signe de la main. Il avait besoin de réfléchir. Sian allait révéler au monde que sa vie de mauvais garçon n'était qu'une façade. Après cela, il n'aurait plus de secrets à garder. L'idée de ne plus porter ce fardeau le réjouissait, il devait l'admettre.

Sian allait dévoiler la vérité, avec ou sans lui. Alors, bien sûr, il serait à ses côtés. Il avait toujours pensé qu'elle était douée et intelligente. Mais aujourd'hui, il était très fier de sa force et il admirait son courage.

Il était heureux d'être son frère. Son jumeau.

Dans quelque temps, quand les choses seraient calmées et qu'il retrouverait une vie presque normale, il pourrait inviter Kinga à dîner, pour repartir de zéro. Il n'y aurait plus de secrets entre eux.

Il espérait qu'elle serait d'accord.

Une pensée surgit dans son esprit. Peut-être pourrait-il faire d'une pierre deux coups…

— Tu es sûre de toi, Sian ? s'enquit-il.

Elle hocha solennellement la tête.

— Tout à fait sûre, Griff. Si je pouvais tout révéler aujourd'hui, je le ferais.

Dans ces conditions…

Il sonda son regard, si semblable au sien.

— Si tu es certaine de vouloir faire ça, puis-je te demander de faire quelque chose pour *moi* ?

Il était plus de 18 heures, et Kinga s'était promis de rentrer tôt. Elle songeait même à laisser son ordinateur portable ici, dans son bureau, pour s'obliger à faire une pause.

Elle réfléchissait encore à cette idée quand Tinsley entra en trombe dans la pièce.

— Grande nouvelle ! s'exclama-t-elle.

— Bonne ou mauvaise ? demanda Kinga.

— Je suis passée devant le restaurant où Pritchard donne sa soirée, et non seulement il n'y a pratiquement pas d'invités, mais je n'ai vu presque aucun journaliste.

— Ils sont sans doute à l'intérieur du restaurant, Tins.

Sa sœur se percha sur le bureau de Kinga.

— Non. J'ai vu trois journalistes sortir rapidement du restaurant. Je crois qu'il se passe quelque chose d'autre en ville.

Kinga haussa les épaules, ne se sentant pas particulièrement concernée. Mick était un vaurien, et elle refusait qu'il continue d'avoir une influence sur sa vie. Jas n'était plus là. Kinga l'aimerait toujours, et elle était presque sûre que Jas, où qu'elle soit, l'aimait aussi. Kinga devait arrêter de se sentir coupable… du moins, autant que possible.

— Qu'a-t-il bien pu se passer pour que la presse oublie Pritchard ? O'Hare n'est toujours pas là, alors ça ne peut pas être lui, avança Tinsley. Ce doit être un gros événement.

Sa sœur était curieuse, et Kinga savait qu'elle ne partirait pas tant qu'elle ne saurait pas de quoi il retournait.

— Appelons nos sources, suggéra-t-elle, sortant son téléphone de son sac.

Passant en revue sa liste de contacts, Kinga appela un journaliste, tomba sur la boîte vocale, et en appela un second. À en juger par l'expression de Tinsley, sa sœur n'avait guère plus de chance.

Dépitée, Kinga tapa un message et attendit une réponse. Une minute plus tard, un SMS d'un de ses journalistes préférés arriva sur son téléphone.

Sian O'Hare donne une conférence de presse à l'hôtel Portland Harbor. Gros dossier. La salle est pleine, tous les journalistes du coin y sont. L'effet O'Hare, j'imagine.

Kinga répondit aussitôt :

Tu plaisantes ? Griff est là-bas ?

Mais que se passait-il ? Elle lut le message à Tinsley, qui fut tout aussi stupéfaite. Pourquoi Griff organiserait-il une conférence de presse sans lui en parler ? se demanda-t-elle, le ventre noué. Et s'il annulait le concert ? Et s'il annonçait sa retraite ?

Elle verbalisa ses peurs.

— Si ça arrive, répondit Tinsley, alors j'irai le chercher personnellement et je le ramènerai à Portland en le tirant par les cheveux. Allons voir ce qu'il mijote, Kingaroo.

Le cœur battant, Kinga suivit Tinsley jusqu'à sa voiture.

« Je ne te laisserai pas tomber. »

Kinga se souvint des mots de Griff, et la tension en elle se dissipa. Elle ignorait ce qui se tramait, mais Griff ne faillirait pas. Il avait promis d'être là pour elle, et il tiendrait parole.

— Il ne me décevra pas, Tins, assura Kinga tandis qu'elles se dirigeaient vers le Portland Harbor.

— D'accord, répondit Tinsley, sceptique.

— Tout se passera bien, je te le promets.

Tinsley lui lança un rapide regard puis sourit.

— Bien sûr que tout se passera bien, parce que ma sœur prudente et analytique ne tomberait jamais amoureuse d'un homme capable de lui faire faux bond.

Kinga médita ses paroles, et lorsqu'elle en mesura tout le sens, elle sourit. Tinsley avait raison. Griff ne l'aimait peut-être pas, et il ne pouvait sans doute pas lui offrir la vie dont elle rêvait, mais elle était trop maligne pour tomber amoureuse d'un homme inconstant et peu fiable.

Quel que soit le motif de cette conférence, Griff chanterait lors du bal.

Tinsley s'arrêta devant l'entrée de l'hôtel de briques rouges. Elle informa Kinga qu'elle allait trouver une place de parking et qu'elle la rejoindrait dès que possible. Kinga opina, sortit de la voiture puis, hissant son sac sur l'épaule, entra dans le hall de l'hôtel luxueux et se rendit à la réception pour savoir où avait lieu la conférence de presse.

Quelques minutes plus tard, elle pénétra dans une grande salle de réunion pleine de monde. Une jeune femme était en train de dire qu'elle souhaitait défendre la cause de gens souffrant de problèmes de santé mentale. Les journalistes semblaient captivés. Ne voyant ni Griff, ni la sœur du chanteur, Kinga longea le mur jusqu'à ce qu'elle arrive à l'avant de la foule. Enfin, elle regarda devant elle et eut le souffle coupé lorsqu'elle vit l'objet de ses fantasmes, vêtu d'un…

Kinga n'en croyait pas ses yeux. Griff portait un costume ? Oui, c'était un costume anthracite, associé à une chemise blanche et à une cravate aux motifs bleus et verts. Il était rasé de frais, et ses cheveux étaient soigneusement coiffés. Il ressemblait à un trader ou à un client du bar Ryder de Manhattan.

Elle le préférait de loin en jean déchiré et en T-shirt.

Elle observa les autres personnes présentes sur la scène. Ava Maxwell, toujours aussi superbe, était assise entre son mari et Griff. Stan portait une tenue noire, comme à son habitude. Griff avait le bras sur la chaise de sa jumelle, signe qu'il voulait la protéger.

Sian était la version féminine de son frère : mêmes

cheveux châtains, mêmes yeux verts et même bouche sensuelle. Elle était grande et mince, et, bien qu'elle sourie, elle semblait fatiguée.

Comme s'il avait lu dans les pensées de Kinga, Griff se pencha vers le micro et annonça :

— Je crois que ça suffit pour aujourd'hui, les amis.

Un murmure de déception collectif s'éleva dans la salle.

Griff secoua la tête.

— Vous avez de quoi rédiger plusieurs articles, et toutes vos autres questions peuvent être adressées à notre attaché de presse.

Ils avaient un attaché de presse ? Depuis quand ? Et pourquoi n'était-elle pas au courant ?

Quand Griff s'éclaircit la voix, le silence revint dans la salle.

— J'aimerais vous rappeler mon prochain concert au bal de Ryder International. Je vous serais très reconnaissant si vous pouviez parler de cet événement. Tout l'argent récolté ira à la Fondation Ryder, et les dons sont toujours bienvenus.

Griff regarda Kinga droit dans les yeux, et son sourire exercé devint plus personnel. Il lui fit un clin d'œil, et Kinga se sentit fondre.

Elle l'aimait tant… Elle ignorait ce qui venait de se passer, et quelle bombe il avait lancée. Quoi qu'il en soit, il avait offert au bal une excellente publicité.

Mieux, il avait volé à Mick son quart d'heure de gloire en organisant cette conférence de presse en même temps que la soirée de Pritchard.

Griff ajouta quelques remarques pour conclure. Puis les journalistes commencèrent à se disperser et à quitter la salle. Kinga resta immobile et observa Griff, sa sœur et leurs amis sortir par une autre porte encadrée par deux gardes du corps vêtus de noir.

Kinga passa la main sur son visage, toujours dubitative. Elle découvrirait la raison de cette réunion tout à l'heure. Il lui suffirait de quitter cette pièce et d'interroger n'importe quel journaliste pour en savoir plus. Mais, pour l'instant, elle avait besoin de quelques instants pour se reprendre.

Elle avait eu raison de faire confiance à Griff. Il ne l'avait pas abandonnée, et il ne le ferait pas. Il serait derrière son micro pendant le bal et, dès que le concert serait terminé, il sortirait de sa vie pour de bon.

Son cœur se brisa à cette pensée. Luttant contre l'envie de se laisser tomber à genoux, elle prit plusieurs inspirations, espérant ne pas être saisie d'une nouvelle crise de panique. Elle avait oublié à quel point il était douloureux d'aimer et de perdre quelqu'un, et elle n'avait vraiment pas besoin de ce rappel.

Ravalant ses larmes, elle décida d'aller trouver Tinsley. Elle allait sortir de la salle quand l'un des gardes se dirigea vers elle, l'air impassible.

— Madame Ryder-White ?

— Oui ?

— M. O'Hare voudrait vous voir. Il m'a demandé de vous escorter jusqu'à sa suite.

— D'accord. Merci. Laissez-moi juste le temps de prévenir ma sœur que j'aurai du retard.

Kinga tapa rapidement un SMS, rangea son téléphone dans son sac puis suivit l'homme en noir. Elle continua de respirer lentement, et son rythme cardiaque ralentit. Elle savait que Griff disparaîtrait de sa vie après le bal, mais elle avait encore un peu de temps devant elle.

Le garde du corps frappa à la porte de la suite. À peine

quelques secondes plus tard, Griff vint leur ouvrir. Était-il aussi impatient de la voir qu'elle l'était, elle ?

Il fit signe à Kinga d'entrer et s'adressa au garde.

— Merci pour votre aide, Reynolds, dit-il avant de refermer la porte derrière l'agent de sécurité.

Kinga l'observa. Il avait retiré sa veste de costume et sa cravate. Ses cheveux étaient maintenant décoiffés, comme s'il y avait passé la main. À dire vrai, il semblait exténué.

Elle caressa sa joue.

— Ça va, Griff ? Tu as l'air épuisé.

— Je le suis. C'était la chose la plus difficile que j'aie jamais faite.

Posant la main au creux de son dos, il la guida vers un salon charmant et l'invita à s'asseoir.

— Tu veux boire quelque chose ? proposa-t-il.

— Non, mais on dirait que toi, tu as bien besoin d'un verre.

Elle prit place sur un canapé gris et regarda Griff se servir un whisky qu'il avala d'un trait. Il se resservit et remplit un second verre qu'il lui apporta bien qu'elle n'ait rien demandé. Elle le remercia et posa le verre sur une table basse en verre.

Elle suggéra à Griff de s'asseoir, mais il secoua la tête et resta debout derrière une chaise. Au lieu de lui expliquer pourquoi il l'avait fait venir, il se contenta de l'observer d'un air sombre.

Au bout d'un moment, n'y tenant plus, elle prit la parole.

— J'ignore ce qui se passe, mais on dirait que tu viens de faire un beau cadeau aux journalistes.

— C'est Sian qui leur a fait ce cadeau, dit-il d'une voix râpeuse.

Kinga pencha la tête, attendant qu'il continue.

Il sirota son whisky puis ajouta :

— C'est une longue histoire. Une histoire compliquée.

Elle n'avait pas assez de patience pour écouter un long récit complexe.

— Donne-moi les grandes lignes.

— D'accord… Lorsque Sian et moi avions environ vingt ans, nous avions le vent en poupe, surtout Sian. Elle a toujours été plus talentueuse que moi.

Il n'y avait pas une once de rancœur ou de jalousie dans ses mots. Au contraire, ils étaient teintés de fierté.

— Tu es très doué, O'Hare, souligna-t-elle.

Il haussa les épaules.

— Peut-être. Mais Sian l'était encore plus. Elle explorait différentes facettes de son talent, et les gens commençaient à le remarquer. Elle a souvent été comparée aux plus grandes, Judy Garland et Audrey Hepburn. Beaucoup de personnes importantes dans le métier la considéraient comme une très grande artiste.

Kinga l'ignorait.

— Pour faire court, Sian a toujours lutté contre l'anxiété et la dépression, mais il y a quelques années, elle a commencé à agir de manière étrange. Et parce que les journalistes la suivaient de près, ils ont vite remarqué qu'il y avait un problème. Ils se sont mis à la traquer. Certains la disaient droguée, et la rumeur s'est rapidement propagée.

Griff se rembrunit.

— Après tout, c'était la conclusion la plus logique.

— Mais c'était faux, glissa Kinga.

— Oui. On lui a diagnostiqué une forme légère de schizophrénie, dit-il, fixant son verre. Elle s'est désintéressée de sa carrière et a commencé à vivre en recluse. Sa psychiatre a recommandé un retrait permanent de la scène, afin qu'elle mène une vie aussi calme et normale que possible.

— C'est presque impossible quand on est l'une des stars les plus séduisantes et les plus connues du monde, commenta Kinga.

— La presse, nos amis, nos collègues… Tout le monde se demandait pourquoi une artiste talentueuse avait tout arrêté en plein succès. L'intérêt des médias pour elle a… explosé. Finn et moi avons décidé d'agir pour protéger Sian.

Bon sang… Elle pensait savoir où il voulait en venir.

— Stan et moi étions amis depuis l'adolescence. Il m'a suggéré de me comporter comme un crétin trop gâté et égoïste, afin que les reporters oublient Sian et se concentrent sur moi.

Toutes les pièces du puzzle se mirent en place. Kinga avait maintenant la certitude que son instinct ne s'était pas trompé.

Griff l'observa, l'air décontenancé.

— Tu ne sembles pas étonnée.

— Je ne le suis pas, admit-elle, prenant une petite gorgée de whisky. Depuis déjà un moment, j'avais l'impression que tu jouais un rôle, et que tu n'étais pas celui que la presse décrit.

Griff parut abasourdi. Kinga cacha son sourire derrière son verre.

— Continue, O'Hare.

— Finn m'a dit qu'il prendrait soin de Sian et qu'il garderait un œil sur elle pendant que je poursuivais ma carrière. Nous avons organisé une tournée, pendant laquelle j'ai semé le chaos. L'attention de la presse s'est reportée sur moi.

— Et Sian a pu se faire oublier.

Griff posa son verre et enfonça les mains dans ses poches.

— Oui, en grande partie. Mais elle est lasse d'être dans l'ombre, et elle souhaite combattre les préjugés autour des maladies mentales. Elle a organisé cette conférence de presse pour parler de sa pathologie, et pour expliquer que je me suis comporté comme un vaurien pour la protéger. C'était à elle de révéler cette vérité.

— Jusqu'ici, j'ai suivi. Mais je ne comprends toujours pas le rôle de Stan et d'Ava dans cette histoire.

— Ma liaison avec Ava était montée de toutes pièces. C'était un moyen de donner à un journaliste un peu trop insistant un scoop bien juteux.

— Alors, il n'y a rien eu entre Ava et toi ?

— Bien sûr que non ! s'exclama-t-il, l'air offensé.

Puis il prit un air résigné.

— Tout ce qui s'est passé entre nous se résume à ce que les gens ont vu dans ce club new-yorkais. Sian était enceinte, un journaliste l'avait repérée et allait sortir un article sur sa grossesse et sur une supposée dépression. Nous avions besoin d'un incident marquant pour faire diversion, alors Ava a suggéré une fausse liaison. J'étais réticent, mais Stan était d'accord avec Ava. Il a toujours été protecteur avec Sian, elle est comme une petite sœur pour lui. Très vite, nous avons élaboré un plan, et ça a fonctionné. La nouvelle s'est répandue comme une traînée de poudre.

— Alors, comment était-ce d'embrasser l'une des plus belles femmes du monde ?

— Stan m'avait averti que, si ma main s'aventurait plus bas que son dos et que ma langue passait la barrière de ses lèvres, il me castrerait.

Il haussa les épaules.

— Pour être franc, c'était bizarre et… *malsain*. Dieu merci, Ava et moi sommes bons acteurs, car il n'y avait aucune alchimie entre nous.

Contrairement à celle qui brûlait entre Kinga et lui. Il n'avait pas prononcé ces mots, mais elle les lisait dans son regard.

Néanmoins, elle n'allait pas se laisser distraire. Il restait beaucoup d'informations à révéler.

— D'accord, ce baiser avec Ava était une mascarade, mais pourquoi Stan et elle étaient-ils présents à la conférence de presse ? Ils n'avaient pas besoin d'être là.

Griff rougit. C'était la première fois qu'elle le voyait si troublé.

— Eh bien, ils sont venus pour toi.

— Pour moi ?

Mais de quoi parlait-il ? Elle n'avait rien à voir avec le passé de Griff ou avec cette conférence de presse.

— J'étais presque sûr que les journalistes abandonneraient tout, y compris la soirée de Pritchard, pour assister à la conférence de Sian. Mais je voulais en être certain. Parce que Stan et Ava font rarement des apparitions publiques et qu'ils ne parlent jamais à la presse, je me suis dit que, s'ils venaient, tous les reporters rappliqueraient.

Sentant son cœur s'emballer, Kinga plaqua la main sur sa poitrine. Griff avait demandé à ses amis de faire cet effort afin de priver Mick de la publicité qu'il recherchait désespérément… et il l'avait fait pour elle. Comme c'était… adorable. Un peu machiavélique, mais adorable.

— Je ne sais pas quoi dire, murmura-t-elle.

Le visage de Griff se durcit. Elle savait que sa colère n'était pas dirigée contre elle mais contre Mick.

— Les amis n'agissent pas comme il l'a fait, et je suis content de lui avoir mis des bâtons dans les roues.

Et puis, Stan travaille sur un nouvel album, et Ava a pu parler de sa fondation pour le climat. Alors, ils étaient contents d'être là.

— Non, ils ne l'étaient pas.

— C'est vrai. Mais ils m'ont rendu un service. C'est ce que les amis font, dit-il avec un petit sourire.

Oui, c'étaient ce que les amis faisaient. Et, en organisant cette conférence de presse en même temps que la soirée de Mick, Griff avait fait comprendre à Pritchard, et à elle, que personne ne devait causer d'ennuis aux gens auxquels il tenait. Car il tenait à elle, elle en était certaine.

Mais il y avait un monde entre l'amitié et l'amour.

— Merci, dit-elle, la gorge serrée.

— Il y a autre chose que je dois te dire. Quelque chose que les médias ignorent. En dehors de ma famille, de Stan et d'Ava, tu seras la seule à savoir.

Il semblait si sérieux tout à coup. Qu'allait-il lui révéler ? Et pourquoi lui confiait-il ses secrets ?

— Comme je te l'ai dit, j'ai laissé Sian sous la protection de notre manager pendant ma tournée. Eh bien, il s'est un peu trop occupé d'elle. Il est le père de Sam.

Quoi ?

— J'étais furieux. J'ai toujours pensé que Sian était vulnérable mentalement et que Finn avait profité d'elle. Sian affirme que ce n'est pas la réalité, qu'elle ne s'est jamais sentie harcelée ni contrainte.

Il passa la main sur sa mâchoire.

— Quoi qu'il en soit, quand le diagnostic est tombé, j'ai obtenu une procuration sur les comptes bancaires de Sian, et j'ai renvoyé Finn. Il était en route pour venir s'expliquer quand il a heurté un arbre.

Quelle histoire terrible…

— J'étais présent pour la naissance de Sam. Sian

souffrait d'une grave psychose post-partum, alors je me suis occupé de tout. Les biberons pendant la nuit, les couches. J'ai entendu mon neveu prononcer son premier mot, je l'ai vu faire ses premiers pas. C'est le fils de Sian, mais, par certains côtés, c'est aussi le mien. Il tiendra toujours une grande place dans ma vie.

Son amour pour son neveu était palpable. Et Kinga se sentit tomber un peu plus amoureuse de Griff, si toutefois c'était possible.

— Depuis la trahison de Finn, j'ai pris la décision de ne jamais faire confiance à personne en dehors de ma famille, de Stan et d'Ava, dit-il, la voix rauque d'émotion. Et puis, tu es entrée dans ma vie…

Elle se leva lentement.

— Tu me fais confiance ?

Sans la quitter des yeux, il hocha la tête.

— Oui, mais surtout, je t'aime.

Une minute. Venait-il de lui dire qu'il l'aimait ?

— Qu'est-ce que… qu'est-ce que tu viens de dire ? demanda-t-elle.

— Je suis amoureux de toi. Je sais que ce n'est pas ce que tu as envie d'entendre, mais je ne veux pas que tu sortes de ma vie sans comprendre ce que je ressens pour toi. Je n'ai jamais éprouvé cela pour personne, alors j'ai pensé que tu devais savoir.

Ses jambes ne la portant plus, Kinga se laissa retomber sur le canapé. Elle avait peine à croire que ses plus grands rêves étaient à portée de main.

— Eh bien… je ne m'attendais pas du tout à cela, parvint-elle à répondre.

— Je sais. Ce n'est pas ce que j'avais prévu. Je comptais donner un concert pour mon grand retour, sortir un nouvel album, faire une tournée. Peut-être jouer un petit rôle dans un film. Et puis, tu as surgi dans ma vie, et maintenant, tout ce à quoi je pense, c'est glisser une bague à ton doigt, te garder dans mon lit pendant un mois, te faire des bébés.

Il semblait incertain, et totalement dépassé.

— Y a-t-il une chance pour que l'une de ces choses t'intéresse ?

Consciente qu'elle ne pourrait pas marcher jusqu'à lui sur ses talons aiguilles sans tomber, elle retira lentement un escarpin, puis l'autre. Lorsqu'elle fut debout, elle contourna prudemment la table basse puis rejoignit Griff. Lorsqu'elle fut face à lui, elle posa les mains sur ses pectoraux et, presque aussitôt, son monde chancelant redevint stable. Elle sentit la force et l'amour de Griff l'envahir.

— Non, je ne suis pas intéressée par l'une de ces propositions, dit-elle lentement.

Elle vit un éclair de déception dans le regard de Griff. Ne voulant pas le faire souffrir une seconde de plus, elle s'empressa d'ajouter :

— Je suis intéressée par *toutes* tes propositions.

— Pardon ?

Elle émit un rire tremblant.

— Tu m'aimes, non ?

— Oui, affirma-t-il, hochant la tête avec force.

— Et je t'aime, Griff. Tu es mon… eh bien, tu es mon tout. Tu es celui à qui je peux montrer mes peurs, mes défauts et mes échecs.

Le regard de Griff s'emplit de joie, et un sourire s'accrocha à sa bouche sensuelle.

— Tu es un amant de rêve, tu as de l'humour, et tu as un cœur énorme. Dans tes bras, je me sens en sécurité.

Les mots se déversaient de ses lèvres dans un joyeux désordre.

— Je pars dans tous les sens ! s'exclama-t-elle. Mais tu peux me croire quand je dis que je t'aime. Je t'aime follement, profondément…

Griff l'attira contre lui, pressant son torse et son érection contre ses seins et son ventre.

— Tu m'as tellement manqué, trésor.

Elle déposa un baiser léger sur ses lèvres et sourit.

— Tu m'as manqué aussi.

Il passa le pouce sur sa lèvre inférieure et, fascinée, Kinga observa le désir apparaître dans ses yeux.

— À quoi penses-tu, O'Hare ? demanda-t-elle tout en sortant la chemise de Griff de son pantalon.

Il prit le postérieur de Kinga en coupe.

— Je pense que tu es la meilleure chose qui me soit arrivée, que je suis impatient de partager ma vie avec toi, et que tes vêtements seraient bien mieux sur le sol de ma chambre.

— Allons-nous vérifier cette théorie ? s'enquit-elle, remontant la main le long de son dos.

— Oh ! oui, nous allons la vérifier, promit-il.

Il la porta dans ses bras.

— Mais je t'avertis, il faudra peut-être toute une vie pour parvenir à une conclusion, ajouta-t-il.

Elle déposa un baiser au creux de son cou et sourit. Elle aimait Griff, et Griff l'aimait.

La vie n'avait jamais été aussi belle.

JOSS WOOD

Une nuit interdite

Traduction française de
MADELEINE POULAIN

PASSIONS

HARLEQUIN

Titre original :
WRONG BROTHER, RIGHT KISS

Prologue

Tinsley Ryder-White adorait le bureau de son grand-père.

Entre les étagères remplies de livres du sol au plafond et l'immense table de travail sous laquelle elle pouvait se cacher sans peine, c'était l'endroit rêvé pour une petite lectrice de sept ans.

Ce jour-là, en plein milieu des vacances d'été, Tinsley savait que personne ne viendrait la chercher. Elle avait quelques heures de liberté totale devant elle. Quel bonheur !

Bien installée dans sa cachette préférée, un coussin calé derrière le dos, Tinsley ouvrit son livre à la première page et soupira de plaisir. La lecture était décidément ce qu'elle préférait au monde.

Soudain, alors qu'elle entamait à peine la troisième page, elle entendit la porte du bureau s'ouvrir. Son cœur manqua un battement. Si son grand-père la trouvait là, elle passerait un sale quart d'heure. Elle se renfonça encore davantage contre le mur et pria pour que Callum – son grand-père n'autorisait personne à l'appeler autrement que par son prénom – n'ait pas l'idée d'étirer ses jambes sous la table.

Après tout, c'était comme un jeu de cache-cache. Elle devait simplement rester très, très silencieuse.

— Bonjour, Callum.

Tinsley se figea en entendant la voix de son père. Elle

avait cru jusqu'alors qu'il était déjà parti au travail avec son grand-père. Pourquoi n'avait-elle pas pensé à vérifier ?

— Ne prends pas la peine de t'asseoir, répondit Callum d'un ton aussi froid que d'habitude. Nous n'en avons pas pour longtemps. Je voulais simplement te signaler que j'ai vu mon notaire hier pour modifier mon testament.

— Laisse-moi deviner. Je n'y figure pas, c'est ça ?

— Au contraire. Puisque je n'ai aucun autre héritier mâle, je n'ai pas d'autre choix que de te léguer l'ensemble de mes biens.

Tinsley n'y comprenait rien, mais son grand-père avait une voix encore plus en colère que d'habitude.

— J'ai cependant ajouté une nouvelle clause, reprit Callum. Si je me découvre un autre héritier, n'importe quel homme suffisamment proche de moi qui ne soit pas lié à Benjamin, c'est lui qui aura mes trente pour cent de parts dans Ryder International. Il héritera aussi de toutes mes propriétés et de tous mes actifs.

— Je savais que tu me détestais, mais je ne pensais pas que c'était à ce point, dit son père d'une voix étranglée.

Tinsley eut envie de pleurer. Pourquoi son père avait-il l'air si triste ?

— Je t'avais prévenu de ne pas prendre le parti de Benjamin. Tu m'as défié ouvertement, il doit y avoir des conséquences. Sais-tu quel est le seul avantage dans le fait que Benjamin soit homosexuel ? Au moins, il n'aura pas d'enfants pour lui ressembler.

— Comment peux-tu dire des choses pareilles sans avoir honte ? Ton frère n'aurait jamais été heureux en épousant une femme, tu le sais. Il voulait simplement vivre sa vie avec Carlo. Je n'ai fait qu'approuver sa décision.

— Ton soutien lui a donné suffisamment de courage, ou d'insolence, pour annoncer au monde entier qu'il aimait les hommes et emménager avec ce Carlo ! Je suis sûr qu'il lui a légué ses parts de Ryder International. Un homme qui n'a rien à voir avec nous, te rends-tu compte ?

— Premièrement, nous n'avons aucune preuve que Carlo possède ces fameuses parts. Si c'était le cas, pourquoi se cacherait-il derrière une fiducie sans droit de regard ? Ensuite, j'avais à peine plus de vingt ans quand tout cela est arrivé. Je n'avais aucune influence sur Ben. Même si j'en avais discuté avec lui, ce qui n'est pas le cas, je n'aurais pas pu le faire changer d'avis. Tu me punis pour les choix de quelqu'un d'autre, et ce n'est pas juste.

— La vie n'est pas juste, gamin. Tu devrais le savoir.

— Et Kinga et Tinsley, dans tout ça ?

Tinsley sursauta en entendant son nom.

— Que viennent-elles faire là-dedans ? demanda son grand-père, faisant écho à ses propres pensées.

— Elles portent le nom des Ryder-White. C'est à elles que tu devrais laisser ton héritage. Elles sont ta seule descendance, les seules qui portent tes gènes.

— Ce ne sont que des filles, répliqua Callum d'un ton méchant. Seuls les garçons Ryder-White héritent de mon nom, de mon ADN, de mon sang. Tes stupides filles n'ont aucun intérêt pour moi. En revanche, si elles font quoi que ce soit pour ternir la réputation de cette famille, si elles se montrent rien moins que parfaites, c'est toi qui en souffriras les conséquences. C'est compris, James ?

Son père n'eut pas le temps de répondre que Callum reprenait déjà :

— Ta famille et toi vivez ici, à Ryder's Rest, parce que je le veux bien. Moi seul décide de te verser un salaire démesuré que tu ne mérites pas. Au moindre faux pas, je peux tout reprendre. Tâche de t'en souvenir. Ta famille et toi devez vivre selon mes règles.

Tinsley sentit la colère bouillir dans ses veines. Elle aurait voulu sortir de sa cachette et assommer Callum à coups de poing, pour avoir été méchant avec son papa. Mais elle avait bien trop peur pour faire quoi que ce soit.

Comme son grand-père l'avait dit, si elle était rien moins que parfaite, de mauvaises choses allaient arriver…

- 1 -

Vingt-trois ans plus tard

Quel horrible nouvel an…

Tinsley se pencha légèrement par-dessus la balustrade de la galerie intérieure. Au-dessous d'elle, sur la piste de danse du tout dernier bar ouvert par Ryder International, un homme faisait virevolter sa partenaire qui riait aux éclats. La jolie blonde décocha un regard plein de promesses à son cavalier.

S'arrachant à ce spectacle trop joyeux, Tinsley frotta machinalement la base de son annulaire gauche. Elle avait retiré son alliance deux ans plus tôt, six mois après son divorce. Pourtant, JT lui manquait toujours autant.

Non, ce n'était pas vrai, se corrigea-t-elle. L'idée du mariage lui manquait. Elle aurait voulu se sentir à nouveau la moitié d'un tout, avoir quelqu'un à qui parler à la fin de la journée, une personne à retrouver sous la couette.

Des souvenirs de nouvel an lui revenaient un à un, comme des cartes postales aux couleurs légèrement fanées. Elle avait passé ce jour-là avec JT pendant presque la moitié de sa vie. Main dans la main, ils avaient fait le compte à rebours sur la Piazza San Marco, assisté au lâcher de ballons à Times Square, contemplé la nuit étoilée depuis un chalet à Aspen…

Ce nouvel an était seulement le deuxième qu'elle fêtait seule, et il n'avait rien de festif.

Tinsley savait que JT avait une nouvelle femme dans sa vie. Elle-même, en revanche, n'en était pas encore à ce stade. Elle faisait toujours le deuil de la vie parfaite qu'elle avait imaginée. Elle se souvenait des moindres détails : les plans de leur future maison familiale, les prochaines vacances, les prénoms des trois enfants qu'elle voulait. Tout aurait dû se passer comme prévu, à la perfection.

Mais cette perfection avait volé en éclats lorsque JT l'avait quittée du jour au lendemain. Sans un mot, il avait pris l'avion pour Hong Kong et mis fin à leur mariage, exactement comme son frère l'avait prédit avant même qu'ils aient prononcé leurs vœux.

Tinsley regarda sa montre et poussa un soupir exaspéré. Cinq minutes à peine s'étaient écoulées depuis le compte à rebours. Elle aurait voulu s'éclipser discrètement et retourner dans sa chambre d'hôtel toute proche, mais, en tant que codirectrice de la publicité chez Ryder International, elle se devait de rester toute la soirée.

L'entreprise ouvrait un ou deux bars par an, et la charge de travail en amont était chaque fois colossale. Il se passait parfois plus de deux ans entre la conception du projet et l'ouverture. Ryder employait de nombreuses équipes différentes, mais le travail de Tinsley était de faire en sorte que le nouvel établissement reçoive le plus de publicité possible. Une grande partie de celle-ci provenait des soirées d'ouverture.

Tinsley faisait toujours appel à Gallant Events pour organiser ces événements. Avec eux, elle était sûre que les soirées attireraient les stars les plus en vue et feraient du nouveau bar en question l'endroit le plus branché de la ville.

Son équipe de publicité et celle de Cody Gallant avaient déjà organisé quatre événements ensemble avant celui-ci. Tout fonctionnait très bien, et les employés des deux côtés faisaient preuve d'une efficacité exemplaire. Pourtant, Tinsley savait qu'ils redoutaient le moment où elle allait arriver sur le lieu de la soirée, en général une semaine avant la date prévue.

Lorsqu'elle débarquait avec ses milliers de questions et ses exigences pointilleuses, elle était bien consciente que tout le monde levait les yeux au ciel derrière son dos. Elle se demandait parfois si elle n'en faisait pas un peu trop. Pourtant, son travail consistait à ne rien laisser au hasard. Tout devait être parfait. La réputation de Ryder International en dépendait.

Sa sœur Kinga partageait cette conscience professionnelle, ce qui valait mieux puisqu'elles dirigeaient conjointement le département de la publicité. Elles ne travaillaient cependant pas sur les mêmes projets en même temps. À vrai dire, Tinsley était plutôt soulagée que l'organisation du bal de la Saint-Valentin soit échu à sa sœur plutôt qu'à elle.

Non seulement il s'agissait de l'événement le plus couru de l'année, mais, en outre, l'insupportable Callum venait de décider qu'il voulait Griff O'Hare pour animer la soirée. Tinsley se sentait mal à l'aise rien qu'à y penser. Travailler avec le plus *bad boy* des musiciens ne serait pas une partie de plaisir pour Kinga. Celle-ci finirait par s'en sortir avec brio, Tinsley n'en doutait pas une seconde, mais elle n'aurait tout de même pas souhaité être à la place de sa sœur.

Tinsley revint à l'instant présent lorsque le DJ augmenta le volume de la musique. Dans le bar au-dessous d'elle, la fête battait son plein, l'alcool coulait à flots, et un nouveau serveur venait de rejoindre l'équipe déjà présente pour servir les clients. Elle n'irait probablement pas au lit avant l'aube, et cette pensée lui donna envie de pleurer.

Ces trois derniers jours, elle avait fait des journées de dix-huit heures et elle s'était rarement sentie aussi épuisée. Elle ne rêvait que d'une chose : retrouver sa chambre, son lit et son chat Moose, un énorme maine coon à qui un régime n'aurait pas fait de mal. Si elle avait eu le choix, elle aurait passé un nouvel an tranquille avec sa sœur et Julia, sa meilleure amie.

Inspirant profondément, Tinsley fit rouler sa tête d'un côté à l'autre et redressa les épaules. Elle allait boire un café et tout irait bien. Du moins, tout semblerait aller bien, ce qui restait le plus important.

Personne n'avait le droit de la voir flancher. Même lorsque son mari l'avait quittée après douze ans ensemble, elle ne s'était autorisée à pleurer que devant Kinga. On ne montrait pas ses sentiments, chez les Ryder-White. Au risque de passer pour froide et insensible, Tinsley se faisait un devoir de ne jamais présenter la moindre faiblesse.

Un bruit de pas derrière elle la tira soudain de ses pensées. Lorsqu'elle se retourna, Tinsley dut s'empêcher de lever les yeux au ciel. Elle n'avait pas la moindre envie d'affronter Cody Gallant maintenant…

Ni à un autre moment, d'ailleurs.

Cody s'approcha d'elle avec une bouteille de champagne à la main. Sans un mot, il en versa dans les deux flûtes qu'il avait apportées, lui tendit la sienne et s'accouda lui aussi à la balustrade. Son regard semblait s'attarder vers le carré VIP à l'autre bout de la pièce.

Tinsley l'avait aperçu de ce côté un peu plus tôt, discutant avec les hommes et charmant les femmes, très à son aise au milieu de l'élite de Toronto. Elle n'en avait pas été surprise. Cody avait toujours eu un don pour conquérir les gens, qu'ils soient des célébrités, des milliardaires ou de parfaits inconnus. Ce talent expliquait en partie pourquoi son entreprise fonctionnait aussi bien.

Lorsque Cody organisait un événement, qu'il s'agisse d'un mariage dans la haute société ou d'un festival de musique, il ne faisait pas les choses à moitié. L'ambiance était toujours spectaculaire. Callum le savait bien, lui qui employait Gallant Events chaque fois que l'occasion se présentait. Certes, les familles Gallant et Ryder évoluaient dans les mêmes cercles sociaux à Portland, mais cela ne suffisait pas pour faire des affaires avec Ryder International.

D'ailleurs, Tinsley ne comprenait pas pourquoi Cody se trouvait à Toronto ce soir-là. Gallant Events organisait de magnifiques soirées de nouvel an à New York et à Los Angeles. C'est là qu'il aurait dû aller, plutôt qu'à l'ouverture de leur nouveau bar. Que faisait-il ici ?

Renonçant à comprendre et peu désireuse de s'adresser à Cody, elle prit une gorgée de champagne. Elle ne pouvait s'empêcher de l'observer à la dérobée. Une fois de plus, les différences entre lui et son ex-mari la frappèrent. Cody avait quatre ans de plus que JT, et leurs apparences, tout autant que leurs personnalités, s'opposaient radicalement.

D'abord, JT était de taille moyenne et plutôt mince. Son aîné mesurait un bon mètre quatre-vingt-quinze, et Tinsley devinait une musculature impressionnante sous son costume. Cody avait le physique habituel des publicités, avec son nez droit, sa mâchoire carrée et son sourire charmeur.

JT, au contraire, avait été un *hipster* avant même que le terme existe. Il portait une barbe savamment entretenue et de longs cheveux blonds qu'il attachait en queue-de-cheval. Les cheveux bruns de Cody, légèrement ondulés, étaient toujours coupés court. Le seul trait que les deux frères partageaient était leurs yeux. D'une nuance vert foncé, ils rappelaient à Tinsley la couleur des sapins de Noël fraîchement coupés.

Pourtant, là aussi, quelque chose était différent. Tinsley avait toujours su lire dans les yeux de JT comme dans un livre ouvert. Cody, en revanche, mettait un voile de velours vert entre ses émotions et le reste du monde.

Les gens avaient tendance à décrire JT comme une pâle copie de son frère. Tout le monde trouvait Cody plus séduisant, plus sociable, plus charmeur…

Tinsley avait du mal à l'admettre, mais elle commençait à partager cette opinion. C'était d'ailleurs l'une des choses qui l'irritaient le plus lorsqu'elle pensait à Cody. Une autre raison, et non la moindre, était qu'il n'avait jamais vraiment cherché à faire connaissance avec elle. Il restait toujours à distance lorsqu'ils se trouvaient ensemble.

De toute manière, lorsqu'il se décidait à lui parler, il le faisait avec une froideur à la limite de l'impolitesse. Le célèbre charme de Cody n'avait jamais agi sur elle. Non qu'elle en ait eu envie, bien sûr, mais tout de même…

Tinsley poussa un soupir de frustration. Toutes ces raisons comptaient à peine face à la source principale de son désaccord avec Cody : il avait toujours désapprouvé la relation de Tinsley avec JT. La veille de leur mariage, cette journée parfaite qu'elle avait préparée dans les moindres détails, Cody avait même tenté de la dissuader d'épouser son frère.

Il était allé jusqu'à la supplier d'annuler la cérémonie. Leur union ne durerait pas, lui avait-il prédit.

Malheureusement, il avait eu raison, et Tinsley ne l'en détestait que davantage.

Elle rêvait encore de comprendre comment Cody avait pu anticiper ce qu'elle-même n'avait jamais vu. Son orgueil l'empêchait de lui poser la question.

De toute manière, le savoir ne changerait rien à la situation. JT avait une nouvelle femme, et elle-même se dédiait tout entière à son travail. Il ne servait à rien de remuer le passé.

— Pourquoi es-tu venu ce soir ? finit-elle par demander à Cody.

Il la considéra un instant, de ce regard vert qui la faisait toujours frissonner.

— Comment ça, pourquoi suis-je venu ?

— Tu as d'autres soirées prévues aujourd'hui, à New York et à Los Angeles.

— Et aussi à La Nouvelle-Orléans.

— Bref, tu vois ce que je veux dire, dit-elle en levant les yeux au ciel. Ces événements sont probablement plus importants pour Gallant Events que notre soirée d'ouverture.

Cody se remit à fixer la piste de danse et haussa une épaule.

— C'est moi qui décide de ce qui est important pour mon entreprise, personne d'autre. J'ai d'excellents employés qui peuvent gérer les autres soirées à merveille.

— Cela ne répond pas à ma question.

Il se retourna vers elle et Tinsley eut l'impression d'être un insecte sous la lentille d'un microscope. Elle avait beau le connaître depuis près de quinze ans, elle se sentait toujours comme une adolescente sous son regard scrutateur.

— Ryder International a été le premier client de Gallant

Events. Si ton grand-père ne m'avait pas fait confiance, mon entreprise n'existerait même pas aujourd'hui. Je tiens à m'occuper personnellement de tous vos événements.

Tinsley fit une moue de frustration, impressionnée malgré elle par la loyauté de Cody. Il était l'une des rares personnes que Callum pouvait supporter pendant plus d'une demi-heure. On aurait presque pu dire qu'ils s'entendaient bien.

Malgré son caractère insupportable, Callum Ryder-White restait l'un des hommes d'affaires les plus talentueux de sa génération. Son frère Benjamin et lui avaient hérité de la chaîne de bars familiale une cinquantaine d'années auparavant. D'une entreprise au bord de la faillite, ils en avaient fait un commerce florissant.

Après la mort prématurée de Ben, Callum avait atteint des sommets dont son père et son grand-père n'auraient jamais osé rêver. Ryder International possédait maintenant une cinquantaine de bars de luxe implantés dans des hôtels cinq étoiles partout dans le monde.

Aussi brillant qu'il pût être, le grand-père de Tinsley n'avait jamais su se comporter décemment avec les autres. Sa famille et le reste de son personnel l'irritaient à tout le moins. Il se comportait en leader tyrannique, les poussant à dépasser leurs limites et finissant toujours par critiquer leur travail.

Cody Gallant semblait fonctionner d'une tout autre manière. Après des années passées à travailler avec ses employés, Tinsley n'avait jamais entendu un mot de travers à son encontre. Il dirigeait son équipe avec justice et encouragements.

Malgré leurs différences, Cody et Callum avaient toujours réussi à bien collaborer. Cody ne craignait jamais de tenir tête au vieil homme autoritaire. Callum, quant à lui, semblait respecter l'ambition et le talent du jeune homme. Gallant Events possédait maintenant des bureaux dans tout le pays, et même à Tokyo, Sydney et Londres. Le grand-père de Tinsley se prévalait régulièrement d'avoir été le premier à lancer Cody sur la route du succès.

De toute façon, Callum se vantait de beaucoup de choses.

Tinsley revint à l'instant présent lorsque Cody se leva, faisant un geste vague vers la piste de danse en contrebas.

— On y va ?

— Euh… où ça ? demanda Tinsley, perplexe.

— Danser.

— Avec… avec toi ?

Cody et elle n'avaient jamais dansé ensemble. Quoi d'étonnant, puisqu'ils ne se parlaient même pas ?

— Je ne vois pas grand monde par ici, alors oui, avec moi.

— Mais… pour quoi faire ?

Tinsley secoua la tête, chassant de son esprit la vision du torse musclé de Cody pressé contre sa poitrine.

— C'est le nouvel an, et j'aime bien danser, dit-il en haussant une épaule.

Cody arborait son célèbre sourire en coin, et elle s'avoua à contrecœur qu'il était plus sexy qu'elle ne l'aurait voulu.

— Je t'ai aperçu tout à l'heure dans le carré VIP. Il y a au moins cinq femmes là-dedans qui paieraient pour danser avec toi. Moi, je travaille.

Pour toute réponse, il la toisa d'un air amusé.

— Et puis, grommela-t-elle avec réticence, je ne sais pas danser.

— Tout le monde sait danser, rétorqua-t-il en se servant une deuxième coupe de champagne.

— Tout le monde sauf moi, je t'assure.

— Enfin, ça ne peut pas être si terrible. Je suis sûr que tu peux remuer la tête et bouger les pieds.

Peut-être l'aurait-elle pu, mais avec Cody… ? Non merci. Elle l'avait vu danser lors de plusieurs soirées. Il faisait partie de ces gens agaçants qui possédaient à la fois sens du rythme et grâce naturelle. Cody était toujours le premier sur la piste, et le dernier à la quitter.

Tinsley soupira et se mit à fixer le bout de ses chaussures. Elle aurait tant aimé avoir davantage confiance en elle, s'amuser sur la piste de danse et se laisser aller au rythme de la musique… Mais tout cela ne lui correspondait pas. Elle était organisée, prévoyante et ne se laissait jamais piéger dans des situations qu'elle ne maîtrisait pas. D'autant moins lorsqu'elle risquait d'être parfaitement ridicule.

— Non, merci.

— Je finirai par t'emmener sur cette piste, insista Cody d'une voix douce.

Elle jeta un coup d'œil à sa montre et lui décocha son sourire le plus professionnel.

— C'est bientôt l'heure du buffet de minuit. Je vais aller vérifier que tout est prêt.

Se tournant à nouveau vers le carré VIP, elle aperçut deux femmes au décolleté impressionnant qui se penchaient par-dessus la rambarde, tentant visiblement d'attirer l'attention de Cody.

— Tu ferais mieux d'aller les voir avant qu'elles dégringolent en plein milieu des danseurs.

— Elles sont dix fois moins intéressantes que toi, crut percevoir Tinsley avant que Cody s'éloigne.

Elle avait forcément mal entendu. La fatigue devait lui jouer des tours. Jamais Cody n'aurait pu prononcer une telle phrase, lui qui ne lui adressait jamais la parole. Ils étaient en froid depuis des années. S'ils n'avaient pas dû travailler ensemble, ils ne se seraient probablement pas revus depuis le divorce de Tinsley.

Cody et elle avaient, au sens propre du terme, des différences irréconciliables.

Lorsque Tinsley disparut de son champ de vision, Cody s'adossa contre la balustrade et passa les mains dans ses cheveux. Cette conversation avait été un vrai désastre.

Il n'avait pas l'habitude de prendre des résolutions pour la nouvelle année, mais, s'il avait dû en choisir une, ça aurait été d'améliorer sa relation avec Tinsley Ryder-White. Une gageure ? Peut-être, mais il était temps de faire quelque chose. Tinsley et lui se détestaient cordialement depuis quinze ans. De l'eau avait coulé sous les ponts, et ils devaient cesser de se comporter comme des enfants.

Cody se souvenait parfaitement du jour où il avait vu Tinsley pour la première fois. À l'époque, sa sœur Kinga et elle ne portaient pas encore le doux surnom de « princesses de Portland ». C'était un jour d'été, et il avait réussi à arracher JT de son ordinateur pour le traîner à la plage avec ses amis et lui.

Son petit frère était alors un adolescent renfermé, et Cody se faisait beaucoup de souci pour lui. Il aurait aimé que JT sorte davantage. Certes, il comprenait que tout le monde ne soit pas extraverti comme lui, mais passer du temps avec des jeunes de son âge ne pourrait pas faire de mal à son frère. S'il l'avait laissé faire, il n'aurait pas vu la lumière du jour de tout l'été.

Ce jour-là, Cody sortait des vagues avec sa planche de surf lorsqu'il avait aperçu une jeune femme brune s'approcher de JT, assis seul sur sa serviette de plage. Cody n'avait pu s'empêcher de dévorer la jolie fille des yeux.

Elle portait un simple maillot de bain noir avec un short en jean. Ses cheveux, à peine plus clairs que les siens, étaient retenus en une queue-de-cheval haute qui sautillait lorsqu'elle marchait. Elle avait l'air bien trop jeune pour lui. Pourtant, il la trouvait magnifique avec sa peau claire, ses pommettes hautes et ses lèvres pleines qu'il aurait rêvé d'embrasser – et, à vingt et un ans, Cody ne se privait pas d'embrasser les filles…

Il avait regardé Tinsley adresser la parole à son frère. Au bout d'une minute, à sa grande surprise, JT l'avait invitée à s'asseoir près de lui sur la serviette. Côte à côte, blond contre brune, ils avaient entamé une grande conversation, et Cody avait eu un mauvais pressentiment.

Son frère et cette fille n'étaient pas faits l'un pour l'autre. Il ne la connaissait pas, mais il en était certain. Ils allaient se faire souffrir mutuellement, et l'histoire finirait dans les larmes. Malheureusement, la suite lui avait donné raison…

Cody secoua la tête pour chasser ses mauvais souvenirs. Tout cela était du passé. Tinsley et JT avaient divorcé depuis un bon moment, et son frère vivait à l'autre bout du monde. Quant à lui, il était régulièrement amené à travailler avec Ryder International, donc avec Tinsley, la codirectrice de la publicité.

Il risquait de la voir encore plus souvent dans les mois à venir. En effet, Ryder International fêtait ses cent ans d'existence et Callum avait engagé Cody pour organiser une série d'événements aux États-Unis et à l'étranger.

Il s'agissait de l'un des plus grands projets que Cody avait jamais réalisés. Ces soirées à plusieurs millions de dollars attireraient l'attention du monde entier. Gallant Events était déjà une entreprise reconnue, mais, après cela, Cody pourrait travailler avec n'importe qui.

Il serait parmi les meilleurs des meilleurs… La place qu'il avait toujours rêvé d'occuper.

Pour y parvenir, Cody allait devoir s'occuper personnellement de chaque étape du projet. Cela ne l'effrayait pas. Il préférait doubler sa charge de travail plutôt que de prendre le moindre risque, ce qui signifierait passer beaucoup de temps avec les sœurs Ryder-White. Il s'entendait plutôt bien avec Kinga. Quant à Tinsley, c'était une autre histoire.

Il se souvenait encore du jour où il avait appris la désertion de JT. Son frère avait quitté Tinsley du jour au lendemain, pris l'avion pour Hong Kong sans même lui laisser un mot. Cody s'était senti incroyablement déçu par son attitude. Il avait inculqué certaines valeurs à son petit frère, et pourtant, celui-ci s'était comporté comme le dernier des égoïstes.

Cody avait bien tenté de le rejoindre en Chine pour lui faire comprendre son erreur, mais JT était déjà passé à autre chose. Il ne pensait plus à Tinsley. D'après lui, son frère n'avait pas à le sermonner et il était assez grand pour prendre ses propres décisions.

JT et lui ne s'étaient pas adressé la parole depuis.

Cody poussa un soupir frustré. Cette dernière discussion avec son frère avait été désastreuse, et il n'avait pas réussi à lui faire comprendre son point de vue. À son avis, le mariage comportait des devoirs, une responsabilité envers sa famille. Comment son frère avait-il pu l'oublier ?

Leur propre mère était morte alors que Cody avait à peine douze ans. Aussitôt, son père lui avait fait comprendre que son devoir était de s'occuper de son jeune frère. Cody avait obéi sans se poser de questions. Plus tard, il avait compris que son père s'était injustement déchargé de ses responsabilités sur lui.

Cody avait complètement pris en charge l'éducation de son petit frère. C'était lui qui achetait ses vêtements, lui qui préparait ses repas, lui encore qui s'assurait que JT ne se fasse pas embêter à l'école. Leur père avait fait preuve d'un tel égoïsme et d'une telle distance émotionnelle que Cody avait dû grandir bien avant l'heure.

Il avait passé toute son adolescence à s'occuper de quelqu'un d'autre, et il s'était juré de ne plus jamais se laisser prendre au piège de la sorte. Il n'avait donc jamais eu de relation amoureuse à long terme. Une petite amie ou, pire, une fiancée, serait encore une personne dont il devrait s'occuper. L'idée même du mariage lui donnait des sueurs froides. Il continuerait de se limiter à des relations sans lendemain, et tant pis si cela ne plaisait pas à certaines personnes.

Cody laissa son regard errer autour de la pièce. Tout se déroulait comme prévu, et il pouvait être satisfait. Les serveurs étaient en train d'installer le buffet nocturne, et les invités faisaient déjà la queue avec leurs assiettes.

Un peu plus loin, dans le carré VIP, la blonde qui lui avait fait les yeux doux était toujours là. Il savait qu'il n'aurait qu'un mot à dire pour rentrer accompagné. Pourtant, il n'en avait pas la moindre envie. Cette fille n'arrivait même pas à la cheville de Tinsley. Elle en faisait trop, avec sa robe exagérément courte et son décolleté plongeant. Tinsley, elle, n'avait aucun effort à faire pour être séduisante et classe…

Cody secoua la tête, chassant ces pensées qui ne lui ressemblaient pas. Pourquoi comparait-il l'inconnue fêtarde avec la princesse de Portland ? Tinsley n'était rien de plus que sa collègue de travail, et elle le resterait.

Après tout, les princesses n'apportaient que des problèmes.

- 2 -

Tinsley sortit du bar et enroula son écharpe autour du cou, luttant contre le froid glacial du dehors. Il était 4 heures du matin. D'ici cinq minutes, elle serait dans sa chambre d'hôtel. Elle allait prendre une douche brûlante, enfiler son pyjama le plus confortable et dormir jusqu'à midi.

Heureusement, son vol de retour vers Portland ne décollait que dans l'après-midi et elle aurait le temps de se reposer. La semaine avait été longue.

— Tinsley, attends !

Elle se retourna et découvrit Cody qui venait vers elle, les cheveux parsemés de flocons de neige. L'avait-il attendue à la sortie ?

— Je vais te raccompagner à ton hôtel.

Elle s'apprêtait à répondre qu'elle n'avait pas besoin de lui, mais le froid et la fatigue bloquèrent les mots dans sa gorge, et elle se contenta d'un haussement d'épaules. S'il voulait perdre son temps à piétiner dans la neige, c'était son problème.

Tinsley reprit sa marche en direction de l'hôtel. La neige tombait à gros flocons, et elle ne put s'empêcher de tirer la langue pour en attraper un. Elle adorait l'hiver. Ces moments de silence absolu, la blancheur de la neige recouvrant les toits et les chemins lui avaient toujours plu. Malgré la présence de Cody, ce moment était beau, presque magique.

Cody s'arrêta soudain et sortit son portable de sa poche. Qui diable pouvait-il appeler à une heure pareille ? Mais non : au lieu de porter le téléphone à son oreille, il pianota quelques secondes et une voix mélodieuse s'éleva, grave et triste, chantant en français des mots qu'elle ne comprenait pas.

— Édith Piaf, lui expliqua-t-il avec un petit sourire. Tout le monde devrait, au moins une fois dans sa vie, danser sous la neige sur une chanson d'Édith Piaf.

Tinsley resta muette, partagée entre la surprise et l'exaspération. Cody était-il devenu fou ? Elle était épuisée, frigorifiée, et il voulait se mettre à danser ?

Pourtant, lorsqu'il lui tendit la main, ses pieds cessèrent curieusement de lui faire mal et elle sentit moins le froid.

— Cody, je ne danse jamais…

— Moi, si.

Vaincue, elle glissa une main dans la sienne. Cody déboutonna son manteau de sa main libre, et sa paume vint se placer contre le dos de Tinsley. Elle sentit sa chaleur à travers le tissu fin de sa robe et frissonna, sans savoir si c'était de froid ou d'autre chose. Pourquoi avait-elle l'impression qu'un courant électrique venait de la parcourir ?

Il s'agissait de Cody. De son ex-beau-frère. Elle n'aurait pas dû réagir ainsi. Et pourtant…

Depuis son divorce, Tinsley s'était renfermée sur elle-même. JT restait la dernière personne avec qui elle avait partagé son lit. Maintenant, elle se demandait si les lèvres de Cody étaient aussi douces qu'elles en avaient l'air. Elle mourait d'envie de l'embrasser.

Mais que lui arrivait-il ?

Avant qu'elle ait pu trouver une réponse à la question, Cody l'attira plus près de lui et son autre main se resserra autour de la sienne.

— Fais comme moi, d'accord ?

Elle tenta de suivre les mouvements de Cody, mais sa coordination, déjà mauvaise en temps normal, était désastreuse. Elle n'arrivait pas à se concentrer. Sa peau fourmillait, son cœur battait la chamade et mille pensées embrumaient son esprit.

Cody était beaucoup plus grand qu'elle. Malgré ses talons hauts, elle lui arrivait à peine au menton. Elle aurait pu le regarder dans les yeux si elle avait rejeté la tête en arrière, juste un peu…

Tinsley perdit soudain le contrôle de ses mouvements et écrasa le pied de Cody. Elle l'entendit inspirer brusquement avant d'éclater de rire.

— Tu n'es vraiment pas faite pour la danse, commenta-t-il d'un air amusé.

— Je t'avais prévenu.

Cody s'immobilisa et inclina la tête pour la contempler. Ses yeux dangereusement verts prenaient une nuance dorée sous la lumière pâle des réverbères. Fascinée par l'intensité de son regard, Tinsley ne pouvait détourner le sien. La main de Cody contre son dos se fit plus pressante, presque possessive, et elle sentit ses jambes faiblir.

S'il ne la touchait pas maintenant, bien plus que cette main sur sa hanche, elle allait mourir de frustration.

Tinsley n'eut pas le temps de s'étonner de sa propre audace. Sans même comprendre ce qu'elle faisait, elle passa un bras autour du cou de Cody et posa les lèvres contre les siennes.

Cody resta sans réaction et elle se tendit. Avait-elle

mal interprété son regard ? Après tout, elle n'avait connu qu'un seul homme, et cela remontait à plusieurs années…

Elle s'apprêtait à battre en retraite lorsqu'il se mit à déposer une pluie de baisers sur ses lèvres, légers, tendres, attisant le désir qui couvait au creux de son ventre. Mais elle en voulait plus. Elle voulait se laisser consumer.

Passant une main dans ses cheveux, Tinsley entrouvrit les lèvres et caressa sa langue du bout de la sienne. Elle sentit Cody se raidir et craignit d'être allée trop loin. Silencieusement, elle l'implora de ne pas la lâcher, mais les secondes défilaient et…

Enfin, Cody posa une main sur sa joue et l'embrassa à en perdre la raison.

Aucun autre mot n'aurait pu décrire ce baiser. Sa bouche dévorait la sienne, chaude, exigeante et possessive. Sa main glissa le long de son dos et se posa sur ses fesses, la pressant davantage contre lui, contre son érection.

Incapable d'attendre, Tinsley ouvrit le manteau de Cody et posa une main contre son torse. Elle sentit la chaleur de sa peau et les contours de ses muscles à travers le tissu léger de sa chemise. Avec une impatience qu'elle ne reconnut pas, elle tira le vêtement hors de son pantalon et sa paume glissa contre la peau nue.

Tout cela lui avait manqué. Caresser une peau masculine, se sentir féminine, belle et désirée… Elle avait envie de Cody. Bien plus, elle avait *besoin* de lui – de son corps contre le sien, du plaisir intense qu'elle commençait à ressentir, de tout ce qu'il pouvait lui offrir.

Sans se laisser le temps d'avoir peur, elle s'écarta légèrement de lui et plongea les yeux dans les siens.

— Reste avec moi ce soir, Cody. Dans mon lit.

— C'est la dernière chose que je m'attendais à entendre.

Tinsley soupira, consciente qu'elle ne pouvait l'en

blâmer. Elle n'agissait jamais impulsivement, d'ordinaire. S'efforçant de paraître désinvolte, elle sourit et haussa une épaule.

— C'est une nuit hors du temps, finit-elle par répondre. La réalité n'existe pas ce soir.

La main toujours contre la joue de Tinsley, Cody restait silencieux, et elle voyait l'hésitation dans son regard. Tinsley secoua la tête. Si elle le laissait parler, il allait refuser, et ce n'était pas une option pour elle.

— Juste une nuit, Cody. Faisons semblant que nous ne nous connaissons pas. Imaginons que nous nous sommes rencontrés ce soir, au bar, deux inconnus qui voulaient fêter la nouvelle année en beauté.

Elle s'arrêta, consciente de la note de désespoir qui commençait à percer dans sa voix.

— Tu es sûre que c'est ce que tu veux ? Une fois que nous aurons couché ensemble, nous ne pourrons plus revenir en arrière.

— D'ici demain matin, tout cela ne sera plus qu'un rêve et nous pourrons faire comme si ce n'était jamais arrivé.

— Tu es naïve si tu le crois vraiment, rétorqua Cody, la voix légèrement rauque.

— J'ai envie de toi, Cody. Je veux coucher avec toi, sans attentes, sans lendemain. C'est ce que tu fais d'habitude, non ?

Un léger agacement parut dans son regard, mais Tinsley choisit de l'ignorer. Tout ce qu'elle voulait, c'était se retrouver dans ses bras et se sentir désirée autant qu'elle le désirait. Cela faisait longtemps pour elle… Bien trop longtemps.

— Tu es sûre de toi, Tinsley ?

Pas du tout. Mais je vais le faire quand même.

Cody savait pertinemment que coucher avec Tinsley serait une mauvaise idée. Il avait conscience de faire une grosse erreur, mais son corps l'emportait sur sa raison. Tinsley Ryder-White, séduisante comme elle l'était, voulait passer la nuit avec lui. Il aurait fallu être un saint ou un idiot pour refuser. De toute évidence, Cody n'était ni l'un ni l'autre.

En revanche, songea-t-il alors qu'elle ouvrait la porte de sa chambre, il n'aurait aucun droit de se plaindre lorsque cette histoire lui reviendrait en pleine figure, ce qui ne manquerait pas d'arriver. Tinsley croyait certainement qu'après cette nuit, elle ne le reverrait pas avant plusieurs mois. Elle s'imaginait donc qu'ils n'auraient pas de mal à tirer un trait sur leur escapade.

Lui, au contraire, savait qu'il aurait plusieurs événements à organiser chez Ryder International dans les semaines à venir. Ils allaient donc se revoir bien plus tôt qu'elle le pensait. Il devait le lui dire.

Avant même de l'embrasser à nouveau, il devait la mettre au courant.

La porte se referma derrière lui, et il regarda Tinsley retirer son manteau, puis ses escarpins. Elle porta une main à ses cheveux et défit les épingles qui les attachaient, laissant sa longue chevelure ondulée se répandre sur ses épaules. Cody sentit son cœur manquer un battement. Elle se tenait là, devant lui, dans sa robe argentée qui moulait parfaitement ses formes merveilleuses.

— Tinsley, il faut que je te dise…

Ses mots se perdirent lorsqu'elle fit glisser lentement la fermeture de sa robe, révélant le contour de sa poitrine menue.

— Je ne veux pas parler, Cody. Je veux t'embrasser, te toucher, te goûter.

— Mais…

La robe de Tinsley tomba à ses pieds, et il fut incapable de prononcer un mot de plus. Ses tétons rose foncé, déjà dressés vers le ciel, ressortaient contre sa peau pâle. Il mourait d'envie de les prendre entre ses lèvres.

— Ce soir, tu n'es ni mon collègue, ni mon ex-beau-frère. Tu es juste un inconnu que j'ai trouvé dans un bar. D'accord ?

Cette phrase était affreuse de toutes les manières possibles, mais il ne se sentait pas l'énergie de la contredire. Sa raison s'était volatilisée. Il sentait sa tête tourner, son sexe se dresser de manière presque douloureuse, et il avait envie d'elle plus qu'il n'avait jamais désiré qui que ce soit d'autre.

Cody inspira profondément. Il savait qu'il devait lui dire la vérité, mais les mots fuyaient son esprit embrumé par le désir. Avant qu'il ait eu le temps de prendre une décision, Tinsley fit un pas de côté pour s'extirper de sa robe et posa une main sur sa hanche. Ses longs cheveux bruns cascadaient le long de son dos et ses yeux flambaient de désir.

Elle ne portait plus qu'un tanga de dentelle rose pâle, minuscule et pourtant si efficace… Comment aurait-il pu avoir la moindre pensée cohérente ?

— Tu comptes rester là toute la nuit ? demanda-t-elle avant de s'avancer vers lui pour lui retirer son manteau.

Tous les scrupules de Cody fondirent comme neige au soleil. Il posa les lèvres sur les siennes, puis glissa lentement le long de sa gorge jusqu'à capturer l'un de ses tétons. Sa peau était délicieuse. Il savoura son goût jusqu'à ce que Tinsley pousse un gémissement rauque. Sans aucun doute, elle en voulait davantage.

Il avait essayé de lui parler, mais elle ne voulait qu'une

seule chose – lui, Cody. Malgré sa bonne conscience, il ne pouvait le nier : il n'était pas contre cette idée.

Le célèbre « lendemain matin » semblait aussi gênant que Tinsley se l'était imaginé.

Redressant courageusement la tête, elle affronta son reflet dans le miroir. Ses cheveux n'étaient plus qu'une masse de boucles emmêlées. Son mascara avait coulé, et elle ressemblait à un panda aux yeux rougis par le manque de sommeil.

Elle portait la chemise de Cody, avec deux boutons en moins qu'elle avait arrachés la veille dans sa hâte de le toucher. De légères griffures de barbe éraflaient sa gorge, sa poitrine et un autre endroit qu'elle n'osait pas vérifier.

Tinsley soupira et baissa la tête pour éviter son propre regard dans le miroir. La veille, emportée par son désir, elle n'avait pensé qu'à une chose : faire l'amour avec Cody. Elle n'avait pas imaginé ce qui se passerait ensuite. Mais le matin avait fini par arriver et elle se trouvait là, cachée dans la salle de bains, espérant contre toute logique qu'il s'en irait avant qu'elle retourne dans la chambre.

Au fond, pourquoi se sentait-elle aussi mal à l'aise ? Il n'y avait aucune raison à cela. Cody et elle avaient eu envie de coucher ensemble et ils l'avaient fait. Quatre fois, d'accord, mais il n'y avait pas de quoi en faire toute une histoire. À présent, il était temps pour elle de se redonner figure humaine et de pousser Cody dehors.

Avec un peu de chance, la prochaine fois qu'elle le verrait, le souvenir de cette nuit se serait effacé de sa mémoire. Combien de temps lui faudrait-il pour cela ? Quelques semaines, quelques mois ? Ou bien une éternité, puisque coucher avec Cody avait été la meilleure expérience de sa vie entière ?

Depuis l'instant où elle avait laissé tomber sa robe, le reste de leurs vêtements s'étaient envolés et ils s'étaient découverts l'un l'autre avec la même impatience. La peau de Cody était tout aussi brûlante que la sienne. Il l'avait touchée exactement comme elle l'aimait, avec une expertise qui l'aurait presque agacée si elle n'avait pas eu autant envie de lui.

Il avait embrassé et léché ses seins, puis il était descendu entre ses jambes, murmurant son admiration d'une manière incroyablement excitante. Tinsley avait eu du mal à reconnaître l'homme avec qui elle s'entendait si peu d'habitude.

Lorsque enfin il avait soulevé ses hanches d'une main pour se glisser en elle, elle s'était sentie pleinement comblée, comme s'il lui avait manqué une chose qu'elle n'avait jamais soupçonnée et qui venait enfin la compléter. Elle avait surtout adoré ses gémissements lorsqu'il était venu en elle, puissants et vulnérables à la fois.

Le corps de Cody s'était affaissé contre le sien. Elle pouvait presque sentir à nouveau son poids au-dessus d'elle, l'épaisseur de ses cheveux entre ses doigts, son odeur grisante se mêlant à la sienne. Ils avaient somnolé un moment, sa tête reposant sur la poitrine de Cody. Elle s'était sentie protégée et presque aimée dans ses bras.

Cody suivait ses moindres mouvements dans leur demi-sommeil, se tournant en même temps qu'elle, resserrant son étreinte pour la garder contre lui. Inévitablement, leurs caresses endormies s'étaient rapidement transformées en quelque chose de plus passionné.

Ils avaient refait l'amour trois fois pendant la nuit. Ce matin, leur désir s'était éveillé en même temps qu'eux et ils avaient recommencé, chaque fois encore meilleure que la précédente. Tinsley s'était réfugiée dans la salle de bains pour fuir la beauté de ce qui s'était passé entre eux. Le lien qui les unissait depuis la veille menaçait de la bouleverser.

Si elle avait passé une minute de plus dans ses bras, elle lui aurait demandé de rester. Aujourd'hui, demain, et encore plus…

Mais que lui arrivait-il ? Il s'agissait de Cody, de son ex-beau-frère, de la personne au monde pour qui elle ne pouvait rien ressentir. Elle n'avait pas l'habitude du sexe sans attaches, et ses hormones lui jouaient des tours. C'était la seule explication possible. Dans quelques heures, elle redeviendrait la personne froide et rationnelle qu'elle avait toujours été.

Tinsley passa les doigts dans ses cheveux pour les démêler, se brossa les dents et se nettoya le visage. Elle se sentait déjà plus humaine et presque prête pour affronter Cody. Lorsqu'elle retourna dans la chambre, il était en train d'enfiler son pantalon, son torse musclé encore nu.

Elle suivit des yeux la ligne sombre de ses poils le long de son ventre et se sentit rougir, se rappelant que, la veille, elle avait parcouru cette même piste du bout de la langue…

Arrête, Tinsley. C'est fini. Passe à autre chose.

— J'ai commandé du café, annonça Cody.

Elle le remercia d'un signe de tête et s'assit au bord du lit. Laissant son regard errer autour de la pièce, elle finit par le fixer sur la table de chevet, où se trouvaient leurs téléphones exactement identiques. Elle aurait voulu trouver quelque chose à dire pour alléger l'atmosphère.

Cody s'assit à côté d'elle pour enfiler ses chaussettes, son regard cherchant le sien.

— Tout va bien, Tinsley ?

— Tout va très bien.

Il s'agissait évidemment d'un mensonge, mais elle avait toujours fonctionné ainsi : plus elle se sentait mal à l'aise, plus elle paraissait calme et confiante. Apparemment convaincu, Cody s'enferma dans la salle de bains, juste au moment où Tinsley entendit son propre téléphone vibrer. Elle fit glisser son doigt sur l'écran et lut aussitôt le message qui s'affichait :

J'ai hâte de te voir chez Lucas ce soir. Ça fait si longtemps. On pourrait peut-être fêter le nouvel an à notre manière… ;)

Tinsley fronça les sourcils. Le message provenait d'une certaine Norah, et la seule Norah qu'elle connaissait était une décoratrice d'intérieur que Kinga et elle employaient parfois pour des événements chez Ryder. Elles n'étaient pas amies et n'avaient certainement pas prévu de fêter quoi que ce soit ce jour-là.

Redoutant de comprendre, elle accéda à l'écran d'accueil du téléphone et vit un méli-mélo d'icônes et de messages non lus. Il s'agissait du portable de Cody et non du sien. À en juger par le message qu'il venait de recevoir, Norah et lui partageaient plus qu'une amitié.

Cody et la belle Norah… Après tout, ils allaient bien ensemble. Norah était une femme superbe, sûre d'elle et respirant la sensualité. Elle devait savoir s'y prendre au lit, beaucoup mieux qu'elle, par exemple.

La veille, elle avait surtout suivi les gestes de Cody. Aurait-elle dû se montrer plus entreprenante ? L'avait-il trouvée trop passive ? Avait-il l'impression d'avoir perdu son temps ?

Soudain, leur nuit perdait de sa magie et lui paraissait presque vulgaire. Elle détestait cette sensation de malaise presque physique qu'elle ressentait depuis qu'elle s'était enfermée dans la salle de bains.

Décidément, elle n'était pas faite pour les coups d'un soir. Celui-ci serait le premier et le dernier.

Quant à Cody, hors de question de lui laisser voir la moindre fêlure. Elle allait lui rendre son téléphone, sourire et trouver un moyen de s'en sortir avec élégance.

Lorsqu'il revint dans la chambre quelques secondes plus tard, elle désigna le téléphone posé à côté d'elle et lui dit avec toute la désinvolture possible :

— Tu as reçu un message et je l'ai lu par inadvertance. Je suis désolée, j'ai cru que c'était mon portable et pas le tien.

Une émotion indéfinissable traversa le regard de Cody lorsqu'il lut le SMS. Pourtant, l'expression passa aussi vite qu'elle était arrivée, et il rejeta le téléphone sur le lit. Sans un mot, sans une explication…

Il ne te doit aucune explication, idiote.

Tinsley croisa nonchalamment les jambes et se força à lui sourire.

— Merci pour hier soir. Je vais prendre une douche et rattraper quelques heures de sommeil. Je te recroiserai bientôt en ville, j'imagine ?

Sans attendre de réponse, elle poursuivit :

— En tout cas, nous recommencerons à nous agacer mutuellement d'ici peu. C'est ce que nous faisons le mieux, après tout.

Cody jeta un coup d'œil significatif sur le lit. Il s'apprêtait probablement à lui dire qu'ils étaient doués pour quelque chose de bien différent, mais elle refusait d'entendre ces mots.

— Bon retour, Cody. Ferme la porte en sortant, si tu veux bien.

Elle se leva et se dirigea vers la porte de la salle de bains, le dos bien droit, le sourire toujours plaqué sur ses lèvres. Elle avait presque atteint son but lorsque Cody l'appela depuis l'autre bout de la chambre. Elle se retourna à contrecœur, haussant les sourcils.

Cody désigna la poitrine de Tinsley d'un geste et lui décocha un sourire en coin terriblement sexy.

— Je veux bien m'en aller, mais j'ai besoin de ma chemise.

Tinsley baissa les yeux sur le vêtement imprégné de l'odeur de Cody, qui lui arrivait au milieu des cuisses. Elle n'avait pas envie de le lui rendre.

— Tu es très belle avec ça, murmura-t-il d'une voix rauque.

Tinsley leva les yeux et son regard rencontra celui de Cody. Le désir monta à nouveau entre eux, presque palpable. Il avait encore envie d'elle, et Tinsley aurait voulu que le sentiment ne soit pas réciproque.

Elle rêvait de l'embrasser encore et encore, de laisser courir ses doigts et sa langue le long des muscles bien dessinés de son torse, de son ventre et plus bas encore. Elle n'aurait qu'un mot à dire et…

Ses yeux tombèrent soudain sur la table de chevet, et le message de Norah lui revint à l'esprit. L'idée que Cody puisse passer de son lit à celui d'une autre lui donna la nausée. Décidément, elle n'était pas faite pour cela.

Agacée, mal à l'aise et injustement en colère, Tinsley agrippa l'ourlet de la chemise et, lentement, très lentement, la fit passer par-dessus sa tête. Elle entendit Cody inspirer brusquement lorsque le tissu découvrit sa poitrine.

Son regard croisa le sien, assombri par le désir, mais leur moment ensemble était bel et bien terminé. Il avait autre chose à faire, ou plutôt d'autres femmes à retrouver.

Elle lui lança sa chemise et claqua la porte de la salle de bains derrière elle.

Enfin, parce qu'elle ne se faisait pas confiance, elle tourna la clé dans la serrure.

- 3 -

James

James Ryder-White sortit de son bureau et prit la direction de la suite directoriale de son père. Callum était absent pour la matinée, et James comptait bien en profiter pour avoir une petite conversation avec l'assistante de son père. Emma était également la femme avec qui James avait entretenu une liaison de ses dix-huit à ses vingt-trois ans. Ils n'en parlaient jamais ensemble.

James passa une main dans ses cheveux, tentant de se rappeler comment leur liaison avait commencé. Qui avait fait le premier pas ? L'adolescent gâté et trop sûr de lui, ou la jolie trentenaire ? Il ne parvenait pas à s'en souvenir. Une seule chose était sûre : pendant l'été qui avait précédé son départ pour l'université, il était tombé follement amoureux pour la première fois de sa vie.

Malgré la différence d'âge, leur liaison avait duré tout le long des études de James. Emma lui répétait constamment qu'ils n'avaient aucun avenir ensemble, que le père de James avait des projets bien différents pour lui, mais il prétendait qu'il n'hésiterait pas à tenir tête à Callum si c'était nécessaire pour rester avec elle.

Son arrogance était allée trop loin lorsqu'il avait posé un ultimatum à Emma. Soit ils cessaient les cachotteries et assumaient leur couple au grand jour, soit il la quittait pour de bon.

Elle l'avait pris au mot et brisé son cœur.

Fou de tristesse mais tout aussi orgueilleux que son père, il s'était aussitôt mêlé aux soirées de la bonne société sur la côte Est pour tenter d'oublier Emma. Il avait rapidement rencontré Penelope, jeune, jolie et tout à fait convenable aux yeux de Callum. Il l'avait demandée en mariage un mois après leur rencontre. Quelques semaines plus tard, au retour de leur lune de miel, James avait appris qu'Emma était enceinte.

Pas une seule fois elle n'avait répondu à ses questions concernant son bébé. Sans confirmer ses soupçons, sans les démentir non plus, elle s'était contentée de rester silencieuse dès lors qu'il lui demandait la moindre chose sans rapport avec leur travail. Elle avait même fini par le menacer de porter plainte pour harcèlement s'il continuait de la questionner.

James, effrayé par cette version impitoyable de son ex-petite amie et craignant de possibles répercussions, avait baissé les bras et abandonné le sujet. Après avoir ouvert un fonds de placement pour le fils d'Emma, il avait tenté d'oublier que cet enfant était probablement le sien et de se concentrer sur son mariage houleux. L'arrivée de Kinga et de Tinsley avait rendu sa vie plus facile. Enfin, il avait pu devenir le père qu'il avait toujours rêvé d'être.

Emma sembla enfin remarquer sa présence et leva les yeux vers lui. Anticipant sa réaction, il fit quelques pas pour venir se placer derrière sa chaise de bureau.

— Imaginons, Emma, que j'aie eu un enfant sans le savoir…

Elle esquissa un geste pour se lever, mais il l'arrêta d'un regard.

— Ce que j'ai à dire est important. Je te suggère de t'asseoir et de m'écouter.

Emma se rassit lentement, les yeux agrandis par l'appréhension.

— Imaginons donc que cet enfant, reprit-il, ait été élevé par sa mère célibataire sans rien savoir de son père. Il pourrait se demander quelles sont ses origines. Peut-être aurait-il envie de savoir d'où il vient, s'il a de la famille qu'il n'a jamais connue, par exemple.

James s'interrompit un instant et se mit à faire les cent pas devant le bureau d'Emma.

— Cet enfant imaginaire pourrait alors s'inscrire sur le fameux site web QuiEsTu.com. Si mon ADN est enregistré dans leur base de données, le lien sera fait aussitôt. Le site indiquera à cet enfant qu'il a des gènes en commun avec moi – qu'il a un lien de parenté avec Callum.

Les yeux d'Emma s'écarquillèrent lorsqu'elle comprit la gravité de ses élucubrations. James attendit sa réponse, espérant qu'elle lui confirmerait enfin ce qu'il voulait savoir depuis des années, mais elle resta silencieuse. Son teint pâle et l'inquiétude dont elle témoignait ne constituaient pas un aveu.

— Pourquoi me racontes-tu cela ? finit-elle par demander.

— Parce que les résultats de ce test pourraient entraîner des conséquences.

— Des conséquences… pour qui ? Pour ta femme et toi ?

— Pas seulement, répondit-il en haussant une épaule. Tout le monde serait affecté. Je veux seulement que nous y soyons prêts, toi comprise.

À vrai dire, il voulait surtout qu'elle lui dise s'il était

oui ou non le père de Garrett, mais Emma restait aussi fermée qu'à son habitude. Un silence tendu se prolongeait entre eux. Enfin, elle se leva et croisa les bras sur sa poitrine.

— Tout cela est passionnant, James, mais j'ai du travail.

Son regard s'était fait encore plus glacial, et elle le toisait comme si elle était impatiente de se débarrasser de lui. *Comme d'habitude*, songea James avec un soupir.

Emma pouvait l'ignorer tant qu'elle voulait, mais, si les suppositions de James se confirmaient, si Garrett était bien présent sur ce site, sa vie tout entière en serait chamboulée. Son mariage, sa carrière chez Ryder International, sa place au sein de sa famille seraient menacées. La vie telle qu'il la connaissait n'existerait plus.

Une partie de lui-même, le James qui ne faisait jamais de vagues, redoutait cette situation. Son cœur en revanche souhaitait que tout éclate au grand jour. Il voulait connaître son fils. Quelle que soit la manière dont cette histoire finirait, il serait déçu…

Comme d'habitude.

Ni Tinsley ni Kinga n'avaient de temps à perdre ce jour-là, mais, lorsque leur grand-père les convoquait pour une réunion, elles savaient qu'elles n'avaient pas le choix.

Tinsley s'installa à côté de sa sœur dans la salle de conférences et jeta un coup d'œil par les immenses baies vitrées. Il neigeait à nouveau. Le souvenir des flocons de neige qui tombaient lorsqu'elle avait embrassé Cody pour la première fois lui revint aussitôt à l'esprit.

Il faisait froid, mais il l'avait réchauffée de l'intérieur, embrasée, plutôt. Elle s'étonnait presque que le lit de sa chambre d'hôtel n'ait pas pris feu tant ils y avaient fait l'amour.

Cette nuit avait été la meilleure de sa vie, passionnée, sauvage et complètement désinhibée. Peut-être s'était-elle sentie aussi libre parce qu'elle savait qu'il n'y aurait pas de conséquences. Cody ne faisait pas partie de son quotidien. Il ne l'avait pas contactée, depuis le 1er janvier, et cela convenait parfaitement à Tinsley.

Elle pouvait se mentir à elle-même et se dire qu'elle avait couché – plusieurs fois de suite – avec un inconnu.

Kinga lui décocha soudain un coup de coude, et Tinsley sursauta, revenant à l'instant présent.

— La Terre appelle Tinsley !

— Désolée, dit-elle en secouant la tête. J'étais distraite.

— Tu es souvent dans la lune ces derniers temps. Est-ce que tout va bien ?

Tinsley resta silencieuse un instant, contemplant le joli visage de sa sœur, ses cheveux blonds coupés court et ses yeux noisette où se lisait une bonne dose d'inquiétude. Kinga et elle étaient redevenues très proches dès lors que Tinsley avait divorcé de JT. Pendant qu'elle était encore avec lui, tout son temps était accaparé par son travail et son mari, mais, après la séparation, Kinga l'avait soutenue et leur amitié était plus forte que jamais.

Tinsley faisait totalement confiance à sa sœur. Pourtant, elle ne se sentait pas encore prête à lui raconter l'épisode du nouvel an. Kinga savait à quel point sa relation avec Cody était tendue d'habitude. Elle ne manquerait pas de lui poser des questions, et Tinsley n'avait pas la moindre idée des réponses qu'elle pourrait donner.

Si Kinga forçait une confidence, elle pourrait toujours mettre ce qui s'était passé entre eux sur le compte de la folie du moment. Elle lui dirait que Cody n'était pas son genre, qu'il était trop dominant, trop direct, trop autoritaire. Surtout, elle lui rappellerait qu'ils menaçaient de s'entre-tuer chaque fois qu'ils passaient plus d'une heure ensemble.

Cela étant, le plus simple restait de changer de sujet, et Tinsley s'empressa d'adopter cette solution.

— Sais-tu pourquoi Callum nous a appelées en urgence ?

— Qui sait ? répondit Kinga en haussant une épaule. La plupart du temps, personne d'autre que lui-même ne comprend ses motivations.

Le commentaire de sa sœur éveilla un autre souvenir chez Tinsley. Le jour de Noël, Callum avait distribué à tout le monde – ses parents, Kinga et elle-même – des tests ADN. Il disait vouloir en apprendre davantage sur les origines de la famille Ryder-White.

Tinsley se moquait bien de tout cela, mais Callum insistait régulièrement sur l'importance de garder leur lignée « pure et respectable ».

— Au fait, demanda-t-elle à sa sœur, est-ce que les résultats de ces fameux tests sont enfin arrivés ?

— Pas encore. Callum commence à tourner en rond. Si tu veux mon avis, les choses ne vont pas beaucoup mieux sur le front parental.

Malgré son inattention ces derniers temps, Tinsley avait fait le même constat que sa sœur. Leur père n'était pas dans son état normal. Habituellement d'humeur égale et paisible, il se montrait souvent irritable, et leur mère aussi semblait distraite.

— Nous devrions peut-être leur demander si tout va bien.

— Oh ! que non, répliqua Kinga en haussant un sourcil. Je ne suis pas assez courageuse pour leur poser la question. Ils traversent probablement une mauvaise passe, ce ne serait pas la première fois.

En effet, le mariage de leurs parents n'avait rien eu d'un long fleuve tranquille. Kinga et Tinsley n'avaient jamais vu de violence entre eux, pas même une dispute un peu trop vigoureuse, mais jamais beaucoup d'affection non plus.

Tinsley savait que leur mariage avait été en partie arrangé. La famille de sa mère avait toujours eu des liens de travail avec Callum, et, lorsque ce dernier avait décrété que James était en âge de se marier, Penelope avait été là.

Tinsley adorait son père. Malgré tout, elle aurait aimé qu'il tienne davantage tête à son grand-père par moments. Elle savait qu'il y avait une raison à son obséquiosité envers Callum, mais elle ne se souvenait pas des détails.

Les gens disaient souvent qu'une femme se mariait soit avec le sosie de son père, soit avec l'exact opposé. JT ressemblait beaucoup à James au début : un tempérament calme, heureux de se laisser diriger par d'autres… Jusqu'à ce qu'il devienne tout le contraire en l'espace d'une journée.

Si elle se remariait un jour, elle ne choisirait pas un homme qui ressemblait à son père.

Mais à quoi pensait-elle ? Jamais elle ne se remarierait ! Elle avait placé toute sa confiance et tout son amour dans les mains d'un homme qui avait promis de la chérir toute sa vie. JT n'avait même pas été capable de tenir sa promesse au-delà de ses vingt-sept ans.

Après tous les efforts qu'elle avait fournis, toute l'énergie qu'elle avait déployée, Tinsley avait tout de même échoué à faire fonctionner sa relation avec JT. Il n'y avait aucune chance qu'elle y parvienne avec quelqu'un d'autre.

Qui plus est, elle ne détestait pas l'idée de rester célibataire. Elle se sentait enfin libre après ces douze ans passés à être aux petits soins pour JT. Elle n'avait plus à s'inquiéter en permanence pour quelqu'un d'autre, à prendre les désirs d'autrui en considération dans les moindres choix qu'elle faisait.

— Aïe !

Kinga venait de lui pincer violemment le bras.

— Je vais le refaire si tu continues à rêvasser, la prévint sa sœur. Je ne t'ai jamais vue aussi distraite. Qu'est-ce qui t'arrive ?

Tinsley lui décocha un regard piteux.

— Désolée. L'année a été difficile.

— Tins, nous ne sommes que le 7… *janvier.*

Tinsley poussa un grognement et dut se retenir pour ne pas enfouir la tête dans ses bras.

Vite, changer de sujet.

— Quand es-tu rentrée de New York ? demanda-t-elle à sa sœur.

— J'ai atterri hier soir.

— Alors, comment s'est passée ton entrevue avec Griff O'Hare ?

— Ce type est arrogant, prétentieux et trop beau pour son propre bien ! s'exclama Kinga en haussant les épaules.

Tinsley écarquilla les yeux. Où était passée sa sœur, toujours calme et maîtresse d'elle-même ? Elle aurait voulu en savoir plus, mais un bruit de pas dans le couloir l'empêcha de poser des questions.

Elle se leva aussitôt et attendit que Callum ait pris place au bout de la table pour se rasseoir. Son grand-père ne perdit pas de temps avec la politesse et demanda aussitôt à Kinga des nouvelles du fameux bal de la Saint-Valentin.

Déjà exaspérée, Tinsley fit une grimace discrète à sa

sœur tandis que son père s'asseyait à son tour. Il avait l'air pâle et fatigué, à mille lieues du papa joyeux qu'elle avait toujours connu. Pendant ce temps, Kinga faisait son rapport à Callum concernant l'organisation du bal, sans omettre son agacement face à l'idée de devoir travailler avec Griff O'Hare.

Sa sœur en voulait à leur grand-père de ne pas l'avoir consultée avant de prendre cette décision, et Tinsley la comprenait parfaitement. De manière générale, et contrairement à leur père, elles n'hésitaient pas à tenir tête à Callum lorsque c'était nécessaire pour le bon déroulement d'un projet. Leur grand-père ne devait pas s'en formaliser tant que cela, puisqu'elles occupaient toujours leurs postes respectifs au sein de l'entreprise.

Absorbée par ses réflexions et par les notes qu'elle prenait sur son iPad, Tinsley perçut un mouvement dans son champ de vision, leva la tête et manqua de s'étrangler de surprise. Cody Gallant venait de s'asseoir en face d'elle.

Deux pensées radicalement différentes s'affrontèrent dans son esprit. D'abord, Cody était incroyablement beau, à la fois décontracté et élégant dans ce pull-over rouge porté sous une veste de costume classique. Ensuite, et surtout : que diable faisait-il là ?

Tinsley remarqua l'ombre de barbe qui recouvrait ses joues et, aussitôt, le souvenir de sa peau rugueuse entre ses jambes lui revint à l'esprit. Elle avait adoré sentir ce délicieux frottement contre son point le plus sensible, juste avant que les lèvres de Cody viennent s'y poser à leur tour…

Une chaleur incontrôlable se répandit dans tout son corps et vint colorer ses joues. Elle aurait voulu que la terre s'ouvre sous ses pieds et la fasse disparaître.

Jamais elle n'aurait cru devoir affronter Cody si tôt et,

visiblement, elle n'y était pas prête. Elle avait besoin de plus de temps pour pouvoir se tenir calmement devant lui, garder une attitude professionnelle, maîtriser ses réactions. Au lieu de cela, elle ne parvenait qu'à rougir comme une collégienne.

— Tout va bien, Tins ? demanda Kinga d'un air inquiet. Tu as les joues un peu rouges.

Du coin de l'œil, elle vit Cody esquisser un sourire et lui décocha un regard noir.

— Ce n'est rien, s'empressa-t-elle de répondre. J'ai dû attraper un rhume. Je vais passer chercher de la vitamine C à la pharmacie. Il paraît que ça fonctionne bien pour relancer l'immunité.

Consciente qu'elle déblatérait, elle s'interrompit brusquement et fut soulagée d'entendre son téléphone vibrer. Callum détestait les portables en réunion mais, au moins, baisser la tête vers l'écran lui permettrait de cacher son visage enflammé derrière ses cheveux.

Tinsley déchanta aussitôt en voyant le nom de Cody s'afficher sur l'écran.

Besoin d'aide pour scier cette branche sur laquelle tu es assise ?

Elle leva les yeux au ciel et reposa son téléphone sans même répondre au message. Redressant la tête, elle se tourna vers Callum et décida d'opter pour un mensonge – tout plutôt que de passer une demi-heure dans la même pièce que Cody.

— J'ai une autre réunion dans dix minutes. Pourrions-nous avancer un peu ?

Son grand-père fronça les sourcils et sembla hésiter un instant, se demandant probablement s'il devait lui rappeler qu'*il* était son patron et qu'*il* lui versait un salaire. Ce rappel, aussi fréquent qu'il soit, était parfaitement inutile. Tinsley savait très bien comment fonctionnait l'entreprise.

Elle avait maintes fois hésité à partir au cours des dernières années, mais plusieurs choses l'avaient retenue : son salaire bien supérieur à celui du marché, le jet privé qu'elle utilisait plusieurs fois par an et les projets passionnants que sa sœur et elle organisaient.

De plus, il pourrait y avoir des conséquences négatives pour son père si elle quittait Ryder International. Callum n'était pas connu pour son sens de la justice lorsqu'il était en colère.

Justement, son grand-père tapota du bout des doigts contre la surface de la table, attirant l'attention générale.

— Cody, je vais vous mettre rapidement au courant. Vous savez déjà que Ryder International fête ses cent ans cette année. À cette occasion, nous organiserons une course hippique à Dubaï, une régate à Monaco ainsi que le bal de la Saint-Valentin le mois prochain.

Tinsley ne put s'empêcher de tourner la tête vers Cody. Son cœur manqua un battement lorsqu'elle s'aperçut qu'il était lui aussi en train de l'observer. Son regard, d'abord fixé sur les lèvres de Tinsley, glissa rapidement jusqu'à sa poitrine, et, lorsque ses yeux se plantèrent dans les siens, elle sut qu'ils pensaient exactement à la même chose.

Cody et elle se trouvaient à mille lieues d'ici, dans cette chambre d'hôtel de Toronto où ils s'étaient découverts pour la première fois. Tinsley ne parvenait pas à détacher le regard du visage de Cody. Son corps tout entier réagissait à sa présence. Elle voulait un autre coup d'un soir, ou deux, ou vingt…

Elle *le* voulait, tout simplement.

La voix de Callum parvenait à ses oreilles comme à travers un brouillard, mais cela n'avait plus d'importance.

Elle ne pensait qu'à Cody. Elle revoyait son regard brûlant lorsqu'il s'était glissé en elle, sa respiration haletante, sa manière d'attendre qu'elle soit parvenue à l'orgasme avant de l'y rejoindre. D'autres fois, il l'avait fait jouir à plusieurs reprises…

Kinga claqua des doigts devant ses yeux et Tinsley revint brusquement à l'instant présent. Callum avait l'air furieux. Elle se mit à toussoter, cherchant une excuse qui pourrait justifier son inattention auprès de son grand-père.

— Désolée, Callum, je ne me sens pas très bien. Je crois que je suis en train de tomber malade. Pourrais-tu répéter ce que tu viens de dire ?

Le regard bleu glacier de Callum se posa sur elle, mais Cody vint à sa rescousse et répondit avant que son grand-père ait eu le temps d'ouvrir la bouche.

— Callum souhaite ajouter un événement à ceux déjà prévus pour le centenaire, lui expliqua-t-il.

Il est devenu fou, ou quoi ?

Tinsley garda son commentaire pour elle-même, mais elle n'en pensait pas moins. Son grand-père avait manifestement perdu la raison.

Kinga venait de découvrir qu'il avait déjà envoyé un contrat d'engagement à Griff O'Hare pour le bal, sans même l'en avertir. Sa sœur avait passé dix minutes à essayer de convaincre Callum d'annuler le contrat. Sans surprise, il avait refusé, laissant à Kinga la charge peu agréable de garder un œil sur le chanteur tout en organisant la soirée en question.

Griff était connu pour ses turpitudes diverses et variées. S'il faisait la moindre incartade d'ici à la date du bal, la réputation de Ryder International se trouverait entachée. Kinga avait donc largement de quoi faire pour les mois à venir.

Quant à Tinsley, elle allait être tout aussi occupée. Elle devait gérer deux autres ouvertures de bars, sans compter la course hippique et la régate, dont elle était également chargée. Sa sœur et elle faisaient déjà des heures supplémentaires tous les jours. Pourtant, l'année commençait à peine…

Tinsley jeta un coup d'œil éperdu à Kinga, qui s'était mise à mordiller sa lèvre inférieure. Visiblement, sa sœur n'en menait pas large non plus. Prenant son courage à deux mains, elle se tourna vers son grand-père et déclara d'un ton ferme :

— Avant même de nous dire ce que tu souhaites faire exactement, il faut que tu saches que, si nous organisons d'autres événements, nous aurons besoin de plus de personnel et d'un budget plus large. Kinga et moi sommes déjà à la limite de nos capacités.

Callum hocha la tête en direction de Cody.

— C'est la raison pour laquelle j'ai appelé Cody. Je compte me réserver les services de Gallant Events pour les six mois à venir, et ce sont eux qui organiseront les manifestations estivales.

— *Les* manifestations ? répéta Tinsley en fronçant les sourcils. Peux-tu nous expliquer ce que tu envisages au juste ?

— James, c'est à toi.

Tinsley se tourna vers son père, curieuse de ce qu'il pourrait dire. James Ryder était l'esprit créatif de la famille. Avant que Kinga et elle reprennent le département des relations publiques, il en avait été le directeur, l'une des rares responsabilités que Callum lui ait jamais octroyées.

— Il y a quelques jours, commença son père, j'ai suggéré à Callum que nous organisions un concours de cocktails. Ryder International emploie près de cinq cents barmen dans le monde entier. Nous pourrions aussi faire appel à des mixologues renommés, comme Julia.

Tinsley sourit aussitôt en entendant le nom de sa meilleure amie, Julia Carlson, l'une des meilleures spécialistes en cocktails du monde entier. Elle venait souvent préparer de merveilleuses boissons lors d'événements pour Ryder International.

— Au total, nous aurions près de sept cents participants, poursuivit son père. Les barmen pourront concourir seuls ou par équipes. Ils devront créer quatre cocktails inédits inspirés par des événements historiques ayant eu lieu au cours du siècle dernier, la fin de la Seconde Guerre mondiale par exemple, ou le droit de vote des femmes – bref, vous comprenez l'idée.

Non seulement Tinsley la comprenait, mais elle l'adorait, et elle en avait mille autres à ajouter. Le visage de Kinga rayonnait lui aussi d'enthousiasme.

Bravo, papa.

— Je pensais commencer par un concours régional, puis à l'échelle du pays et enfin international, conclut James. Nous devrions inviter un panel d'experts pour départager les participants.

— C'est une idée géniale, s'exclama Kinga avec un grand sourire. Ce sera beaucoup de travail, mais nous y arriverons. Je ne sais pas qui nous pourrions inviter en tant que juges, peut-être des critiques gastronomiques ou des chefs cuisiniers. Nos fournisseurs pourraient sponsoriser les prix pour les gagnants. Et…

— Doucement, jeune fille, la coupa Callum en pointant un doigt menaçant dans sa direction. Tu dois te concentrer sur Griff O'Hare et l'organisation du bal. Ce projet sera le tien, Tinsley, et celui de Cody. Je veux que vous retourniez l'idée dans tous les sens pour voir si elle est réalisable et à quel prix. Apportez-moi une étude détaillée d'ici deux semaines.

Tinsley fronça le nez. Elle ne voulait pas travailler seule avec Cody, ni maintenant ni jamais.

— Je suis capable de réaliser une étude de faisabilité, Callum. Il est inutile d'impliquer Cody à ce stade du projet.

— L'entreprise de Cody perçoit déjà un salaire mensuel pour cet événement. Il serait bon qu'elle fasse quelque chose pour le mériter.

Avant même que Tinsley ait eu le temps de prendre la défense de Cody – d'ailleurs, pourquoi voulait-elle le défendre ? –, Callum mit fin à la réunion en repoussant sa chaise. Il posa ses deux mains couvertes de taches de vieillesse sur la table de réunion et ordonna à Kinga et à James de sortir.

Lorsqu'ils furent partis, son grand-père considéra longuement Tinsley, puis Cody, d'un air courroucé.

— Vous deux avez depuis longtemps une relation conflictuelle, dit-il froidement. Je sais que vous vous efforcez toujours de travailler le moins possible ensemble. Je vais pourtant être très clair : je me moque du fait que vous ayez un passé familial, ou que vous ne vous appréciiez pas.

Tinsley aurait voulu chercher du soutien dans les yeux de Cody, mais son orgueil la retint et elle affronta le regard de son grand-père sans ciller.

— Votre collaboration sur ce projet n'est pas négociable. Si vous ne l'acceptez pas, vous serez licenciés tous les deux. Je refuse de faire des faveurs à qui que ce soit sous prétexte qu'il s'agit d'un membre de ma famille. Soit vous travaillez ensemble, soit vous ne travaillez pas du tout.

— Tu exagères, protesta Tinsley en sautant sur ses pieds.

Cody aussi s'était levé, tout en arborant une expression insondable.

— Mon entreprise, mes règles. Vous avez dix jours pour m'apporter cette étude ainsi qu'un budget détaillé.

Dix jours ? Cinq minutes plus tôt, il avait pourtant dit « deux semaines » !

— Il nous faut plus de temps, déclara-t-elle avec une note de désespoir dans la voix.

— Nous avons besoin d'au moins deux mois, Callum, ajouta Cody d'un ton presque moqueur. Si cela ne vous convient pas, vous aurez ma démission sur votre bureau dès demain. Je crois que vous oubliez une chose : Ryder International a été mon premier client, mais vous n'êtes certainement pas le seul. Vous ne faites même pas partie de mon top dix. Je n'ai absolument pas besoin de vous.

Waouh, songea Tinsley.

Elle se sentait curieusement excitée de voir Cody tenir tête à son grand-père, avec cette attitude à la fois calme et puissante. De toute manière, le moindre mouvement de la part de Cody suffisait à la mettre sens dessus dessous. Elle avait vraiment besoin de faire l'amour plus souvent.

Callum et Cody s'affrontèrent du regard un long moment. Tinsley osait à peine respirer. Son grand-père céda le premier et marmonna :

— Vous avez deux mois, Gallant. Votre étude a intérêt à être parfaite.

Un-zéro pour Cody.

Tinsley resta silencieuse tandis que son grand-père serrait la main de Cody et se dirigeait vers la porte. Au moment de sortir de la pièce, il se tourna vers eux et secoua la tête d'un air pensif avant de déclarer :

— Soit j'ai eu un coup de génie, soit vous allez vous entre-tuer avant la fin de ce projet.

Tinsley, qui avait presque envie de sourire, songea que son grand-père n'avait pas complètement tort.

- 4 -

Tinsley sortit de la salle de conférences en compagnie de Cody. Il lui annonça qu'il la rejoindrait dans son bureau un quart d'heure plus tard, qu'il avait un ou deux coups de fil à passer en attendant.

Il n'avait même pas pris la peine de lui demander si elle était disponible. Comme l'insupportable goujat qu'il était, il supposait que l'emploi du temps de Tinsley était suffisamment flexible pour s'adapter au sien.

Tinsley soupira et se laissa tomber dans son fauteuil de bureau, tendant la main pour attraper son carnet de notes. Elle se mit à feuilleter les pages couvertes d'annotations, de pense-bêtes et de stickers colorés. Son cahier était à la fois un journal intime et un outil de travail. Il contenait toute sa vie, et elle aurait été incapable de passer une journée sans lui.

Elle finit par trouver une page blanche et fit ce qu'elle faisait toujours lorsqu'elle se sentait déstabilisée : une liste. Elle aurait dû réfléchir aux différents points de l'étude de faisabilité qu'elle allait proposer à Callum. Au lieu de cela, elle se mit à recenser les raisons pour lesquelles elle ne devait pas coucher à nouveau avec Cody.

Elle avait à peine eu le temps d'écrire « Il m'agace » et « Nous travaillons ensemble » lorsque l'écran de son ordinateur s'alluma, signalant la réception d'un mail sur sa boîte personnelle. Ses yeux s'écarquillèrent en voyant que le message provenait de JT. Ils ne s'étaient pas adressé la parole depuis leur jugement de divorce.

Curieuse, le cœur battant un peu trop vite, elle ouvrit le message et lut la première phrase – « Chère famille et chers amis ». Il s'agissait donc d'un mail groupé. Ses parents, Kinga et Cody figuraient également dans la liste des destinataires. JT n'était pas du genre à raconter sa vie, alors que pouvait-il bien avoir à dire ?

Chère famille et chers amis,

Bonjour à tous. Je vous écris ce petit mot pour vous annoncer que Heather est enceinte de vingt semaines. Nous sommes ravis tous les deux, et nous avons hâte de rencontrer notre petit garçon.

Tinsley fronça les sourcils et relut le message deux fois, incapable d'en croire ses yeux. JT et Heather attendaient un bébé ? Non, c'était impossible. Les mots étaient pourtant clairs, mais tout cela n'avait aucun sens.

Son ex-mari lui avait toujours affirmé qu'il ne voulait pas d'enfants. Chaque fois qu'elle avait tenté d'aborder le sujet, il lui disait qu'il n'était pas prêt, qu'il ne le serait peut-être jamais, contrairement à elle qui désirait plus que tout fonder une famille.

JT soutenait qu'il ne changerait jamais d'avis sur la question. Pourtant, il l'avait fait. Avec quelqu'un d'autre.

Tinsley se leva, marcha jusqu'à la fenêtre et posa le front contre la vitre. Ce message la bouleversait. JT allait avoir un bébé, mais elle-même n'avait pas le droit de devenir mère. Son ex-mari vivait la vie dont elle avait toujours rêvé avec une autre. Rien de tout cela n'était juste.

À ce stade de sa vie, elle n'aurait pas dû être célibataire et sans enfants. D'après le plan idéal qu'elle avait imaginé, JT et elle auraient dû vivre dans une maison à la campagne et elle serait enceinte de leur troisième enfant.

Tinsley sursauta en entendant un léger coup frappé à sa porte. Sans même lever la tête pour voir qui venait d'entrer, elle tendit la main en direction du seuil, signalant au visiteur qu'il allait devoir attendre s'il voulait quoi que ce soit d'elle. Elle avait besoin d'un moment pour maîtriser la jalousie, la colère, la peine profonde qui faisaient rage en elle. Personne ne devait la voir dans cet état.

Pivotant sur sa chaise de bureau, Tinsley baissa la tête sur l'écran de son téléphone et fit mine de vouloir passer un appel. Sa comédie ne dura guère longtemps. Quelques secondes plus tard, une main masculine se posait sur la sienne et s'emparait de son téléphone.

Tinsley releva la tête à contrecœur et affronta le regard de Cody. Ses yeux recelaient une tristesse frappante.

— J'imagine que tu as reçu les nouvelles, Tinsley.

— Toi aussi ? Tu n'étais pas déjà au courant ?

— Je ne parle plus à JT depuis des années. Ce mail m'a surpris autant que toi. Je pensais que, comme moi, mon frère ne voulait pas d'enfants.

— Tu ne veux pas d'enfants ? Mais… pourquoi ?

Cody haussa une épaule, l'air surpris par sa question.

— J'ai eu un père totalement inutile, comme son père avant lui, d'ailleurs. Qui plus est, tu te souviens probablement que j'ai élevé JT depuis ses huit ans. J'ai fait l'expérience de la paternité bien assez tôt.

Tinsley ne pouvait que comprendre ses raisons. Elle se souvenait à peine du père de JT, et pour cause : il n'était jamais présent lors des événements importants : ni la remise de diplôme de son fils, ni même leur mariage.

Il s'était davantage comporté comme un banquier que comme un père auprès de ses enfants.

Par-dessus l'épaule de Tinsley, Cody jeta un coup d'œil à l'écran de son ordinateur et secoua la tête. La photo que JT avait envoyée en pièce jointe de son mail semblait presque narguer Tinsley. On y voyait Heather dans un minuscule bikini, affichant fièrement son ventre rond, un grand sourire aux lèvres.

Tinsley se leva brusquement et planta son regard dans celui de Cody. Sans même avoir eu le temps d'y penser, elle déclara tout à trac :

— Je veux un bébé.

— Euh… Pardon ? balbutia Cody, les yeux écarquillés.

— JT a refusé de me donner un enfant, mais puisqu'il va en avoir un avec quelqu'un d'autre, j'en veux un moi aussi.

Tinsley avait conscience qu'elle parlait sous le coup de l'émotion, mais elle ne pouvait s'en empêcher.

— Je veux un bébé rien qu'à moi, répéta-t-elle d'un ton ferme. Je devrais peut-être faire appel à un donneur et utiliser la PMA.

Le visage de Cody se décomposa aussitôt.

— Tinsley, tu ne peux pas prendre une pareille décision simplement parce que mon idiot de frère attend un enfant.

— J'ai voulu cet enfant bien avant lui, dès le début de notre mariage !

Elle avait conscience qu'elle s'était mise à crier, ce qui ne lui ressemblait absolument pas. Pourquoi perdait-elle le contrôle dès lors qu'elle se trouvait dans la même pièce que Cody ? On aurait dit qu'elle se transformait en une personne différente avec lui…

Ou plus proche de la personne que tu es réellement.

Tinsley s'empressa de repousser cette idée dans un coin obscur de son esprit.

— Je ne comprends pas, reprit Cody, les sourcils froncés. Est-ce qu'il s'agit d'une sorte de compétition entre Heather et toi ?

Bien sûr que non, ce n'était pas une course avec Heather… Ou peut-être que si, juste un peu. Elle avait imaginé pendant des années l'enfant qu'elle aurait avec JT, un garçon aux cheveux blonds et aux yeux verts, ou une petite fille qui aurait eu ses yeux bleus à elle et le nez de JT.

Tinsley inclina la tête pour mieux dévisager Cody. Après tout, il n'était pas très différent de son frère. Il avait seulement les cheveux plus foncés et une carrure plus imposante. Certes, JT était probablement le plus intelligent des deux, mais Cody n'avait rien d'un idiot non plus…

Une idée folle germa aussitôt dans son esprit. Elle savait qu'elle dépassait les bornes, mais il fallait qu'elle le dise.

— S'il te plaît, Cody, couche avec moi à nouveau. Donne-moi un enfant.

Il la regarda comme si elle avait deux têtes et fit un pas en arrière.

— Jamais de la vie.

— Que je reçoive la semence d'un donneur ou la tienne, quelle est la différence ? Je ne demande que ton ADN. Tu n'auras pas besoin de faire partie de la vie de cet enfant, ni même de payer quoi que ce soit. Tu resteras aussi anonyme que tu le souhaites.

Cody passa les mains dans ses cheveux et la contempla avec une certaine amertume.

— C'est de la folie, Tinsley. Tu es bouleversée par

l'idée que JT va avoir un enfant avec Heather, le bébé que tu aurais voulu avoir avec lui.

— Mais lui – lui ne voulait pas en avoir avec moi ! s'écria-t-elle, mortifiée de sentir des larmes couler le long de ses joues. Il ne voulait pas *de moi* !

Cody réagit trop vite pour elle et, l'instant d'après, elle se trouvait dans ses bras, la tête reposant contre sa poitrine. Le pull-over de Cody était déjà taché par son mascara qui avait coulé. Elle plaqua une main devant sa bouche pour tenter d'étouffer ses sanglots, mais en vain.

Elle pleurait. Pour la première fois de sa vie, Tinsley pleurait dans les bras de quelqu'un d'autre que sa sœur. Une autre personne était témoin de sa détresse et elle n'appréciait pas cette idée – pas du tout. Elle se sentait faible et vulnérable.

S'exposer ainsi devant les autres leur donnait une chance de la blesser, et Tinsley ne s'y autorisait jamais. Elle croyait avoir assez souffert pour le restant de ses jours lors de son divorce. Pourtant, le message de JT lui avait fait du mal. En finirait-elle un jour avec cette histoire ?

— Mon frère est un imbécile, murmura Cody en lui caressant doucement le dos. Il a peut-être un cerveau impressionnant, mais la nature lui a donné moins d'intelligence émotionnelle qu'à une huître, et ce n'est pas un compliment pour les huîtres. Je te promets qu'il ne mérite pas tes larmes.

— Je le sais bien. Ce n'est pas pour lui que je pleure, mais pour la vie parfaite dont je rêvais et que j'ai perdue.

— La vie parfaite n'existe pas, Tinsley.

Cody plaça un doigt sous son menton de Tinsley et lui releva doucement la tête pour l'obliger à le regarder.

— Je comprends que ce mail t'ait chamboulée, mais tu as besoin de temps pour te calmer. Ne prends pas ce genre de décision sur un coup de tête. Quant à te donner mon sperme, c'est absolument hors de question.

Tinsley s'essuya les yeux et fronça le nez.

— N'hésite pas à me prévenir si tu changes d'avis. Je préférerais de loin ton ADN à celui d'un inconnu.

— C'est bon à savoir, dit-il avec l'ombre d'un sourire, mais la réponse est toujours non.

— Zut, murmura-t-elle en reposant la tête contre le torse de Cody.

Elle se sentait incroyablement bien dans ses bras. Elle n'aurait pas dû, mais elle ne pouvait rien y faire.

— Cela dit, je ne dirais pas non au fait de t'avoir à nouveau dans mon lit.

Elle sursauta et recula aussitôt pour le regarder, les deux mains posées à plat contre sa poitrine.

— Tu… Quoi ?

— Tu m'as bien entendu, murmura-t-il en essuyant du pouce une dernière trace de larmes sur sa joue. J'adorerais refaire l'amour avec toi.

Tinsley sentit sa tête tourner. Son ex-mari allait avoir un bébé, elle venait de demander au frère de JT de lui donner son sperme, elle avait pleuré devant lui et, maintenant, Cody flirtait avec elle ? Tout cela commençait à faire beaucoup pour une seule personne.

— Mais… tu couches déjà avec Norah, dit-elle d'une voix qu'elle espérait calme et posée, mais qui ressemblait davantage à un couinement.

— J'ai eu une aventure avec Norah il y a quelques mois. Nous avions prévu de nous voir le lendemain du jour où toi et moi… Enfin, bref, j'ai annulé.

— Pourquoi ?

— Ce n'était pas Norah que je voulais, c'était toi. Et c'est toujours le cas à présent.

Les lèvres de Cody effleurèrent les siennes et elle ne put s'empêcher de se laisser aller contre lui. Elle passa les bras autour de la taille de Cody, émerveillée par sa force, sa solidité, l'impression de sécurité qu'il dégageait. Elle se sentait toujours protégée lorsqu'elle était avec lui. Mieux encore, elle avait l'impression d'être intensément vivante.

Mais Tinsley savait qu'elle était en train de bâtir des châteaux en Espagne. Elle confondait son attirance physique pour Cody avec un sentiment plus intense, ou, pire, elle avait tellement besoin de se distraire qu'elle s'inventait de bonnes raisons pour coucher avec lui à nouveau.

Elle savait pourtant que cette nuit ne devait pas se reproduire. Elle n'était pas du genre à pouvoir s'amuser quelques heures avec quelqu'un et repartir ensuite sans un regard en arrière. Sous son masque calme et raisonnable, elle ressentait des émotions toujours si intenses qu'elles menaçaient de la faire chavirer.

Il y avait déjà trop de choses dans sa vie qu'elle voulait mais ne pouvait pas obtenir : un mariage heureux, un enfant, voire plusieurs… Elle n'avait pas besoin d'ajouter Cody à cette liste chaotique. Certes, le regret qu'elle ressentait depuis le message de son ex-mari était naturel, mais elle n'avait pas le droit de s'y appesantir.

Tinsley prit une grande inspiration, essuya ses joues d'un revers de main en espérant qu'elle n'étalait pas davantage son mascara et s'obligea à sourire.

— Je ne craque jamais d'habitude. Je suis désolée que tu aies été là au mauvais moment.

— Ne t'excuse pas, je t'en prie. Ta réaction était tout à fait normale après avoir reçu de pareilles nouvelles.

Embarrassée, elle haussa une épaule tout en évitant soigneusement le regard de Cody.

— J'ai réagi de cette manière parce qu'*elle* aura bientôt ce que j'ai toujours voulu, ce que je souhaite encore maintenant – et je finirai par avoir un bébé. Le plus tôt sera le mieux.

Elle posa une main sur son estomac et inspira à fond.

— M'accorderais-tu une dizaine de minutes pour me nettoyer le visage ? Après cela, nous pourrons commencer à travailler sur le nouveau projet. Il y a beaucoup à faire.

— Tu es sûre que ça va aller ? Tu devrais peut-être prendre le reste de la journée pour te remettre de tes émotions. Le travail peut attendre jusqu'à demain.

Jamais Cody n'aurait fait cette suggestion si elle avait été un homme. Non, il aurait attendu de son collègue qu'il mette de côté ses états d'âme et se concentre sur son travail. Tinsley en était persuadée. Pour cette raison, c'était exactement ce qu'elle allait faire…

Mais seulement après avoir passé quelques minutes dans sa salle de bains privée.

Cody faisait les cent pas sur le balcon de la salle de pause, se répétant pour la énième fois qu'il devait se calmer. Jeter son portable ou tout autre objet du haut du dix-septième étage ne l'avancerait à rien. Il était d'un tempérament plutôt calme, mais son frère avait le don de le faire sortir de ses gonds.

Il lui avait téléphoné un peu plus tôt en attendant que Tinsley sorte de la salle de bains. Depuis deux ans, JT et lui n'avaient pas échangé la moindre nouvelle en dehors des traditionnelles cartes de vœux pour Noël. Son frère avait une nouvelle vie à Hong Kong. Rien ne comptait à part lui-même, comme il l'avait prouvé deux ans auparavant et encore aujourd'hui.

JT avait décroché à la première sonnerie.

— Je savais que j'aurais des nouvelles de toi rapidement, avait lancé son frère d'un ton presque fier de lui.

— Tu ne crois pas que tu aurais dû annoncer la nouvelle à Tinsley d'abord, avant d'envoyer ce message à tout le monde ?

— Pourquoi ? avait demandé JT, l'air sincèrement confus.

Cody avait eu du mal à maîtriser son irritation.

— Cela s'appelle le respect, JT. J'ai cru comprendre que Tinsley voulait un enfant et que tu avais toujours refusé.

— Je n'en voulais pas avec elle, mais c'est différent avec Heather. Elle est tout mon avenir à présent. Tinsley, c'est du passé.

— Tu l'as trompée, tu l'as abandonnée, tu as brisé ses rêves de fonder une famille avec toi et tu lui annonces que tu vas avoir un enfant dans un mail groupé. Elle mérite beaucoup mieux que cela.

— Tinsley et moi avons divorcé. Je me fiche de savoir ce qu'elle pense de ma nouvelle vie.

Cody s'était alors rendu compte que JT ressemblait davantage à leur père que ce qu'il croyait. Du moment que son frère était heureux, qu'il faisait ce qu'il voulait, tout allait bien. Il était radicalement incapable de prendre en compte les sentiments d'autres personnes.

Cody comprenait à quel point se disputer avec lui serait inutile. JT ne changerait jamais de comportement. Il avait blessé Tinsley d'une manière incroyablement égoïste, et Cody aurait peut-être pu lui pardonner si son frère avait exprimé la moindre nuance de regret, mais ce n'était pas le cas.

— Alors, grand frère, tu ne me félicites pas ?

— Félicitations, avait-il répondu d'une voix morne.

JT n'avait manifestement pas remarqué son manque total d'enthousiasme. Il s'était mis à disserter sur l'accouchement, racontant qu'ils allaient faire venir une célèbre doula grecque car Heather était décidée à accoucher à la maison. Cody en avait eu assez et il avait trouvé le moment plus qu'opportun pour raccrocher au nez de son frère.

Il fut tiré de ses pensées par un bruit de pas derrière lui et découvrit Kinga qui venait à sa rencontre. Elle avait l'air quelque peu désorientée et il supposa qu'elle avait, elle aussi, lu le fameux message de JT.

— Sais-tu ce qu'est une doula ? lui demanda-t-il tout à trac.

— Une doula est une sage-femme traditionnelle, répondit-elle en haussant un sourcil inquisiteur.

Cody garda le silence, et elle vint s'accouder sur le balcon, frissonnant lorsqu'un coup de vent traversa le port avant d'arriver jusqu'à eux.

— J'étais en route pour aller voir Tinsley, mais je t'ai vu sur le balcon et je me suis dit que j'allais prendre des nouvelles. Comment va-t-elle ?

— Elle est en colère, blessée, bouleversée même. Elle répète à tout bout de champ qu'elle veut un bébé.

Kinga ne parut pas surprise le moins du monde.

— Tins a toujours aimé s'occuper des enfants, même quand nous étions petites. Elle aurait voulu arrêter sa contraception dès la fin du lycée. JT lui a fait promettre d'attendre jusqu'à la fin de leurs études universitaires. Lorsqu'elle a abordé le sujet à nouveau, il lui a dit qu'il ne voulait pas d'enfants et il a même commencé à mettre des préservatifs par crainte qu'elle arrête de prendre sa pilule sans le lui dire.

— Mon frère est vraiment un idiot fini.

— Je ne te le fais pas dire. À mon avis, Tinsley voulait des enfants encore plus qu'un mari. La nouvelle a dû lui faire un choc.

— Elle a un peu pleuré, avoua Cody.

— Pleuré ? s'exclama Kinga en agrippant brusquement son bras. Tinsley ne pleure jamais. Je suis même étonnée qu'elle ait montré le moindre signe de tristesse devant toi. Ma sœur est passée maîtresse dans l'art de cacher ses émotions.

— Je crois qu'elle n'a pas pu faire autrement. Elle était vraiment chamboulée.

Tellement chamboulée qu'elle avait demandé à Cody d'être donneur pour son bébé… Plus il y pensait, plus il se sentait mal à l'aise.

— Je vais lui parler, annonça Kinga.

Cody secoua la tête.

— Je crois qu'elle s'est calmée, maintenant. Elle va vouloir se remettre au travail. D'ailleurs, elle m'attend dans son bureau.

— Je ne sais pas, Cody. Je pense qu'elle a besoin de moi.

— Elle a toujours besoin de toi, Kinga, mais ce serait peut-être mieux si votre conversation pouvait attendre un moment. Elle avait l'air plutôt décidée à s'attaquer au nouveau projet, tout à l'heure. Dieu sait que nous avons du pain sur la planche.

— Je confirme, marmonna Kinga en levant les yeux au ciel. Je ne sais pas à quoi pensait Callum en vous demandant une étude en aussi peu de temps. Même après toutes ces années, je ne comprends toujours pas comment un vieil homme peut réussir à épuiser autant de monde à la fois.

Cody fit la grimace et l'invita d'un geste à retourner à l'intérieur avec lui. Une fois devant la machine à café, il lui proposa d'en faire un pour elle également.

— Volontiers, merci. Tinsley préférera un chocolat chaud. Je peux te montrer comment le préparer à son goût.

Comme il s'occupait de leurs boissons, une pensée effleura Cody et il demanda :

— Au fait, est-ce que Callum va bien en ce moment ? Je l'ai trouvé un peu pâle et particulièrement brusque tout à l'heure.

— Tu connais mon grand-père. Il est toujours rude avec tout le monde, voire carrément malpoli.

— C'est vrai, mais son comportement m'a semblé encore pire que d'habitude, et j'ai vu sa main trembler pendant une bonne partie de la réunion.

— J'avoue que je n'ai rien remarqué. Il est peut-être stressé à cause de cette histoire de tests ADN.

Kinga lui expliqua alors que l'ADN de toute la famille avait été envoyé à un site généalogique pour tenter de retrouver leurs origines, voire des membres de leur famille quelque part dans le monde.

— Il est obsédé par cette histoire de lignée, ces derniers temps, poursuivit Kinga, mais les tests ADN sont devenus très à la mode et le laboratoire est surchargé de travail. Callum déteste attendre.

Kinga fit une pause et prit une gorgée de café avant d'ajouter :

— Mes parents se comportent aussi d'une manière bizarre en ce moment.

— Comment ça, bizarre ?

— Ils ont l'air tendu en permanence, comme s'ils attendaient une catastrophe d'une minute à l'autre.

— Ton père était pourtant aussi charmant que d'habitude ce matin.

— De qui penses-tu que Tinsley a hérité ses talents d'actrice ? Papa et elle sont capables de dissimuler n'importe quoi, n'importe quand. Je suis d'autant plus surprise qu'elle ait pleuré devant toi, ajouta Kinga en fronçant le nez. Tu ne fais pas partie des gens qu'elle apprécie le plus.

Ses mots n'auraient pas dû le surprendre, mais Cody accusa le coup.

— Je le sais bien, mais j'espère que les choses vont changer.

Il remarqua aussitôt le regard soupçonneux de Kinga et s'empressa de se justifier.

— Tinsley et moi allons travailler ensemble pendant un bon bout de temps. Ce serait plus simple si nous arrivions à bien nous entendre.

— Il n'y a rien d'autre ? demanda Kinga en plissant les yeux.

— Que pourrait-il y avoir d'autre ?

Sans lui laisser le temps de répondre, il attrapa la tasse de Tinsley et sortit de la pièce au pas de charge, songeant qu'il n'aurait certainement pas entendu autant d'histoires s'il était resté dans son bureau de Gallant Events.

La vie chez les Ryder-White n'était décidément jamais ennuyeuse.

- 5 -

Cinq semaines plus tard, dans la salle de bains de sa chambre d'hôtel à Manhattan, Tinsley fixait le test de grossesse qu'elle avait posé face retournée sur le rebord de la baignoire.

Son cœur battait à toute vitesse. Les mots « Fais attention à ce que tu désires » résonnaient en boucle dans son esprit, et elle avait l'impression d'entendre le ricanement sardonique d'une sorcière qui se moquait d'elle.

Elle aurait dû avoir ses règles trois semaines plus tôt. Comme elle était toujours régulière d'habitude, il n'y avait qu'une conclusion possible : elle était enceinte… du frère de son ex-mari.

Le test aurait pu lui dire la vérité tout de suite, mais elle n'osait pas découvrir le résultat. Elle avait terriblement peur d'être enceinte. Certes, elle avait repensé à son projet d'être mère célibataire depuis le fameux mail de JT, mais pas maintenant, pas tout de suite. De plus, Cody avait utilisé des préservatifs chaque fois. N'étaient-ils pas censés être efficaces dans quatre-vingt-dix-huit pour cent des cas ? Il faudrait vraiment qu'elle n'ait pas eu de chance.

Tinsley posa une main sur son ventre et secoua la tête. Non, décidément, quelque chose ne collait pas. Elle ne pouvait pas être en train de porter un enfant. Elle ne se *sentait pas* enceinte.

Après un dernier coup d'œil en direction du test de

grossesse, elle décida de ne pas regarder le résultat avant la fin de la soirée. Si une seule ligne apparaissait dans la petite fenêtre, elle serait déçue, et s'il y en avait deux… Elle préférait ne pas y penser. Dans tous les cas, elle aurait du mal à dissimuler son émotion, et elle ne pouvait pas paraître au bal de la Saint-Valentin en ayant l'air d'avoir reçu un coup de marteau sur la tête.

Tinsley se retourna pour vérifier son apparence dans le miroir accroché à la porte. Elle portait un long fourreau blanc signé Prada. L'intégrité de la robe, et accessoirement de sa pudeur, dépendait d'un mince cordon reliant l'épaule droite à la hanche gauche et dénudant presque entièrement son dos. La robe était fendue sur un côté et révélait les talons aiguilles argentés qu'elle avait enfilés un peu plus tôt.

Sa styliste personnelle lui avait recommandé une coiffure bohème pour contrebalancer l'élégance classique de sa robe, et elle avait opté pour une couronne de tresses avec un chignon bas, laissant quelques mèches encadrer son visage. L'ensemble fonctionnait plutôt bien. Tinsley se trouvait, sinon belle, du moins apprêtée de façon appropriée à la circonstance.

Elle n'avait rien pu faire pour masquer l'inquiétude dans son regard, mais, au moins, son maquillage naturel apportait un peu de couleur à son teint. Elle avait l'air plutôt calme en apparence. Pourtant, à l'intérieur, une tempête d'émotions faisait rage dans son cœur.

Comment allait-elle affronter la soirée ? Comment pourrait-elle assister au bal, sourire et discuter avec tout le monde alors qu'elle ne savait pas ce qui se trouvait sur ce fichu test ?

Tinsley hésita un instant, mais décida de s'en tenir à sa première résolution. Elle aurait tout le loisir de craquer une fois le bal terminé. D'ailleurs, son téléphone se mit à vibrer, annonçant un message de Kinga.

Qu'est-ce que tu fabriques ? Les invités commencent à arriver. Nous sommes tous devant la salle de bal.

Tinsley sursauta, fourra son rouge à lèvres et la clé de sa chambre dans sa minaudière, et se dirigea vers la porte d'entrée. Au moment de sortir, prise d'une étrange impulsion, elle attrapa le test de grossesse et le casa comme elle put dans son sac minuscule. Elle courut presque dans le couloir pour atteindre l'ascenseur.

Une fois dans la cabine, elle profita des quelques étages de descente pour calmer sa respiration et se composer un visage serein. Tout le clan des Ryder-White l'attendait dans le hall d'entrée. Elle plaqua un sourire sur ses lèvres, attrapa l'ourlet de sa robe et se dirigea vers sa famille.

Le regard de Tinsley fut aussitôt attiré par sa sœur, magnifique dans une robe de soirée d'un rouge profond, le diamant à sa main gauche étincelant de mille feux. Kinga avait passé beaucoup de temps avec Griff O'Hare ces six dernières semaines. D'abord agacée par l'ancien *bad boy* du rock, elle avait fini par en tomber amoureuse, et Griff venait de la demander en mariage.

Tinsley salua ses parents et Callum avant de prendre sa sœur dans ses bras, inspirant à fond son parfum familier et réconfortant.

— Tu es superbe, Kingaroo, lui murmura-t-elle. Tu rayonnes de bonheur.

— C'est toi qui es magnifique, rétorqua sa sœur. J'adore cette robe.

Kinga passa un bras sous le sien et l'entraîna à l'écart de leurs parents, occupés à saluer une princesse du Bahreïn qui venait d'arriver.

— Callum et les parents peuvent bien garder la boutique, déclara sa sœur. Toi et moi, nous allons prendre un moment rien que pour nous.

Kinga attrapa deux coupes de champagne sur le plateau d'un serveur et lui en tendit une. Après avoir trinqué avec elle, Tinsley but une gorgée et fronça le nez aussitôt.

— Qu'y a-t-il ? demanda Kinga d'un ton soupçonneux.

— Je ne sais pas. Le champagne a un goût bizarre.

— Pas du tout, répliqua sa sœur après avoir repris une gorgée de son verre. Il est même très bon.

Tinsley haussa une épaule et arbora son air le plus nonchalant.

— Je viens de me brosser les dents, c'est probablement la raison. Mais au fait, où est Griff ?

— Avec son groupe, en train de faire je ne sais quels trucs de musiciens. J'ai écouté la répétition tout à l'heure. Tu vas voir, c'est génial.

— Je n'en doute pas, affirma Tinsley, souriant devant l'air énamouré de Kinga.

Elle appréciait Griff, non seulement parce qu'il semblait être quelqu'un de bien, mais surtout parce qu'il rendait sa sœur heureuse.

— Oh là là, s'exclama soudain Kinga en la poussant du coude. Si j'étais célibataire…

Tinsley suivit son regard et se tourna vers le trio masculin qui venait de sortir de l'ascenseur. Elle ne put que partager l'opinion de sa sœur.

Il y avait d'abord Garrett Kaye, le fils d'Emma, l'assistante de Callum. Garrett était en train de devenir célèbre dans le monde de la finance en tant qu'investisseur à risque. Il était de loin le plus grand des trois du haut de son mètre quatre-vingt-dix-huit. En voyant ses cheveux châtains parfaitement coupés et sa barbe bien entretenue, teintée de roux ici et là, Tinsley reconnaissait qu'il était très séduisant.

Après lui venait Sutton Marchant, ancien courtier en bourse devenu récemment écrivain. Garrett et lui semblaient être amis, et Tinsley supposa qu'ils s'étaient rencontrés dans l'univers de la finance. Sutton avait comme elle les cheveux bruns et les yeux bleus, mais les yeux du jeune homme étaient bien plus clairs, d'une nuance presque saisissante.

Enfin, Tinsley aperçut Cody et son cœur manqua un battement. Certes, elle le préférait sans vêtements, mais il fallait reconnaître qu'il portait le smoking comme personne. Elle prit un moment pour observer tous les détails de sa tenue. Son costume était taillé à la perfection dans un tissu en gros-grain assorti à son pantalon et à sa veste. Il portait une chemise d'un blanc immaculé et un nœud papillon noué avec élégance. Bref, il était parfait.

Cody remarqua alors la présence de Tinsley et la salua d'un signe de la main. La seconde d'après, il tourna la tête pour jeter un coup d'œil par-dessus l'épaule de Garrett et sourit d'une manière que Tinsley aurait pu qualifier de coquine. À qui pouvait-il bien s'adresser de cette manière ?

Lorsqu'elle comprit, Tinsley poussa un soupir résigné. Personne ne pouvait rester indifférent en présence de Julia. Non seulement sa meilleure amie possédait des traits d'une beauté remarquable, mélange parfait de ses origines mauricienne et suédoise, mais elle était également sociable, drôle et redoutablement intelligente.

Elle ne put détacher son regard de Cody lorsqu'il serra Julia dans ses bras avant de la présenter à Garrett et à Sutton. Il avait passé un bras autour de sa taille, et Tinsley sentit sa gorge se nouer.

Kinga lui décocha un violent coup de coude, et elle s'obligea à détourner les yeux.

— Je rêve, ou je viens de t'entendre grogner ? demanda sa sœur.

Elle ne rêvait pas, mais jamais Tinsley ne l'aurait avoué. Comment pouvait-elle se sentir jalouse de Julia ? Celle-ci était sa meilleure amie, et jamais elle ne lui avait parlé de Cody en des termes plus qu'amicaux. Et puis, quand bien même il y aurait eu quelque chose entre eux, cela ne la regardait pas. Sauf si elle était enceinte… Les choses seraient peut-être plus compliquées, dans ce cas.

Arrête un peu, menteuse. Tu détesterais que Cody et Julia sortent ensemble.

Tinsley sentit ses doigts se crisper autour de sa coupe de champagne, et elle fut presque surprise que la fumée ne lui sorte pas des oreilles. La soirée allait être très longue. Elle aurait voulu remonter dans sa chambre, s'enfouir sous la couette et se cacher de Cody, de la réalité – et, plus que tout, de ce maudit test de grossesse.

James

James se tenait debout au coin du bar et observait Garrett qui se disputait avec Julia Carlson, quelques pas plus loin. Il ne put s'empêcher de remarquer à quel point le regard bleu profond de Garrett ressemblait à celui de Callum. Cependant, une bonne dose d'amusement accompagnait l'irritation qui flambait dans ses yeux.

Tout comme son grand-père biologique, Garrett n'avait pas l'habitude que les gens lui tiennent tête. Une discussion mouvementée avec une femme au caractère bien trempé ne pourrait que lui faire du bien. Julia semblait être la personne tout indiquée pour lui en faire voir de toutes les couleurs.

D'après les informations que James avait entendues ici et là, son fils était d'un caractère dur et arrogant. Très peu de personnes étaient autorisées à partager sa vie. Même avec sa propre mère, il gardait une impénétrable distance émotionnelle.

James poussa un soupir de lassitude. Si qui que ce soit, et en particulier Callum, découvrait que Garrett était son fils, tout l'héritage qu'il devait recevoir – l'argent, les propriétés, les œuvres d'art – reviendrait à Garrett. Pour rien au monde il n'aurait souhaité que les choses se passent ainsi.

À sa majorité, Garrett avait reçu l'argent d'un fonds de placement que James avait constitué de façon anonyme pour lui, mais Tinsley et Kinga restaient ses filles légitimes. Elles portaient le nom des Ryder-White et elles avaient supporté Callum pendant toute leur vie. De plus, Garrett était déjà riche à millions. Il n'avait absolument pas besoin de cet héritage.

Garrett leva soudain la tête et son regard rencontra celui de James. Il haussa un sourcil moqueur, murmura quelque chose à Julia et se leva pour venir s'asseoir à côté de James. Lorsqu'il parvint à sa hauteur, il s'accouda tranquillement au bar et commanda un whisky avant d'entamer la conversation.

— Tu peux me dire pourquoi tu m'observes depuis tout à l'heure ?

— Je… C'est juste que je connais Julia depuis longtemps. C'est la meilleure amie de Tinsley, et j'imagine que je me comporte d'une manière protectrice avec elle.

— N'importe quoi. Si tu la connais aussi bien que tu le dis, tu devrais savoir que Julia n'a besoin de personne pour se défendre. Sa langue est plus efficace qu'un lance-roquettes. Et puis, ce n'est pas Julia que tu fixais, mais moi.

James dut faire appel à toute sa volonté pour garder l'air impassible. Donnant juste ce qu'il fallait de sarcasme à sa voix, il répondit, comme Callum le faisait souvent :

— Si tu le dis.

Garrett ne parut pas le moins du monde impressionné. Il se contenta de vider son verre avant de fixer James droit dans les yeux.

— Pourquoi étais-tu en train de me regarder, James ? Je veux la vérité. Chaque fois que je te vois, j'ai l'étrange impression que tu sais quelque chose que j'ignore, que tu as le pouvoir d'affecter ma vie, bien que je ne sache pas comment.

James dut se retenir pour ne pas écarquiller les yeux. Il était à la fois choqué par la clairvoyance de son fils et peiné par la dureté de sa voix.

— Peut-être que ton sixième sens ne fonctionne pas très bien, répondit-il faiblement.

— Il marche toujours.

Garrett reposa brusquement son verre sur le comptoir et se pencha vers lui, le regard sombre et menaçant.

— Que se passe-t-il, James ? Qu'es-tu en train de manigancer ?

James sentit une sueur froide couler le long de sa nuque. Son fils, cet homme qui lui faisait face, avait un caractère impitoyable. Il n'apprécierait probablement pas d'apprendre ses origines au beau milieu du bal le plus couru de l'année. De toute façon, Emma lui avait fait promettre de garder le secret. Il n'avait pas le choix.

— Tu as trop bu, Garrett, ou bien ton imagination t'emporte un peu trop loin.

— Je ne crois pas.

Garrett se leva et posa une main sur l'épaule de James, un sourire inquiétant aux lèvres.

— Tu n'as pas besoin de me dire la vérité, James. Je suis très doué pour découvrir les secrets des autres.

C'est bien ce qui m'inquiète, songea James en observant son fils s'éloigner.

Griff O'Hare en était déjà à sa troisième chanson. Assis en face de Tinsley à une table surchargée de décorations, Cody ne put s'empêcher de remarquer qu'elle était aussi verte que la glace à la pistache posée devant elle, à laquelle elle n'avait pas même goûté. Elle n'avait pas non plus touché aux cinq plats précédents.

S'il faisait abstraction de la pâleur de son teint, Cody trouvait Tinsley magnifique ce soir-là. Sa robe était de loin la plus sexy de toute la salle. Avec sa coiffure savamment décoiffée et ses yeux bleus discrètement mis en valeur par son maquillage, elle avait l'air d'une déesse, mais il voyait bien que, derrière cette façade, quelque chose n'allait pas.

Tinsley semblait porter tout le poids du monde sur ses épaules. Il la connaissait depuis des années, et il était capable de déchiffrer ses expressions bien mieux que la plupart des gens. Il aurait seulement voulu savoir ce qui lui causait une telle détresse. Quelqu'un ou quelque chose lui avait fait du mal, et il se sentait prêt à tout pour effacer cette tristesse qu'il voyait en elle.

Calme-toi, Gallant. Tu n'es pas le sauveur du monde et encore moins celui de Tinsley.

Cody soupira et se mit à jouer distraitement avec son verre de whisky. Sur scène, Griff chantait un standard de rock populaire et tous les yeux étaient rivés sur lui, sauf ceux de Cody. Il ne parvenait pas à détacher son regard de Tinsley. Pourquoi avait-elle l'air aussi défaite ?

Bien sûr, il avait déjà remarqué qu'elle paraissait fatiguée ces derniers jours, mais cela n'avait rien d'anormal. Ils avaient fait des journées infernales pour assurer leurs projets en cours tout en élaborant une étude pour le concours de cocktails. Si Callum acceptait leur proposition, Tinsley et lui passeraient les prochains mois à mettre leur plan en action et à superviser les équipes qui travailleraient sur le projet.

En attendant, ils avaient encore de très longues journées au bureau devant eux. Si Tinsley était déjà épuisée, elle risquait de s'effondrer dans une semaine ou deux.

Cody secoua la tête, songeant à quel point Tinsley était incapable de déléguer la moindre tâche et voulait toujours faire les choses elle-même. Elle se rendait la vie dix fois plus compliquée et fatigante que nécessaire. Malgré tout, elle ne se plaignait jamais et fournissait un travail rigoureusement efficace. Elle ne craquait pas, et il aurait pourtant aimé qu'elle le fasse plus souvent.

Oui, voir Tinsley Ryder-White se lâcher un peu ne pourrait que faire du bien à tout le monde, elle la première.

Il se souvenait encore de sa crise de larmes dans son bureau quelques semaines plus tôt, lorsque JT leur avait annoncé qu'il allait avoir un bébé. Depuis ce moment, il l'avait toujours vue parfaitement calme et maîtresse de ses émotions, jusqu'à ce soir du moins.

Que lui arrivait-il ? Était-elle malade, angoissée, ou simplement surchargée de travail ? Avait-il la moindre chance de le savoir ?

À en juger par le ton professionnel qu'elle adoptait avec lui, personne n'aurait pu se douter que Tinsley et lui avaient partagé une nuit incroyablement intense quelques semaines plus tôt. Elle restait toujours polie et concentrée sur le travail. Dès lors qu'il tentait de détourner le sujet, que ce soit pour parler famille, nouvelles du monde ou prochaines soirées chez Ryder International, elle lui coupait la parole et revenait sur le terrain du concours de cocktails.

Elle semblait bien décidée à ne jamais faire allusion à ce qui s'était passé entre eux. Cody, lui, ne parvenait pas à l'oublier. La nuit du nouvel an restait gravée dans sa mémoire. Depuis, il s'était senti incapable d'accepter la moindre invitation de la part de Norah ou de n'importe quelle autre femme.

Une seule nuit avec Tinsley avait suffi pour chambouler toute sa vie sexuelle. Qui plus est, l'idée ne le dérangeait pas. Il ne voulait pas d'une relation sérieuse et les coups d'un soir ne l'attiraient plus, ce qui l'obligeait à passer beaucoup de temps avec lui-même ces derniers jours. Pourtant, si Tinsley lui envoyait le moindre signe ce soir, il la suivrait dans sa chambre sans se poser la moindre question.

Cody vida son whisky d'un trait, appréciant la brûlure dans sa gorge, qui lui changeait les idées. Il tenta de s'intéresser à la conversation qui se déroulait entre Sutton et Garrett. Visiblement, une nouvelle cryptomonnaie était en train de révolutionner le monde de la finance. Il se souvint alors que Sutton avait été un investisseur talentueux avant de devenir l'un des plus grands auteurs de fiction du pays.

Profitant d'un blanc dans la conversation, Julia se tourna vers Tinsley et lança :

— J'ai hâte de juger le concours de cocktails, Tins. C'est vraiment une idée géniale.

— Tu peux remercier mon père, répondit Tinsley en repoussant son assiette à dessert.

— J'ai remarqué que l'un des sponsors de l'événement serait la marque de gin Crazy Kate, poursuivit Julia, l'air soucieux.

— En effet, Ryder International travaille avec cette marque depuis des années. Pourquoi ?

— Je ne sais pas s'ils pourront participer, Tins. Ils sont en train de restreindre leurs activités et de licencier une partie de leurs employés.

— Pardon ? s'exclama Tinsley en écarquillant les yeux. Mais pourquoi ?

— Il y a eu plusieurs raisons, mais la pandémie de Covid-19 a eu un énorme impact sur leurs finances, répondit Julia d'un air attristé. Je suis vraiment désolée pour eux. Kate m'a beaucoup aidée lorsque j'ai décidé de devenir mixologue.

— C'est Crazy Kate qui a acheté un nouvel entrepôt et amélioré sa chaîne d'embouteillage récemment, n'est-ce pas ? demanda alors Garrett.

Cody secoua la tête, impressionné par la connaissance encyclopédique de Garrett sur les entreprises américaines. Il était devenu riche en investissant dans de petites compagnies à fort potentiel.

Pour autant, il n'avait rien d'un bon samaritain puisqu'il possédait également un fonds de capital avec lequel il faisait l'exact opposé. S'il trouvait moyen de racheter les dettes d'une entreprise à une banque et de réaliser ainsi des profits, Garrett n'hésitait jamais à le faire. Certes, ses activités n'avaient rien d'illégal, mais on pouvait douter de leur moralité.

Julia pointa alors sa fourchette en direction de Garrett

d'un air menaçant et déclara, comme si elle avait lu dans les pensées de Cody :

— Ne t'avise pas de faire quoi que ce soit à cette entreprise, Kaye, ou tu vas m'entendre.

— J'ai juste posé une question innocente, protesta Garrett.

— Même à ta naissance, je suis sûre que tu n'avais rien d'innocent.

Julia et Garrett entamèrent une dispute animée, et Cody se laissa aller contre le dossier de sa chaise, regrettant presque de ne pas avoir de pop-corn. Il jeta un coup d'œil à Tinsley pour voir si elle profitait du spectacle autant que lui. Bien au contraire, elle venait de se lever brusquement de sa chaise, le teint aussi blanc que sa robe.

Son regard croisa brièvement celui de Cody et elle secoua la tête. L'instant d'après, elle se précipita vers l'autre extrémité de la pièce. Jamais Cody n'aurait cru qu'on pouvait se déplacer aussi vite sur des talons aiguilles. Sans aucun doute, quelque chose n'allait pas. Qui pouvait-il prévenir ?

Il chercha à attirer l'attention de Julia, mais elle était toujours prise par sa discussion avec Garrett et n'avait même pas vu son amie quitter la table. Kinga se tenait juste devant la scène et échangeait de longs regards avec Griff. La mère de Tinsley, peut-être ? Où était Penelope ?

Il la chercha des yeux autour de la salle et finit par la découvrir en compagnie de Callum, discutant à bâtons rompus avec un sénateur. Hors de question de les déranger, ce qui ne laissait plus que… lui-même.

Génial.

Il se leva de table et suivit le chemin que Tinsley venait d'emprunter, hors de la salle de bal, jusque dans le hall principal de l'hôtel. Elle n'avait pu que prendre l'ascenseur ou aller aux toilettes. Étant donné la précipitation dont Tinsley avait fait preuve, Cody penchait plutôt pour la seconde solution.

Il poussa un soupir et traversa le hall d'entrée pour atteindre la pièce en question. Il se retrouva alors dans ce qui ressemblait à un salon élégamment décoré, avec des miroirs encadrés de moulures et un canapé à l'air confortable.

Seule la cabine la plus proche de l'entrée était occupée. La porte était entrouverte et il distingua un ruban de soie blanche dans l'embrasure. L'instant d'après, il entendit le son étouffé d'un haut-le-cœur.

Réfléchissant à toute vitesse, il verrouilla la porte des toilettes à clé – tant pis pour les autres invitées – et poussa celle de la cabine où se trouvait Tinsley. Elle était accroupie au sol, essayant de maintenir son équilibre tout en repoussant maladroitement quelques mèches de son visage.

Cody ne perdit pas de temps à lui poser la moindre question. Il s'agenouilla près d'elle, attrapa ses longs cheveux d'une main et passa son bras libre autour de sa taille pour l'aider à se stabiliser.

— Je te tiens, ma belle.

Tinsley se retourna et lui décocha un regard noir.

— Ne m'appelle pas « ma belle ». Jamais, tu m'entends ? Et laisse-moi tranquille. Je n'ai pas besoin de ton…

Un autre spasme la parcourut et l'empêcha de finir sa phrase. Cody secoua la tête. Il ne risquait pas de la laisser seule, d'autant plus qu'elle s'appuyait contre lui et qu'elle risquait de tomber s'il reculait. Il espérait seulement qu'elle n'avait rien de grave. Elle était déjà trop mince, et perdre encore du poids risquait de ne pas lui faire de bien.

Tinsley se laissa aller contre lui et posa la tête sur l'épaule de Cody. Il porta une main à son front. Heureusement, sa peau était fraîche, ce qui devait signifier qu'elle n'avait pas de fièvre.

— Tu te sens mieux ? demanda-t-il en repoussant une mèche brune délicatement parfumée derrière son oreille.

Elle hocha la tête doucement.

— Dans ce cas, laisse-moi t'aider à te lever.

Tinsley s'accrocha à ses épaules tandis qu'il la soulevait par la taille. Elle se remit sur ses pieds et il garda une main fermement posée sur sa hanche, peu confiant dans les chaussures vertigineuses qu'elle portait. Une fois certain qu'elle n'allait pas tomber, il la prit par la main pour la guider vers le canapé. Elle se laissa aussitôt tomber parmi les coussins.

— Je vais aller te chercher une bouteille d'eau pour te rincer la bouche. Reste assise.

Elle secoua la tête, l'air plus morte que vive.

— Je n'ai pas réellement été malade. J'ai juste eu des haut-le-cœur.

— D'accord, mais tu n'as pas l'air en grande forme. As-tu mangé quelque chose de suspect ce midi ?

— Non, ce n'est pas quelque chose que j'ai mangé.

— Alors, que t'arrive-t-il ?

Elle leva les yeux vers lui. Au milieu de cet océan de bleu et de violet, un tourbillon d'émotions faisait rage, et Cody y distingua une bonne dose de panique.

— Voilà ce qui m'arrive, finit-elle par répondre en ouvrant son sac à main.

Elle en extirpa une sorte de baguette en plastique qu'elle lui tendit aussitôt. Confus, il retourna l'objet et vit deux lignes rose foncé dans une fenêtre grise.

— Tinsley ? Tu es enceinte ?

Elle lui arracha le test de grossesse des mains et le fixa pendant une poignée de secondes.

— On dirait bien.

— Comment ça, « on dirait bien » ? Tu n'étais pas au courant ?

— J'ai fait le test tout à l'heure, mais je n'arrivais pas à le regarder. J'étais déjà presque sûre du résultat quand j'ai commencé à être malade.

Elle passa une main distraite dans ses cheveux, délogeant quelques mèches de sa coiffure au passage. Les yeux de Cody glissèrent involontairement vers l'estomac parfaitement plat de Tinsley.

— Sais-tu depuis combien de temps tu es enceinte ?

— Environ six semaines.

Elle avait accompagné sa réponse d'un haussement de sourcils et d'un regard intense. Cody fronça le nez. Visiblement, elle tentait de lui faire passer un message qu'il ne comprenait pas.

— Qu'est-ce qu'il y a ? finit-il par demander.

— Il y a six semaines, c'était le nouvel an, Cody. Que faisions-nous ce soir-là ?

— Mais j'ai… Nous… Quoi ? balbutia-t-il d'un air qu'il devinait parfaitement stupide.

Tinsley leva les yeux au ciel.

— As-tu vraiment besoin que je te fasse un dessin ? Tu es le père de mon bébé, Cody.

Il porta une main à son estomac et se demanda s'il n'allait pas être malade lui aussi.

- 6 -

Après une pareille conversation, ni Tinsley ni Cody ne se sentaient le courage de retourner dans la salle de bal. Cody l'entraîna vers l'ascenseur et pressa le bouton du dernier étage. En tant qu'ami de Fox Forrester, le propriétaire de la chaîne d'hôtels, il avait une suite privée qu'il pouvait occuper autant qu'il le désirait.

Heureusement pour eux, personne ne monta dans l'ascenseur en cours de route, et le couloir du dernier étage était désert. Cody composa le code secret et invita Tinsley à entrer. Les lampes du hall d'entrée s'allumèrent automatiquement, baignant la pièce d'une lumière douce et apaisante.

Dieu sait si j'ai besoin d'apaisement, songea Cody.

Avant cela, il avait surtout besoin d'un verre.

Il entra à son tour dans la suite. Les immenses baies vitrées offraient une vue magnifique sur l'Hudson et Central Park, mais il était incapable d'apprécier le paysage ce soir-là. Les mots de Tinsley tournaient en boucle dans sa tête.

« Tu es le père de mon bébé »…

Cody passa une main nerveuse dans ses cheveux et traversa le salon jusqu'au coin opposé de la pièce, où se trouvait le bar. Il tendit la main et attrapa la carafe de whisky, s'en servit un verre, puis un deuxième qu'il avala aussi vite que le premier.

Ce n'est pas possible. C'est une blague. Il doit y avoir une autre explication.

Les doigts toujours crispés autour de son verre, il se retourna pour voir où était Tinsley. Elle se tenait debout au beau milieu du salon, toujours aussi pâle que sa robe, les cheveux défaits.

— Pour l'amour du ciel, assieds-toi avant de tomber dans les pommes.

Il perçut un éclair de défi dans son regard, mais Tinsley soupira et se laissa tomber dans le fauteuil le plus proche, retirant rapidement ses chaussures pour ramener ses pieds sous elle. L'heure était aux bouleversements et Cody le savait. Pourtant, il avait toujours aussi envie de l'embrasser, de la toucher, de sentir sa peau contre la sienne. Qu'est-ce qui n'allait pas chez lui ?

— Veux-tu boire quelque chose ? lui proposa-t-il. J'ai du whisky, du vin, des liqueurs…

— Je suis officiellement enceinte, Cody. Je ne peux plus boire d'alcool. Si tu as de la limonade, ce sera parfait.

La voix de Tinsley avait faibli sur ces derniers mots, et, lorsqu'il se tourna vers elle, il vit que sa tête avait glissé et que ses yeux commençaient à se fermer.

— Ne t'endors pas maintenant. Il faut qu'on parle.

— Je serai toujours enceinte demain matin, protesta-t-elle. Je suis épuisée, Cody. Laisse-moi dormir un quart d'heure. Tu me réveilleras après.

— N'y compte pas. Nous allons discuter, et maintenant, contra-t-il de sa voix la plus ferme.

Il alla chercher une bouteille de limonade dans le réfrigérateur, déposa quelques glaçons dans un grand verre et versa le liquide par-dessus.

— Assieds-toi droite et bois un peu, ordonna-t-il à Tinsley. Le sucre devrait te réveiller.

Elle le regarda de travers mais finit par boire quelques gorgées de sa limonade, probablement trop fatiguée pour protester. Cody s'assit sur le rebord de la table basse en face d'elle et posa les coudes sur ses genoux pour la scruter.

— Commence par le début, lui demanda-t-il.

— Il n'y a pas grand-chose à dire, affirma-t-elle avec un haussement d'épaules. Nous avons couché ensemble, la nature a fait son travail, et voilà.

— J'ai utilisé des préservatifs, Tinsley. Chaque fois.

— Dans ce cas, tu devrais savoir qu'ils ne sont pas efficaces à cent pour cent, rétorqua-t-elle en reposant brusquement son verre sur la table.

Cody ôta sa veste, ouvrit les premiers boutons de sa chemise et tendit la main vers la télécommande pour augmenter l'air conditionné dans le salon. Il avait si chaud qu'il se sentait sur le point d'imploser.

— L'un des préservatifs était peut-être endommagé, ou bien tu l'as mal mis, poursuivit Tinsley.

— Et puis quoi, encore ? J'utilise des préservatifs depuis suffisamment longtemps pour savoir les mettre !

La conversation qu'ils avaient eue une semaine après leur aventure, à propos de JT et de son futur bébé, lui revint alors en mémoire. Tinsley lui avait dit qu'elle voulait désespérément un enfant. Elle avait même souhaité qu'il soit son donneur.

La gorge serrée, il se demanda si elle lui avait tendu un piège le soir du nouvel an, si elle avait planifié tout ce qui était en train de se passer. Peut-être était-ce même encore pire. Sous le coup de la jalousie, elle avait pu coucher avec quelqu'un d'autre sans se protéger, et elle essayait maintenant de lui mettre cette paternité sur le dos.

— Tinsley, existe-t-il une possibilité que je ne sois pas le père de cet enfant ?

Lorsqu'elle comprit le sens de sa question, ses yeux se mirent à flamboyer de colère. Elle inspira brusquement et enfonça un ongle aiguisé entre les côtes de Cody.

— M'accuses-tu d'être une menteuse, Gallant ? Crois-tu que je suis en train de te piéger ?

Il resta silencieux, affrontant son regard, cherchant des réponses qu'il n'avait pas.

— Je n'ai pas besoin de mentir ! s'écria-t-elle. Je suis indépendante financièrement et parfaitement capable d'élever un enfant seule. Je n'ai pas besoin de toi, imbécile. Jamais je ne te dirais que tu es le père si je n'en étais pas certaine. Comment peux-tu me croire capable d'une chose pareille ?

— Oh ! mais je peux, rétorqua-t-il d'une voix glaciale qu'il reconnaissait à peine. Tu ne vas tout de même pas me raconter que tu n'as couché qu'avec moi ces derniers mois.

— Je n'ai couché qu'avec toi depuis mon divorce.

Waouh. Celle-là, je ne l'ai pas vue venir.

— Je ne comprends pas, dit-il en secouant la tête. Tu es une jeune femme magnifique, passionnée et passionnante. Tu as dû recevoir je ne sais combien de propositions depuis trois ans.

— Des propositions que j'ai toutes refusées. De toute manière, là n'est pas le sujet. Pourquoi parlons-nous de ma vie sexuelle alors que nous devrions discuter de… ça ?

Cody suivit son regard, fixé sur le test de grossesse qu'il tenait toujours à la main. Un poids immense était en train de tomber sur ses épaules. Il entendait les portes d'une prison imaginaire se refermer sur lui, l'une après l'autre, le laissant pris au piège.

— Je ne *peux pas* être le père, Tinsley. C'est impossible. Je suis désolé, mais tu dois te tromper quelque part.

Après avoir perdu sa jeunesse à élever JT, Cody avait

soigneusement géré sa vie sentimentale pour s'assurer qu'il ne deviendrait plus jamais responsable d'un autre être humain. Maintenant, Tinsley lui annonçait qu'il allait avoir un enfant, un bébé sans défense, dont il aurait la charge pour le restant de sa vie ? Comment aurait-il pu l'accepter ?

Sans un mot, Tinsley reposa les pieds par terre, enfila ses talons hauts et se leva avec élégance.

— Lorsque tu m'as débité tout un discours pour me convaincre de ne pas épouser JT, je croyais que tu ne pourrais jamais faire pire. Ta réaction vient de me prouver le contraire.

Elle arracha le test de grossesse du poing fermé de Cody, et le toisa d'un regard dur et méprisant.

— Je vais faire des phrases courtes pour être sûre que tu me comprennes. Je suis enceinte de six semaines et ce bébé a été conçu la nuit où nous avons couché ensemble.

Elle se pencha pour récupérer son sac à main, et, lorsqu'elle se tourna à nouveau vers lui, ses joues étaient rouges de colère.

— Oublie cette nuit, oublie la conversation que nous venons d'avoir, oublie que tu as conçu mon bébé. En ce qui me concerne, tu n'es rien d'autre qu'un donneur et je n'ai plus rien à faire avec toi.

— Nous allons devoir travailler ensemble pendant les mois à venir, contra-t-il.

— Je préfère encore démissionner plutôt que travailler avec toi. Reste loin de moi, Gallant. Très loin, si possible.

Cody resta planté là alors qu'elle traversait la suite au pas de course, sursautant lorsqu'il entendit la porte d'entrée se refermer avec une violence remarquable. On pouvait dire que cette conversation ne s'était pas très bien passée…

Et c'était probablement le plus bel euphémisme de l'année.

Alerte ! Cody Gallant est en route pour venir te voir.

Tinsley travaillait depuis son domicile, ce jour-là. Assise dans le salon de son appartement donnant sur Congress Street, elle fit la grimace en lisant le message que son assistante venait de lui envoyer. Moose, son énorme chat maine coon, était allongé sur ses pieds depuis une dizaine de minutes, et elle avait perdu toute sensation dans sa jambe droite. L'animal avait tendance à mordre quiconque osait le déranger. Pourtant, il allait bien falloir qu'elle bouge.

Prenant son courage à deux mains, elle fit glisser ses jambes le plus rapidement possible et évita de justesse un coup de dent.

— Tu es vraiment démoniaque, marmonna-t-elle à l'adresse de son chat avant de se lever.

Son pied droit se déroba et elle passa une bonne minute sur un pied, sautillant de gauche à droite et grognant de douleur à mesure que la circulation revenait dans sa jambe. La sensation était désagréable, mais moins que l'arrivée imminente de Cody Gallant devant sa porte.

Une semaine s'était écoulée depuis qu'elle lui avait annoncé sa grossesse. Depuis, elle avait soigneusement rejeté tous ses appels et ignoré ses messages. Le lundi précédent, elle était même allée à Londres pour un rendez-vous avec une agence de publicité, alors qu'elle aurait parfaitement pu organiser une visioconférence. Partir sur un autre continent lui avait semblé un moyen efficace d'éviter Cody.

La veille, à son retour, elle avait trouvé dix appels en absence et une nouvelle avalanche de messages de sa part. Il commençait à perdre patience. Tinsley se rendait bien compte qu'elle ne pourrait pas repousser cette conversation avec lui beaucoup plus longtemps.

Ils allaient devoir discuter de sa grossesse, de ce qu'elle attendait de lui – rien du tout – et de l'implication qu'il comptait avoir dans la vie de son futur enfant – probablement aucune.

La vie de son enfant…

Pourquoi cette pensée ne la rendait-elle pas heureuse ? Elle aurait dû se sentir enthousiaste et impatiente, elle qui avait toujours rêvé de porter la vie et d'élever un enfant. Elle avait passé des heures et des heures à rêver de son ventre rond et de son futur bébé. Maintenant, elle se sentait comme vide, presque indifférente.

Qu'est-ce qui n'allait pas chez elle ?

Bien sûr, la réaction de Cody l'avait blessée, mais elle aurait tout de même dû être heureuse de sa grossesse. Elle ne l'était pas et elle ne comprenait absolument pas pourquoi.

La seule chose qu'elle constatait, c'était son aversion à l'idée de revoir Cody. Elle n'avait pourtant pas le choix. Outre leur conversation à propos de sa grossesse, ils allaient probablement devoir parler du travail, puisque Callum venait d'approuver leurs propositions concernant le concours de cocktails. Il leur avait même octroyé un budget plus conséquent que prévu. Maintenant, Cody et elle devaient mettre le projet sur pied.

Tinsley jeta un coup d'œil à ses vêtements et fit la grimace. Elle portait un pantalon de yoga et un sweat-shirt d'un vert indéfinissable. Quant à ses cheveux, ils étaient ramassés au sommet de son crâne dans une immense pince crocodile. Elle s'était tout de même douchée ce matin-là, mais elle avait à peine eu le courage d'appliquer de la crème hydratante sur ses joues avant de retourner se coucher.

Était-ce bien normal de se sentir aussi fatiguée et aussi malade pendant la grossesse ? Les livres parlaient de nausées matinales, mais elle en avait à chaque heure du jour et de la nuit. Peut-être se sentait-elle aussi peu enthousiaste de sa grossesse parce que son corps se montrait remarquablement peu coopératif.

Entre ses heures supplémentaires au travail et son attirance exaspérante pour le père de son bébé, elle était stressée en permanence ces derniers temps. Ses symptômes étaient peut-être psychosomatiques.

Tinsley fut attirée à la fenêtre par un bruit de moteur. Elle grimaça en voyant le SUV Mercedes qui s'engageait dans son allée. Elle avait espéré pouvoir se changer avant l'arrivée de Cody, mais elle s'était attardée et il était déjà là. Elle l'observa alors qu'il sortait de sa voiture, coupant à travers le jardin enneigé pour arriver à la porte d'entrée, les traits visiblement tendus.

Elle prit son temps pour répondre à l'Interphone et le laisser entrer. Une minute dans le froid suffirait peut-être à calmer l'irritation de Cody. Dix secondes plus tard, elle entendit un coup sec frappé à sa porte et prit une grande inspiration avant d'ouvrir.

Tinsley leva la tête et affronta le regard furieux de Cody.

— On peut savoir pourquoi tu ignores tous mes appels ? demanda-t-il en l'écartant légèrement pour pénétrer dans l'appartement, laissant tomber son sac sur le banc de l'entrée.

— Bonjour, Cody, rétorqua-t-elle avec un calme condescendant.

Elle se souvint ensuite que c'était elle qui l'ignorait

depuis plusieurs jours, et qu'elle n'avait aucune leçon de bonnes manières à lui donner.

Elle prit sa veste et l'accrocha au portemanteau avant de l'inviter à entrer dans le salon. Tout comme chez Kinga, qui occupait l'appartement voisin du sien, le rez-de-chaussée était composé d'une immense pièce à vivre ouverte sur la cuisine. Tinsley avait choisi de garder les murs en brique et les poutres apparentes du bâtiment.

Pour contrebalancer le style industriel de la pièce, elle avait disposé des canapés en tissu couleur crème et rose pâle, et de grands tapis moelleux. Le salon était également envahi par une impressionnante collection de plantes vertes.

— Tu veux boire quelque chose ? demanda-t-elle à Cody.

Elle espérait de toutes ses forces qu'il ne lui réclamerait pas de café. Bien sûr, puisqu'il s'agissait de Cody, c'était exactement ce qu'il voulait boire.

— Dans ce cas, pourrais-tu le faire toi-même ? proposa-t-elle en désignant la machine à café posée sur le comptoir. L'odeur du café me provoque des nausées.

Cody haussa les sourcils, mais resta silencieux et se mit à s'activer dans la cuisine comme s'il était chez lui.

— Est-ce que je peux te préparer quelque chose ? s'enquit-il.

Tinsley n'avait besoin de rien, mais elle fut obligée de reconnaître qu'il avait de bonnes manières, même lorsqu'il était énervé.

Cody revint dans le salon quelques minutes plus tard. Il tenait la tasse préférée de Tinsley à la main. Le contenant exhalait une forte odeur de café, et Tinsley sentit son estomac se révulser. Elle ferma les yeux et inspira profondément. Cette fois, heureusement, la nausée passa comme elle était venue.

Cody s'installa dans un fauteuil en face d'elle. Son regard se porta aussitôt sur Moose, qui s'était roulé en boule sur le canapé et prenait quasiment toute la place.

— Ce chat est-il sous stéroïdes ?

— Moose est un maine coon, dit-elle en haussant une épaule. Il est un peu plus gros que les autres espèces félines, mais c'est surtout à cause de ses poils.

— Je vois. Allons-nous entamer une passionnante conversation sur les félins ou discuter de ce que tu m'as annoncé la semaine dernière ?

— C'est plus facile de parler de chats, admit Tinsley.

Elle porta une main à son front où couvait, comme souvent, un début de migraine. Elle avait fréquemment mal à la tête. Entre ces douleurs et les nausées en permanence, le premier trimestre de sa grossesse était vraiment plus difficile que ce qu'elle avait imaginé.

Elle sentit un pincement d'inquiétude familier au creux de sa poitrine et, comme toujours, s'efforça de l'ignorer. La grossesse était vécue différemment par toutes les femmes. Tous les livres le disaient, alors elle ne devait pas se faire de souci.

Cody reposa sa tasse sur la table basse et posa les coudes sur les genoux, son regard intense et scrutateur.

— J'essaie de te joindre depuis des jours, Tinsley.

— Je ne me sentais pas le courage de te parler. D'ailleurs, je n'étais pas capable de parler à qui que ce soit.

— Qui d'autre est au courant pour le bébé ?

— Personne. Kinga est dans les îles Keys avec Griff, et Julia vient de partir à Palm Beach pour ouvrir un bar éphémère. Mes parents sont restés à New York après le bal. Je ne voulais pas leur annoncer la nouvelle au téléphone. De toute façon, je crois que je ne suis pas encore prête. Tu es le seul au courant pour l'instant.

— Très bien. D'après ce que j'ai compris, tu souhaites garder ce bébé, n'est-ce pas ? C'est toujours ton intention ?

— Après la réaction que j'ai eue en apprenant la grossesse de Heather, j'aurais beau jeu de ne pas vouloir le garder.

— Tout le monde a le droit de changer d'avis, tu sais. Ce n'est pas un crime.

Elle redressa le menton et rétorqua d'un air de défi :

— Eh bien, ce n'est pas mon cas. Ma décision ne changera pas. Si tu es venu pour me convaincre de ne pas avoir ce bébé, tu peux repartir.

Cody ferma les yeux et poussa un soupir frustré.

— Est-ce une habitude chez toi de tirer des conclusions hâtives, ou bien ai-je droit à un traitement spécial ?

Tinsley se sentit rougir et, marmonnant une excuse, enfouit la main dans l'épaisse fourrure de Moose pour dissimuler son embarras. Elle détestait qu'on la mette face à ses erreurs. Malheureusement pour elle, Cody avait un certain talent pour cela.

Parce qu'elle ne se sentait toujours pas prête à discuter du vrai problème, elle se creusa la tête pour détourner la conversation et finit par trouver le sujet idéal.

— As-tu vu le mail que Callum nous a envoyé aujourd'hui ?

— Oui, je viens de le lire. As-tu remarqué que mes honoraires étaient substantiellement réduits par rapport à notre proposition de départ ?

— J'en suis désolée, dit-elle avec une grimace imaginaire à l'adresse de son grand-père.

— Il n'y a pas de quoi. J'avais gonflé mes tarifs dans l'étude pour être sûr de recevoir ce que je voulais vraiment.

Impressionnée, Tinsley ne put s'empêcher de sourire.

— Tout de même, je suis désolée que tu aies dû ruser avec mon grand-père.

— J'ai l'habitude, tu sais. Je fais ça avec la plupart de mes clients. J'obtiens presque toujours ce que je veux.

Tinsley n'en doutait pas une seconde. En à peine dix ans, Cody avait bâti un empire multimillionnaire. Il avait des succursales partout dans le monde. En plus de son appartement luxueux à Portland, il possédait une propriété à Los Angeles et un jet privé. Les gens disaient souvent qu'il était l'un des célibataires les plus en vue de tout le pays.

Pourtant, Tinsley ne s'intéressait absolument pas à lui sur le plan romantique. Elle avait déjà pris le nom des Gallant une première fois et n'avait aucune envie de renouveler l'expérience. Rester une Ryder-White lui paraissait beaucoup plus simple.

Tinsley ramena une jambe sous elle et se redressa contre le dossier du canapé, cherchant une position plus confortable.

— Je serai de retour au bureau dès demain, déclara-t-elle. Nous pourrons établir un planning, décider qui s'occupe de quoi.

— Il n'y a pas d'urgence. J'ai donné des instructions à mon équipe et ils ont déjà commencé à mettre les choses en place.

Pardon ? songea Tinsley avec un début de panique.

Elle se redressa brusquement, les pensées se bousculant dans sa tête. Le projet ne pouvait pas démarrer sans elle. Elle avait besoin de contrôler tout ce qui était fait, de s'assurer que l'équipe de Cody travaillait comme il le fallait, autrement dit à la perfection.

— C'est hors de question, Cody. Que font tes équipes

exactement ? Pourquoi ne m'as-tu pas demandé mon avis ? J'ai besoin de savoir ce qui se passe à chaque minute du projet.

— Tu ne répondais pas à mes appels, alors j'ai commencé sans toi. Ne viens pas me reprocher d'avoir fait mon travail alors que tu étais injoignable.

— J'étais à Londres, contra-t-elle d'une voix peu convaincue et peu convaincante.

— C'est bizarre, dit Cody d'un air faussement songeur. La dernière fois que je suis allé à Londres, ils avaient des téléphones et des ordinateurs.

— Très bien. Si tu veux le savoir, j'étais en train de t'éviter.

— Je sais. J'aimerais que cela n'arrive plus, répondit Cody avec un sérieux qui la surprit. Au-delà des questions de travail, je m'inquiétais pour toi et pour le bébé.

Voilà qui était sympathique, mais Tinsley ne le croyait pas une seconde. Il s'était montré très clair sur le fait que la paternité ne l'intéressait pas.

— D'ailleurs, à ce propos…

Ça y est, songea Tinsley.

C'était le moment des questions, des disputes et des problèmes. Comment allait-elle gérer tout cela ? Comment aurait-elle pu lui répondre alors même qu'elle avait cette curieuse impression de *ne pas être enceinte*, malgré les deux autres tests qu'elle avait faits, malgré les nausées incessantes ?

— Comment vas-tu ? demanda alors Cody.

— Je… Quoi ?

— Il me semble que je ne parle pas hébreu, Tinsley. Je veux savoir comment tu te sens.

— Pour être honnête, pas très bien. Je suis fatiguée en permanence et je passe ma vie aux toilettes.

— Encore ? Ce n’est pas normal.

— D’après les livres sur la grossesse, les nausées s’arrêtent le plus souvent entre douze et seize semaines, mais elles peuvent durer neuf mois pour certaines femmes. J’espère que ce ne sera pas mon cas.

— Je vois. Que dit ton médecin ?

Il avait l’air si calme, si imperturbable que Tinsley en fut presque impressionnée.

— J’ai appelé ma gynécologue il y a quelques jours. D’après elle, je suis jeune et en bonne santé, donc tout va bien se passer. Elle m’a simplement prescrit des vitamines et une échographie à douze semaines de grossesse.

— Que nous dira cet examen ?

Il avait dit « nous ». Tinsley ne put s’empêcher de ressentir un frisson d’excitation.

Calme-toi, idiote. Il n’est que ton donneur, pas le père de ton enfant, et encore moins le prince charmant. Tu ne crois plus à tout ça.

— Cette échographie servira à déterminer avec précision ma date d’accouchement. C’est aussi là que je verrai si j’ai un seul bébé, ou des jumeaux, voire…

— Mon Dieu, gémit Cody en enfouissant la tête dans ses mains.

Son visage était devenu aussi blanc que le tapis, et elle se retint pour ne pas éclater de rire. Après tout, pourquoi avait-il aussi peur ? Ce n’était pas lui qui devrait accoucher !

— La première échographie sert aussi à vérifier si le bébé est en bonne santé, poursuivit-elle. Ils font un test qui permet d’écarter des maladies comme la trisomie 21, et d’autres dont je ne me souviens pas.

Le coup d’œil de Cody la cloua sur place.

— Si le bébé est atteint de l'une de ces maladies, que feras-tu ?

— Je… Je n'en sais rien, murmura-t-elle en portant une main à son cœur. Je n'arrive pas à y penser.

Cody termina son café, qui devait être glacé à présent, et lui décocha un regard plein de doutes et de questions. Au bout d'une minute, Tinsley prit son courage à deux mains et brisa le silence.

— Cody, rien de tout cela n'est ton problème. Je t'ai dit que j'étais prête à avoir cet enfant seule. Il faut tout de même que tu saches quelque chose…

Il haussa un sourcil interrogatif, l'encourageant à continuer.

— Je n'ai rien planifié de tout cela. Je ne t'ai pas piégé, et jamais je n'imposerais un tel choix de vie à qui que ce soit. Avoir un enfant est une décision trop importante.

Elle resta silencieuse un moment, se demandant jusqu'où elle pouvait être honnête avec lui, mais finit par décider que Cody méritait la vérité.

— Si je t'ai ignoré ces derniers jours, c'est en grande partie parce que j'étais toujours fâchée contre toi. J'étais déçue que tu puisses me croire capable d'une chose pareille.

Cody passa une main dans ses cheveux, le regard plein de regret et de honte.

— En effet, je devrais m'excuser pour ça. J'étais chamboulé et je commençais à paniquer.

Tinsley attendit qu'il poursuive, mais seul un long silence lui répondit.

— Tu n'es vraiment pas doué pour les excuses, Gallant.

— Je sais, dit-il avec un petit sourire contrit.

Il fixa ses mains pendant une bonne minute, puis, enfin, leva les yeux vers elle et prit une grande inspiration.

— Je suis désolé, Tinsley. J'ai réagi comme un imbécile.

— Excuses acceptées.

— En attendant, il faut que nous discutions de mon implication dans cette histoire.

— Très bien. À quel point souhaites-tu participer ?

Elle avait parlé d'un ton plus hostile qu'elle ne l'aurait voulu, et Cody resta silencieux un long moment, perdu dans ses réflexions.

— J'ai du mal à te donner une réponse ferme. Une partie de moi aurait le réflexe de te laisser gérer ce bébé seule, mais j'aurais l'impression d'être le dernier des lâches. D'un autre côté, je sais que je veux au moins participer financièrement. C'est la moindre des choses et je te promets que cette partie-là ne sera jamais un problème. Enfin, par moments, l'idée de ce bébé me rend presque… joyeux ? Je ne sais pas. Je ne sais même plus ce que je pense.

Pour quelqu'un de déterminé comme Cody, cette idée devait être déstabilisante, et Tinsley ne pouvait que comprendre la difficulté de ce qu'il vivait.

— Je n'ai pas besoin d'une réponse aujourd'hui, ni même demain.

— Tant mieux. Je serais incapable de t'en donner une, marmonna-t-il d'un air désemparé.

Tout comme elle, Cody essayait simplement de se faire à l'idée. L'arrivée d'un enfant représentait un bouleversement énorme. Cela dit, ils avaient encore du temps pour prendre toutes ces décisions, encore sept mois précisément.

— Tu sais, je veux ce bébé plus que tout, mais je préfère rester réaliste. Tout peut arriver. D'après Dr Internet, au moins vingt pour cent des grossesses se terminent par une fausse couche, et cela arrive en général pendant le premier trimestre.

Cody releva la tête pour la regarder, l'invitant d'un geste à poursuivre.

— Ce que je veux dire, c'est que je ne suis qu'au tout début de ma grossesse. Nous devrions prendre les choses petit à petit. C'est important que nous nous entendions bien, non seulement pour le bébé, mais aussi parce que nous allons travailler ensemble ces prochains mois.

— D'accord, on peut essayer. Quoi d'autre ?

— J'aimerais que tout ceci reste entre nous pour le moment. Les gens n'ont pas besoin de savoir.

— Tu n'as pas envie de jeter ta grossesse à la figure de JT ?

Tinsley ne pouvait nier qu'elle y avait pensé. Une partie d'elle-même rêvait d'envoyer un mail groupé annonçant à JT qu'elle était enceinte, et de son frère par-dessus le marché. Mais elle valait mieux que cela.

— Non, finit-elle par répondre. Je me fiche de JT.

— Tu as sursauté en disant son prénom, remarqua Cody d'une voix dure. Es-tu toujours amoureuse de lui, Tinsley ?

Sans répondre, elle se leva et marcha lentement jusqu'à la fenêtre. À sa gauche, tout au fond du deuxième tiroir de la commode, se trouvait une photo de JT et d'elle qui avait été sa préférée pendant des années. Elle avait été prise pendant leur lune de miel à Hawaï.

On y voyait JT allongé sur une chaise longue, en train de lire. Tinsley le contemplait avec adoration, mais lui restait tout entier concentré sur son livre. Elle pouvait dire à présent que cette photo avait été une métaphore de leur mariage. Pendant douze ans, elle s'était battue tous les jours pour obtenir des miettes d'affection de sa part.

Son univers avait volé en éclats lorsque JT avait demandé le divorce. Pourtant, avec un peu de recul, elle était capable de le dire : elle aurait dû anticiper la catastrophe. Elle n'avait vu que ce qu'elle avait voulu voir.

Jamais elle ne referait une telle erreur.

Dehors, la neige s'était remise à tomber à gros flocons paresseux. Tinsley les regardait sans les voir.

— Non, finit-elle par répondre. J'ai été amoureuse de JT, mais ce n'est plus le cas.

Elle entendit le soupir de Cody depuis le salon, et, à travers la vitre, elle l'observa se lever de son fauteuil et s'approcher d'elle. Les mains de Cody se posèrent sur ses épaules, et elle sentit son souffle chaud contre sa joue lorsqu'il se pencha pour lui murmurer :

— Tant mieux. Je ne me sentirai plus coupable d'avoir envie de t'embrasser.

Retenant un soupir, elle rejeta la tête en arrière pour le regarder.

— Et… as-tu l'intention de m'embrasser ?

— Tu verras bien.

L'instant d'après, les lèvres de Cody se posaient sur les siennes. Il la fit pivoter vers lui et posa les mains sur ses hanches, l'embrassant avec une douceur infinie. Il faisait durer l'instant comme s'il l'avait attendu depuis des siècles. Tantôt sa langue frôlait la sienne, tantôt il mordillait sa lèvre inférieure, l'aspirant doucement entre ses dents.

Tinsley encadra son visage de sa paume, caressa sa joue recouverte d'une ombre de barbe avant de laisser glisser sa main le long de son cou, jusqu'à la lisière de sa chemise. La peau de Cody était chaude sous ses doigts. Contre sa poitrine musclée, elle se sentait étrangement petite et protégée.

Elle se définissait toujours comme une femme indépendante qui n'avait besoin de personne. Pourtant, se laisser aller dans les bras solides d'un homme avait quelque chose de réconfortant, sans compter que son désir évident pour elle lui donnait l'impression d'être encore plus puissante.

Cody l'attira plus près contre lui et elle soupira lorsqu'il approfondit leur baiser. Sa main se posa dans les cheveux de Tinsley et glissa lentement le long de son dos, sous son sweat-shirt, tandis que l'autre agrippait fermement ses fesses pour la presser davantage contre son corps.

Le monde extérieur disparut. Seuls Cody et elle existaient encore, s'embrassant à perdre haleine tandis que la neige continuait à tomber au-dehors. Elle avait besoin de lui, encore plus près, de sentir sa peau contre la sienne. Elle tendit la main pour faire sortir sa chemise de son pantalon. Ses doigts caressèrent avidement les contours musclés de son ventre, de son torse. Sans même avoir eu le temps d'y penser, elle s'entendit demander :

— Viens dans ma chambre.

Cody se raidit aussitôt et écarta son visage du sien avec un grognement sourd. Les mains toujours posées sur ses hanches, la respiration haletante, il recula d'un pas et se mit à contempler le plafond.

Visiblement, il s'agissait d'un « non ».

Gênée par son manque total de contrôle – comme souvent avec Cody –, Tinsley se retourna vivement, les joues brûlantes. Elle n'avait pas l'habitude de faire des avances à qui que ce soit. Elle s'était probablement montrée trop directe, mais, après tout, les hommes n'étaient-ils pas censés apprécier ce genre de comportement ? Comment aurait-elle pu le savoir ?

Elle s'obligea à se tourner à nouveau vers Cody. Il se tenait devant la fenêtre, les mains enfoncées dans ses poches, l'air surpris et confus tout à la fois.

Enfin, il soupira et son regard rencontra le sien.

— Je ne suis pas venu ici pour coucher avec toi, Tins, même si je n'ai pas cessé d'en avoir envie depuis la dernière fois. Je pense que ce serait une complication que nous ne pouvons pas nous permettre.

Elle le fixa un long moment en silence, considérant malgré elle le bon sens de ses paroles. Cody et elle se trouvaient déjà dans une situation délicate. Ajouter du sexe à l'équation risquait de la compliquer inutilement. Ils devaient déjà trouver un moyen de travailler ensemble sereinement et se faire à l'idée de la grossesse.

Rêver était facile, mais la réalité venait de verser un seau d'eau froide sur ses illusions. Que savait-elle vraiment de la maternité ? Elle pouvait prétendre qu'elle était prête autant qu'elle le voulait, mais était-elle réellement prête à faire tout cela seule ? Ce n'était pas ce qu'elle avait prévu au départ.

Cela dit, en se souvenant du peu d'implication de JT dans leur mariage, elle comprit qu'il se serait probablement tout aussi peu intéressé à leurs enfants s'ils en avaient eu. Sa vie aurait ressemblé à celle d'une mère célibataire.

Dire que les gens se demandaient pourquoi elle voulait toujours tout contrôler… En réalité, elle n'avait pas eu le choix. Dans sa quête de la vie conjugale parfaite, elle avait tout géré seule, des factures jusqu'aux vacances en passant par la planification des repas. Elle avait servi de mère à JT davantage que d'épouse.

Cody lui pressa doucement l'épaule.

— Nous devons travailler ensemble, et tu es enceinte, lui dit-il, faisant écho à ses réflexions précédentes. Je crois que nous avons suffisamment de choses à penser.

— Je suis d'accord, répondit-elle en croisant les bras

sur sa poitrine. Donc, pour le concours… Qu'est-ce qu'il nous reste à faire ?

— À peu près tout.

Cody jeta un coup d'œil à sa montre avant de s'asseoir sur le canapé, extirpant son ordinateur de sa mallette.

— J'ai quelques heures devant moi avant ma prochaine réunion. Établissons un planning de travail, si tu veux bien.

Ça, je sais faire, songea Tinsley en allant chercher son iPad posé sur son bureau.

Elle s'installa en face de Cody et posa la tablette sur ses genoux. Elle aurait de loin préféré retourner au lit – soit avec Cody, soit pour dormir –, mais elle était consciente que le travail pressait.

Elle ne pouvait pas se permettre de baisser les bras. Après tout, elle aurait une nouvelle bouche à nourrir dans quelques mois, et on racontait que les bébés coûtaient cher…

- 7 -

Quelques heures plus tard, Cody n'avait toujours pas bougé du canapé. Tinsley avait posé ses lunettes sur son adorable nez et ses doigts couraient à toute vitesse sur l'écran de sa tablette. En voyant qu'elle était lancée à cent pour cent, il comprit qu'il allait avoir besoin d'un autre café pour la suivre. Elle ne leva même pas les yeux lorsqu'il partit en direction de la cuisine.

Dehors, la neige tombait toujours et le vent s'était mis à souffler en rafales. Il détestait l'hiver. S'il n'avait pas eu autant de travail, il aurait sauté dans l'avion pour aller passer quelques jours aux Caraïbes. Lézarder sur la plage, sentir la chaleur du soleil sur sa peau, s'endormir bercé par une douce brise tropicale…

Mais non, il ne pouvait pas se permettre de partir maintenant. Il avait trop de responsabilités. À son travail s'ajoutait maintenant le bébé de Tinsley – *leur* bébé.

Perdu dans ses pensées, il se mit à fixer la machine à café comme si elle allait lui apporter des réponses. Il avait eu besoin de toute la dernière semaine pour digérer la nouvelle. Au départ, il s'était senti presque en colère contre Tinsley, puis il s'était souvenu que leur décision de passer la nuit du nouvel an ensemble avait été prise à deux.

L'abstinence restait le seul moyen de contraception fiable à cent pour cent. Ce terme n'ayant jamais fait partie de son vocabulaire, il savait qu'il prenait des risques chaque fois qu'il couchait avec une femme. Il avait gagné contre la fortune pendant une bonne vingtaine d'années. Cette fois, seulement cette fois, sa chance avait tourné.

Tinsley lui avait donné sa bénédiction pour la laisser seule face à sa grossesse. Au tout début, la tentation de fuir avait été forte, mais maintenant ? Il ne pouvait pas faire une chose pareille.

Se retournant vers le salon, il vit à quel point Tinsley avait l'air fatigué. Ses traits tirés et les cernes sous ses yeux disaient à quel point sa grossesse l'épuisait. Pourtant, elle continuait à travailler avec une ténacité et une force qu'il admirait profondément.

D'une certaine façon, Tinsley et lui se ressemblaient. Ils étaient tous deux ambitieux, déterminés, exigeants avec eux-mêmes comme avec les autres. Ils aimaient que les choses soient faites exactement comme ils l'entendaient.

Malgré la complexité de leur situation, Cody se sentait toujours aussi attiré par elle. Tinsley le rendait fou. Depuis la nuit du nouvel an, il lui suffisait de penser à elle pour que son cœur s'emballe. Il se souvenait de chaque détail, de chaque baiser, de la douceur infinie de sa peau, de sa voix contre son oreille lui murmurant à quel point elle aimait ce qu'il lui faisait.

Les choses ne s'arrangeaient pas lorsqu'il se trouvait avec elle. Il avait envie de la toucher en permanence, non seulement par pur désir, mais aussi parce qu'il sentait que la place de Tinsley était dans ses bras. Avec lui, elle pouvait se détendre, se laisser aller, être elle-même. Tinsley faisait resurgir son instinct protecteur et il ne comprenait pas bien pourquoi.

De toutes les femmes avec qui il avait travaillé, Tinsley restait la seule qui semblait maîtriser la situation à chaque seconde d'un projet. Elle était brillante, organisée et incroyablement efficace. Il l'avait souvent vue abattre la besogne de quatre ou cinq personnes et gérer plusieurs projets en même temps. S'il y avait bien une femme capable d'être mère célibataire, avec toutes les difficultés que cela impliquait, il s'agissait de Tinsley.

Pourtant, Cody avait parfois l'impression qu'une femme moins coriace se dissimulait sous cette façade parfaite. Elle avait probablement pris l'habitude de tout gérer elle-même depuis son mariage avec JT. Connaissant son frère, il se doutait que celui-ci n'avait pas dû s'impliquer beaucoup dans la gestion de son couple ou de sa maison.

Malgré tout, même s'il s'agissait d'un réflexe pour Tinsley, Cody soupçonnait qu'elle en avait parfois assez de prendre autant de responsabilités. Elle n'aurait pas refusé que quelqu'un la décharge d'une partie du poids qui pesait sur ses épaules. Lorsqu'elle croyait qu'il ne la regardait pas, son visage prenait parfois une expression un peu perdue, comme si elle attendait que quelqu'un lui lance une bouée de sauvetage…

Mais Cody savait qu'il se faisait peut-être des idées. Son instinct de sauveur pouvait lui jouer des tours. Depuis les douze ans de JT, il avait complètement géré sa vie, entre repas, plannings et trajets à l'école. Son père avait pourtant engagé une gouvernante, mais c'était lui qui dirigeait la maison, et Mme K avait fini par s'adresser à Cody comme une employée à son patron.

Tout cela avait duré jusqu'au jour où JT avait rencontré Tinsley. C'était alors elle qui avait pris le contrôle, rappelant à son frère de manger sainement, de se faire couper les cheveux ou d'acheter de nouveaux vêtements. Au bout d'un an, elle avait le code de sa carte bleue et la gouvernante était devenue sa grande amie.

JT et Tinsley avaient ensuite déménagé ensemble à Boston pour commencer l'université. Cody avait alors profité de la vie comme jamais il n'avait pu le faire auparavant. Il était devenu un fêtard invétéré, rencontrant une nouvelle femme tous les week-ends et se promettant que plus jamais il ne serait responsable de quelqu'un d'autre.

Maintenant, Tinsley s'apprêtait à avoir son bébé. Tout allait être différent. Il avait l'intention de faire tout ce qu'il pourrait pour lui faciliter l'existence. Avec JT, Tinsley n'avait certainement pas eu une vie facile.

Même après des années, Cody était toujours en colère contre son frère pour ce qu'il avait fait. Il n'était pourtant pas du type « Ils vécurent heureux et eurent beaucoup d'enfants », mais il pensait que, quitte à s'engager avec quelqu'un, un homme devait se montrer constant et faire tout ce qu'il pouvait pour que la relation fonctionne.

JT avait promis d'aimer Tinsley pour toujours. Seulement, dès qu'il en avait eu assez, il était passé à autre chose. Cody se sentait révolté rien qu'à y penser.

— Cody, tu m'entends ? l'interpella Tinsley depuis le salon. J'ai une bonne nouvelle. Il y a quelques jours, j'ai écrit à un producteur de télé de ma connaissance qui travaille régulièrement pour le Food Network. Je lui ai suggéré l'idée de tourner un documentaire sur le concours de cocktails et il est intéressé.

Cody oublia aussitôt son café et retourna dans le salon à la vitesse de l'éclair.

— Tu es sérieuse ? s'exclama-t-il.

— Je suis surprise aussi, répondit Tinsley, le regard brillant d'excitation. Je ne m'attendais pas à ce que ça fonctionne.

— C'est vraiment génial, Tinsley. Où habite ce type ?

— Il travaille à Los Angeles, mais en ce moment, il est dans sa maison à Avalon. Ça se trouve…

— Sur l'île de Santa Catalina, l'interrompit-il. Je connais, j'ai fait de la plongée là-bas.

— Il m'a écrit qu'il pouvait nous accorder quelques heures dimanche après-midi. J'ai répondu que nous serions là.

Cody inspira profondément, luttant pour refouler sa frustration.

— J'ai un brunch de travail dimanche matin à New York, Tinsley. Je suis obligé d'y aller.

— Quelle que soit la femme en question, repousse le rendez-vous. Il s'agit d'une entrevue importante.

Cody savait qu'il avait une réputation partiellement méritée de coureur de jupons, mais, tout de même, elle exagérait ! Il n'avait vu personne d'autre que Tinsley depuis le nouvel an. D'ailleurs, il n'en avait même pas envie, puisque c'était elle qu'il voulait.

Là n'est pas la question, Gallant. Concentre-toi.

— Comme d'habitude, tu tires des conclusions hâtives. J'ai rendez-vous dimanche avec Geraint Du Pont. Si tout se passe bien, il acceptera peut-être de faire partie des juges du concours.

— Ce serait incroyable, s'exclama Tinsley. Du Pont est l'un des meilleurs chefs du pays. En plus, il est jeune et charismatique, ce qui fait toujours une bonne publicité.

— Comme tu le sais peut-être, il vient de vendre son restaurant de New York et il n'en a pas encore trouvé un nouveau. Il aurait donc un peu de temps à consacrer à notre projet. En revanche, il prend l'avion pour Londres dimanche après-midi, ce qui signifie que dimanche matin serait le seul moment possible pour le voir.

— Pourquoi ne m'en as-tu pas parlé plus tôt ?

— Dans l'un des nombreux messages auxquels tu n'as pas daigné répondre, je t'ai dit que j'avais peut-être trouvé un juge et que tu devais me rappeler au plus vite. Tu étais trop occupée à m'ignorer ou à me punir de je ne sais quoi. Résultat, nous avons deux rendez-vous en même temps. Pourquoi ne m'as-tu pas posé la question avant d'accepter celui de Santa Catalina ?

— Il s'agissait d'une opportunité inratable.

— Tout comme celle de Geraint Du Pont !

Ils s'affrontèrent face à face pendant une bonne minute, leurs yeux lançant des éclairs, jusqu'à ce que Cody décide de rompre le silence.

— Tu ne peux pas prendre des décisions aussi importantes à ma place, Tinsley. C'est inacceptable.

— Toi aussi, tu as organisé un rendez-vous sans mon accord.

— Moi, au moins, j'ai essayé de t'en parler !

Elle parut vaguement honteuse, mais son regard resta fièrement rivé au sien.

— Voilà ce que nous allons faire, déclara-t-elle d'un ton sec. Tu vas au rendez-vous avec Du Pont, et moi, je vais à Santa Catalina.

— Tu ferais bien de travailler sur ton aptitude à communiquer, rétorqua-t-il. Qui plus est, je ne suis pas l'un de tes employés, Tinsley. Ryder International m'a engagé pour monter ce projet avec toi, pas sous tes ordres.

— Si tu n'es pas satisfait, tu sais où est la porte. Je suis parfaitement capable de mener ce projet à bien toute seule.

— Tu es enceinte, tu passes tes journées dans la salle de bains et tu es déjà épuisée. Penses-tu vraiment que travailler quinze heures par jour comme tu en as l'habitude serait une bonne chose pour le bébé ?

Tinsley ouvrit la bouche pour répondre et la referma

aussitôt, une moue agacée aux lèvres. Il profita de son silence pour continuer :

— Nous sommes une équipe, Tinsley. Nous devons fonctionner ensemble, et pas seulement au travail, ajouta-t-il avec un coup d'œil en direction du ventre de Tinsley. Cela signifie que nous devons communiquer. Nous ne pouvons pas prendre des décisions l'un sans l'autre. Penses-tu en être capable ?

— Et toi ? contra-t-elle aussitôt.

— Moi, oui. Cela ne me pose aucun problème.

Tinsley passa les mains dans ses cheveux d'un air exaspéré. Il vit ses lèvres remuer et devina qu'elle était en train de le maudire silencieusement. Son regard allait de la fenêtre au plafond en passant par son chat, évitant soigneusement les yeux de Cody.

— Je ne suis pas très douée pour déléguer, finit-elle par admettre.

Il eut aussitôt envie de la prendre dans ses bras pour la réconforter, mais il savait que cette attitude ne les aiderait ni l'un ni l'autre.

— Dans ce cas, il va falloir que tu apprennes. Et vite.

Elle le dévisagea, visiblement agacée par l'autorité qu'il avait mise dans sa voix. Tant pis pour elle. Lui aussi avait des raisons d'être énervé.

Cody jeta un coup d'œil à sa montre et fronça les sourcils. Avec la neige qui recouvrait les routes, il risquait d'être en retard pour sa prochaine réunion.

— Je n'ai pas le temps de continuer à me disputer avec toi. Il faut que je retourne au bureau.

— Ah oui ? Tu vas donner d'autres instructions à *tes* équipes à propos de *notre* événement ?

Il compta lentement jusqu'à dix, puis vingt.

— Si tu avais daigné lire les mails que je t'ai envoyés,

tu saurais exactement sur quoi mes équipes ont commencé à travailler. Je leur ai demandé de réfléchir à un logo, sujet à discussion, et de rédiger un communiqué de presse, également sujet à discussion. Tu entends ces mots, Ryder ? Ils signifient que nous allons discuter. De tout.

— C'est bon, j'ai compris, marmonna Tinsley en fixant un coin du tapis.

Cody rangea son ordinateur, enfila son manteau et mit son sac sur son épaule.

— Tu vas à Santa Catalina, je vais au rendez-vous avec Du Pont, déclara-t-il. Que ce soit clair, Tinsley. C'est la dernière fois que nous travaillons séparément.

— Chef, oui chef, s'exclama-t-elle en portant la main droite à un képi imaginaire.

— Insupportable, grommela-t-il en guise d'au revoir.

Le froid du dehors le prit par surprise, et il redressa le col de son manteau. Décidément, cette femme allait lui coûter bien d'autres nuits sans sommeil, et s'ils avaient une fille… il pouvait dire adieu à sa tranquillité !

Le dimanche suivant, Cody sortit sur son balcon respirer un peu d'air frais et frissonna sous les rafales de vent qui agitaient la surface de l'eau.

Il s'agrippa à la rambarde et prit un moment pour contempler la vue spectaculaire qui s'offrait à lui. Les toits de Portland étaient couverts de neige, et le front de mer n'en paraissait que plus sombre et mystérieux. Le soleil se coucherait bientôt, et la température allait encore chuter.

D'après la météo, un autre orage spectaculaire était prévu à Portland dans la soirée. Il espérait que Tinsley arriverait chez lui avant de devoir conduire en pleine tempête. Levant les yeux au ciel, il se rappela que Tinsley conduisait depuis des années et qu'elle n'avait pas plus de risques que lui d'avoir un accident.

Sauf si elle était fatiguée, nauséeuse et incapable de se concentrer…

Chaque fois qu'il la voyait, il lui demandait comment elle se sentait, et elle trouvait toujours moyen d'esquiver le sujet. Il avait bien l'intention d'insister pour que, ce soir, elle prenne rendez-vous chez le médecin. Il l'avait vue plusieurs fois cette semaine et n'avait pu s'empêcher de remarquer, sous son maquillage impeccable, la pâleur verdâtre de son teint et ses cernes de dix kilomètres. Quelque chose devait clocher. Il avait toujours entendu dire que les femmes enceintes rayonnaient.

Tinsley avait accepté de le rejoindre chez lui après leur réunion chez Ryder International. Il avait promis d'apporter sa pizza préférée de New York, et les deux cartons attendaient sagement sur le comptoir de la cuisine, avec une bouteille de vin rouge pour lui et de la ginger-ale importée d'Angleterre pour Tinsley.

Elle lui avait expliqué que cette boisson contribuait à réduire ses nausées, et, d'après ce qu'il avait vu au travail, elle en buvait à longueur de journée. Cody avait jeté un coup d'œil à l'étiquette de la bouteille un peu plus tôt. Le breuvage était bourré de sucre, et pourtant, Tinsley n'avait pas pris un gramme. Il avait même l'impression qu'elle avait perdu un kilo ou deux depuis le début de sa grossesse. Cela ne pouvait pas être normal, si ?

Cody inspira à fond l'air glacial du dehors. De gros nuages gris approchaient à une vitesse alarmante. Visiblement, l'orage serait là plus tôt que prévu. Que faisait Tinsley ?

Détends-toi, Gallant. Elle va arriver.

Il lança un dernier regard aux nuages avant de retourner à l'intérieur, dans cet immense appartement qu'il adorait. L'étage inférieur se composait d'une cuisine ultramoderne avec îlot central, ouverte sur la salle à manger et sur un salon où Cody aurait volontiers passé ses journées, assis confortablement devant la cheminée.

Les baies vitrées montant jusqu'au plafond offraient une magnifique lumière naturelle. En les faisant glisser, on accédait au balcon, suffisamment grand pour inviter autant de monde qu'il voulait à passer la soirée. Il avait trois chambres d'amis et un bureau en plus de sa propre suite à l'étage. De plus, l'appartement était situé à quelques minutes de ses bureaux à Portland, ce qui lui permettait de s'y rendre à pied la plupart du temps.

Incapable de refouler son inquiétude plus longtemps, Cody prit son téléphone et appela Tinsley. Elle décrocha au bout de plusieurs sonneries qui firent monter sa tension.

— Où en es-tu ? demanda-t-il aussitôt.

— Je viens d'arriver devant chez toi. Il n'y avait personne sur la route, donc pas d'accidents.

Ouf, songea Cody, respirant enfin à un rythme normal.

Il expliqua à Tinsley où elle pouvait se garer et la guida jusqu'au parking souterrain, où il avait deux places pour les visiteurs en plus des emplacements réservés à ses voitures. Il ouvrit ensuite une application sur sa tablette et appuya sur un bouton pour envoyer son ascenseur privé au sous-sol.

Jetant la tablette parmi les coussins du canapé, il se laissa aller contre le dossier et ferma les yeux. Tinsley était là, elle allait bien et son bébé aussi. C'était tout ce qui comptait.

Son bébé ?

Cody agrippa le rebord du canapé sans même s'en

rendre compte. C'était la première fois qu'il pensait au bébé comme étant *à lui*, et pourtant, les mots sonnaient juste. L'idée d'avoir un enfant avait presque cessé de lui faire peur ces derniers jours. Au lieu de se sentir effrayé, il avait hâte. Il voulait s'impliquer.

Il avait envie de tout savoir à propos de la grossesse, que Tinsley le mette au courant à chaque étape. Après tout, il n'avait jamais rien fait à moitié dans sa vie et n'avait pas l'intention de commencer. Il voulait être un vrai père pour cet enfant. Nul doute que Tinsley et lui allaient avoir de très longues conversations dans les mois à venir…

Il entendit alors quelques coups légers frappés à sa porte et se précipita pour aller ouvrir. Tinsley était blanche comme un linge. Elle fit un pas pour franchir le seuil mais, aussitôt, le peu de couleur qu'elle avait aux joues disparut et elle vacilla sur ses pieds.

Le bras de Cody se tendit par réflexe et il la rattrapa, l'aidant à s'asseoir par terre et à mettre sa tête entre ses genoux.

— J'espère bien que tu n'as pas conduit dans cet état, Tinsley, parce que si c'est le cas…

— Non, je te promets que j'allais bien sur la route, dit-elle faiblement en levant son regard améthyste vers lui. Ma tête a commencé à tourner lorsque je suis sortie de la voiture.

— Dans ce cas, pourquoi ne m'as-tu pas appelé pour que je vienne t'aider ?

Tinsley laissa aller sa tête contre le mur et il constata avec soulagement que ses joues rosissaient. Elle le fixa d'un air de défi qui commençait à devenir familier, mais, au lieu de protester, elle finit par pousser un soupir. Ses lèvres esquissèrent un sourire amusé.

— Parce que je suis trop têtue et indépendante pour mon propre bien.

Cody lui répondit d'un air entendu et, se mettant debout, lui tendit la main.

— Comment te sens-tu ? Est-ce que tu peux te lever ?

Tinsley glissa sa main minuscule dans la sienne et il l'aida à se remettre sur ses pieds. Comment pouvait-elle être aussi légère ? Il ne pouvait s'empêcher de penser que ce poids plume n'était pas normal.

Il attendit quelques secondes pour s'assurer que Tinsley n'allait pas tomber. Une fois certain qu'elle tenait debout, il récupéra son énorme sac en toile et l'invita à entrer dans le salon tandis qu'elle retirait son épais manteau d'hiver.

La pièce s'était assombrie d'un coup. Dehors, les nuages formaient un voile obscur, empêchant les rayons du soleil couchant de parvenir jusqu'à eux. Cody alluma une lampe et invita Tinsley à s'asseoir sur le canapé le plus proche de la cheminée.

— Veux-tu boire quelque chose ? J'ai du jus de fruits, plusieurs sortes de thé qui ont tous un goût abominable à mon avis, et une bouteille de cette ginger-ale que tu aimes bien.

— J'aimerais bien une camomille si tu en as, répondit-elle en promenant un long regard autour du salon. Ton appartement est superbe, d'ailleurs. Tu me fais visiter ?

— Bien sûr, je te montrerai les autres pièces tout à l'heure.

Tinsley se pencha pour retirer les bottes cavalières en cuir marron qu'elle portait et les disposa au pied du canapé. Elle se débarrassa de sa veste sans manches et de son écharpe, qu'elle posa en une pile bien nette à côté de ses chaussures. Cody songea qu'elle était très jolie dans cette tenue hivernale, avec son jean moulant et son pull en laine tombant presque jusqu'à ses genoux.

— Est-ce que ça te dérange si je mets les pieds sur ton canapé ?

— Pas du tout, mets-toi à l'aise. Je reviens tout de suite avec ta tisane.

Cody revint au salon quelques minutes plus tard et sourit devant le tableau qui s'offrait à lui. La tête posée sur l'accoudoir du canapé, les jambes étendues, Tinsley dormait à poings fermés. Il alla chercher une couverture dans le placard de l'entrée et l'étendit sur elle en faisant le moins de bruit possible.

Dehors, l'orage se déchaînait et la neige tombait à gros flocons, mais Tinsley était là. Elle était en sécurité chez lui, et rien d'autre ne comptait pour le moment.

- 8 -

Tinsley se redressa brusquement. Elle se trouvait dans un salon qu'elle ne connaissait pas, quoique élégamment décoré. De l'autre côté de la pièce, derrière une grande baie vitrée, l'obscurité de la nuit était mouchetée par d'épais flocons de neige.

Elle repoussa ses cheveux en arrière et s'assit lentement. Son regard se posa aussitôt sur Cody, assis en face d'elle dans un fauteuil, absorbé par l'écran de son ordinateur.

— Salut, murmura-t-elle en bâillant.

Cody leva la tête et lui sourit.

— J'ai… Combien de temps ai-je dormi ?

Il jeta un coup d'œil à sa montre et lui répondit :

— Un peu plus de trois heures.

— Pourquoi ne m'as-tu pas réveillée ? Il faut que je rentre chez moi, que je donne à manger à mon chat.

— Ne t'inquiète pas pour ça. J'ai appelé Kinga, qui est déjà passée nourrir Moose. Elle est d'accord avec moi sur le fait que tu ne devrais pas rentrer au milieu de cette tempête.

Tinsley fronça les sourcils. Elle détestait que les gens prennent des décisions à sa place. Désormais bien réveillée, elle marcha jusqu'à la fenêtre et fit la grimace en voyant la neige qui continuait à tourbillonner dehors.

— La météo prévoit une visibilité nulle pour le reste de la nuit, voire pour demain, l'informa Cody.

— Attends une minute. Es-tu en train de me dire que je suis coincée ici ?

— On dirait bien.

Tinsley ne put retenir un grognement de frustration à l'idée de ne pas passer la soirée chez elle, bien tranquille avec son chat. Une autre partie d'elle-même se sentait bien trop enthousiaste à l'idée de rester chez Cody pour la nuit. Cette proximité n'était vraiment pas une bonne chose. Elle passait déjà son temps à rêver de lui, de son odeur enivrante, de ses baisers qui lui manquaient terriblement.

Elle avait envie de lui à un point qu'elle n'aurait jamais cru possible auparavant. Elle voulait se perdre à nouveau dans ses caresses, oublier la réalité du monde, mais elle savait que c'était impossible. Ils avaient eu leur instant de folie. Il ne leur restait plus que des souvenirs et une situation infiniment complexe.

— Est-ce que tu as faim ? demanda alors Cody.

Elle observa le reflet de Cody dans la vitre. Avec ses vêtements décontractés, sa barbe négligée et ses cheveux ébouriffés, il avait l'air un peu sauvage et incroyablement sexy.

L'estomac dc Tinsley se mit à gargouiller, et ses pensées dévièrent aussitôt de la chambre à la cuisine.

— Je meurs de faim. Qu'y a-t-il au menu ?

— J'ai de la pizza au salami, si ton estomac arrive à la supporter.

— De la vraie pizza ? s'enquit-elle, soupçonneuse.

Ses amies la qualifiaient régulièrement de « plus snob que les Italiens » lorsqu'il s'agissait de pizza. Si elle ne pouvait pas en commander une dans son restaurant préféré, elle préférait confectionner la pâte elle-même plutôt que d'acheter – beurk – une pizza surgelée.

Cody se dirigea alors vers la cuisine et lui montra deux boîtes ornées d'un logo vert, rouge et blanc familier.

— Pas possible, s'exclama-t-elle, aussitôt réconfortée. Tu as des pizzas de chez Lombardi ?

— Tu connais ce restaurant ?

— C'est mon endroit préféré au monde. Griff a rapporté des pizzas de chez eux pour Kinga il y a quelques jours. J'étais très déçue de ne pas avoir été invitée à les manger avec eux.

— Connaissant ces deux-là, tu aurais probablement tenu la chandelle toute la soirée, commenta Cody en sortant des assiettes d'un placard. De toute façon, je les comprends : on ne partage pas une pizza de chez Lombardi avec n'importe qui.

— Mais toi, tu partageras la tienne avec moi ?

— J'hésite encore, répondit-il d'un ton moqueur. Cela dit, si tu préfères la nourriture de fille, j'ai peut-être du yaourt et du muesli quelque part.

— Ne m'oblige pas à te faire mal, grommela-t-elle en le rejoignant dans la cuisine, brandissant une spatule au-dessus de sa tête d'un air menaçant.

Cody éclata de rire.

— Tu es à peu près aussi intimidante qu'une licorne en peluche.

Il enfourna les pizzas pour les réchauffer, puis sortit du réfrigérateur une bouteille de la ginger-ale préférée de Tinsley.

— Je te prépare un verre ?

— Oui, s'il te plaît. C'est gentil d'y avoir pensé.

Il se servit un verre de vin rouge, en but une gorgée et posa les avant-bras sur le comptoir.

— Quand as-tu l'intention de voir ton médecin, Tinsley ?

— Bonne question. J'ai eu tellement de travail que

j'ai oublié de prendre le rendez-vous, mais je suis dans ma huitième semaine, alors j'imagine que ce sera le mois prochain.

— Je n'y connais pas grand-chose, mais je n'ai jamais vu une femme être aussi malade à cause de sa grossesse. Tu devrais peut-être y aller dès la semaine prochaine.

— Ma gynécologue est la meilleure de toute la côte Est. Jamais je ne réussirai à avoir un rendez-vous aussi tôt, à moins de dire qu'il s'agit d'une urgence, mais je ne considère pas que c'en est une.

— Dans ce cas, prends rendez-vous chez un généraliste.

— Je ne sais pas. Je préférerais vraiment voir le Dr Higgs. Au moins, je pourrai faire l'échographie et tous les autres examens avec elle.

Tinsley se garda bien de le dire à voix haute, mais elle avait de plus en plus l'impression qu'elle aurait besoin de voir une spécialiste.

— Je me demande comment Heather vit sa grossesse...

Cody écarquilla les yeux, et elle regretta aussitôt de ne pas avoir tenu sa langue.

— Est-ce que c'est une compétition ?

— Bien sûr que non. En revanche, je ne peux nier qu'une partie très peu charitable de moi espère qu'elle est malade à longueur de journée.

— Tu es toujours en colère. Contre elle, contre eux.

Tinsley ouvrit la bouche pour réfuter ce qu'il venait de dire, mais la referma aussi sec. Elle devait être honnête avec elle-même.

— Je suis en colère d'avoir perdu autant de temps avec JT, c'est vrai. Je faisais absolument tout, dans notre couple. À cause de son comportement passif-agressif, je ne pouvais jamais savoir ce qu'il pensait, s'il m'en voulait, s'il m'aimait.

Son regard se porta involontairement à l'index de sa main gauche.

— J'aurais fait n'importe quoi pour lui, Cody. Je ne demandais qu'une famille en retour. Heather est arrivée, il l'a épousée un mois après notre divorce et, maintenant, elle est enceinte. J'ai passé douze ans à tout faire pour nous créer une vie parfaite, et il a jeté tout cela à la poubelle. C'est cette idée qui me met en colère, pas le reste.

— Je comprends.

Cody sortit les pizzas du four et lui désigna les deux assiettes posées sur le comptoir.

— Tu peux les prendre avec toi, s'il te plaît ?

Tinsley obtempéra et le suivit jusqu'au salon, où ils s'installèrent par terre l'un en face de l'autre, les pizzas posées sur la table basse.

— Mange, ordonna Cody en poussant l'un des deux cartons vers elle.

Il termina sa première part et en prit une autre, le regard posé sur elle avec une expression qu'elle ne parvenait pas à déchiffrer.

— En parlant de toutes ces choses du passé, nous devrions peut-être chercher à comprendre pourquoi notre relation a toujours été aussi conflictuelle.

Zut. Moi qui commençais enfin à me détendre.

Tinsley reposa ce qui restait de sa part sur son assiette et tamponna précautionneusement les coins de sa bouche.

— Pourquoi remuer tout ça ? finit-elle par répondre. Mon mariage s'est déjà effondré. Ressasser le fait que tu ne nous as jamais soutenus ne servirait à rien.

Elle s'était exprimée d'un ton plus dur que prévu. Reprenant sa part de pizza, elle en grignota un morceau, fixant le fromage fondu pour se donner une contenance.

Cody laissa passer un long moment avant de lui répondre.

— Tu as raison. J'ai toujours été contre votre mariage. Je pressentais qu'il finirait par une catastrophe et, malheureusement, je ne m'étais pas trompé.

Tinsley rejeta sa part de pizza et croisa les bras sur sa poitrine.

— J'imagine que tu as sablé le champagne lorsque tu as appris notre séparation.

— Ne t'arrête pas de manger, lui ordonna-t-il. Et non, bien sûr que non ! Comment aurais-je pu me réjouir d'une chose qui t'a fait souffrir ? J'ai pensé qu'être séparés était la meilleure chose qui pouvait vous arriver à tous les deux, mais j'aurais voulu que tu n'aies pas à souffrir dans l'histoire. Crois-le ou non, je t'ai toujours appréciée, Tins.

— Tu m'appréciais, mais je n'étais pas assez bien pour ton frère, marmonna-t-elle avec amertume.

— Pardon ? Jamais je n'ai pensé une chose pareille !

— Dans ce cas, quel était le problème ? demanda-t-elle en soupirant.

Elle aurait préféré oublier cette conversation, manger sa pizza tranquillement, profiter de la cheminée et de la compagnie de Cody. À quoi tout cela servait-il ? Son mariage était fini, de toute manière.

— Le problème, c'était justement ce que tu disais tout à l'heure. JT ne t'a jamais aimée autant que tu l'aimais. Pour être honnête, je ne suis pas certain qu'il t'ait aimée tout court.

Aïe.

Tinsley n'était pas particulièrement surprise par ce qu'il venait d'exprimer, mais ses mots la blessaient, peut-être parce qu'ils sonnaient juste. Les gens avaient coutume de dire qu'il y avait toujours une personne qui aimait davantage que l'autre, dans un couple. Avec JT, cet adage s'était plus que vérifié. Elle s'en voulait à présent de lui avoir tant donné alors qu'elle ne recevait rien en échange.

Cody engloutit une dernière part de pizza avant de s'asseoir en tailleur, les mains croisées sur son estomac.

— Laisse-moi te dire ce que j'en pense vraiment. Ensuite, nous pourrons tourner la page.

Tinsley inspira profondément. Elle n'avait aucune envie d'entendre ce qui allait suivre, mais elle savait que Cody et elle avaient besoin de mettre les choses au clair.

— Comme tu le sais, JT a toujours été quelqu'un d'intelligent sur le plan intellectuel, mais il ne sait absolument pas s'y prendre dans ses relations avec les autres. Il n'avait pas beaucoup d'amis au lycée. Lorsqu'une fille jolie, populaire et brillante a commencé à s'intéresser à lui, les choses ont changé. Le prestige de sortir avec toi lui a plu. Il a vu qu'il n'avait pas besoin de donner beaucoup de sa personne pour que vous restiez ensemble, alors il t'a négligée. C'est ce qu'il a toujours fait. Crois-le ou non, je m'inquiétais bien davantage pour toi que pour lui.

— Mais… c'est ton frère, contra-t-elle. Tu l'as pratiquement élevé.

— Justement. Je le connais mieux que personne, toi comprise, fit-il en haussant une épaule. Jonathan Thomas est un intellectuel. Il ne sait pas aimer. Tout ce qu'il fait, c'est absorber l'amour et l'attention des autres comme une sangsue. La responsabilité lui fait peur.

— Il a peut-être changé, suggéra Tinsley. Il avait l'air sincèrement heureux de fonder une famille.

— Il est heureux parce qu'il sait que c'est ce qu'on attend de lui. Une fois que l'attrait de la nouveauté aura disparu, il perdra tout son intérêt pour la vie de famille.

Il avait raison, songea Tinsley, mais cette perspective ne la réjouissait pas pour autant.

— Je me rappelle le soir juste avant ton mariage, reprit Cody. La couturière faisait une crise parce que tu avais maigri et qu'elle devait faire des ajustements de dernière minute.

— C'est vrai, je ne m'en souvenais pas. Elle était vraiment furieuse.

— J'ai remarqué que tu maigris toujours dans les périodes de stress. Les semaines avant ton mariage, tu étais dans le pire état que j'aie jamais vu chez toi... Enfin, jusqu'à maintenant, ajouta-t-il en fronçant les sourcils.

— Je voulais être la mariée idéale, murmura-t-elle en baissant les yeux. Je croyais que, si notre vie ensemble commençait par un mariage parfait, tout irait bien.

— Laisse-moi deviner. JT se fichait pas mal de toute cette organisation, n'est-ce pas ?

Elle hocha la tête sans répondre, et Cody leva les yeux au ciel.

— Cela dit, reprit-il avec un air entendu, j'ai toujours trouvé que tu étais bien trop obsédée par la perfection.

Houla, terrain glissant. Changeons vite de sujet.

— Ce soir-là, pourquoi m'as-tu demandé de renoncer au mariage ?

— J'essayais de te protéger. Je ne voulais pas que tu passes des années à souffrir à cause de JT. J'ai choisi de venir te parler à toi, et non à mon frère, parce que je savais que toi seule pourrais avoir le courage de tout arrêter à la dernière minute.

— Je veux bien te croire, mais je me souviens de ce que tu m'as dit à ce moment-là, et cela n'avait rien à voir avec de la protection. Tu m'as dit que je faisais une erreur et que nous finirions par divorcer dans quelques années. D'après toi, j'étais trop jeune et trop immature pour me marier. Pas une seule fois tu ne m'as parlé de JT.

Cody secoua la tête, mais son regard resta rivé à celui de Tinsley.

— J'ai beaucoup de choses à lui reprocher, mais JT reste mon frère. Et puis, ajouta-t-il en haussant un sourcil, mes arguments étaient-ils vraiment infondés ?

Elle ouvrit la bouche pour se défendre et la referma aussitôt, consciente qu'elle n'aurait pas été honnête.

— Non, j'imagine que non, admit-elle à contrecœur.

— Ce que je t'ai dit ce jour-là était peut-être vrai, mais j'ai eu tort de me concentrer sur tes propres défauts alors que c'était l'égoïsme de JT qui m'inquiétait vraiment. Nous appartenons à une longue lignée d'hommes qui ne savent pas communiquer.

Les yeux vert émeraude de Cody s'assombrirent soudain. Tinsley reconnut le regard qu'il avait posé sur elle deux mois auparavant, dans sa chambre d'hôtel à Toronto.

— Pour être franc, je ne sais même pas comment j'ai réussi à te dire quelque chose de cohérent alors que tu portais cette robe, poursuivit-il. Tu étais magnifique.

Tinsley se sentit rougir en repensant à sa robe de mariée. Elle avait opté pour une jupe longue couleur crème en mousseline de soie, mais en haut, le bustier composé d'appliques de dentelle couvrait juste ce qu'il fallait de sa poitrine pour ne pas envoyer son grand-père à l'hôpital.

— JT ne s'intéressait pas du tout au mariage. J'avais choisi cette robe pour tenter d'obtenir une réaction de sa part, n'importe laquelle.

— Ton plan a-t-il fonctionné ?

— Pas vraiment.

— Si ça peut te soulager, j'ai passé toute la cérémonie à lutter contre des pensées qui n'avaient rien à faire dans une église. Je me demandais comment je m'y prendrais pour t'arracher cette robe, par exemple.

Tinsley écarquilla les yeux sous le choc.

— Pardon ? finit-elle par demander. Es-tu en train de me dire que tu étais attiré par moi à l'époque ?

— Tu me plais depuis le jour où je t'ai rencontrée.

Si elle avait eu besoin d'une confirmation, son regard brûlant et sa voix légèrement rauque la lui auraient fournie. Elle le fixa pendant un bon moment, complètement abasourdie. Elle avait toujours cru que Cody la voyait comme une belle-sœur agaçante.

— Je… Je ne sais pas quoi te dire.

— Il n'y a rien à dire, rétorqua-t-il en haussant une épaule. Seulement, tu comprends que j'ai rêvé de notre nuit ensemble plus d'une fois avant qu'elle arrive. La réalité était bien meilleure que tout ce que j'imaginais.

Tinsley poussa un soupir mélancolique. Cette nuit avait été la meilleure expérience de toute sa vie. Il faudrait pourtant qu'elle se contente de ses souvenirs. Cody avait le don de faire remonter à la surface des émotions qu'elle préférait garder enfouies, des sentiments bruts et bouleversants, alors qu'elle n'aspirait qu'à la tranquillité.

Elle n'était pas prête à laisser un autre Gallant chambouler son univers.

Tinsley s'obligea à terminer sa part de pizza, but ce qui restait de sa ginger-ale et se mit à jouer machinalement avec son verre.

— JT et toi ne vouliez d'enfants ni l'un ni l'autre, remarqua-t-elle. Crois-tu que c'est à cause du peu d'implication de votre père ?

— Pour être franc, ma mère n'était pas très présente non plus. Elle était toujours trop occupée pour passer du temps avec nous.

— Vraiment ? s'exclama Tinsley. C'est bizarre. JT m'a toujours chanté les louanges de votre mère.

— Mon frère et moi sommes deux personnes très différentes, sans compter qu'il était jeune lorsque notre mère est décédée. Nos souvenirs divergent peut-être.

Cody croisa les bras sur son torse. Elle ne put s'empêcher de remarquer ses biceps, nettement tendus sous le tissu de son T-shirt à manches longues… *Miam.*

— Moi, j'avais douze ans, reprit Cody. J'ai dû élever JT quasiment par moi-même.

— Parce que votre père avait trop de chagrin pour assumer ses responsabilités, compléta Tinsley.

— Pas du tout. Je ne sais pas ce que JT t'a raconté, mais cela ressemble à une version très enjolivée de notre adolescence. Mon père a mis deux ou trois semaines à se remettre de la mort de sa femme. Après cela, il a commencé à quitter la maison tous les soirs autour de 22 heures pour passer la nuit avec sa maîtresse. Il a recommencé à travailler à plein temps au bout d'un mois.

Tinsley se souvenait que Bertram Gallant avait dirigé une multinationale de bateaux de luxe pendant des années, et que sa famille et celle des Ryder-White s'étaient rencontrées par son entremise.

— Ton père était ami avec mon grand-oncle Benjamin, le frère de Callum, n'est-ce pas ?

— Exactement. Ben et mon père partageaient la même passion pour les voiliers. J'ai souvent entendu mon père dire que Benjamin Ryder-White avait lancé sa carrière dans la concession navale.

— Comment cela ?

— Ben a demandé à mon père de lui trouver un bon bateau pour une course à laquelle il souhaitait participer. Bertram a touché une commission substantielle, et ça a été la première d'une longue série.

— Je ne savais rien de tout cela, murmura Tinsley.

En réalité, elle ignorait une bonne partie de son histoire familiale, surtout celle qui concernait son grand-oncle. Il était mort avant sa naissance, et Callum ne prononçait jamais son nom. Son père leur avait raconté une ou deux histoires à son sujet, et elle regrettait de ne pas l'avoir connu. Il avait l'air d'être quelqu'un de bien, à l'exact opposé de Callum.

Tinsley savait que Ben et son grand-père avaient autrefois dirigé Ryder International ensemble. Déjà obsédé par sa lignée, Callum avait ensuite commencé à faire pression sur son frère pour qu'il se marie et qu'il ait des enfants, surtout des fils.

Benjamin avait fini par annoncer son homosexualité à sa famille, et par rencontrer celui qui deviendrait son compagnon. Callum avait alors mené une campagne sournoise pour l'écarter progressivement des décisions de l'entreprise. Lassé, Ben avait quitté Ryder International et emménagé avec Carlo, son petit ami, quelques mois avant sa mort tragique dans un accident de voiture.

James avait toujours soutenu son oncle, et Tinsley savait qu'il s'agissait de l'une des raisons pour lesquelles son père et son grand-père ne s'entendraient jamais.

— Je me suis rapidement rendu compte que mon père ne partait jamais seul pour ses prétendus voyages d'affaires, reprit Cody, la ramenant brusquement au présent. Sa maîtresse l'accompagnait toujours. Mon père était un homme égoïste, et j'ai hérité de son caractère. Tout comme lui, je fuis les responsabilités.

— N'importe quoi, protesta aussitôt Tinsley. Tu es l'homme le plus responsable que je connaisse et tu l'étais déjà quand je t'ai rencontré.

— Peut-être, mais j'avais une pression énorme sur

les épaules. C'est probablement la raison pour laquelle j'ai toujours évité les relations sérieuses.

— Je comprends. Rappelle-toi, je t'ai donné ma bénédiction pour me laisser élever cet enfant seule si tu le souhaites.

— Je ne sais pas si c'est ce que je veux.

Cody perçut probablement quelque chose dans le regard de Tinsley, une lueur qui le mit sur la défensive. Ses yeux se plissèrent et il la scruta avec une expression méfiante.

— Ne me fais pas dire ce que je n'ai pas dit. Je ne suis pas prêt à être un père à plein temps, et je ne sais pas si je le serai un jour.

Pas encore, songea Tinsley, *mais tu finiras par le devenir.*

Elle en était certaine : quelque part entre ce soir et la naissance de leur bébé, Cody allait s'impliquer à cent pour cent dans son éducation. Voilà qui promettait bien des conversations houleuses.

Cody se leva et jeta un coup d'œil à la pizza toujours posée devant Tinsley.

— Tu n'as presque rien mangé, grommela-t-il. Pas étonnant que tu t'évanouisses si tu fais cela à chaque repas.

— J'ai mangé bien plus que ce que j'espérais, contra-t-elle.

Cody secoua la tête et ramassa leurs assiettes pour les rapporter à la cuisine. Elle entendit un cliquetis de vaisselle, la porte du réfrigérateur s'ouvrir et se refermer, puis Cody revint s'installer dans un fauteuil en face d'elle.

— Bon, il faut que nous parlions du concours. Comment s'est passé ton rendez-vous avec ce producteur du Food Network ?

Tinsley replia les jambes et passa les bras autour de ses genoux.

— Il m'a demandé un peu de temps pour y réfléchir, mais il avait l'air intéressé. Il m'a dit que les candidats devaient être amusants et dynamiques pour faire de l'audience. Sinon, il ne voudra pas filmer le concours. Qui plus est, il ne commencerait le tournage qu'aux stades national et international. Les étapes régionales du concours ne l'intéressent pas.

— C'est normal, remarqua Cody. Les événements locaux n'attirent pas beaucoup de public.

— Il a aussi paru très intéressé quand je lui ai dit que Julia serait l'une des juges. Pour être franche, je crois qu'il a un petit coup de cœur pour elle.

— Qui n'en a pas ? fit Cody avec un clin d'œil.

Contrairement au soir du bal, elle ne fut pas vexée par l'intérêt de Cody pour Julia. Sa meilleure amie était l'une des plus belles femmes qu'elle connaissait. À tout prendre, elle se serait davantage méfiée d'un homme qui n'aurait *pas* été attiré par elle.

JuliaLa jeune femme était également la meilleure des amies, et Tinsley se sentait infiniment coupable de n'avoir toujours pas annoncé sa grossesse à Julia, ni à sa sœur.

En temps ordinaire, elle n'était certes pas la plus bavarde des trois, mais elle parvenait toujours à leur parler des choses importantes. Kinga et Julia la connaissaient par cœur. Pourtant, chaque fois que l'occasion s'était présentée, les mots s'étaient bloqués dans sa gorge.

Peut-être était-ce parce que, même après plusieurs semaines, elle ne se sentait *toujours pas* enceinte. L'idée semblait avoir atteint son cerveau sans que son cœur y croie. Et puis, que penseraient les filles du fait que Cody soit le père de son bébé ? Elle avait toujours prétendu qu'elle le détestait…

S'obligeant à se concentrer sur le travail, Tinsley

demanda à Cody comment s'était passé son rendez-vous avec Geraint Du Pont.

— Il a officiellement accepté de devenir l'un des juges du concours. Nous avons discuté dans la cuisine de son appartement, pendant qu'il me préparait son célèbre risotto aux champignons.

— Tu as mangé le risotto de Du Pont ? s'exclama Tinsley, verte de jalousie. J'en rêve depuis des mois !

Incapable de se retenir, elle prit un coussin recouvert de soie sur le canapé et le lui lança à la tête. Cody l'attrapa au vol et le lui relança aussitôt. Lorsque ses yeux étincelaient ainsi, il avait l'air encore plus jeune, parfaitement irrésistible. Comment s'y prenait-il pour la faire craquer à ce point ?

Les flammes dansaient dans l'âtre, mais elles brûlaient moins fort que le désir qui courait dans les veines de Tinsley. Elle avait passé des semaines à tenter de refouler son attirance pour Cody. Ce soir, elle sentait ses barrières tomber une à une.

Elle en avait assez de réfléchir, de planifier et d'anticiper. Elle ne voulait plus qu'une seule chose : lui.

Se levant lentement du canapé, Tinsley croisa les mains derrière elle et s'étira, arquant voluptueusement le dos. Le regard de Cody glissa aussitôt vers sa poitrine. Ses doigts se crispèrent sur les accoudoirs du fauteuil, comme s'il se retenait de faire un geste pour la toucher.

Voilà qui était amusant.

— Qu'est-ce que tu fabriques, Tinsley ? demanda-t-il d'une voix rauque.

Sa voix était descendue d'une octave sous l'effet du désir. Tinsley n'aurait jamais cru qu'elle pouvait avoir ce genre d'effet sur lui. Les muscles de ses bras se tendaient, son regard se faisait plus sombre et… oui, il y avait décidément une bosse dans son pantalon.

Tout cela parce qu'elle s'était *étirée*.

Elle ne perdit pas de temps à chercher des excuses, sachant parfaitement que Cody préférait l'honnêteté.

— J'essaie de te séduire, avoua-t-elle en rougissant.

Cody se redressa et passa les mains sur son visage d'un air éperdu.

— Je sais, ce n'est pas une bonne idée. Je suis enceinte, nous travaillons ensemble, et tout le reste.

Elle s'avança pour poser les mains sur les accoudoirs de son fauteuil, l'obligeant à la regarder.

— Je suis au courant de tout cela, Cody, mais ce soir, je veux juste…

Elle s'arrêta, incertaine. Lui dire qu'elle voulait faire l'amour avec lui n'était pas aussi simple qu'elle l'aurait cru. Que se passerait-il s'il la rejetait ? S'il ne voulait pas d'elle ?

Avant qu'elle ait eu le temps de prendre la moindre décision, la main de Cody était dans ses cheveux et ses lèvres contre les siennes.

Le reste du monde s'évanouit à ses yeux. Le seul univers qui comptait se trouvait là, entre les bras de Cody. Elle inspira à fond son parfum citronné et, joueuse, lécha doucement sa lèvre inférieure avant de s'écarter de lui. Les lèvres de Cody s'étirèrent en un sourire sensuel avant de revenir sur les siennes.

Tinsley plaça les jambes de chaque côté des hanches de Cody et se serra contre lui, cherchant la proximité de son corps ferme et puissant, si différent du sien, incroyablement excitant. Les doigts de Cody se mirent à jouer avec les cheveux de Tinsley avant de descendre le long de son dos. Sa langue caressait la sienne en un duel qui semblait ne jamais devoir s'arrêter.

Il l'attira plus près de lui, et elle se laissa aller, profitant de l'intimité surprenante de leur étreinte. Elle avait l'impression qu'ils vivaient enfin l'instant présent sans se soucier de l'avenir. Ce soir, c'était exactement ce dont elle avait besoin.

Elle adorait ses baisers, mais elle avait besoin de plus. Elle voulait se sentir complétée par lui comme elle l'avait été la première fois.

Comme s'il lisait dans ses pensées, Cody glissa une main sous son pull-over et tira impatiemment la bretelle de son soutien-gorge pour accéder à l'un de ses tétons déjà durcis. Il l'effleura du pouce avant de le caresser plus intensément, et Tinsley s'entendit gémir de plaisir, l'implorant silencieusement de ne pas s'arrêter là.

Impatiente, elle fit passer son pull par-dessus sa tête et ferma les yeux lorsque les mains de Cody se posèrent sur ses seins.

— Retire-le, Cody. J'ai envie de ta bouche.

Était-ce sa voix qui venait de parler ? Qui était cette femme à la fois autoritaire et sexy ? Peu lui importait, puisque Cody venait de dégrafer son soutien-gorge et contemplait sa poitrine avec adoration.

Il embrassa chacun de ses seins tour à tour, sa langue jouant avec ses tétons, tantôt rapide, tantôt plus lente pour la faire languir. Elle se tortilla pour tenter de se serrer davantage contre lui. Le fauteuil était trop étroit pour qu'elle puisse passer les jambes derrière son dos et sentir son érection contre son bas-ventre. Pourtant, elle en avait besoin.

Se levant à contrecœur, elle prit un moment pour recouvrer son équilibre et tendit la main.

— Emmène-moi dans ta chambre, Cody.

— Non, murmura-t-il en secouant la tête.

Une cruelle déception envahit aussitôt Tinsley. Elle s'était trompée. Il ne voulait pas d'elle.

Cody posa une main sur sa joue et, se levant à son tour, plongea le regard dans le sien.

— Je ne pourrai pas attendre aussi longtemps. J'ai envie de toi, ici et maintenant.

Infiniment soulagée, elle ferma les yeux et se laissa aller contre son torse puissant, savourant la dureté de son érection à travers le tissu de son pantalon. Cody inclina la tête et l'embrassa à nouveau. Cette fois, leur baiser fut différent, plein d'une urgence qui ne laissait aucun doute sur ce qui allait suivre.

Cody lui retira rapidement le reste de ses vêtements. Elle se tint debout devant lui tandis qu'il se déshabillait à son tour, curieusement à l'aise avec son corps. Comment aurait-elle pu manquer de confiance en elle alors qu'il la contemplait avec un désir aussi évident ?

Ses mains coururent sur la peau de Tinsley, de sa poitrine à ses hanches jusqu'à se glisser entre ses jambes. Lorsque ses doigts la pénétrèrent enfin, lorsqu'il sentit à quel point elle était prête pour lui, il poussa un grognement sourd et la fit pivoter dos à lui.

— Attrape les bras du fauteuil et soulève les hanches, lui ordonna-t-il.

Elle lui obéit aussitôt, excitée à la fois par l'autorité de sa voix et par la position qu'il lui avait demandé de prendre. Elle n'eut pas le temps de s'impatienter qu'elle sentait déjà l'érection de Cody se glisser en elle.

Il passa un bras sous sa poitrine et la garda serrée contre lui tandis que son autre main se glissait sous son ventre pour caresser son clitoris. Lorsqu'il la pénétra plus profondément, elle perdit tout contrôle de ses sensations et se laissa aller, les ongles enfoncés dans le tissu du fauteuil, ses hanches ondulant à la rencontre de chacun des mouvements de Cody en elle.

Elle se sentait déjà au bord d'un orgasme qu'elle devinait dévastateur. Elle aurait voulu attendre Cody, mais elle savait qu'elle ne tiendrait pas beaucoup plus longtemps. Ses gémissements se muèrent en d'intenses cris de plaisir, et elle sentit une première vague de chaleur déferler sur elle, puis une autre, alors que Cody gémissait de plaisir à son tour.

Ils ne parvinrent pas à s'arrêter pour autant. Cody caressa impitoyablement son point le plus sensible. Elle sentit son érection durcir à nouveau en elle et, sans qu'elle puisse comprendre comment, le plaisir monta encore et encore jusqu'à exploser une nouvelle fois.

Essoufflée, les jambes tremblantes et toujours emmêlées à celles de Cody, Tinsley mit un moment à recouvrer ses esprits. Cody leva la main pour caresser ses cheveux et déposa un baiser sur sa joue.

— C'était incroyable… *Tu* es incroyable.

— Je… C'était… Waouh, murmura-t-elle en rougissant.

Cody lui sourit avec douceur et l'attira contre sa poitrine. Silencieux, immobiles, ils restèrent l'un contre l'autre, profitant simplement de l'instant. Cody effleura ses lèvres des siennes et s'écarta légèrement pour lui prendre la main.

— J'ai une douche immense que j'adorerais te montrer, lui dit-il, une lueur amusée dans le regard.

— J'adorerais visiter ta salle de bains, rétorqua-t-elle en le suivant dans l'escalier, mais je suis beaucoup plus intéressée par ce que nous pourrions y faire.

- 9 -

La réunion venait de se terminer.

Callum les avait déjà congédiés, mais Cody remarqua que Tinsley restait assise, comme si elle attendait quelque chose. Son grand-père ne semblait pas se soucier d'elle le moins du monde. Callum Ryder-White ne possédait pas un gramme d'affection et traitait son fils et ses deux petites-filles comme n'importe quels autres employés.

Enfin, le vieil homme haussa un sourcil et se tourna vers Tinsley.

— Autre chose ? lui demanda-t-il avec sa rudesse habituelle.

— Le reste de la famille et moi pensons que tu devrais voir un médecin, énonça-t-elle calmement.

Voilà qui expliquait tout, songea Cody. Il avait aperçu James et Penelope en grande conversation avec leurs filles juste avant la réunion. Manifestement, Tinsley avait tiré la paille la plus courte, et les autres l'avaient chargée de parler à son grand-père.

Callum ouvrit la bouche pour répondre, mais elle lui coupa l'herbe sous le pied.

— Nous sommes inquiets pour toi. Ces derniers temps, tu es souvent pâle et tu sembles avoir du mal à respirer.

Cody avait remarqué ces changements depuis plusieurs semaines, mais il se garda bien d'intervenir dans la conversation.

— J'ai bientôt quatre-vingts ans, rétorqua Callum d'un air mauvais. Tu n'as pas à me donner d'ordres.

Cody haussa les sourcils, choqué par l'injustice dont le vieil homme faisait preuve. Tinsley avait formulé sa demande avec tout le respect possible. Il songea à quitter la pièce pour les laisser discuter, mais, après tout, il connaissait les Ryder-White depuis si longtemps qu'il faisait à moitié partie de la famille. Il se contenterait d'écouter et de garder ses opinions pour lui-même.

Toutefois, si la conversation tournait mal, il avait bien l'intention de défendre Tinsley. Il ne laisserait pas Callum insulter la mère de son enfant.

— Je ne te donne pas d'ordres mais, en tant que proches, nous aimerions vraiment que tu voies un docteur, poursuivit courageusement Tinsley. Il est évident que tu n'es pas en bonne santé.

Cody se retint pour ne pas lever les yeux au ciel. Cette fois, c'était l'hôpital qui se moquait de la charité. Il avait passé beaucoup de temps avec Tinsley ces derniers jours, que ce soit au lit ou au travail, et il en avait profité pour lui demander régulièrement de se reposer et de voir un médecin. Elle avait refusé chaque fois.

Cette femme était possiblement encore plus têtue que son insupportable grand-père.

— Callum, c'est parfaitement ridicule. Il ne s'agit que d'un rendez-vous, insista-t-elle en se levant de son siège.

Elle posa les mains à plat sur la table et affronta son grand-père du regard. Visiblement, aucun des deux n'avait l'intention de céder, et le duel se poursuivit pendant une bonne minute. Enfin, perdant patience, Tinsley leva les bras au ciel et secoua la tête.

— Ce n'est pas facile de s'occuper de toi, tu sais, dit-elle avec une pointe de tristesse dans la voix.

— Je le sais, répondit Callum d'un air impassible. Maintenant, laissez-moi tranquille.

Tinsley fit volte-face et sortit de la salle de réunion comme une furie. Cody récupéra son iPad, qu'elle avait oublié sur la table, et la rejoignit dans son bureau, où elle était assise, les bras croisés, son regard bleu lançant des éclairs.

— Il ne va pas bien, Cody.

— Tu as raison, répondit-il calmement.

— Il a vraiment besoin de voir un médecin.

L'occasion était trop belle pour ne pas la saisir. Cody posa les mains à plat sur le bureau, la dévisagea et rétorqua :

— C'est vrai, il en a besoin, mais tu es la plus grande hypocrite que je connaisse.

— Que… Qu'est-ce que tu viens de dire ?

Elle lui décocha un regard noir, et ses joues rougirent sous l'effet de la colère, mais Cody connaissait son caractère et il n'avait plus peur de se disputer avec elle. Cette discussion était trop importante pour reculer.

— Il me semble que tu m'as bien entendu.

— Tu m'as traitée d'hypocrite ? D'*hypocrite* ?

— Répéter le mot quinze fois n'y changera rien. Je te demande d'aller chez le médecin depuis des jours, tu me réponds que ce n'est rien et que tes symptômes vont finir par disparaître, mais rien ne change.

Tinsley était décidément la femme la plus exaspérante qu'il avait jamais rencontrée. Pour son plus grand malheur, elle était aussi intelligente, indépendante et ambitieuse, et il avait de plus en plus envie de passer du temps avec elle. Si seulement elle n'avait pas cette fâcheuse habitude de s'épuiser au travail…

— Tu ne peux pas comparer ma situation avec celle

de Callum ! s'écria-t-elle en haussant le ton. Et ferme cette porte, s'il te plaît.

— Fais-le toi-même.

Elle se leva et claqua la porte de son bureau avec une violence qui avait probablement informé tout l'immeuble de leur dispute.

Tant pis, songea Cody en haussant une épaule.

Ce n'était probablement pas la dernière fois qu'ils se disputeraient. Les collègues de Tinsley pouvaient aussi bien s'y habituer dès maintenant.

— Callum et toi êtes en mauvaise santé tous les deux, reprit-il. Vous êtes deux têtes de mule qui refusez d'aller voir un professionnel. Je ne vois pas en quoi vos situations sont différentes.

— Je suis enceinte, Cody, pas malade, rétorqua-t-elle en posant les poings sur ses hanches. Ces symptômes sont ceux d'une grossesse normale.

— Ils sont particulièrement violents, et tu le sais.

— Laisse-moi tranquille, à la fin ! J'ai l'impression d'entendre un disque rayé. Il s'agit de mon corps, et j'en fais ce que je veux.

— C'est peut-être ton corps, mais il porte mon enfant ! contra-t-il. J'ai besoin de m'assurer que tu vas bien, que le bébé est en bonne santé.

Tinsley le fixa un long moment, les yeux écarquillés. Lui-même était presque surpris par ce qu'il venait de dire. Ils n'avaient pas reparlé du rôle qu'il voulait tenir auprès du bébé ces derniers temps. Il avait simplement dit qu'il paierait sa part des dépenses et tous les frais de scolarité de leur enfant, mais il n'avait pas expliqué à Tinsley à quel point il voulait faire partie de sa vie.

Cody soupira, conscient qu'il avait évité cette conversation pour gagner du temps, de précieuses heures sous les draps avec Tinsley. Il voulait profiter de leur attirance avant qu'elle s'évanouisse. De son côté, cela finissait toujours par arriver. Il était du genre à se lasser rapidement. Pourtant, avec Tinsley, l'ennui tardait à arriver.

Lorsque ce serait le cas, lorsqu'ils en auraient assez l'un de l'autre, ils deviendraient de bons amis et élèveraient leur enfant ensemble. Il ne savait pas exactement comment tout cela allait fonctionner. Sa seule certitude restait qu'il ferait tout pour trouver des solutions.

Il tourna la tête et vit que Tinsley le fixait d'un air curieux, comme si elle attendait des explications. Il n'en avait malheureusement aucune à fournir. Son esprit n'était qu'un enchevêtrement de questions.

— Je devrais faire partie de vos vies, finit-il par dire.

Aussitôt conscient qu'il avait employé le pire mot possible, il tenta de se corriger, mais le regard corrosif de Tinsley l'arrêta net.

— Tu « devrais », n'est-ce pas ? répéta-t-elle avec dédain. Combien de fois dois-je te le répéter ? Je n'ai pas besoin de toi, Cody. *Nous* n'avons pas besoin de toi. Je suis capable de gérer tout cela seule.

— Ce n'est pas une nécessité ! Je suis là, devant toi, et je te propose mon aide.

— Oh ! vraiment ? fit-elle avec un petit rire moqueur. C'est bien la première fois que je t'entends proposer quoi que ce soit. Ne t'embête pas, Cody. Je n'ai pas besoin de ton aide.

— Puisque tout va si bien, pourquoi n'as-tu pas encore annoncé la nouvelle à Kinga ou à tes parents ?

Tinsley ouvrit la bouche et la referma aussitôt, visiblement agacée de ne pas trouver une réponse rapide.

— Ma relation avec ma famille ne te regarde absolument pas.

— Bien sûr que si !

Exaspéré, Cody ferma les yeux et souffla bruyamment.

— Je fais partie de ta vie depuis que tu as treize ans, Tinsley. J'ai dîné chez tes parents, j'ai travaillé avec ta meilleure amie, je connais ton univers par cœur. Ne me traite pas comme si j'étais un inconnu.

Elle fronça le nez et se mit à fixer le bout de ses chaussures, signe habituel qu'elle se sentait embarrassée. Cody se demanda si elle n'aurait pas préféré avoir cet enfant seule. Elle aurait probablement voulu se débarrasser de lui, pouvoir l'effacer de sa vie dans quelques mois comme si rien ne s'était passé entre eux.

Tinsley détestait recevoir de l'aide ou partager ses responsabilités avec quelqu'un. C'était probablement la raison pour laquelle elle ne l'avait pas encouragé à assumer ses responsabilités auprès de leur enfant. Elle préférait décider de tout par elle-même sans demander l'opinion de qui que ce soit.

— Si tu veux mon avis, tu devrais voir quelqu'un pour parler de ton obsession du contrôle, finit-il par lui dire.

— Je te demande pardon ?

Elle le fusillait du regard, mais il n'avait pas la moindre intention de se taire.

— Je pense sérieusement que tu as un problème. Tu es incapable de déléguer la moindre tâche, et les rares fois où tu le fais, tu repasses derrière tout le monde pour vérifier que les choses sont faites comme tu l'entends. Si tu m'as répété maintes fois que tu n'aurais pas de mal à élever notre enfant seule, c'est tout simplement parce que tu veux garder un contrôle absolu sur la situation.

Tinsley se redressa et le toisa de toute sa hauteur, un masque de froideur sur le visage.

— Si je comprends bien, d'après toi, j'ai besoin de voir

un médecin *et* un psychologue ? Sors de mon bureau, Cody. Ne t'avise pas d'y revenir avant que je te le demande.

— Et voilà, dit-il en secouant la tête. Comme d'habitude, tu t'imagines que les choses vont se passer comme tu l'entends, toi et uniquement toi. Cela ne va pas fonctionner pour moi.

— En ce moment, c'est ton comportement qui ne me convient pas, riposta-t-elle en ouvrant grand la porte de son bureau. Si tu ne t'en vas pas, j'appelle la sécurité.

Cody soupira, conscient qu'ils n'avanceraient pas davantage ce jour-là. Il l'avait poussée trop loin. Elle était en colère et lui aussi. Mieux valait repousser leur conversation à un moment où ils se sentiraient tous les deux plus calmes.

Après tout, ils avaient du temps devant eux pour établir un compromis. Ils avaient absolument besoin de trouver un terrain d'entente, non seulement pour leur bien, mais surtout pour celui du bébé.

Il hocha la tête en signe de reddition et posa une main sur la poignée de la porte, inhalant au passage le parfum fleuri de Tinsley. Une vague de désir le parcourut aussitôt. Les yeux de Tinsley étincelaient de colère, ses lèvres étaient légèrement gonflées, et il n'avait jamais eu autant envie d'elle.

Tant pis pour toi, songea-t-il en mettant un couvercle sur ses pulsions.

Il se pencha pour déposer un baiser sur la joue de Tinsley, fronçant les sourcils lorsqu'elle s'écarta brusquement de lui.

— Cette conversation n'est pas terminée, la prévint-il. J'ai besoin que tu m'aides un peu, que tu acceptes de faire des compromis…

— Va-t'en, Cody. Tout de suite.

Il laissa échapper un juron, prit ses affaires et sortit du bureau à grandes enjambées. Puisqu'il parlait à un mur, à quoi bon rester ?

Un peu plus tard ce soir-là, dans sa cuisine, Tinsley déboucha une bouteille de vin rouge et disposa sur une assiette les vol-au-vent qu'elle venait de sortir du four.

Kinga et Julia avaient au départ toutes les deux refusé son invitation. Lorsqu'elle leur avait expliqué qu'il s'agissait d'une urgence, qu'elle avait quelque chose d'important à leur dire, les filles avaient aussitôt promis qu'elles seraient là à 19 heures tapantes.

Il était 19 h 10 et elles n'étaient toujours pas arrivées.

Le regard de Tinsley se mit à errer autour de son appartement parfaitement propre et ordonné. Pour la première fois, elle se demanda si cette perfection n'était pas un peu froide et inhospitalière. Elle était pourtant incapable de vivre dans une maison mal rangée. Le moindre objet déplacé lui rappelait le désordre que JT mettait autrefois chez eux, l'obligeant toujours à faire le ménage derrière lui.

Entre sa grossesse, la montagne de travail qu'elle avait chez Ryder et son besoin de tout faire à la perfection, elle se sentait de plus en plus anxieuse ; et plus son tumulte intérieur grandissait, plus elle avait besoin de contrôler ce qui se passait à l'extérieur. Cody avait été la première personne au monde à la critiquer pour cela.

« Si elles se montrent rien moins que parfaites, c'est toi qui en souffriras les conséquences… »

Cette phrase lui revint depuis les tréfonds de sa mémoire. Elle entendait encore Callum la prononcer, de sa voix dure et glaciale. Se pouvait-il que ce souvenir fût à l'origine de son anxiété permanente ?

Tout en disposant ses amuse-bouches sur un plateau élégant, elle se souvint qu'elle avait été une enfant apeurée, craignant de faire un faux pas et de décevoir Callum et ses parents. Ses cheveux étaient toujours bien peignés, ses devoirs faits à l'heure et sa chambre méticuleusement rangée. Déjà, à l'époque, l'ordre la rassurait.

Elle savait bien que son besoin de perfection n'avait rien à voir avec JT. Elle avait fonctionné comme cela toute sa vie. Elle mettait les choses, les gens et les émotions dans des cases bien ordonnées, mais, avec Cody, c'était impossible. Elle ne pouvait pas le ranger dans une boîte. Ses sentiments pour lui grandissaient un peu plus chaque jour, remontant à la surface et menaçant de bouleverser tout son monde.

Avec lui, elle se sentait féminine et puissante, protégée et désirée. Elle aurait presque été prête à laisser tomber le masque qui dissimulait ses émotions pour être enfin elle-même. Mais risquer de perdre le contrôle la terrifiait, alors elle restait là, malheureuse…

Comment allait-elle se sortir de cette situation ? Comment aller de l'avant alors qu'elle se sentait aussi anxieuse ?

Tinsley entendit sa porte d'entrée s'ouvrir, puis les voix mélodieuses de ses deux meilleures amies retentirent dans le hall. Elle se précipita pour prendre Kinga et Julia dans ses bras.

— Merci d'être venues aussi vite.

Les filles s'installèrent sagement au bord d'un canapé, les jambes croisées et le dos bien droit. On aurait plutôt dit qu'elles se trouvaient à un entretien d'embauche. Tinsley se souvint de la liberté avec laquelle elle avait mis les pieds sur le canapé dans le salon de Cody. C'était peut-être un détail, mais elle voulait que ses amies se sentent bien chez elle.

— Mettez-vous à l'aise toutes les deux, retirez vos chaussures. Je reviens tout de suite.

Avant de disparaître dans la cuisine, elle aperçut le regard interloqué qu'avaient échangé Kinga et Julia, mais choisit de l'ignorer et revint quelques minutes plus tard avec le vin et les vol-au-vent. Elle plaça son plateau sur la table basse et s'assit dans un fauteuil en face de sa sœur et de son amie.

— Il manque un verre, nota aussitôt Julia.

— C'est la raison pour laquelle je vous ai invitées, expliqua-t-elle d'une voix aussi faible que son courage. Il faut que je vous dise pourquoi je ne bois plus ces derniers temps.

— Est-ce que tu prends des antibiotiques ? Tu n'es pas malade, j'espère ? demanda Kinga en attrapant un amuse-bouche sur le plateau.

— Non. Je suis enceinte.

Les deux jeunes femmes écarquillèrent les yeux et restèrent muettes un instant, l'air profondément choqué. Ce fut Kinga qui parla la première.

— Mais… comment ?

— C'est une longue histoire.

Julia prit une gorgée de vin et lui dit, visiblement plus calme que la sœur de Tinsley :

— Nous t'écoutons.

— Cody m'a encore disputée aujourd'hui. D'après lui, j'aurais dû vous annoncer la nouvelle bien plus tôt. Je crois qu'il a vu juste à ce sujet. Aussi agaçant que cela puisse être, il a raison sur beaucoup de points, ajouta-t-elle entre ses dents.

Kinga balaya ses paroles d'un geste de la main.

— Cody et toi vous êtes toujours disputés. Rien de nouveau sous le soleil. Il faudra qu'on reparle un jour de cette relation bizarre que tu as avec lui, mais, en attendant, qui est… ? Oh ! mon Dieu, Tinsley. Ne me dis pas que *Cody* est le père de ton bébé ?

Incapable d'articuler le moindre son, Tinsley se contenta d'un hochement de tête.

— Je croyais qu'il ne voulait pas d'enfants, dit Julia après une longue pause.

— Comment tu le sais ?

— J'ai travaillé avec Cody sur une soirée à Rome il y a quelques années. Deux ou trois enfants mettaient un bazar monstrueux dans la salle, et je me souviens de l'avoir entendu dire qu'il ne voulait surtout pas en avoir. Je présume qu'il s'agit d'un accident ? demanda-t-elle avec douceur. Que s'est-il passé ?

— Je ne sais pas comment ça a pu arriver. Nous nous sommes protégés, mais, d'une manière ou d'une autre, le résultat est là.

— Waouh, murmura Kinga en se penchant pour poser une main sur celle de sa sœur. Je suis désolée, Tinsley. J'avais remarqué que tu paraissais fatiguée, mais, entre le bal et mes histoires avec Griff, je t'ai négligée. J'aurais dû être là pour toi.

— Moi aussi, renchérit Julia, une bonne dose de culpabilité dans le regard.

— Ce n'est pas votre faute. C'est moi qui aurais dû vous en parler plus tôt.

— Pourquoi ne l'as-tu pas fait ? demanda Julia avant de mordre dans son vol-au-vent. Au fait, c'est délicieux, Tins. Tu devrais en goûter un.

L'odeur du fromage frais ? Du saumon ? Non merci, songea Tinsley, nauséeuse rien que d'y penser.

— Je ne vous ai rien dit parce que je suis incroyablement, irrationnellement inquiète à propos de ma grossesse, souffla-t-elle. Si je vous l'avais annoncé, j'aurais dû vous parler d'autre chose que je ne suis pas prête à affronter.

— De quoi parles-tu ? demanda Kinga, l'air inquiet.

Tinsley tendit la main pour attraper, sur le comptoir de la cuisine, deux tests de grossesse qu'elle montra à ses amies.

— J'ai fait ces tests ce matin. Ils sont positifs, n'est-ce pas ?

— Euh… oui, répondit Julia en la dévisageant comme si elle avait perdu la tête.

— Depuis six semaines, je passe mes journées à vomir, je suis épuisée en permanence et j'ai tellement mal à la tête que j'ai l'impression qu'elle va exploser d'une minute à l'autre.

Le visage de Kinga se décomposa.

— Je ne me suis jamais sentie aussi mal que ces dernières semaines, mais ce sont des symptômes normaux de grossesse.

— Si tu le dis, répliqua doucement sa sœur. Je ne comprends pas ce que tu essaies de nous expliquer, Tins.

À partir du moment où elle prononcerait les mots à voix haute, Tinsley ne pourrait plus revenir en arrière. La tentation de mettre tout cela sur le compte de son anxiété habituelle était forte. Si elle avouait ce qu'elle ressentait à ses amies, elle devrait affronter ses peurs en face…

— Les tests me disent que je suis enceinte et mon corps agit comme si je l'étais, mais je ne me sens pas enceinte.

Kinga et Julia avaient l'air complètement perdues.

— J'ai un peu de mal à te suivre. Comment ça, tu ne te sens pas enceinte ?

Tinsley elle-même ne savait pas exactement ce qu'elle voulait dire. La seule chose dont elle était certaine, c'était que quelque chose n'allait pas. Son échographie le lendemain viendrait confirmer ses soupçons. Elle quitterait la salle d'examen sans bébé dans le ventre. Ensuite, il lui faudrait retourner à sa vie qui n'en était pas une, à cette suite de jours rongés par le stress et l'angoisse.

Sans bébé… et sans Cody.

Elle était bien consciente que sa grossesse les avait rapprochés. Sans cela, ils passeraient moins de temps ensemble, et le lien qu'ils avaient commencé à créer disparaîtrait. Elle ne pouvait pas supporter l'idée qu'il ne ferait plus partie de sa vie.

Cody était la seule personne avec qui elle s'autorisait à relâcher la pression. Il l'entourait d'une bulle de protection et de sécurité, et elle n'avait aucun problème à le laisser prendre les rênes. Il était honnête, mature, et elle lui accordait une confiance absolue.

Jamais encore elle n'avait rencontré quelqu'un capable de calmer ses inquiétudes comme il le faisait. Avec lui, elle oubliait de faire des plannings et des scénarios catastrophe en permanence. Elle se sentait enfin suffisamment confiante pour prendre les choses comme elles venaient.

Il était la pièce manquante de son puzzle, l'apaisement de ses tempêtes… Et elle l'aimait comme jamais elle n'avait aimé personne avant lui.

Elle savait pourtant que Cody ne voulait pas d'une femme dans sa vie, encore moins d'une famille. Bien sûr, il ne se réjouirait pas si quelque chose n'allait pas avec le bébé, mais il finirait par être soulagé. Il serait probablement heureux de ne plus devoir travailler avec elle, et elle le comprenait. Exigeante et agaçante comme elle l'était, Tinsley aurait parfois voulu prendre des vacances d'elle-même.

— Quelque chose ne va pas avec le bébé, répéta-t-elle à voix haute, effrayée d'entendre à quel point les mots sonnaient juste.

— Es-tu sûre que tu ne réagis pas de manière disproportionnée ? demanda sa sœur.

Comme tu le fais d'habitude.

Tinsley n'eut aucun mal à capter le sous-entendu dans le regard de Kinga. C'était vrai, elle avait tendance à se faire des montagnes de choses qui n'étaient pas si graves pour finir. Peut-être se sentait-elle simplement bouleversée par ce qui lui arrivait.

— J'espère sincèrement que je me trompe, Kingaroo, murmura-t-elle en sentant les larmes lui monter aux yeux. J'ai ma première échographie demain. Je saurai tout à ce moment-là.

— Zut, s'écria Kinga. Je pars à Monaco demain matin pour rencontrer les organisateurs de la régate. C'est toi qui m'as demandé d'y aller.

— Et moi, j'ai un vol de nuit ce soir pour Cancun, intervint Julia. Je suis désolée de ne pas pouvoir t'accompagner, mais tu ne seras pas seule, n'est-ce pas ? Cody viendra avec toi.

— Cody ne sait pas que j'ai rendez-vous demain, et je n'ai pas l'intention de le lui dire. Si j'ai la confirmation que quelque chose ne va pas, j'aurai besoin de digérer la nouvelle avant de lui en parler.

Kinga et Julia arboraient la même expression horrifiée.

— C'est la pire idée du monde, protesta sa meilleure amie. Quoi qu'il arrive demain, tu ne devrais pas être seule.

Et pourtant…

À un moment ou à un autre, elle allait devoir s'habituer à ne plus compter que sur elle-même. Cody ne ferait bientôt plus partie de sa vie. Plus tôt elle se faisait à l'idée, mieux ce serait. Elle devait réapprendre à affronter ses angoisses sans son aide.

Elle allait devenir plus forte, plus heureuse, et elle n'avait pas besoin d'un homme dans sa vie pour y arriver.

- 10 -

Cody se gara sur le parking de la maison médicale et relut pour la millième fois le message de Kinga.

Depuis qu'elle l'avait prévenu, la veille au soir, de l'heure à laquelle Tinsley devait passer sa première échographie, il avait compris que leurs nombreuses conversations n'avaient servi à rien. Rien de tout ce qu'il lui avait dit n'était parvenu jusqu'à l'esprit obstiné de Tinsley.

Il jeta un coup d'œil à sa montre et constata qu'il avait cinq minutes de retard. Ce n'était pas plus mal. De cette façon, il pourrait rejoindre Tinsley directement dans le bureau du docteur et éviter une dispute au beau milieu de la salle d'attente.

« Je suis parfaitement capable d'avoir ce bébé toute seule. Je n'ai pas besoin de toi. »

À quel moment allait-elle enfin comprendre qu'il *voulait* être à ses côtés ? Qu'il souhaitait partager sa vie avec elle, les moments de joie comme les périodes difficiles, rire et pleurer avec elle ? Tinsley et lui étaient faits pour être ensemble. Plus tôt elle le comprendrait, mieux ce serait.

Il rêvait de se réveiller près d'elle chaque matin, de poser les mains sur son ventre et de regarder leur bébé grandir. Il ferait tout pour la convaincre que vivre ensemble serait la meilleure solution. Elle emménagerait chez lui, ou l'inverse, ou, si réellement ces options ne lui plaisaient pas, il achèterait une maison pour accueillir leur famille.

Pour lui, ce bébé n'était que le premier. Il avait bien l'intention d'en avoir d'autres avec cette femme exaspérante et obstinée, cette femme merveilleuse sans laquelle il ne pouvait vivre.

Cody prit une grande inspiration et poussa la porte de la maison médicale.

Une fois qu'il se fut présenté à l'accueil, une infirmière le guida aussitôt jusqu'à la salle d'examen et frappa à la porte avant de le laisser seul. Une autre infirmière, vêtue d'une blouse stérile et de gants, lui ouvrit. Par-dessus son épaule, il vit Tinsley se redresser brusquement dans le fauteuil d'examen, la culpabilité rougissant ses joues.

— Qu'est-ce que tu fais ici ? couina-t-elle.

Cody salua poliment l'infirmière avant de répondre calmement :

— Je voulais être présent pour la première échographie. Ce n'est pas inhabituel, il me semble.

L'infirmière lui montra où il pouvait se placer sans gêner l'examen, de l'autre côté de Tinsley, là où il aurait une bonne vue sur l'écran. Elle souleva délicatement le T-shirt de Tinsley, révélant son ventre encore plat.

— Je vais mettre du gel sur votre ventre. Attention, c'est un peu froid, ajouta-t-elle avec un sourire.

Elle pressa un étrange appareil sur le ventre de Tinsley et pianota plusieurs fois sur son ordinateur. Quelques secondes plus tard, une image en noir et blanc s'affichait. Cody fixa l'écran en se demandant bien ce qu'il était censé regarder.

La manipulatrice fit bouger son appareil en long et en large, plusieurs fois, et il ne put s'empêcher de remarquer que son visage se tendait. Elle ne souriait plus et ses sourcils se fronçaient davantage à chaque mouvement de la sonde. Une tension palpable tomba sur la salle d'examen, et Cody sentit l'angoisse lui nouer la gorge.

— Je crois que vous devriez appeler le docteur, déclara Tinsley d'une voix calme.

Aussitôt l'infirmière partie, il se tourna vers elle.

— Qu'est-ce qui se passe ?

— Je suis contente que tu sois là. Je croyais que je préférerais être seule, mais j'avais tort.

— Nous en reparlerons plus tard. Pour le moment, je veux juste savoir ce qu'il y a. Pourquoi est-elle partie chercher un médecin ?

Tinsley prit la main de Cody et entrelaça ses doigts aux siens, les yeux fixés sur un point invisible au-dessus d'elle.

— Tu es la seule personne que je pourrais supporter d'avoir près de moi aujourd'hui. Même en colère contre moi, tu es le seul qui parvient à m'apaiser. Je ne comprends toujours pas comment tu fais.

— Est-ce qu'on pourrait avoir cette conversation plus tard ? Et que fait le docteur ?

La porte s'ouvrit alors sur une petite femme en blouse blanche, suivie de près par l'infirmière qu'ils avaient vue plus tôt. Le docteur salua Tinsley, se présenta à Cody et vint aussitôt se poster devant l'échographe.

Elle étala davantage de gel sur le ventre de Tinsley et déplaça la sonde sur sa peau, chacun de ses gestes irradiant la compétence et le professionnalisme. Au bout de quelques minutes, elle cessa de pianoter sur son clavier et demanda à l'infirmière de rallumer les lumières. Son regard plein d'empathie se posa sur Tinsley.

— Je crains que vous ayez une grossesse anembryonnaire, Tinsley. On la connaît plus souvent sous le nom d'œuf clair.

Tinsley hocha la tête. Comment pouvait-elle se montrer aussi calme alors que lui-même n'y comprenait rien ?

— Qu'est-ce que cela signifie ? demanda-t-il sans même se rendre compte qu'il avait haussé le ton.

Les yeux noirs du médecin le regardèrent avec compassion.

— Lors d'une échographie, on s'attend à voir certaines choses, comme la membrane et le pôle fœtal. Ici, je ne vois rien. Le sac embryonnaire est vide. Il n'y a même pas de fluide à l'intérieur, donc je pense que la grossesse n'a jamais débuté.

— Je ne comprends pas. Y a-t-il un problème avec le bébé ?

— Il n'y a jamais eu de bébé, monsieur Gallant.

— Pardon ? C'est impossible ! J'ai vu Tinsley souffrir le martyre pendant six semaines, et tous les tests qu'elle a faits ont confirmé sa grossesse.

— En effet, c'est ce qui arrive en général, répondit le docteur. Le corps croit que l'embryon s'est implanté et fait tout ce qu'il peut pour soutenir la croissance du bébé. Les taux d'hormones augmentent de plus en plus, ce qui explique l'aggravation des symptômes de grossesse. À un moment ou à un autre, probablement bientôt, le cerveau de Tinsley comprendra qu'il n'y a pas de fœtus, et elle fera ce que l'on pourrait appeler une fausse couche.

— Une fausse couche d'un bébé qui n'a jamais été là, compléta Tinsley.

— Vous avez l'air très calme, Tinsley, remarqua le médecin. Comment vous sentez-vous ?

— J'ai su depuis un moment que quelque chose n'allait pas. J'espérais que mon anxiété me jouait des tours, mais, au fond, j'ai toujours su que ce n'était pas le cas.

Je n'ai pas consulté plus tôt car je redoutais d'entendre une confirmation.

Voilà pourquoi Tinsley ne l'avait pas encouragé à prendre son rôle de père. Voilà pourquoi elle avait repoussé toutes les conversations à propos de l'éducation de leur enfant. Elle avait toujours su qu'il y avait un problème, mais, comme toujours, elle n'avait pas daigné communiquer avec lui.

Cody se sentait incapable de continuer ainsi. Il ne pouvait passer sa vie à attendre désespérément qu'elle s'ouvre à lui.

La voix du docteur lui parvint comme à travers un brouillard, prononçant des mots qui faisaient à peine sens pour Cody.

— Vous pouvez soit attendre que la fausse couche arrive naturellement, soit prendre un médicament pour la déclencher. Il existe aussi une chirurgie peu invasive. Je vous laisse un moment pour en discuter ensemble, et, lorsque vous serez prêts, vous pourrez me rejoindre dans mon bureau.

Lorsque le médecin fut sortie, Cody se tourna vers Tinsley, occupée à nettoyer son ventre avec des gestes calmes et méthodiques. Elle leva les yeux vers lui et il vit une telle détresse dans son regard qu'il ne put s'empêcher de s'avancer pour la prendre dans ses bras. Il avait désespérément besoin de cette connexion, mais Tinsley tendit la main devant elle pour le maintenir à distance et lança froidement :

— Eh bien, voilà. C'est fini.

Était-ce tout ce qu'elle avait à dire ? Et qu'est-ce qui était fini, au juste ? Il l'observa remettre son T-shirt en place et reposer les pieds par terre, et trouva son visage encore plus pâle que d'habitude sous les néons de la salle d'examen.

Cody agrippa le rebord du lit comme une bouée de sauvetage. Il n'avait plus de bébé. La nouvelle le frappait avec une violence inouïe. Au cours des dernières semaines, il ne s'était jamais imaginé qu'une chose pareille pouvait arriver. Contrairement à Tinsley...

Jamais de sa vie il n'avait ressenti une telle colère.

— Comment as-tu pu me cacher tes soupçons ? Si tu savais que quelque chose n'allait pas, pourquoi ne m'as-tu rien dit ?

— Qu'est-ce que tu aurais pu faire ? Tu n'es pas médecin.

— Non, mais je t'aurais convaincue d'aller en voir un plus tôt. Si tu n'avais pas été aussi têtue, les docteurs auraient peut-être pu faire quelque chose.

— Tu es injuste, Cody.

— Tu veux savoir ce qui est injuste ? Toi ! Tu me traites depuis le début comme si je n'avais aucune importance, comme si mon opinion ne comptait pas, comme si je n'étais pas digne de partager tes inquiétudes. Je t'avais pourtant demandé des dizaines de fois d'aller consulter.

Cody poussa un grognement de frustration, songeant aux semaines d'enfer qu'elle aurait pu éviter.

— Je ne sais pas quoi te dire, murmura Tinsley en passant une main tremblante dans ses cheveux. C'est vrai, je soupçonnais que quelque chose n'allait pas et j'ai eu tort de ne pas t'en parler, mais pourrais-tu me disputer plus tard ? Je viens d'apprendre que je n'ai jamais eu de bébé dans le ventre et le docteur nous attend.

Nous ? Il n'y avait plus de « nous » aux yeux de Cody. Si Tinsley n'avait pas été capable de partager une chose aussi importante avec lui, ils n'avaient pas le moindre espoir de créer une relation saine et solide. Leur « nous » était condamné. Il n'avait peut-être même jamais existé.

Dévasté à l'idée de perdre Tinsley, ainsi que le bébé qu'il ne pensait pas désirer jusqu'à aujourd'hui, Cody ferma les yeux et secoua la tête.

— Va voir le docteur toute seule. Comme tu le dis si bien, il s'agit de ton corps, ta décision.

— Tu… Tu ne viens pas avec moi ?

— Je n'aurais même pas dû être là aujourd'hui, d'après toi, lui rappela-t-il en enfilant sa veste. Tu savais que tu risquais de perdre le bébé, et, de toute évidence, tu voulais gérer ce moment sans moi. Eh bien, fais-le. Débrouille-toi toute seule. C'est ce que tu sais faire de mieux, après tout.

Cody sortit de la pièce sans un regard en arrière et entendit la porte se refermer derrière lui. Il avait l'impression que son cœur allait imploser dans sa poitrine. Il avait besoin d'air frais, d'un verre, de n'importe quoi.

Il avait besoin de pleurer.

Quelques jours plus tard, Tinsley était assise sur l'appui de fenêtre dans le salon de ses parents, contemplant les eaux tumultueuses de la baie au-dessous d'elle.

Ce siège avait été son endroit favori de la maison lorsqu'elle était enfant. Elle se souvenait de nombreux jours d'hiver passés exactement dans cette position, son regard faisant des allers-retours entre son livre et la vue fabuleuse derrière la fenêtre.

Elle entendit un bruit de pas familier et leva paresseusement la tête. Kinga s'approchait d'elle, tenant ce que Tinsley espérait être une tasse de chocolat chaud.

Elle avait trouvé sa sœur à son chevet lorsqu'elle s'était réveillée de son opération la veille.

En sortant de l'hôpital, ses parents l'avaient ramenée chez eux sans même lui demander son avis. D'après eux, ils pourraient veiller sur elle plus facilement dans la maison de son enfance. Mais pourquoi ? Elle n'avait subi qu'une opération simple et peu invasive. Elle aurait encore mal pendant un ou deux jours, et ensuite, tout irait bien…

Du moins, aussi bien que possible sans bébé et sans Cody.

Tinsley serra les paupières, luttant contre les larmes qui menaçaient chaque fois qu'elle pensait à Cody. Elle rouvrit les yeux lorsque sa sœur lui décocha un léger coup de coude. Elle avait apporté leurs tasses d'enfance préférées et Tinsley sourit, sincèrement reconnaissante que Kinga ait pris quelques jours de congé pour passer du temps avec elle.

Julia travaillait toujours à Cancun, mais elle lui écrivait à longueur de journée et lui avait promis de l'appeler un peu plus tard. Quant à ses parents, ils devaient s'être réfugiés dans la cuisine pour laisser sa sœur et elle discuter.

— Fais-moi de la place, ordonna Kinga.

Elle glissa légèrement sur sa droite pour laisser sa sœur prendre place à côté d'elle. Kinga lui tendit son mug et remonta jusqu'à ses épaules la couverture en cachemire qu'elle lui avait apportée.

— Comment te sens-tu ?

Tinsley but une gorgée de chocolat chaud avant de répondre. Elle se rendit compte que Kinga l'avait légèrement corsé avec du whisky et repoussa aussitôt sa tasse, mais, l'instant d'après, elle se souvint qu'elle n'avait plus de bébé et ses yeux s'emplirent de larmes.

Elle posa la tête sur l'épaule de sa sœur et contempla l'océan. Ses eaux étaient comme les émotions qu'elle ressentait, changeantes et chaotiques, impossibles à maîtriser.

— Physiquement, je vais bien. J'ai un peu mal au ventre, mais c'est normal. La douleur devrait disparaître d'ici quelques jours.

— Tant mieux. Maintenant, comment vas-tu émotionnellement ?

— Je suis en miettes, admit Tinsley en baissant les yeux.

— La prochaine fois que je verrai Cody Gallant, je te promets qu'il regrettera d'être venu au monde.

— Ce n'est pas sa faute, Kinga. J'aurais dû lui confier que je m'inquiétais pour le bébé. J'aurais dû le laisser m'aider et s'impliquer dans ma grossesse. Franchement, je récolte ce que j'ai semé.

Elle était sincère dans ce qu'elle venait de dire à sa sœur. Elle n'en voulait absolument pas à Cody pour ce qu'elle l'avait elle-même poussé à faire. En revanche, les faits restaient les mêmes : il lui manquait terriblement.

Ses bras solides autour de ses épaules lui manquaient, sa voix rassurante, le vert changeant et profond de ses yeux. Elle ne l'avait pas revu depuis une semaine et elle ne savait toujours pas comment elle ferait pour tenir davantage. Non seulement il lui manquait, mais la personne qu'elle était avec Cody lui manquait aussi.

Elle s'autorisait à être pleinement elle-même dans ses bras. Une femme puissante et sûre d'elle, qui n'avait rien à prouver, mais qui pouvait compter sur le soutien de Cody parce qu'elle savait qu'il ne l'abandonnerait jamais.

Tout cela était bien loin désormais.

Kinga posa une main sur le genou de Tinsley et le

diamant spectaculaire de sa bague de fiançailles se mit à scintiller.

— Tu ne devrais pas être avec Griff aujourd'hui ?

— Il m'a dit que je devais m'occuper de toi sans me soucier de lui, alors il travaille sur son nouvel album. Je suis sincèrement désolée que les choses n'aient pas fonctionné entre Cody et toi. Cela ne change pas grand-chose, mais je suis convaincue qu'il était le meilleur des deux frères Gallant.

Tinsley fronça les sourcils.

— Imagine les ragots si mon histoire avec Cody s'était poursuivie, commenta-t-elle. « L'héritière des Ryder passe d'un Gallant à un autre. » Les commères de Portland s'en seraient donné à cœur joie.

— Tu sais, JT est à Hong Kong, maintenant. Je doute que les gens se souviennent de lui. De toute façon, même si c'était le cas, qui s'en soucie ? Je me fiche de l'opinion des autres. Ce qui m'importe, c'est le bonheur de ma sœur.

Tinsley lui adressa un sourire reconnaissant, juste au moment où leurs parents entraient dans le salon, la même expression inquiète sur le visage. Leur mère s'arrêta net sur le seuil et porta une main à son cœur.

— Si vous saviez tous les souvenirs que vous me rappelez, les filles, murmura-t-elle. Vous vous installiez toujours devant cette fenêtre quand vous étiez petites.

— C'est la meilleure vue de toute la maison, dit Kinga.

Son père tira une chaise pour sa mère et resta debout, l'épaule appuyée contre le mur. Tinsley buvait son chocolat à petites gorgées, évitant soigneusement le regard de ses parents.

— Je suis désolée de ne pas vous avoir dit que j'étais enceinte.

— Pourquoi ne l'as-tu pas fait ? demanda sa mère d'un ton blessé.

— Je voulais attendre l'échographie. Quelque part dans mon inconscient, je pressentais que quelque chose n'allait pas.

— Je vois. J'espère au moins que tu n'as pas gardé le secret par crainte de notre réaction, répondit James.

— Non, pas vraiment. Je savais que vous n'alliez pas me disputer, étant donné que je suis une adulte, mais j'avais tout de même peur de vous décevoir.

— Pas une seule fois depuis ta naissance tu ne nous as déçus, déclara sa mère.

Tinsley ne put s'empêcher de hausser les sourcils.

— Je te trouve un peu hypocrite, maman. Tu sais très bien que tu as toujours eu des exigences plutôt élevées envers nous deux.

— Euh… non, contra Kinga d'un air interloqué. Les parents nous ont toujours encouragées à faire de notre mieux, mais ils n'ont jamais exigé quoi que ce soit de nous.

— Ne nous confonds pas avec ton grand-père, s'il te plaît, reprit sa mère. *Lui* avait de hautes attentes envers vous. Ton père et moi te demandions plutôt de travailler moins, de t'amuser comme les autres enfants.

— C'est vrai, renchérit Kinga. Tu étais incroyablement sérieuse pour une petite fille aussi jeune.

Sa sœur retira le mug de ses mains tremblantes et le tendit à son père. Tinsley passa les mains sur son visage, tentant de démêler le vrai du faux. Ses souvenirs d'enfance, qu'elle avait toujours crus précis et exacts, n'étaient plus qu'un mélange confus de sensations et d'images floues.

Tinsley replia les jambes et passa un bras autour de ses genoux, les yeux fixés sur son père.

— J'ai un souvenir qui date de quand j'étais toute

petite. J'étais cachée sous le bureau de Callum, dans la bibliothèque, et vous avez commencé à vous disputer à propos de l'héritage. Ensuite, Callum a prétendu que, si Kinga et moi n'étions pas parfaites en toutes circonstances, tu en paierais les conséquences. Que voulait-il dire par là ?

Le visage de James se décomposa.

— Je ne savais pas que tu avais entendu cette conversation.

— Non, de toute évidence, intervint Kinga. Visiblement, cette histoire a marqué Tinsley, puisqu'elle s'en souvient encore aujourd'hui. Dis-nous la vérité. De quoi Callum parlait-il ce jour-là ?

James se mit à fixer un point invisible au-dehors, tandis que sa mère agrippait fermement les accoudoirs de son fauteuil, évitant soigneusement leur regard à toutes les deux. Tinsley en avait assez. Elle se leva brusquement et sentit aussitôt un pincement de douleur dans son ventre.

Pas de mouvements brusques, rappelle-toi.

— Papa, maman, ça suffit ! déclara-t-elle fermement. Vous vous comportez bizarrement depuis les vacances de Noël, et nous avons le droit de savoir pourquoi.

— N'insiste pas, je t'en prie, souffla sa mère.

— Si, justement. Il y a trop de secrets dans cette famille. J'ai passé ma vie à être rongée par l'anxiété, alors que, si nous avions communiqué davantage, une bonne partie de ce stress aurait pu être évitée. Il est temps que nous commencions à parler honnêtement.

Kinga passa un bras autour de la taille de Tinsley, et celle-ci se laissa aller contre sa sœur, reconnaissante de son soutien.

— Tinsley a raison. Que se passe-t-il entre vous ces derniers temps ? Qu'est-ce que vous nous cachez ?

James et Penelope échangèrent un long regard, communiquant silencieusement aussi bien que s'ils avaient utilisé des mots. Ce genre de chose devait s'apprendre naturellement en trente ans de mariage. Enfin, James posa une main sur l'épaule de sa femme et s'adressa à Tinsley avec un mélange de regret et de tristesse.

— Je suis désolé que tu te sois sentie obligée d'être parfaite. Ce n'était vraiment pas notre intention. Quant à la situation de ces derniers mois, vous avez raison, elle est assez complexe. Votre mère et moi devons d'abord en discuter franchement entre nous. Ensuite, nous pourrons peut-être vous dire ce qu'il est en notre pouvoir de révéler.

— Ce n'est pas suffisant, papa. Nous en avons assez des secrets. Ils ne font de bien à personne dans cette famille. Une bonne fois pour toutes, dis-moi…

Trois sonneries différentes lui coupèrent soudain la parole, et ses parents et Kinga sortirent en même temps leurs téléphones. Le sien était éteint dans sa poche arrière, mais elle supposa qu'il aurait également sonné.

Sa sœur et ses parents lurent le message qu'ils venaient de recevoir, et la même expression horrifiée se peignit sur leurs visages.

— Que se passe-t-il ? demanda Tinsley.

Sans un mot, Kinga lui tendit son téléphone, où s'affichait un message de Cody.

> Callum a perdu connaissance dans son bureau il y a environ une demi-heure. Il se trouve à l'hôpital central du Maine. Les médecins supposent une crise cardiaque. Je suis en route, vous devriez probablement venir aussi.

Callum ? Non, c'était impossible… Mais puisque son père appelait un taxi, que Kinga téléphonait à Griff et que sa mère enfilait son manteau, il semblait pourtant que l'impossible se soit produit.

James se précipita vers le bureau d'accueil de l'hôpital. Son cœur tambourinait dans sa poitrine, et sa tête lui faisait mal. Se retournant vers Penelope, il prit sa main dans la sienne. Certes, son épouse n'avait jamais été l'amour de sa vie, mais elle restait son roc, son refuge, sa meilleure amie depuis plus de trente ans.

Il avait désespérément besoin de son soutien en cet instant. Callum avait beau être l'homme le plus insupportable qu'il connaissait, il restait son père.

Il entendit une voix familière appeler son nom et aperçut soudain Cody qui se dirigeait vers eux, une inquiétude manifeste dans le regard. James le rejoignit d'un pas mal assuré. Entre les manigances de Callum, les fiançailles de Kinga, la perte du bébé de Tinsley et la crise cardiaque de son père, il commençait à se sentir dépassé par les événements.

Callum lui avait toujours fait porter le poids du monde sur ses épaules, mais c'était terminé. Il ne pouvait plus vivre ainsi. Si rien ne changeait, il allait finir par s'effondrer.

Cody lui serra la main et embrassa rapidement Penelope.

— Les infirmières sont en train de préparer Callum pour le bloc opératoire, expliqua-t-il aussitôt. Il a besoin d'un triple pontage et les médecins estiment que l'opération doit être réalisée le plus vite possible.

— Mais… ? demanda Penelope en fronçant les sourcils.

— Mais il est obstiné, comme toujours, et refuse de partir au bloc avant de t'avoir parlé, James.

James passa une main dans ses cheveux, exaspéré d'avance.

— J'imagine que ça doit avoir un rapport avec Ryder

International. C'est tout ce qui l'intéresse, marmonna Penelope.

— Où est-il ? demanda James.

Cody lui montra le chemin.

— Il a demandé à te voir seul, James, ajouta-t-il d'un air compatissant.

— Très bien, attendez-moi par ici. Je ne devrais pas être long, dit-il avant de déposer un baiser sur la joue de Penelope. Quant à toi, Gallant, j'ai deux mots à te dire.

Cody le regarda comme s'il venait de le pousser contre une barrière électrique.

— Je suis, euh… J'ai beaucoup de travail aujourd'hui. Je ne sais pas si je vais pouvoir rester.

— Ce n'était pas une question, rétorqua James avant de tourner les talons.

Il s'éloigna peu à peu de sa femme et de celui qui deviendrait, il l'espérait, son futur beau-fils.

James n'avait jamais pensé beaucoup de bien de JT. En revanche, avec Cody, c'était différent. Il le croyait capable d'apprécier le caractère indépendant de Tinsley et de la rendre heureuse. Si ces deux-là réussissaient à surmonter leur orgueil, ils auraient une belle vie ensemble.

Tout en marchant vers la chambre de son père, il pensa avec tendresse à ses deux filles. Kinga et Tinsley étaient devenues des femmes fortes et indépendantes. Elles avaient toutes les deux trouvé l'homme de leur vie, même si Tinsley ne s'en rendait pas encore compte. Quoi qu'il arrive, elles seraient toujours à l'abri du besoin grâce au fonds de placement qu'il avait institué pour elles.

Ses princesses étaient intelligentes et travailleuses. Même si leur travail se trouvait menacé, elles n'auraient aucun mal à retrouver une place ailleurs. Elles avaient même les capacités de monter leur propre entreprise si elles le désiraient. Lui, en revanche, était coincé pour toujours chez Ryder International.

James s'arrêta un instant, se demandant si cette dernière pensée était toujours vraie. Dépendait-il réellement de son père ? Certes, il gagnait un salaire mirifique grâce à l'entreprise, mais il avait aussi amassé une petite fortune en achetant et revendant des propriétés depuis une trentaine d'années. Que se passerait-il s'il décidait enfin de s'émanciper de l'entreprise familiale ?

Il ne pourrait plus utiliser les jets privés, les appartements à New York et à Paris, mais Penelope et lui pourraient toujours s'installer dans l'une de leurs nombreuses propriétés. Ils auraient même largement de quoi racheter une maison si nécessaire. Sa femme avait hérité des millions de ses parents, et cette somme, à sa connaissance, n'avait même pas été entamée.

S'ils restaient ensemble, tout irait bien. Ils pourraient enfin être libres.

« Nous en avons assez des secrets », lui avait dit sa fille. Tinsley avait raison. Il devait retrouver son intégrité et se battre pour ce qu'il croyait juste. Callum entrerait en furie, il le déshériterait probablement ainsi que les filles, mais tant pis. Elles n'avaient de toute façon aucune envie de reprendre la direction de l'empire Ryder-White, comme elles le lui avaient assuré à maintes reprises.

James savait à quel point Kinga et Tinsley appréciaient l'honnêteté. Elles le respecteraient à nouveau s'il faisait le choix de la vérité. Il était temps pour lui de cesser d'avoir peur de son père.

À peine avait-il mis un pied dans le département où se trouvait son père qu'une infirmière à l'air maussade le prenait par le bras.

— Votre père est le patient le plus têtu que j'aie jamais vu.

— Bienvenue dans mon quotidien…

— Je compatis. Voilà sa chambre, ajouta-t-elle en lui désignant une porte. Vous avez cinq minutes, pas plus.

James marcha précautionneusement jusqu'au chevet du lit. Son père semblait plus fragile, incroyablement plus vieux que la dernière fois qu'il l'avait vu.

— Tu voulais me parler, Callum ?

— Eh bien, tu en as mis, du temps, grommela son père sans même le regarder. Ma vie est en jeu, au cas où tu ne le saurais pas.

James n'aurait pas pu arriver plus vite s'il avait appris à voler, et son père le savait très bien, mais ils n'avaient pas le temps de se disputer.

— Nous n'avons que cinq minutes, lui dit James calmement. Les docteurs veulent s'occuper de toi le plus vite possible.

Callum eut un accès de toux et grimaça de douleur. James se prit à rêver que son père allait s'excuser pour son comportement passé envers lui. Cette attaque lui avait peut-être ouvert les yeux sur ce qui comptait vraiment.

— Je vais être hors d'état de travailler pendant plusieurs mois, dit Callum en le fixant avec une telle animosité qu'il recula d'un pas vers le mur. Les médecins m'ont prévenu que je resterais au moins six semaines à l'hôpital.

— Ce n'est pas grave. Je peux te remplacer.

— Rêve toujours, rétorqua son père avec un rictus mauvais. Tu n'as pas ce qu'il faut pour diriger Ryder International. J'ai besoin d'un directeur ferme et impitoyable, quelqu'un qui n'aura pas peur de prendre les décisions difficiles. Ce n'est certainement pas toi, gamin.

Tu vas me chercher un homme qui réponde à ces critères. C'est compris ?

James soupira, conscient qu'il avait espéré en vain. Jamais son père ne changerait.

— Je veux aussi que tu continues à chercher qui possède les parts de feu mon imbécile de frère. Je ne tolérerai plus aucun délai sur cette question. Quant au laboratoire d'analyses ADN, relance-les à nouveau. Nous devrions avoir reçu ces résultats il y a longtemps.

Des actions et des tests ADN ? Vraiment ? Il n'aurait pas dû être surpris, mais son père avait décidément un curieux sens des priorités.

— Promets-moi que tu vas engager un directeur à la hauteur de Ryder International, lui demanda son père, sa voix réduite à un murmure rauque.

James plongea son regard dans le sien et hocha la tête. Oui, celui qu'il avait en tête serait à la hauteur… Et il ferait imploser tout l'univers de Callum par la même occasion.

- 11 -

Penelope

La dernière fois que Penelope avait vu sa détective privée, elles s'étaient donné rendez-vous dans un restaurant routier plus que douteux. Le temps de la discrétion était terminé pour elle. Si quelqu'un lui posait une question, elle n'hésiterait pas à lui répondre de s'occuper de ses affaires.

Elle en avait assez de devoir se justifier auprès de personnes qui n'avaient aucun droit sur elle.

Installée confortablement dans un fauteuil de son salon de thé favori, Penelope regretta de ne pas pouvoir allumer une cigarette. Benjamin lui avait appris à les rouler un peu plus de trente auparavant. Elle se demandait si elle saurait encore le faire.

Dès leur première rencontre, elle avait adoré l'oncle de James. Avec la naïveté de sa jeunesse, elle l'avait perçu comme un homme adorable, à l'opposé total de son frère aîné. Elle savait désormais que les méchants et les gentils n'existaient pas dans la vraie vie.

Un serveur lui apporta l'expresso qu'elle avait commandé. Elle le remercia d'un hochement de tête distrait. Callum s'était bien sorti de son opération, mais il y avait eu des complications et, une semaine après l'intervention, il se trouvait toujours en soins intensifs. D'après James, il était conscient, mais il n'avait pas la force de parler.

Callum était un homme difficile, et elle avait du mal à ressentir de l'affection pour lui. Il avait rendu sa vie et celle de James bien plus compliquées que nécessaire. Mais, après tout, était-il vraiment responsable de ce qui leur était arrivé ?

Quelques années avant de rencontrer James, elle avait eu une aventure avec un jeune homme sans s'imaginer une seule seconde qu'elle pourrait se trouver enceinte. C'était pourtant ce qui avait fini par arriver. Elle était discrètement partie à Londres pour accoucher d'un bébé qu'elle avait abandonné dès sa naissance.

De retour sur la côte Est, elle avait rencontré James, et sa famille l'avait poussée dans ses bras. Lorsqu'il l'avait demandée en mariage, elle avait accepté, bien que consciente que James était lié d'un peu trop près au père de l'enfant qu'elle avait abandonné.

Au cours de son mariage, elle aussi avait menti et dissimulé des secrets. Elle ne pouvait pas tout mettre sur le dos de Callum.

Quelques jours auparavant, James avait pris sa décision et nommé le nouveau directeur de Ryder International. Elle n'était pas sûre que son choix soit judicieux, mais, au moins, son mari avait fait preuve de détermination.

Elle ne l'avait jamais autant respecté que ces derniers jours. Ce respect avait amené une nouvelle attirance pour James, qui la surprenait. Ce James actif et décidé la séduisait un peu plus chaque jour…

— Bonjour, madame Ryder.

Penelope se leva pour serrer la main de sa détective privée. KJ portait un tailleur-pantalon élégant et avait relevé ses cheveux en chignon, une tenue très différente de celle qu'elle avait choisie pour leur dernière entrevue.

— Vous êtes très élégante, commenta Penelope en l'invitant à s'asseoir.

— Je m'adapte à toutes les situations. Un peu plus tard cet après-midi, je remettrai mon sweat-shirt et mon pantalon de jogging pour une autre mission.

— N'est-ce pas trop dangereux ? demanda Penelope en frissonnant.

— Pas autant que les fois où je dois me déguiser en prostituée, rétorqua KJ d'un ton joyeux. Il y a vraiment des gens bizarres par ici.

— Je n'en doute pas.

KJ remercia la serveuse qui venait d'apporter son café, en but une gorgée et se pencha légèrement par-dessus la table pour ne pas être entendue par les autres consommateurs.

— J'imagine que vous souhaitez des nouvelles de mes investigations, commença-t-elle. J'ai appelé l'agence par laquelle vous êtes passée pour faire adopter votre fils. Comme je m'y attendais, ils ont refusé de me dire quoi que ce soit.

Déçue malgré elle, Penelope baissa les yeux. Pourquoi s'était-elle imaginé que l'agence en dirait davantage à la détective qu'à elle ? Elle avait engagé KJ neuf semaines plus tôt et lui avait demandé de retrouver la trace de son fils biologique. La jeune femme croyait probablement qu'elle était payée pour réunir une mère et son fils. En réalité, Penelope cherchait à protéger sa réputation.

Son fils, cet homme de trente-cinq ans désormais, avait le pouvoir de faire voler en éclats son existence. Il pouvait exposer tous les secrets de Penelope et lui attirer la désapprobation de sa famille pour sa conduite passée.

S'il refaisait surface dans sa vie, son mari et ses filles risquaient de se détourner d'elle. Kinga et Tinsley possédaient un sens moral inébranlable et elles ne pourraient probablement pas comprendre ce qu'elle avait fait.

Quant à James… Même après trente ans de mariage, il détesterait probablement l'idée qu'elle ait pu donner naissance à l'enfant d'un autre. Pire, il lui en voudrait de lui avoir dissimulé son existence pendant si longtemps.

— Avez-vous tout de même trouvé quelque chose ? demanda-t-elle à KJ.

La jeune femme jeta un coup d'œil au carnet posé sur ses genoux.

— J'ai réussi à retrouver l'employée de l'agence qui s'est occupée de vous à l'époque. Elle a soixante-dix ans désormais, mais elle se souvient bien de vous. D'après elle, vous faisiez partie de ce qu'on appelle les « dossiers compliqués ».

Penelope ne fut pas le moins du monde surprise.

— Qu'avait-elle d'autre à dire ?

— Apparemment, vous n'êtes pas la première à vouloir retrouver la trace de votre fils.

— Pardon ? Qu'est-ce que cela signifie ?

— Je n'ai pas pu en apprendre beaucoup plus, soupira KJ. J'ai déjà mis trois heures à lui extirper ces informations. Elle m'a dit qu'elle ne me dévoilerait jamais le nom de ceux qui l'ont adopté. Lorsque votre fils a eu dix-huit ans, elle lui a remis votre lettre comme vous l'aviez demandé, mais il n'a pas voulu l'ouvrir. Il s'agissait d'un adolescent bougon et caractériel.

KJ prit une autre gorgée de café avant de poursuivre :

— Dans tous les cas, il a votre nom, madame Ryder. S'il souhaite vous contacter, il le fera. C'est le seul moyen d'avoir de ses nouvelles.

Penelope reposa sa tasse sur la table avec une violence mal contenue.

— Vous avez dit que quelqu'un d'autre avait cherché à le retrouver. Qui était-ce ?

— Il ne s'agit pas d'une personne, mais d'un cabinet d'avocats. Quelques années après l'adoption, une correspondance a eu lieu entre l'agence et ce cabinet. Les lettres concernaient votre fils.

— Des lettres ? Mais de quoi parlez-vous ?

KJ posa une main sur la sienne. Penelope tenta de se dégager, mais la jeune femme était plus forte qu'elle en avait l'air.

— Madame Ryder, les gens commencent à nous regarder, et je sais que ce n'est pas ce que vous souhaitez. Ressaisissez-vous.

— Je suis désolée, KJ. J'ai perdu le contrôle. Vous pouvez continuer.

— L'ancienne employée de l'agence ne connaissait pas le contenu des lettres, ou bien elle n'a pas voulu me le dire. Je vais être franche avec vous. Le cadre de l'adoption était assez simple, vous avez refusé de donner le nom du père. Je suppose que c'est lui qui a entamé ces recherches avant vous. D'une manière ou d'une autre, il a appris que vous aviez abandonné son enfant.

Je sais très bien comment il l'a appris, songea Penelope. *C'est moi qui le lui ai dit.*

— Pour autant, continua KJ, le père de votre bébé n'avait aucun droit d'obtenir des informations sur l'enfant. Ses avocats, Gerard & Pinkler, ont été fermement repoussés.

Gerard & Pinkler… Pourquoi ce nom lui disait-il quelque chose ?

— J'ai pris l'initiative d'écrire aux avocats en question. Je leur ai demandé s'ils pouvaient me fournir des renseignements dans le cadre d'une enquête.

— Et… ?

— Je n'ai reçu qu'un accusé de réception, rien d'autre.

— Dans ce cas, nous sommes dans une impasse, murmura Penelope.

— Je le crains, madame Ryder.

Penelope fouilla sa mémoire, cherchant désespérément à se rappeler où elle avait entendu le nom des avocats, mais rien ne lui revenait.

— Merci, KJ. Tenez-moi au courant si le cabinet Gerard & Pinkler vous recontacte.

— Bien sûr. Je suis désolée, madame Ryder. Ce doit être difficile pour vous.

Elle n'avait pas besoin de son empathie, mais d'une solution. Le monde tel qu'elle le connaissait s'apprêtait à disparaître. Sa famille était en danger, et tout cela à cause d'une stupide erreur de jeunesse.

Le changement la terrifiait, et elle aurait voulu pouvoir revenir en arrière, mais, d'un autre côté, elle ne pouvait s'empêcher de vouloir faire la connaissance de son fils.

Une partie encore plus petite d'elle-même était tentée de révéler au monde entier qui était son père, de dire toute la vérité pour pouvoir enfin tourner la page. Mais les circonstances avaient changé ces derniers jours. Elle devait considérer le problème sous tous les angles.

— Je vous rappellerai dès que j'aurai des nouvelles des avocats, madame Ryder.

Penelope la remercia, mais elle savait que les nouvelles en question n'arriveraient jamais. La balle était dans le camp de son fils désormais. Elle ne pouvait qu'attendre – attendre et redouter la suite.

Décidément, songea Cody, la famille Ryder-White dans son intégralité avait une dent contre lui ces derniers jours.

Il avait passé toute la semaine à éviter James, à ignorer les appels de Kinga, de Julia et de Penelope. Tous voulaient lui dire à quel point Tinsley avait le cœur brisé. Il n'y croyait pas une seule seconde.

En revanche, son cœur à lui semblait ne jamais devoir cesser de lui faire mal.

Cody ne s'était jamais senti aussi perdu. Il détestait cette sensation. Après tout, sa vie ressemblait trait pour trait à ce qu'elle avait été avant son coup d'un soir avec Tinsley, le jour du nouvel an.

Son coup d'un soir… Oui, c'était une façon de le dire. La version honnête ressemblait plutôt à quelque chose comme « les six heures qui avaient changé sa vie ».

Encore en costume, il se posta devant les baies vitrées du balcon, son verre de whisky à peine entamé à la main. Il n'osait pas en boire davantage de peur de ne plus s'arrêter.

Deux semaines s'étaient déjà écoulées depuis la dernière fois qu'il avait vu Tinsley. Il aurait cru que le temps arrangerait les choses, mais, dans son cas, c'était tout le contraire. Chaque jour qui passait lui apportait la certitude que leur séparation était définitive, que Tinsley ne faisait réellement plus partie de sa vie.

Cody sentait qu'il se repliait petit à petit sur sa souffrance, comme lorsque sa mère était morte et qu'il avait compris que son père ne prendrait jamais ses responsabilités vis-à-vis de JT. Il s'était senti atrocement seul à ce moment-là et il ne voulait plus de cette solitude.

Ce qu'il voulait, c'était être aux côtés de Tinsley et fonder avec elle la famille dont il rêvait depuis peu.

Cody sursauta en entendant la porte de son appartement

s'ouvrir. Personne ne pouvait monter jusque chez lui sans y être invité. Il inclina la tête et écouta attentivement les sons qui lui parvenaient depuis le hall, celui d'un sac tombé au sol et le claquement de la porte qui se refermait.

Il se mit à réfléchir à toute vitesse. Il avait une batte de base-ball dans le placard de l'entrée, mais l'intrus s'y trouvait aussi. Que pouvait-il utiliser d'autre ? Son regard finit par tomber sur un vase particulièrement lourd, et il traversa le salon sur la pointe des pieds pour le récupérer.

— As-tu l'intention de m'assommer avec ça ?

La voix était indéniablement celle de Tinsley, mais il ne parvenait pas à comprendre pourquoi elle se tenait au beau milieu de son salon, vêtue d'une veste en cuir et de ces bottes montantes qui lui allaient si bien.

Il prit un moment pour la contempler. Ses cheveux étaient encore emmêlés par le vent du dehors, et le bout de son nez avait rosi. Elle avait l'air tellement plus en forme que la dernière fois qu'il l'avait vue, avec son teint frais, ses yeux brillants et ses formes magnifiques... Bref, elle était presque trop belle pour être vraie.

— Euh... Cody ? Ça t'embêterait de poser ce vase ?

Il se rendit alors compte qu'il tenait l'objet au-dessus de sa tête depuis qu'elle était entrée. Il le replaça précautionneusement sur le manteau de la cheminée et se tourna à nouveau vers elle, tentant de mettre de l'ordre dans ses pensées. Que faisait-elle chez lui ? Et pourquoi avait-elle apporté son sac de voyage ?

— Si tu es venue dans l'espoir de coucher avec moi, tu peux repartir tout de suite, la prévint-il d'un ton glacial. Et puis, comment es-tu arrivée jusqu'ici ? Je ne t'ai pas envoyé mon ascenseur.

— Tu m'as donné les codes de ton ascenseur *et* de la porte d'entrée, répliqua-t-elle calmement.

— Une preuve supplémentaire de ma stupidité.

— Est-ce que je peux m'asseoir, ou préfères-tu que je m'en aille ?

L'orgueil de Cody lui suggéra de la mettre dehors, mais il n'en eut pas le courage, pas alors qu'il la revoyait enfin après les deux semaines les plus longues de sa vie.

— Assieds-toi. Veux-tu quelque chose à boire ?

— Un verre de vin, s'il te plaît.

Il s'apprêtait à lui dire qu'elle n'avait pas le droit au vin, mais la réalité le rattrapa aussitôt et il referma la bouche si vite que ses dents s'entrechoquèrent. Tinsley n'était pas enceinte. Elle pouvait boire du vin, manger des sushis et faire du parapente si cela lui chantait.

Juste au moment où il avait commencé à désirer cet enfant, la vie le lui avait arraché. Il en souffrait toujours – mais pas autant que de l'absence de Tinsley.

Cody soupira et plongea ses yeux dans ceux de Tinsley. Elle avait compris à quoi il pensait, et une profonde tristesse mêlée de compassion se lisait sur son visage.

Il avait besoin de faire quelque chose de ses mains. S'il restait là à la regarder, il allait craquer.

Dans la cuisine, il prit la première bouteille de vin rouge qui lui tomba sous la main et batailla une bonne minute pour trouver le tire-bouchon. Lorsque ce fut fait, il versa le vin dans deux verres et tendit le sien à Tinsley avec aussi peu de complaisance que possible.

— Pourquoi es-tu venue ? lui demanda-t-il abruptement. J'imagine que ce n'est pas pour le travail, puisque nous échangeons des mails d'une politesse absolue depuis deux semaines.

Elle posa son verre sur la table basse sans même en avoir bu une gorgée et croisa les mains sur ses genoux. Cody ne put s'empêcher de se rappeler la dernière fois qu'elle s'était assise dans ce canapé, parfaitement détendue, les jambes allongées… Mais le contexte n'était pas le même aujourd'hui.

Il s'apprêtait à reposer sa question lorsque Tinsley prit enfin la parole, son regard bleu affrontant le sien.

— Comme tu me l'as dit à de nombreuses reprises, j'ai une obsession du contrôle, admit-elle. J'ai compris récemment pourquoi j'avais besoin d'être parfaite en permanence.

Il inclina la tête, l'invitant ainsi à continuer.

— Lorsque j'étais très jeune, sept ou huit ans, j'ai entendu une conversation entre Callum et mon père qui a eu un impact terrible sur ma vie. Callum disait que Kinga et moi devrions toujours être parfaites, que mon père en paierait les conséquences si ce n'était pas le cas. Voilà pourquoi j'ai été une maniaque du contrôle toute ma vie. J'ai toujours peur de ne pas être assez bien pour les autres.

Il s'apprêtait à protester, à la rassurer, mais quelque chose dans le regard de Tinsley l'en empêcha. Elle avait besoin de parler, et il devait la laisser faire.

— Lorsque j'ai l'impression de contrôler quelque chose, sur le moment, je suis euphorique. C'est comme une drogue. Je me sens forte et rassurée pendant quelques minutes, mais ensuite, la chute n'en est que plus dure. Je retourne à mon état d'anxiété permanente. Récemment, j'ai compris que ma quête de la perfection était aussi vaine que tenter d'attraper le brouillard. La vie est imprévisible. Je ne pourrai jamais contrôler tout ce qui m'arrive.

Cody la rejoignait parfaitement sur ce point. La vie n'offrait jamais de garanties. Il avait cru que sa mère finirait par guérir, que son père jouerait son rôle de parent, mais les choses avaient tourné autrement.

— Je suis restée dans un mariage malheureux en croyant que, si je parvenais à créer une vie parfaite pour lui, JT finirait par m'aimer. Depuis le divorce, je cherche à contrôler le moindre élément de ma vie pour tenter de rassurer cette petite fille qui est en moi, qui se demande en permanence si elle est assez bien, si elle mérite d'être aimée.

La voix de Tinsley se brisa, et la jeune femme fixa le sol pendant quelques instants avant de reprendre :

— Je croyais que, si j'étais une petite fille parfaite, Callum ne s'en prendrait pas à mon père ; que, si j'étais l'épouse parfaite, JT m'aimerait ; que, si j'étais l'amie, la sœur, l'employée parfaite, je finirais par être heureuse.

Quel gaspillage, songea Cody. Elle s'était infligé tant de pression, tant de souffrance inutile.

Lorsque le regard bleu de Tinsley rencontra le sien, il eut l'impression de recevoir un coup au plexus.

— Si je te raconte tout ça, c'est parce qu'avec toi, je n'ai pas besoin d'être cette femme parfaite qui n'existe pas. Tu n'exiges rien d'autre de ma part que de rester authentique. En fait, tu m'y obliges.

Elle tendit la main et prit timidement la sienne. Lorsque leurs doigts s'entrelacèrent, il ressentit une vague d'amour infini pour elle. Non seulement il avait envie d'elle, mais il l'adorait, il appréciait la personne extraordinaire qu'elle était.

— J'aime la personne que je suis avec toi, poursuivit-elle doucement. Tu m'amènes vers la meilleure version possible de moi-même, imparfaite, pleine de défauts, mais réelle.

Elle se mordit la lèvre inférieure et Cody aperçut de légères marques contre le rose pâle de sa bouche. Il dut lutter de toutes ses forces pour ne pas l'embrasser.

— J'ai eu tort de ne pas te parler de mes soupçons à propos de la grossesse. Tu avais le droit de savoir, et celui de m'accompagner à mes rendez-vous. J'ai réagi de la pire manière possible, et je te demande pardon.

Qu'aurait-il pu répondre, sinon qu'il acceptait ses excuses ?

Tinsley effleura du pouce le poignet de Cody, et il sentit tout son corps réagir.

— Tu m'as terriblement manqué, murmura-t-elle. Tous les soirs, j'ai rêvé de me retrouver dans tes bras.

Il ne pouvait pas, il ne *voulait* pas se laisser emporter par la rêverie. La réalité ne serait que plus douloureuse ensuite.

— Tu aimes juste coucher avec moi, Tins.

— Non. J'adore coucher avec toi, fit-elle en rougissant légèrement. J'aime ta manière de me toucher, tes baisers, j'aime sentir ta peau contre la mienne…

— Je ne veux pas d'une nouvelle histoire de sexe avec toi, l'interrompit-il d'un ton glacial.

Il termina d'un coup son verre de vin, se demandant comment il trouverait la force de se passer d'elle. Il n'avait pourtant pas le choix. En ce qui le concernait, c'était tout ou rien.

— Je suis d'accord, énonça Tinsley. Ce n'est pas ce que je veux non plus.

— Dans ce cas… Je n'y comprends rien, Tins. Qu'est-ce que tu essaies de me dire ?

— J'essaie de te dire, très maladroitement, que je veux plus que cela avec toi.

Il releva brusquement la tête pour la regarder, et Tinsley leva les deux mains en l'air.

— Attention, je ne te demande pas d'accepter tout de suite. Je veux simplement que tu saches que je t'aime et que tu es le seul homme avec qui j'aimerais passer le reste de ma vie.

— Je… Quoi ?

Tinsley sauta aussitôt sur ses pieds et son visage perdit toutes ses couleurs.

— Apparemment, tu détestes cette idée, dit-elle précipitamment. Oublie ce que je viens de dire. La dernière chose que je souhaite, c'est que nous recommencions à nous chamailler comme avant. Pouvons-nous au moins être bons amis ?

Des amis ? Certainement pas ! Peu désireux de perdre du temps à faire le tour de la table basse, et ignorant les craquements de protestation du bois, il marcha dessus pour rejoindre Tinsley, posant les mains sur ses épaules. Son cœur menaçait d'exploser de joie.

— Est-ce que tu viens de me demander en mariage ?

— Oui, enfin seulement si c'est ce que tu souhaites, enfin, pas pour tout de suite…

— Tins ?

— Oui ?

— Tais-toi.

Il posa un doigt sur ses lèvres pour s'assurer qu'elle le laisserait parler.

— Je t'aime, Tinsley Ryder-White. Je suis désespérément amoureux de toi, et ces deux dernières semaines ont été un enfer. Tu es insupportable par moments, mais tu es surtout la femme la plus merveilleuse que j'aie jamais rencontrée. Ne change surtout pas.

Tinsley s'écarta légèrement et plongea son regard améthyste dans celui de Cody, comme si elle y cherchait des réponses. Il prit les mains de Tinsley dans les siennes et poursuivit d'un ton ferme :

— Je veux me marier et vivre avec toi, faire des projets, avoir des enfants.

— Combien ? s'enquit Tinsley, l'air abasourdi.

— On pourrait commencer par trois et voir où cela nous mène, répliqua-t-il en lui décochant un clin d'œil.

Puis il se souvint de tout ce qu'elle avait souffert et cessa aussitôt de sourire.

— Non, oublie. J'ai changé d'avis.

— Tu… Tu ne veux plus d'enfants ? demanda-t-elle d'une voix tremblante.

— Si, mais je ne veux plus que tu souffres. On pourrait peut-être faire appel à une mère porteuse ?

— C'est la chose la plus adorable que j'aie jamais entendue, murmura Tinsley. Mais tu sais quoi ? Je serais prête à tout endurer pour porter ton enfant, *notre* enfant. Avec toi à mes côtés, je peux tout faire.

Ses mots réchauffèrent le cœur de Cody, et il sentit un immense bonheur l'envahir, un bonheur qu'il ne croyait plus pouvoir éprouver.

— J'en déduis que tu m'aimes un petit peu, la taquina-t-il.

— Non, idiot. Je t'aime de tout mon cœur et de toutes mes forces.

C'était tout ce qu'il avait besoin de savoir, songea Cody en l'attirant contre lui, la poitrine voluptueuse de Tinsley reposant contre son torse.

— Tu vas avoir besoin d'un peu plus que d'un sac de voyage, ma chérie.

— Je sais, répondit Tinsley en lui retournant son sourire. Il faut que je trouve des déménageurs, que je prévienne mes parents que nous sommes fiancés – nous sommes fiancés, n'est-ce pas ? –, que j'appelle Kinga et Julia…

— Je te laisse faire ta liste sur la route, lança-t-il en la soulevant dans ses bras pour la porter dans sa chambre. Ça te convient, mon amour ?

— *Tu* me conviens. J'ai hâte de passer le reste de ma vie avec toi.

Captant l'émotion dans sa voix, il la posa doucement sur le lit et se pencha pour capturer ses lèvres des siennes. Il l'embrassa passionnément, encore et encore, cherchant à lui montrer à quel point il lui appartenait.

Leur coup d'un soir était bien parti pour durer toute une vie… Et, à ses yeux, rien n'aurait pu être plus parfait.

Vous avez aimé *Un imprévisible* bad boy
et *Une nuit interdite* ?
Retrouvez la suite et fin de la série
« Scandales à Portland »
dès le mois prochain dans votre collection Passions !

Retrouvez prochainement, dans votre collection

PASSIONS

Mariage de façade, de Barbara Dunlop - N°1019

La dernière chose dont Adeline ait envie, c'est bien de se marier! Or, après une merveilleuse nuit avec le politicien Joe Breckenbridge, elle se découvre enceinte. Afin d'éviter un scandale qui pourrait entacher la réputation de Joe et la sienne, Adeline se résout à contracter avec lui une union de façade. Une mascarade qu'elle sait éphémère – à moins que son cœur en décide autrement…

Une idylle inattendue, de Rachael Johns

Chelsea a un métier hors du commun : elle est experte en rupture. Lorsqu'elle vient annoncer à Callum McKinnel que sa fiancée le quitte, elle ne s'attend pas à tomber sous son charme. Mais la situation empire encore quand il lui demande de jouer quelque temps le rôle de sa petite amie. Loin d'être innocente, cette comédie bouleverse Chelsea au point qu'elle se prend à rêver d'un avenir avec Callum…

Miracle à Noël, de Carrie Nichols - N°1020

Après une douloureuse rupture, Desmond vit en ermite dans une ferme du Vermont, où il réalise des vitraux. Quand l'exubérante Natalie lui demande de fabriquer des décorations de Noël destinées à une vente en enchères, il refuse d'abord catégoriquement : Desmond *déteste* les fêtes de fin d'année! Puis il finit par céder… Depuis que Natalie et son fils ont fait irruption dans sa vie, en effet, son monde est comme illuminé. Serait-il prêt à lui ouvrir son cœur?

Une famille pour le play-boy, de Nadine Gonzalez

Si Eve se trouve aujourd'hui à Royal, c'est pour retrouver le père de son neveu dont elle a la garde. Et certainement pas pour tomber amoureuse! Pourtant, lorsqu'elle rencontre l'irrésistible Rafael Wentworth, elle perd la raison et s'abandonne dans ses bras, le temps d'une nuit. Dès le lendemain, pourtant, Eve sait qu'elle doit renouer avec ses responsabilités – et refuser la proposition de Rafael de poursuivre leur liaison… En effet, quel avenir pourrait-elle bien avoir auprès de cet éternel play-boy?

Arrogant et viril, de Joss Wood - N°1021

SÉRIE : SCANDALES À PORTLAND 3/4

Trop viril, trop arrogant. Garrett est l'incarnation même du genre d'hommes que Julia cherche à éviter. Mais parce qu'elle a besoin de lui pour sauver l'entreprise d'une amie, elle est aujourd'hui obligée de le supporter ! En dépit de tout ce qui les sépare, Garrett se révèle très attirant, et bientôt, Julia succombe à la tentation entre ses bras…

Cette incontrôlable attirance, de Joss Wood

SÉRIE : SCANDALES À PORTLAND 4/4

Depuis que Lowrie a été trahie par le père de son enfant, elle s'est promis de fuir l'espèce masculine et mène une vie paisible dans l'auberge où elle travaille, avec son fils d'un an. Jusqu'à ce que Sutton Marchant, un célèbre écrivain, s'y installe pour deux mois. Dès son arrivée, sa présence la trouble bien plus que de raison, remettant en cause tous ses principes sur l'amour…

Troublée par son ennemi, de Joanne Rock - N°1022

SÉRIE : DE RETOUR À CATAMOUNT 1/3

Fleur est de retour à Catamount : ses sœurs et elle ont hérité du ranch de leur grand-mère. Mais à peine arrivée en ville, elle tombe nez à nez avec Drake Alexander, son ennemi de toujours, qui a l'audace de vouloir acheter leur domaine ! Bien qu'elle ait besoin de cet argent, Fleur se jure de n'accepter aucune offre de sa part. C'est compter sans le pouvoir de persuasion de Drake et le désir qu'il fait bientôt monter en elle…

Une leçon de séduction, de Sophia Singh Sasson

Caitlyn en a plus qu'assez de son image de fille sage et introvertie ! Pressée de s'en débarrasser, elle est résolue à apprendre l'art de la séduction. Or, quel meilleur professeur pourrait-elle trouver que le charmant Dev Mallik, qu'elle vient de rencontrer ? Si celui-ci accepte de l'aider, Caitlyn comprend vite que son plan a une faille : le trouble qu'elle ressent pour Dev…

Un brûlant face-à-face, de Maureen Child - N°1023

Lorsqu'elle pense à Sean Ryan, Kate est submergée par des sentiments contradictoires. Certes, son patron est l'homme le plus charismatique et séduisant qu'elle ait jamais rencontré. Mais c'est aussi l'homme le plus désagréable et agaçant qu'elle connaisse ! Quand une tempête de neige la contraint à trouver refuge dans un chalet isolé, avec Ryan pour seule compagnie, elle est prise de doute : parviendra-t-elle à dissimuler son trouble face à lui ?

Précieux héritage, de Jules Bennett

Pour sauver l'agence d'assistantes maternelles fondée par sa grand-mère, Darcy est prête à tout. Alors, quand un contrat intéressant s'offre à elle, hors de question de le refuser. Tant pis si le père de la petite Iris est d'une beauté à lui faire oublier tout professionnalisme. Elle sera la parfaite nounou ! Sauf que chaque jour passé auprès de Colin rend leur torride huis clos plus oppressant. Et Darcy s'aperçoit bientôt que Colin lui cache aussi sa véritable identité…

L'amoureuse sans passé, de Merline Lovelace - N°1024

SÉRIE : LE JOURNAL INTIME D'UNE HÉRITIÈRE 3/4

Quand Natalie se réveille dans un appartement avec vue sur le Danube, son cœur cesse un instant de battre : elle ne se souvient plus de rien, pas même de son propre nom ! Plus étrange encore, l'homme qui se tient à côté d'elle, et dit s'appeler Dominic St. Sebastian, affirme la connaître et pouvoir l'aider. Plongée malgré elle dans le regard profond de ce bel étranger, Natalie sent un trouble puissant s'emparer d'elle. Peut-elle vraiment faire confiance à Dominic ?

La saveur d'un baiser, de Merline Lovelace

SÉRIE : LE JOURNAL INTIME D'UNE HÉRITIÈRE 4/4

Le parfum des vacances, les vagues du golfe du Mexique, un dîner romantique… Il n'a pas fallu longtemps à Zia St. Sebastian pour tomber dans les bras de Mike Brennan, le beau Texan aux yeux verts qui a le pouvoir de lui faire perdre la tête. Hélas, si Mike semble éprouver les mêmes émotions, Zia sait qu'un avenir ensemble leur est interdit. Car il a envie de fonder une famille : tout ce qu'elle ne peut lui donner…